Man könnte sich vors[illegible] Wahrheit selbst Märchen einen gewissen pädagogischen Zweck erfüllen. Das Produkt der Phantasie eines Menschen hat keine reale, jedoch eine symbolische Bedeutung. Und diese symbolische Bedeutung könnte so stark sein, daß man eine Begebenheit unter Umständen nicht nur dann für wahr anerkennt, wenn sie so berichtet wird, wie sie geschah, sondern auch so, wie sie hätte geschehen können.

DAS ERSTE KAPITEL

in welchem von der großen Traurigkeit berichtet wird, die alle Menschen in jenem Jahr ergriff, und worin wir Jakob Steiner kennenlernen, der einen Strick sucht, um sich daran zu erhängen; in welchem vom Krieg, vom Hunger und von der Sehnsucht gesprochen wird und das uns in die Hütte einer alten Frau führt, wo Jakob Steiner zu einem unerwarteten Abendessen kommt.

Der Karfreitag ist schon immer ein trauriger Tag gewesen, aber in diesem Jahr war er ganz besonders traurig. Die Bäume und Sträucher blühten, auf den Wiesen verbreitete sich frisches, grünes Gras, und die Sonne schien aus einem wolkenlosen Himmel auf alle Häuser, auf alle Straßen der großen Stadt. Und dennoch hielt eine ungeheure, maßlose Traurigkeit die Menschen gefangen, so daß sie die Blumen nicht sahen und nicht die Spatzen in den rußigen Ästen der Bäume im Park, die hellen Kleider der Frauen nicht und nicht die vielen Geschäfte, in deren Auslagen die kostbarsten Dinge lagen. Die Arbeiter in den Fabriken fühlten ihre Hände schwer wie Blei, die Angestellten in den Büros der großen Ämter legten in der Mittagspause ihre bleichen, verzagten Gesichter auf die verschränkten Arme und schliefen vor Müdigkeit ein, und die Bauern auf dem Lande gingen mit großer Bitterkeit im Herzen über ihre gepflügten Felder.
Niemand konnte in diesem Jahre wirklich froh werden. Sogar die Kinder hatten Sorgenfalten auf den Stirnen, und kleine Hunde, die immer vergnügt gewesen waren, schlichen bedrückt herum und wagten kaum mehr zu bellen. So traurig war alles geworden. Wer darüber nachdachte, der fand, daß die Menschen deshalb nicht mehr fröhlich zu sein vermochten, weil sie sich fürchteten. Sie

fürchteten sich vor der Zukunft und vor allem, was die Zukunft bringen sollte an Gewalttat, neuerlicher Zerstörung, Rechtlosigkeit, Schmerz und Tod. Sie fürchteten sich nicht nur in der großen Stadt Wien, in der die Geschichte, die hier erzählt werden soll, spielt, sondern auch in allen anderen Städten des Kontinents, auf allen Kontinenten, auf der ganzen Welt. Es gab niemanden, der sich nicht gefürchtet hätte.
Tag für Tag, Stunde um Stunde überschwemmte eine Flut von Nachrichten die Erde, die geeignet war, neue Furcht, neuen Schrecken in den Herzen der Menschen zu wecken. In Europa, dessen Gesicht noch die frischen Wunden eines grauenhaften Krieges trug, standen Soldaten vieler Nationen Gewehr bei Fuß und wären gerne zu Hause gewesen. Sie beargwöhnten und mißtrauten einander, und ihre Führer, die gekommen waren, um ein besiegtes Volk zu befrieden, sprachen von Krieg. In Palästina töteten die Araber täglich viele Juden, und die Juden überfielen täglich arabische Siedlungen. Und beide riefen die Weltöffentlichkeit zum Zeugen ihres gerechten Kampfes an. In Italien schossen Arbeiter ebenso aufeinander wie in der Tschechoslowakei und auf dem Balkan. In Frankreich streikten Hunderttausende. In China töteten sich seit vielen Jahren Menschen gleichen Blute, und Millionen hungerten nach einer Handvoll Reis. Und über die ganze Erde dröhnten das Donnern von Schlachtflugzeugen und der Marschtritt fanatisierter Kolonnen.
In Amerika führte man die allgemeine Wehrpflicht ein, und in den Laboratorien des Ostens arbeiteten Wissenschaftler Tag und Nacht an dem furchtbarsten aller Zerstörungsmittel, um jenen Vorsprung wettzumachen, den die Vereinigten Staaten hier hatten. In der ganzen Welt befehdeten sich politische Parteien und versprachen ihren Anhängern einen Himmel auf Erden, an den sie selbst nicht zu glauben vermochten. Eine große Verwirrung hatte die Menschen ergriffen, und manche began-

nen zu verstehen, daß die Zeit gekommen war, in der alles anders werden mußte, daß sie sich in einer großen Wende befanden, die mit dem Ende des zweiten christlichen Jahrtausends einherging. Man konnte nicht mehr fliehen, und man konnte sich nicht bewahren – mit jeder Minute, mit jedem Atemzug der Menschheit, schneller und schneller näherten sich Ereignisse, von denen man wußte, daß sie vieles beenden, aber von denen man nur ahnen und hoffen konnte, daß sie manches neu erstehen lassen würden.

Es war möglich, diesen allgemeinen Aufbruch der Seelen eine Zeitlang zu ignorieren und weiterzuleben wie bisher. Aber es war unmöglich, sich ihm auf die Dauer zu entziehen. Jeden, die Gerechten und die Ungerechten, zwangen schließlich unfaßbare Mächte, welche die Menschen ›die Umstände‹ nannten, dazu, sich zu bekennen, und damit war es ein großes Elend. Denn die Fähigkeit des Bekennens war seit vielen Jahren bei den meisten fast gänzlich abhandengekommen. Sie sträubten und weigerten sich, sie zögerten und versuchten eine Bedenkzeit zu erhalten, aber es half alles nichts. Hin und wieder schoß sich einer von denen, die durch Wahl oder Bestimmung ihre Völker führten, eine Kugel durch den Kopf, sprang aus dem Fenster oder floh ins Exil, um dort dicke Bücher zu schreiben, die niemand las, oder lange Reden zu halten, die niemandem halfen. Es gab keinen Zweifel: die Mächtigen wußten nicht mehr aus und ein, und die Machtlosen glaubten sich verloren. Die Starken fühlten, wie die Kraft sie verließ, und die Schwachen verloren ihr Leben, Tag für Tag.

Die Natur selbst war in Aufruhr geraten durch die jahrelange wahnsinnige Verwendung von Sprengstoffen auf der Erde, im tiefen Winter war es sommerlich warm, und Blumen begannen zu blühen, im späten Frühling schneite es plötzlich, und man schrieb Ende Mai, als die großen Stürme über die ausgebrannten Ruinen eines zerstörten Europa brausten. Die Menschen gingen in alten Kleidern, sie wohnten in Kellern und Höhlen, sie hatten zuwenig Brot. Und viele von denen, die glaubten, daß ihnen unrecht geschah, dachten bei sich: Es soll wieder Krieg kommen! Wir haben nichts zu gewinnen. Aber wir haben auch nichts zu verlieren, und es wird gut sein, den Untergang jener noch mitanzusehen, die unsere Richter waren.

Das Geld, das die Menschen für ihre Arbeit erhielten, war wenig wert und seine Kaufkraft gering. Viele Unternehmen mußten ihre Angestellten entlassen, und inmitten einer Welt von Trümmern, deren Aufbau allen hätte Brot geben können, entstand ein neues Heer von Arbeitslosen. Wie alle anderen hatten auch sie das Gefühl, daß ihr Zustand nur provisorisch und nicht von Dauer sein konnte, daß es sich kaum verlohnte, irgend etwas Neues zu beginnen, eine Familie zu gründen, Kinder in die Welt zu setzen oder auch nur einen Schrebergarten zu bebauen. Wie alle anderen fragten sie sich oft nach dem Sinn dieses seltsamen Karnevals, den man das Leben nannte, und danach, ob es wohl wirklich eine herrschende Kraft des Guten über das Chaos gab. Und es existierte niemand, der diese beiden Fragen hätte tröstend beantworten können. Manche versuchten inmitten der allgemeinen Traurigkeit dennoch fröhlich zu bleiben, und sie bedienten sich dazu der Frauen, des Alkohols und vielerlei Aberglaubens. Aber so groß der Taumel, so tief der Rausch, so geheimnisvoll die Beschwörungsformeln auch waren: in allem und jedem leuchtete jener fahle Widerschein des nahenden Untergangs auf, der sich wie ein makabres Nordlicht über der ganzen Schöpfung verbreitete. In seinem Licht wurden alle Dinge unwirklich und wesenlos. Es gab keine Echtheit der Empfindung mehr, keine Tiefe des Gefühls, nur noch Oberflächlichkeit, Verzweiflung, Langeweile und Ekel, Ekel. Die großen Städte starben, und wenn ein Auto mit heulender Sirene durch ihre zerschlagenen Straßen raste, begannen kleine Kinder zu weinen. In

Nürnberg, einer Stadt Deutschlands, spielten ein paar Jungen ›Kriegsverbrecherprozeß‹, und einer von ihnen wurde aus Versehen gehängt ...

Der Karfreitag dieses Jahres war ein besonders trauriger Tag. Die Sonne schien, der Wind wehte ganz leise, und kleine Tiere dehnten sich auf warmen Steinen. Die Gesichter der Menschen aber blieben finster und verschlossen. In einem großen Park im Westen der Stadt spielten am Nachmittag Kinder auf dem Rasen und den kiesbestreuten Wegen. Ihre hellen Rufe drangen weithin in der klaren, herben Luft des Frühlings bis hinauf zu einem Mann, der auf dem Gipfel einer mäßigen Anhöhe im Gras saß und in das Tal zu seinen Füßen sah, wo er drei kleine Mädchen erblickte, die sich an den Händen hielten und einen Ringelreihen tanzten. Der Mann lauschte lange dem Lied, das sie sangen. Der Himmel über ihm war hell und silbrig geworden. Viele kleine Wolken trieben nach Westen. Die Sonne ging unter. Das Gesicht des Mannes war ganz still, und er atmete tief. Er dachte darüber nach, wie es sich wohl am besten sterben ließ.

Er war groß und sehr schlank. In seinem Gesicht standen hohe Backenknochen über stark eingefallenen Wangen, und zu beiden Seiten des Mundes hatte die Magerkeit zwei senkrechte Falten in die braune Haut gegraben. Die Augen waren hellgrau und lagen in tiefen Höhlen, das Haar war braun, kurz geschnitten und stand vom Kopf zum Teil ab wie eine Bürste. Dieser Mann hieß Jakob Steiner.

Sein Anzug war alt und zerdrückt, die Absätze seiner schweren Halbschuhe hatten Löcher, und der Kragen seines Hemdes war durchgescheuert. Jakob Steiner machte einen verkommenen Eindruck auf die feinen Leute, die in den schönen Villen der Gegend wohnten und ihn beim Vorübergehen im Gras liegen sahen. Einer mit einer jungen Frau sagte, der Mensch erinnere ihn an eine umgefallene Vogelscheuche. Er sagte es ganz laut,

und Jakob Steiner hörte es. Die Frau kam über die Wiese zu ihm, um zu fragen, ob ihm schlecht wäre. Nach einem Blick auf die zerfransten Hosenbeine legte sie wortlos einen Fünfschillingschein in seine Hand und verließ ihn, der, ohne sich zu rühren, liegenblieb, auf Zehenspitzen. Man konnte glauben, sie wollte keinen Lärm verursachen. Aber sie schämte sich bloß.
Eine Weile später setzte Jakob Steiner sich auf und besah den Geldschein längere Zeit, so, als hielte er ein absonderliches Dokument in der Hand, mit dem er nichts anzufangen wußte. Dann begann er in seinen Taschen zu kramen und entnahm ihnen der Reihe nach einen Bleistiftstummel, ein Blatt Papier, einen Schlüsselbund, ein Taschentuch, eine Handvoll Kleingeld, eine Brieftasche und eine Flasche Schnaps. Die Flasche war nicht mehr ganz voll. Steiner zog den Kork heraus, setzte sie an die Lippen und trank. Dann schüttelte er sich, fuhr sich mit der Zunge über den Mund und stellte die Flasche neben sich ins Gras. Das Blatt Papier, das er auf den Knien hielt, teilte er durch Striche in Spalten, und auf den Kopf der ersten Spalte schrieb er: »Verloren«. Darunter vermerkte er:

Meine Frau
Mein Kind
Meine Wohnung
Meine Arbeit

Er zögerte, trank wieder, und setzte hinzu:

Meine Hoffnung

Es begann kühl zu werden. Die kleinen Mädchen gingen Arm in Arm nach Hause, und die Leberblümchen schlossen sich zu, um einzuschlafen. Jakob Steiner war zu der zweiten Spalte übergegangen, über die er das Wort »Gewonnen« setzte. Darunter schrieb er:

Aber dann zögerte er, zog die Buchstaben vorsichtig nach und überlegte: Welche Überzeugung hatte er gewonnen? Daß der einzige Weg, das Leben zu ertragen, der war, aus ihm zu scheiden? Jakob Steiner dachte nach. Es kam ihm vor, als ob diese Quintessenz nicht das Ergebnis der Aktiva und Passiva seiner Bilanz sein sollte. Deshalb strich er das Wort wieder aus und setzte an seine Stelle den Satz:
Die Vermutung, daß die Welt sehr häßlich geworden ist.
In die dritte Spalte schrieb er zuerst: ›Zukunftsaussichten‹. Und darunter:

Einsamkeit
Hunger
Armut
Krieg

Jakob Steiner streckte die Beine aus, legte den Kopf leicht zurück und schloß ein Auge. In dieser Lage betrachtete er die Bilanz seines Lebens, die auf seinen Knien lag. Nach einer Weile nickte er und sagte laut zu sich selbst: »Du hast ganz recht!«
Er sammelte die Gegenstände, die um ihn verstreut lagen, wieder ein und schwankte leicht, als er sich erhob. Nachdem er noch einen tiefen Schluck aus der Schnapsflasche genommen hatte, verschloß er sie und steckte sie in die linke Hosentasche. Den leichten Mantel, auf dem er gelegen hatte, nahm er über den Arm. Während er auf steifen Beinen fröstelnd zu den Kieswegen zurückging, wiederholte er noch einmal: »Du hast ganz recht, mein Lieber!« Und er nickte dazu bei jedem Wort mit dem Kopf. Er hatte ganz recht ... das vernünftigste war es, sich das Leben zu nehmen. Nur noch technische Schwierigkeiten standen der Ausführung dieser Absicht entgegen. Wie nahm man sich das Leben? Man schoß sich tot.

Wenn man einen Revolver besaß. Oder man nahm Gift. Wenn man Gift besaß. Oder man setzte sich in die Küche und öffnete den Gashahn. Wenn es noch eine Küche gab, in die man sich setzen konnte ... Natürlich war es auch noch möglich, sich vor die Räder der elektrischen Stadtbahn oder irgendeiner Lokomotive zu werfen, aus dem Fenster eines hohen Hauses zu springen oder sich die Pulsadern zu öffnen. Aber diese Todesarten waren zu riskant. Wenn man Pech hatte, kam man mit eben jenem Leben davon, das man gerade loswerden wollte, und war sodann der unerbittlichen Barmherzigkeit anderer Menschen ausgesetzt, die sich nicht davon abhalten ließen, mildtätig und hilfreich zu sein. Das vernünftigste für einen armen Teufel wie ihn, dachte Steiner, während er den Park verließ und über eine steile Villenstraße westwärts zu gehen begann, war es, sich aufzuhängen. Irgendwo, an einer Stelle, die sonst niemand besuchte, wo man ungestört war und die Angelegenheit in Ruhe hinter sich bringen konnte.

Was man zum Erhängen benötigte, war allein ein haltbarer Strick. Steiner besaß keinen Strick, aber er zweifelte nicht daran, daß es ihm vor Einbruch der Dunkelheit gelingen würde, einen zu finden. Vielleicht konnte er sich einen ausleihen – er war ja im allgemeinen nach dem Gebrauch noch durchaus verwendungsfähig. Vielleicht schenkte man ihm auch so ein Stück Schnur, eine Wäscheleine etwa, vielleicht war überhaupt in einem der Gärten, an denen er vorüberging, eine solche zum Trocknen von ein paar Hemden ausgespannt ... Leicht alkoholisiert, vermochte Steiner sich von diesem Gedankengang nicht mehr zu befreien: ein Strick ... und ein Baum ... irgendwo, weit draußen vor der Stadt ... ein Sprung ... ein einziger furchtbarer Ruck, und danach: Frieden. *Frieden!*

Es dämmerte. Steiner blieb stehen, setzte die entkorkte Schnapsflasche an die Lippen und trank, bis seine Augen zu tränen begannen. Er lehnte sich gegen einen

Baum und rang nach Luft. Eine alte Frau, die mit einer Einkaufstasche vorbeischlurfte, sah ihn an und schüttelte den Kopf.
»Einen Strick«, sagte Steiner, der ihren Blick bemerkte, und steckte die Flasche ein. Die alte Frau blieb stehen.
»Was?« fragte sie.
Steiner gab sich einen kleinen Ruck, um mit den Schultern von dem Baum freizukommen, und trat zu ihr. »Ich brauche einen Strick, Mutter«, sagte er langsam und sehr sorgfältig, als er bemerkte, daß seine Zunge anfing, schwer zu werden.
»Sie haben getrunken«, sagte die alte Frau. Steiner hielt sich wieder an dem Baum fest.
»Kümmern Sie sich nicht darum, ich brauche einen Strick!«
»Wenn Sie hungrig sind ...« begann die Frau und griff in ihre Markttasche.
»Ich bin ganz satt.«
»Sie sehen aber gar nicht so aus.«
»Wie sehe ich aus?«
»Unglücklich«, sagte die alte Frau. »Geht es Ihnen schlecht?«
»Ja«, sagte Steiner. Dic alte Frau nickte.
»Mir geht es auch nicht gut. Mein Bub ist noch immer nicht aus Rußland nach Hause gekommen, und mein Mann ist tot. Das Leben ist schwer.«
»Deshalb brauche ich einen Strick«, sagte Steiner und schluckte beherrscht. »Weil das Leben so schwer und unerfreulich ist.«
»Sie wollen –«
»Ja, Mutter«, sagte Steiner. Sie ergriff seine Hand.
»Tun Sie es nicht!«
»Doch«, sagte Steiner, »ich habe meine Gründe.« Sie sah ihn ernst an.
»Wenn Sie es tun, weil es Ihnen schlecht geht ...«
»Wieso glauben Sie eigentlich, daß es mir schlecht geht?«

»Sie sehen so aus, als ob Sie kein Geld hätten«, sagte sie leise.
»Ich habe genauso viel Geld, wie ich brauche! Vorhin hat mir eine schöne Dame fünf Schilling geschenkt.«
»Wenn es der Krieg ist ...« sagte sie mit einer Stimme, als gälte es, ein Rätsel zu erraten.
»Der Krieg ist es auch«, sagte Steiner. »Und viele andere Dinge. Es läßt sich schwer darüber reden. Ich habe ganz einfach genug und möchte einen Strick. Ich verspreche, vorsichtig damit umzugehen, so daß man ihn weiterverwenden kann.«
Die alte Frau schüttelte den Kopf.
»Aber bedenken Sie doch: ich müßte jedesmal, wenn ich den Strick sehe, daran denken, daß Sie sich mit ihm erhängt haben.«
»Sie würden es vergessen«, sagte Steiner. »Man vergißt alles. Nach einer Weile. Auf keinen Fall würde ich den Strick beschädigen, das verspreche ich Ihnen!«
»Es kann aber sein«, sagte die alte Frau, »daß ich gar keinen Strick besitze.«
»Wir sollten einmal nachsehen«, meinte Steiner.
»Außerdem ist es eine Sünde, sich das Leben zu nehmen!«
»Es ist keine Sünde«, sagte Steiner und setzte die Flasche an den Mund.
»Es steht in der Heiligen Schrift, daß es eine Sünde ist.«
»Lassen Sie uns zu Ihnen gehen und sehen, ob Sie einen Strick haben«, sagte er. »Dann wollen wir uns weiter über die Heilige Schrift unterhalten.«
Er hakte sich leicht in sie ein, und sie wanderten zusammen gegen Westen. Die alte Frau ging mit festen, entschlossenen Schritten und machte für ihre Jahre einen sehr rüstigen Eindruck. Sie kamen an einer langen Friedhofsmauer vorüber und betraten einen schmalen Feldweg, der in eine Schrebergartensiedlung führte. An den Gräsern, durch die sie schritten, hingen Tautropfen. Steiners Schuhe wurden naß. Der Himmel war im

Westen meergrün geworden, im Osten sah man bereits die ersten Sterne und die schmale Sichel eines zunehmenden Mondes. Steiner stolperte über einen Stein und fluchte leise.
»Das kommt, weil hier keine Laternen stehen!«
»Das kommt«, sagte die alte Frau, »weil Sie getrunken haben.«
»Zerbrechen Sie sich nicht den Kopf darüber«, sagte Steiner. »Heute abend ist es ganz gleich, was ich tue. Es ist mein letzter Abend, und ich will tun, was mir Freude macht. Es macht mir gerade Freude zu trinken.«
»Ich muß mir aber den Kopf zerbrechen«, sagte sie, »denn ich glaube nicht, daß es Ihnen in diesem Zustand möglich sein wird, sich ordentlich aufzuhängen. Sie werden von Ihrem Baum fallen und sich ein Bein brechen, oder Sie werden einem Polizisten in die Arme laufen, oder es wird sonst irgendwie etwas passieren, was Sie hindert, sich das Leben zu nehmen. Und wie komme ich dann zu meinem Strick?«
»Ich bin nicht zu betrunken, um mich aufzuhängen«, sagte Steiner.
»Sie sind sogar schon zu betrunken, um noch gerade zu gehen«, sagte sie. »Es ist gar nicht so leicht, sich aufzuhängen. Mein Mann hat es einmal versucht, als er acht Jahre lang arbeitslos war, aber es gelang ihm nicht, und er kam bloß auf eine Woche ins Spital, und ich mußte noch mehr arbeiten, und es war alles sehr unerfreulich. Ich möchte etwas Derartiges nicht noch einmal erleben. Es ist peinlich, einen Menschen wiederzusehen, der eigentlich längst tot sein sollte.«
»Sie könnten mir ja helfen.«
»Ich werde Ihnen nicht helfen! Es ist eine Sünde, sich das Leben zu nehmen. Außerdem«, fuhr die alte Frau fort, »ist es noch viel zu früh. Es sind noch zu viele Menschen auf der Straße, die würden Sie stören. Sie können auf keinen Fall daran denken, sich vor Mitternacht aufzuhängen. Und was werden Sie bis dahin tun?«

»Trinken«, sagte Steiner und klopfte auf die Flasche. »Es ist noch eine ganze Menge da.«
»Sie machen mich wütend«, sagte sie. »Glauben Sie, ich nehme Sie mit, damit Sie sich bei mir besaufen und dann alles schmutzig machen und einschlafen und morgen früh wieder alles beim alten ist?«
»Warum nehmen Sie mich denn mit?«
»Um Ihnen etwas zu essen zu geben.«
»Ich bin nicht hungrig!«
»Doch«, sagte sie, »der ganze Unsinn mit dem Aufhängen ist Ihnen nur in den Sinn gekommen, weil Sie hungrig und betrunken sind. Menschen mit vollem Magen haben keine so abscheulichen Ideen.«
»Ich habe meine Idee schon seit einigen Tagen«, sagte er.
»Dann werden Sie in den letzten Tagen immer zu wenig gegessen haben. Heute will ich einmal ordentlich für Sie kochen.«
»Nein!« Steiner blieb stehen. »Ich will nicht! Sie sind selbst ein armer Mensch, und ich will Ihnen nichts wegessen. Lassen Sie mich in Ruhe! Sie sollen mir Ihren Strick auch gar nicht schenken, ich will ihn kaufen.«
»Sie haben doch kein Geld!«
»Ich habe fünf Schilling«, sagte er, »die mir eine schöne Dame geschenkt hat, weil sie mich für eine Vogelscheuche hielt.«
»Ich will Ihr Geld nicht! Und überhaupt bekommen Sie den Strick nur, wenn Sie mit mir gehen und etwas essen. Das ist die Bedingung.«
»Ich könnte keinen Bissen hinunterbringen«, sagte Steiner halsstarrig.
»Vielleicht doch. Auf alle Fälle müssen Sie zu mir kommen, denn es ist noch viel zu zeitig.« Sie blieb stehen und sperrte die Tür eines niedrigen Holzzaunes auf, der um einen kleinen Schrebergarten lief, in dessen Mitte eine Holzhütte stand.
»Hier wohnen Sie?«
»Ja, kommen Sie herein!«

»Ich will nicht!«
»Kommen Sie herein«, sagte sie langsam und zog ihn mit sich. Sie war sehr stark. Steiner verlor fast das Gleichgewicht und taumelte hinter ihr her. Sie stieß mit dem Fuß die Tür zu und führte ihn durch den Garten.
»Sie sind kräftig für Ihr Alter«, sagte er.
»Ich bin ein gelernter Maurer«, erklärte sie stolz. »Ich arbeite auf einer Baustelle. Davon wird man stark. Sie hätten auch mehr arbeiten sollen. Dann wäre es nicht so weit mit Ihnen gekommen!«
»Ich habe gearbeitet«, sagte er, während sie die Tür der Hütte aufschloß. »Ich war einmal Zimmermann und habe den ganzen Tag lang gearbeitet.«
»Wann war das?«
»Vor dem Krieg«, sagte er, »ich erinnere mich noch deutlich.«
»Und seither?«
»Seither habe ich nichts getan. Wenigstens nichts Vernünftiges. Vor dem Krieg habe ich Stühle gebaut und Tische und ein paarmal auch Betten. Und Fensterrahmen, sehr viele Fensterrahmen. Aber im Krieg habe ich nur Menschen getötet, sonst gar nichts. Ich habe die Menschen, die ich getötet habe, nicht gekannt. Vielleicht waren auch Zimmerleute unter ihnen. Das ist sogar sehr wahrscheinlich, denn es gibt viele Zimmerleute auf der Welt. Ich habe Zimmerleute getötet, die ich gar nicht kannte, und es hat mir gar keinen Spaß bereitet. Es hat mir viel Spaß bereitet, Tische und Betten zu machen, aber Menschen töten hat mir keinen Spaß bereitet. Ich hätte die ganzen Jahre hindurch arbeiten können, aber ich habe nur getötet. Und dabei habe ich das Arbeiten verlernt. Ich glaube, ich kann gar nicht mehr tischlern.«
»Haben Sie es denn schon einmal versucht?«
»Nein«, sagte er. »Ich bin erst vor ein paar Wochen nach Wien zurückgekommen. Ich hätte ebensogut in Rußland bleiben können. Denn meine Frau und mein Kind sind tot, und meine Wohnung ist zerstört.«

Sie hatten unterdessen das Innere der Hütte betreten, das aus zwei ebenerdigen Räumen bestand. Die alte Frau packte ihre Tasche aus und schürte ein Feuer, das in einem altmodischen Herd brannte.
»Setzen Sie sich«, sagte sie. Er folgte mechanisch, legte seine schweren Hände vor sich auf den Tisch und sah ihr abwesend zu, wie sie begann, ein Abendbrot zu bereiten.
»Ich habe meine Frau sehr geliebt«, sagte Jakob Steiner, »und meine kleine Tochter auch. Sie war erst vier Jahre alt. Heuer wäre sie in die Schule gegangen.«
»Wie sind sie gestorben?« fragte die alte Frau, während sie Scheiben von einem Brotlaib schnitt.
»Eine Bombe hat sie getötet«, erwiderte er. »Das erzählt man mir wenigstens. Sie saßen im Keller und wurden verschüttet. Es heißt, daß sie gleich tot waren. Ich weiß es nicht. Vielleicht haben sie auch noch lange Zeit gelebt.«
»Und Ihre Wohnung ist ganz zerstört?«
»Ja«, sagte er, »ganz. Es ist nichts von ihr übriggeblieben. Es muß eine ziemlich große Bombe gewesen sein.«
»Wo haben Sie in den letzten Tagen geschlafen?«
»Da und dort«, sagte er, »in einem Bunkerhotel und in einer Heimkehrerbetreuungsstelle. Auf Parkbänken und unter Brücken. Es gibt viele Plätze.«
»Ich frage nämlich, weil ich morgen auch nicht mehr hier schlafen werde. Ich muß ausziehen. Es ist immer gut, wenn man herumhört und herausfindet, was andere Menschen in derselben Situation anstellen.« Jakob Steiner fühlte, wie er in der Wärme der Stube benommen wurde. Die Stimme der Frau kam plötzlich aus weiter Ferne zu ihm. Er stützte den Kopf in die Hände und gähnte.
»Sie müssen auch fort?«
Sie nickte, während sie energisch in einem Topf rührte, der auf dem Feuer stand. »Ich bin hier nur zu Besuch. Meine eigene Wohnung habe ich auch verloren. Die

Leute, denen die Hütte gehört, kommen morgen zurück. Dann ist kein Platz mehr für mich.«

»Wohin werden Sie gehen?«

»Das weiß ich noch nicht«, sagte sie. »Haben Sie Bohnen lieber mit oder ohne Zwiebeln?«

»Mit Zwiebeln«, sagte er, »wenn sie vorher geröstet werden. Aber diese Leute ... sie können Sie doch nicht einfach hinauswerfen!«

»Es war die Bedingung: ich gehe, wenn sie zurückkommen. Sie haben mir eine Gefälligkeit erwiesen, ich habe ein Jahr lang hier wohnen dürfen. Ich muß ihnen dankbar sein. Wissen Sie«, sagte sie nachdenklich und drehte sich, den Kochlöffel in der Hand, zu ihm um, »es war eine sehr angenehme Hütte, und es tut mir leid, daß ich sie verlassen muß. Sie haben keine Ahnung, wie sehr ich mir immer gewünscht habe, einmal, wenn ich alt bin, in einer solchen Hütte leben zu können, ganz für mich allein. Ich habe große Sehnsucht nach einer solchen Hütte und einem solchen Garten gehabt, können Sie das verstehen?«

»O ja«, sagte Jakob Steiner verzweifelt und trank lange aus seiner Flasche, »das kann ich gut verstehen. Ich habe auch große Sehnsucht gehabt in den letzten Jahren.«

»Wonach?«

»Nach meiner Frau«, sagte er, »und meiner Tochter. Und nach der Tischlerwerkstatt, in der ich gearbeitet habe. Ich habe mir so sehr gewünscht, wieder Fensterrahmen zu machen, nicht die altmodischen mit Scharnieren, sondern die großen, modernen, zum Hochziehen. Ich habe im Gefangenenlager immer daran gedacht, wie schön es sein würde, wieder Fensterrahmen zu machen. Und ich habe auch daran gedacht, eine große Puppenstube für meine kleine Tochter zu bauen, weil sie sich immer eine Puppenstube gewünscht hat. Jetzt braucht sie keine Puppenstube mehr. Denn sie ist tot. Es ist schade, daß sie tot ist. Ich hätte gerne noch eine Puppenstube für sie gebaut.«

»Mein Mann ist auch tot«, sagte die alte Frau und stellte einen dampfenden Topf auf den Tisch, »und mein Bub ist in Rußland, und ich weiß nicht, ob er noch lebt.«
»Das Leben ist nicht schön«, sagte Jakob Steiner. »Sie werden mich bestimmt verstehen, wenn ich sage, daß es mir gar nicht gefällt und daß ich lieber sterben will.«
»Gewiß verstehe ich das«, sagte sie, »aber haben Sie sich schon überlegt, was nachher sein wird?«
»Wann nachher?«
»Wenn Sie tot sind. Glauben Sie bestimmt, daß es Ihnen dann sehr gut gehen wird?«
»Ich glaube schon.«
»Ich weiß nicht«, sagte sie. »Warum sollte es uns nach dem Tod besser gehen?«
»Warum sollte es uns nicht besser gehen?«
Die alte Frau zuckte die Schultern.
»Ich will Ihnen etwas sagen: mir geht es gar nicht besonders gut. Vielleicht geht es mir nicht so schlecht wie Ihnen, aber gut geht es mir auf keinen Fall. Sie wollen sich aufhängen, weil Sie glauben, daß es Ihnen nach dem Tod besser gehen wird. Ich habe auch schon daran gedacht, mich aufzuhängen, aber ich traue mich nicht. Ich habe Angst. Nicht vor dem Aufhängen. Aber vor dem, was nachher kommt. Ich habe große Angst, daß es den Toten nicht besser geht als den Lebenden. Vielleicht geht es ihnen sogar schlechter. Warum sollte man für eine Sünde belohnt werden, können Sie mir das sagen?«
»Wenn Sie schon dauernd die Bibel zitieren«, erwiderte Steiner, »warum glauben Sie dann nicht an den Himmel und an die ewige Gerechtigkeit?«
»Weil ich sie mir nicht vorstellen kann«, erwiderte sie. »Weil ich mir den Himmel nie und nirgends habe vorstellen können nach allem, was ich hier auf der Erde erlebe. Eines Tages muß ich sterben, und dann werde ich ja selber sehen, wie sich alles verhält. Aber ich möchte es nicht früher sehen als unbedingt notwendig. Ich glaube, es kann mir gar nicht so schlecht gehen, daß ich den

Wunsch haben könnte, mir das Leben zu nehmen.« Die alte Frau stellte Teller auf den Tisch und setzte sich. »Es gibt Bohnensuppe und Brot«, sagte sie. »Haben Sie Bohnensuppe gern?«
»Sehr«, sagte er. Sie füllte seinen Teller und schob ihm einen Löffel zu.
»Jetzt essen Sie einmal, damit Sie wieder anständige Augen bekommen! Man kann Sie ja gar nicht mehr anschauen.«
Jakob Steiner stellte seine Flasche auf den Tisch. »Ich habe nichts, was ich Ihnen geben könnte, außer etwas Schnaps, aber den gebe ich gerne.«
»Ich trinke keinen Schnaps von Menschen, die sich aufhängen wollen«, erklärte sie und blies auf ihren Löffel.
»Es ist recht guter Schnaps«, sagte Steiner demütig, »ich habe ihn in der Heimkehrersammelstelle erhalten, zusammen mit einem Paket Lebkuchen. Der Lebkuchen war scheußlich. Aber der Schnaps ist recht gut.«
»Nein«, sagte sie, »danke.«
Sie begannen beide zu essen. Steiner fühlte, wie die heiße Flüssigkeit seinen Magen wärmte, und er fand plötzlich einiges Vergnügen an dem herben Geschmack der Bohnen. Doch dann erinnerte er sich sofort wieder an seinen Plan.
»Es ist sehr freundlich von Ihnen, mir zu essen zu geben«, sagte er, »aber wenn wir fertig sind, wollen wir doch sehen, ob wir eine Wäscheleine finden können, nicht wahr?«
»Ich habe noch viel zu tun«, erwiderte sie, »ich muß meine Sachen zusammenpacken. Sie könnten mir dabei helfen.« Er sah sie vorwurfsvoll an.
»Sie wissen doch, was ich vorhabe.«
»Nun gut«, sagte die alte Frau, »ich will nicht den Versuch unternehmen, Sie von Ihrem Vorsatz abzubringen. Sie sollen den Strick haben und mir eine Bestätigung darüber geben, daß Sie ihn sich nur ausgeliehen

haben, um sich aufzuhängen, und daß er weiter mir gehört.«
Jakob Steiner, der seinen Teller mit einem Stück Brotrinde auswischte, nickte zufrieden. »So soll es sein! Sie sind eine verständige Person und kochen großartig.«
»Wollen Sie noch etwas?«
»Nein, danke.«
Sie stand auf und ging ins Nebenzimmer.
»Dann werde ich Papier und eine Feder holen.«
»Und den Strick«, sagte Steiner.
»Und den Strick«, wiederholte sie. Es dauerte einige Minuten, bis sie wiederkam. Sie war eine alte Frau. Die Umstände hatten sie mit sehr glücklichen und sehr unglücklichen Menschen in Berührung gebracht, mit verzweifelten und hoffnungsfrohen, mit mutigen und mit feigen und auch mit solchen, die sich das Leben nehmen wollten. Jakob Steiner war nicht der erste. Sie lächelte, während sie in einer Lade nach etwas ganz Bestimmtem suchte. Umbringen! Mein Gott, sie konnte seine Mutter sein! Was wußte der junge Kerl von dieser Welt, die es fertigbrachte, zur selben Zeit so schön und so häßlich, so grausam und so mildtätig, so furchtbar und so wunderbar zu sein? Was wußte er vom Leben? Und was wußte er vom Tode? Nichts und nichts. Aber einen Strick wollte er haben, um sich aufzuhängen, weil ihm das die einfachste Lösung schien. Sie schüttelte den Kopf. Diese jungen Leute, dachte sie: leben können sie nicht mehr und sterben auch nicht. Nun, sie wollte sehen, was sie tun konnte. Sie fand, was sie suchte, und kehrte in das andere Zimmer zurück. Während Jakob Steiner seine Bestätigung zu schreiben begann, holte sie ein Glas und füllte es für ihn mit Schnaps. Während er seinen Namen unter das Schriftstück setzte, schüttete sie, leicht abgewandt, ein weißes Pulver in das Glas und wartete, bis es sich ganz aufgelöst hatte. Hoffentlich ist es genug, dachte sie, und hoffentlich wirkt es noch, es liegt schon sehr lange in der Lade. Er wird nebenan auf

dem Diwan schlafen müssen, und morgen früh werden wir weitersehen. Die Hauptsache ist, daß er heute nacht bei mir bleibt. Er redet zum Glück schon zu lange vom Aufhängen. Menschen, die dauernd davon reden, bringen sich nicht um.

»Wie heißen Sie?« fragte Steiner vom Tisch her. »Sie müssen Ihren Namen nennen, damit ich ihn hier einsetzen kann.«

»Ich heiße Huber«, sagte sie, »aber die Leute nennen mich nur Frau Magdalena.«

»Wir brauchen den ganzen Namen.«

»Meinetwegen«, sagte sie, »trinken Sie noch ein Glas!«

»Danke schön«, sagte Steiner und tat, was sie sagte, »es ist sehr freundlich von Ihnen, so für mich zu sorgen. Hören Sie, was ich geschrieben habe: Ich, Jakob Steiner, bestätige, daß der Strick, an dem man mich erhängt gefunden hat, das Eigentum von Frau Magdalena Huber ist, und bitte, ihn ihr zurückzugeben. Sie hat ihn mir aus Freundlichkeit geliehen. Ist es so recht?«

»Ja«, sagte sie, »so ist es gut. Jetzt trinken Sie noch einen Schluck, damit Ihnen hübsch warm wird, und dann wollen wir gehen und den Strick holen.«

»Wissen Sie, wo er liegt?«

»Nein, wir müssen ihn suchen«, erwiderte sie und hoffte, daß er lange brauchen würde, um ihn zu finden. Er war ziemlich gut versteckt.

»Ich weiß nicht«, sagte Steiner, der sein Glas leergetrunken hatte, »der Schnaps schmeckt so sonderbar.«

»So?« Sie schüttelte verwundert den Kopf. »Sie werden noch den Bohnengeschmack im Mund haben.«

»Vielleicht«, sagte Steiner. »Gehen wir den Strick suchen.«

Der Strick lag dort, wo Frau Magdalena Huber ihn hingeworfen hatte, als sie das Zimmer verließ: hinter einem Schrank auf der Erde. Frau Magdalena wußte es. Steiner wußte es nicht: Es war deshalb sehr einfach für sie, ihn an der Nase herumzuführen und gleichzeitig einen Teil

ihres Besitzes für den Umzug des nächsten Tages vorzubereiten. Er half ihr dabei in der Hoffnung, das, was er suchte, würde unter alten Kleidern, Schuhen und Hausrat zum Vorschein kommen. Aber es kam nicht zum Vorschein. Eine halbe Stunde später setzte Steiner sich an den Tisch und gähnte.
»Müde?« fragte Frau Magdalena scheinheilig, auf einem alten Koffer kniend, der sich nicht schließen ließ.
»Ja«, sagte er. »Ich werde immer müde, wenn ich gegessen habe, es ist widerlich.«
»Sie können ruhig eine Stunde hier schlafen, wenn Sie wollen. Ich werde Sie wecken. Nach Mitternacht haben Sie viel mehr Ruhe.«
»Nein«, murmelte er, während sein Kopf auf die Tischplatte sank, »ich will nicht schlafen, ich will fortgehen. Geben Sie mir endlich diesen elenden Strick, ich habe nicht viel Zeit, und ich will auch nicht mehr warten ... ich bin in Eile ... in großer Eile ...« Jakob Steiner seufzte gramvoll, legte die Hände um den Kopf und rührte sich nicht mehr. Frau Magdalena erhob sich, ging in das andere Zimmer und bereitete ein provisorisches Lager. Sodann trat sie zu Steiner, faßte ihn unter den Armen, zog ihn hoch und trug ihn wie ein kleines Kind zu seinem Bett. Frau Magdalena, der gelernte Maurer, war sehr stark. Jakob Steiner hätte berechtigten Grund gehabt, sich über sie zu wundern, aber er schlief zu tief, um seinen ungewöhnlichen Transport überhaupt zu bemerken. Nur als die alte Frau ihn auf sein Lager gleiten ließ und zudeckte, rührte er sich.
»Strick«, murmelte er, »ich will ihn auch zurückgeben ...«
»Ja«, sagte sie, »schon gut, mein Lieber. Morgen sieht alles anders aus.«
Dann kniete sie nieder, holte die Wäscheleine unter dem Kasten hervor und nahm sie mit sich in das andere Zimmer. Für alle Fälle, dachte sie. Es wäre besser gewesen, wenn sie den Strick gelassen hätte, wo er war. Auch

die sehr Klugen begehen ihre Fehler und die sehr Starken auch. Meistens dann, wenn sie glauben, besonders klug und besonders stark zu sein. Auf diese Weise reguliert sich der Lauf der Welt sozusagen von selbst. Wo kämen wir sonst auch hin?

DAS ZWEITE KAPITEL

in welchem Jakob Steiner feststellen muß, daß er betrogen wurde, und in welchem er flieht; worin von einem Kastanienbaum gesprochen wird, der ungemein vertrauenerweckend aussieht, und in dem wir Herrn Mamoulian kennenlernen, der das Dunkel der Nacht benützt, um Eier für ein kleines Mädchen zu stehlen; in welchem vom Unfug des Sterbens gesprochen wird und von dem sonderbaren Geruch, der jene umgibt, die vom Tode gezeichnet sind; und worin Jakob Steiner seinen Plan, sich umzubringen, endgültig aufgibt, da es sich herausstellt, daß der Tod ihn nicht haben will.

Jakob Steiner wachte auf, weil er auf einer Schere lag und weil die Schere ihn schmerzte. Hätte Frau Magdalena die Schere bemerkt und beiseitegelegt, wäre er niemals aufgewacht. Daß sie die Schere nicht bemerkte, ist ein Beweis für das Vorhandensein jener Einrichtung, die ein deutscher Philosoph die »List der Vernunft« nannte. Man muß sehr umsichtig zu Werke gehen, wenn man die Absicht hat, dem schicksalsmäßigen Ablauf gewisser Ereignisse in den Arm zu fallen. Frau Magdalena hatte diese Absicht. Aber sie ging nicht sehr umsichtig zu Werke. Sie vertraute allzusehr auf eigene Kraft und Stärke, und deshalb erlitt ihr Plan Schiffbruch. Es ist fast ebenso unklug, allzusehr auf die eigene Kraft und Stärke wie auf die anderer Menschen zu vertrauen. Man vertraut weit besser auf eigene und anderer Leute Schwächen und Fehler.

Es wäre übertrieben zu sagen, daß Jakob Steiner durch die Anwesenheit der Schere dazu gebracht wurde, aufzuwachen. Weit davon entfernt. Die Schere brachte es nur so weit, ihn erkennen zu lassen, daß er weit davon entfernt war, wach zu sein. Der Schmerz regte sein Gehirn an, und auf diese Weise kam er wieder zu sich. Wenn wir zu denken beginnen, haben wir zu schlafen aufgehört.

Zum Teufel, dachte Jakob Steiner, während er aufgeregt in eine völlige Dunkelheit blinzelte, wo bin ich? Lebe ich noch? Oder sollte dies schon ›drüben‹ sein? Er räusperte sich, fand, daß er einen schlechten Geschmack im Munde hatte, und setzte sich auf. Er war noch im ›Diesseits‹, entschied er, denn sonderbarerweise lebte er unter der Vorstellung, daß man im ›Jenseits‹ keinen schlechten Geschmack im Mund hat. Während er nach Streichhölzern suchte, fiel ihm ein, wo er sich befand. Die Bohnen in seinem Magen rührten sich. Jakob Steiner riß ein Streichholz an und ging auf Strümpfen in das Nebenzimmer, wo Frau Magdalena Huber unter einer roten Federdecke in einem großen Eisenbett lag und laut schnarchte. Steiner neigte sich unsicher über sie, verbrannte sich die Finger und ließ das Hölzchen fallen.
»Alte Hexe«, sagte er, während er ein neues anstrich, »hast du gedacht, daß ich hier übernachten werde?« Frau Magdalena antwortete nicht. Sie schlief und schnarchte. Beim Ausatmen pfiff sie ein wenig. Sie war eine sehr kräftige alte Frau. Steiner fand einen Kerzenrest, setzte ihn in Brand und tappte benommen durch das Zimmer. Dabei bemerkte er, daß Frau Magdalenas linker Fuß unter der Decke hervorsah. Er verschob sie, um ihn zuzudecken, und schüttelte gleich darauf verwundert den Kopf.
»Alte Hexe«, sagte er noch einmal zärtlich. Dann griff er in das Bett und zog die Wäscheleine heraus, mit der Frau Magdalena, die geglaubt hatte, es besonders schlau anzufangen, schlafen gegangen war. Es war eine gute Leine, und vor allem lang genug. Steiner hängte sie sich um den Hals, wanderte dann mit dem flackernden Kerzenstummel zum Tisch, wo er die immer noch mehr als halbvolle Schnapsflasche fand, verkorkte sie sorgfältig und steckte sie in sonderbarer Unlogik in die Hosentasche, so, als wäre ihm nie der Gedanke gekommen, daß jemand, der sich umbringen will, keinen Schnaps mehr benötigt.

Die Tür, durch die er die Hütte verlassen wollte, war versperrt. Jakob Steiner zuckte die Schultern, ging leise zu einem der beiden Fenster, öffnete es und stieg in den dunklen Garten hinaus. Der Himmel hatte sich mit Wolken bedeckt, und es war sehr still. Manchmal hörte man ein Auto oder eine Straßenbahn in der Ferne, und einmal bellte ein Hund. Es kam Steiner so vor, als verursachte er eine Menge Lärm, obwohl er weiter auf Zehenspitzen ging und nur gelegentlich stehenblieb, um sich nach einem geeigneten Baum umzusehen. Er kletterte über einen niederen Zaun in den Nebengarten und von jenem in einen dritten. Zu diesem Zeitpunkt hatten sich seine Augen an die Dunkelheit gewöhnt, und er bemerkte in einiger Entfernung einen großen und alten Kastanienbaum, dessen Silhouette sich undeutlich von dem Nachthimmel abhob. Der Baum stand allein in einer Wiese und war weit entfernt von jeder menschlichen Behausung. Steiner, dem über der technischen Seite seines Problems jeder Gedanke an eine persönliche vergangen war, schritt vergnügt auf den Baum zu. Er war sehr gut aufgelegt. Es ging alles viel einfacher, als er gedacht hatte.

Der Baum roch wunderbar, und Steiner legte seine Nase an die Rinde und seine Arme um den Stamm. Dann überlegte er, daß er in Ruhe noch einen Schluck trinken konnte, und nahm die Flasche vor. Schließlich, nachdem er sie wieder verstaut hatte, wickelte er sich den Strick vom Hals und warf ihn nach oben in der Hoffnung, er würde über einen der Äste gleiten. Mit lähmender Regelmäßigkeit jedoch fiel die Leine immer wieder zur Erde. Steiner fluchte leise. Dann nahm er den Strick wieder um den Hals und begann an dem Baum emporzuklettern. Er erreichte einen breiten und langen Ast, auf dem er sich niederkauerte. Er wippte ein paarmal, um sich von seiner Haltbarkeit zu überzeugen, und ging danach daran, den Strick zu befestigen, wobei er sich erinnerte, daß er ihn mit einer zuziehbaren Schlinge für den Kopf knüpfen mußte. Nach einigen Minuten unterbrach er seine Arbeit und starrte auf ein Gebüsch, das in einiger Entfernung auf der Wiese stand. Er hatte plötzlich das bestimmte Gefühl, nicht mehr allein zu sein. Hinter dem Gebüsch verbarg sich jemand... ein Mensch! Steiner sah, wie er sich von Zeit zu Zeit bewegte. Er hielt den Atem an. Jetzt nahm der andere den Hut vom Kopf und kratzte sich. Steiners Hände, auf die er sich stützte, begannen plötzlich wie in einem Krampf zu zittern, und er war gezwungen, sich schnellstens rittlings auf den Ast zu setzen, um nicht hinunterzufallen. Noch mitten in dieser hastigen Bewegung fühlte er, daß er niesen mußte. Es war nicht aufzuhalten, er spürte, wie ihn der Niesreiz in einer ersten, einer zweiten und einer dritten Welle anflog, dann war es soweit: Jakob Steiner nieste, daß er glaubte, das Trommelfell platze ihm. In die Stille nach dieser Explosion sagte die höfliche Stimme des Mannes hinter dem Gebüsch: »Gesundheit!«

»Pst!« machte Jakob Steiner wütend.

»Pst!« machte der Fremde, erhob sich und kam auf Zehenspitzen über den Rasen. Steiner sah, daß er einen Sack und einen steifen Hut trug. Er kam ganz nahe heran, blickte neugierig in das Geäst des Kastanienbaums und zog den Hut, wodurch eine riesenhafte Glatze sichtbar wurde.

»Guten Abend«, sagte er flüsternd, »mein Name ist Aram Mamoulian. Was machen Sie da oben?«

»Gehen Sie fort!« flüsterte Steiner aufgebracht.

»Im Gegenteil!« Herr Mamoulian setzte seinen Hut wieder auf und zog animiert an dem herabhängenden Wäscheseil. »Kommen Sie herunter. Ich möchte Sie um einen Gefallen ersuchen.«

»Lassen Sie den Strick in Ruhe«, sagte Steiner leise und wütend, »und verschwinden Sie.«

»Was haben Sie vor?«

»Ich will mich aufhängen!«

»Mein Gott«, sagte Herr Mamoulian erschüttert, »und ich wollte Sie gerade bitten, mir bei der Entwendung von einigen Eiern behilflich zu sein.«

»Bei der Entwendung von was?«

»Von Eiern«, sagte Herr Mamoulian. »Den kleinen weißen Dingern, welche die Hühner legen, wissen Sie? Ganz in der Nähe befindet sich ein Hühnerstall, aber er ist von Stacheldraht umgeben, und ich brauche einen freundlichen Helfer, der die Drähte auseinanderhält, während ich in den Stall krieche. Damit ich mir nicht die Hosen zerreiße«, fügte er erklärend hinzu, »es sind nämlich meine einzigen.«

»Gehen Sie zum Teufel!« sagte Jakob Steiner und knüpfte den Strick fest.

»Später«, sagte der kleine Armenier. »Zuerst muß ich die Eier holen.«

»Wozu brauchen Sie Eier?«

»Für Ostern! Ein kleines Mädchen kommt zu mir, und ich möchte ihm Eier schenken. Ich habe das kleine Mädchen gern.«

»Dann kaufen Sie ihm doch ein paar verdammte Eier!«

»Das ist leider nicht möglich«, sagte Herr Mamoulian traurig, »indem daß ich nämlich kein Geld habe. Außer«, meinte er nachdenklich, »Sie besitzen ein goldenes Herz und überlassen mir leihweise eine entsprechende Summe. Ich würde mich verpflichten, sie sofort nach Erhalt gewisser mir zustehender Beträge zurückzuerstatten.«

»Fünf Schilling können Sie haben!« Steiner griff in die Tasche und warf den Schein hinunter.

»Nicht doch«, flüsterte Herr Mamoulian. »Bedenken Sie: dafür bekomme ich bestenfalls ein einziges Ei!«

»Ja«, sagte Steiner aus dem Kastanienbaum, »mehr habe ich leider auch nicht.«

»Das denke ich mir«, erwiderte Herr Mamoulian. »Wenn Sie mehr hätten, würden Sie sich auch nicht mit Selbstmordabsichten tragen.«

»O ja«, sagte Jakob Steiner, »dann auch. Geld spielt dabei keine Rolle.«
Herr Mamoulian dachte nach. »Hören Sie«, sagte er dann, »Sie können mir zwar nicht finanziell, aber doch auf andere Weise behilflich sein. Hängen Sie sich eine halbe Stunde später auf, und kommen Sie jetzt einen Sprung mit mir, um die Drähte auseinanderzuhalten. Damit meiner Hose nichts passiert.«
»Ich interessiere mich nicht für Ihre Hose!«
»Nun gut, aber denken Sie an die traurigen Augen des kleinen Mädchens, das am Sonntag vergeblich seine Eier suchen wird!«
»Ich interessiere mich auch nicht für Ihr kleines Mädchen!«
»Oh«, sagte Herr Mamoulian, »das ist aber nicht hübsch von Ihnen. Es gibt nichts Traurigeres auf der Welt als ein trauriges kleines Mädchen, glauben Sie mir! Ein trauriges Mädchen ist herzzerreißend. Der ganze Kummer der Menschheit sieht Sie aus seinen Augen an.« Herr Mamoulian griff in die Tasche, entnahm ihr ein Tuch und schneuzte sich gefühlvoll. »Wir leben in einer schlimmen Welt, mein Herr«, sagte er, »wenn wir nicht alle versuchen, einander soviel Freude wie möglich zu bereiten, wird es mit uns noch ein böses Ende nehmen.«
»Ich bin ganz Ihrer Meinung«, erwiderte Jakob Steiner, den es zu frieren begann, »und ich habe deshalb auch beschlossen, meinem Leben ein Ende zu setzen. Ich bitte Sie herzlich, mich zu verlassen, denn ich werde mich erkälten, wenn ich noch lange hier sitze.«
Herr Mamoulian lachte, als würde er gekitzelt. »Erkälten! Sie werden mit einem Schnupfen in den Himmel kommen, mein Freund!«
Jakob Steiner zog irritiert an dem Strick. »Lassen Sie mich in Ruhe! Wir alle versprechen uns gelegentlich, nicht wahr? Sie mit Ihren lächerlichen Eiern, Sie sollten sich etwas schämen! Wenn Sie mich nicht gestört hätten, wäre ich schon tot.«

»Wenn ich Sie nicht gestört hätte«, sagte Herr Mamoulian, »wäre wahrscheinlich der Ast, auf dem Sie sitzen, abgebrochen. Oder Sie hätten sich eines Besseren besonnen und wären wieder heruntergeklettert. Auf keinen Fall aber wären Sie tot!«
»Nein«, sagte Jakob Steiner höhnisch, »und warum nicht?«
»Weil der Tod Sie nicht genommen hätte. Sie sollen nicht sterben. Es ist noch zu früh.«
»Reden Sie keinen Unsinn!« Steiner lachte. »Ich sterbe, wann es mir paßt.«
»Das ist ein großer Irrtum«, sagte der kleine Armenier. »Die Todesstunde eines jeden Menschen ist genau vorgezeichnet. Jedermann hat seinen besonderen Tag, da gibt es keine Eigenmächtigkeiten. Du lieber Gott, wo kämen wir denn hin, wenn jeder sterben könnte, wann es ihm paßt?«
»Und woher wollen Sie wissen, daß es mir nicht zufällig zur rechten Zeit paßt?«
»Sie riechen nicht«, sagte Herr Mamoulian freundlich.
»He?« fragte Jakob Steiner.
»Sie riechen nicht«, wiederholte der andere. »Sie haben nicht den Todesgeruch an sich, den jeder haben muß, der sterben soll. Kommen Sie schon endlich herunter, damit wir uns normal unterhalten können!«
»Ich denke nicht daran!«
»Gut«, sagte Herr Mamoulian, »dann will ich zu Ihnen kommen.« Er ergriff das herabhängende Seilende und zog sich langsam hoch. »Obwohl es nicht angenehm ist«, sagte er. »Für einen Mann in meinem Alter. Ich klettere nicht gerne auf Bäume, besonders nicht nachts«, sagte er, »uff!« Herr Mamoulian erreichte die Astgabel, in der Jakob Steiner saß, schwang vorsichtig ein Bein über sie und setzte sich. »Bequem ist es nicht«, meinte er und schob seinen steifen Hut aus der Stirn, »aber romantisch.«
»Wie ist das mit dem Todesgeruch?«

Herr Mamoulian neigte sich vor und fuhr mit seiner großen, gekrümmten Nase Jakob Steiners Jacke entlang. Dann beroch er die Hosen. Danach Steiners Hände. Und schließlich sein Gesicht. »Nein«, sagte er entschieden, »keine Spur von Todesgeruch. Sie werden leben, mein Freund, noch lange. Das beste wäre, wir gingen gleich die Eier stehlen. Es ist schade um jede Minute.«
Jakob Steiner betrachtete ihn eingehend. Herr Mamoulian erwiderte seinen Blick ruhig aus kleinen schwarzen Augen, die in der Dunkelheit wie die einer Katze funkelten. Sein Gesicht sah aus wie ein großer, bleicher Mond.
»Sie sind verrückt, nicht wahr?« sagte Jakob Steiner höflich.
»Nein, mein Herr«, antwortete der Armenier, »ich bin nicht verrückt. Es verhält sich in der Tat so, wie ich es Ihnen erzähle. In meiner Heimat gibt es Menschen, die besitzen die Gabe, jenen sonderbaren Geruch zu erkennen, welcher die Todgeweihten umgibt. Ich gehöre, wie es sich trifft, zu ihnen. Seit meiner frühen Jugend war ich imstande, Menschen zu bezeichnen, die sterben mußten. Ich habe einen sehr feinen Geruchssinn. Das liegt übrigens in unserer Familie, meinem Bruder erging es ähnlich ... ich erinnere mich an einen besonderen Fall; das war in Eriwan, wir hatten vor, ein Geschäft mit einem reichen Teppichhändler abzuschließen. Nach den ersten Worten, die wir wechselten, nahm mein Bruder mich beiseite. ›Riechst du es auch?‹ fragte er mich. ›Ja, Mourad‹, erwiderte ich, ›ganz deutlich.‹ – ›Mir ist direkt übel davon‹, sagte mein Bruder Mourad, ›ich glaube, ich halte es mit dem Kerl keine fünf Minuten aus‹. – ›Ja‹, sagte ich, ›er riecht sehr stark nach Tod.‹ Natürlich schlossen wir das Geschäft nicht ab. Es war gut so. Denn noch in derselben Nacht wurde der Teppichhändler vergiftet. Ich erinnere mich, daß mein Bruder sich einmal weigerte, mit einem gewissen Bodnarovic, einem jugoslawischen Provokateur, ins Kino zu gehen, weil er befürchtete, dessen Todesgeruch nicht auszuhalten. Ich

habe mich noch nie getäuscht, es ist eine ganz besondere Gabe.«

»Und ich rieche nicht nach Tod?« fragte Jakob Steiner beeindruckt.

»Nicht die allergeringste Spur«, erwiderte Herr Mamoulian und rutschte unruhig auf seinem Ast hin und her. »Ungewaschen, ja, so riechen Sie. Und nach Schnaps. Und nach Bohnensuppe. Haben Sie Bohnensuppe gegessen? Ja? Na also, sehen Sie! Deshalb riechen Sie auch so. Nach Bohnensuppe. Aber nicht nach Tod, bestimmt nicht nach Tod.«

Jakob Steiner legte ihm eine Hand auf die Schulter und schob ihn entschlossen von sich fort. »Jetzt ist es genug«, sagte er. »Machen Sie, daß Sie fortkommen, oder ich werfe Sie hinunter! Ich werde mich aufhängen.«

»Aber Sie werden nicht sterben!« rief Herr Mamoulian. »Meine Nase lügt nicht!«

»Heute hat sie zum erstenmal gelogen. Los, springen Sie hinunter!«

Herr Mamoulian klammerte sich an den Ast. »Nicht doch«, sagte er, »lassen Sie mir Zeit, warten Sie, ach, so lassen Sie mir doch ein wenig Zeit!« Er bekam das Seilende zu fassen und rutschte zu Boden. »Der Ast wird brechen«, sagte er hoffnungsvoll.

»Lächerlich«, sagte Steiner, »der Ast, auf dem wir beide gesessen sind, wird unter meinem Gewicht allein bestimmt nicht brechen.«

»Vielleicht reißt auch der Strick«, sagte Herr Mamoulian. »Bei Wäscheleinen kann man das nie wissen.«

»Lassen wir endlich dieses dumme Geschwätz! Wenn Sie vielleicht so taktvoll sein wollen, ein wenig fortzugehen. Es ist mir peinlich, daß Sie mir zusehen, wenn ich mich aufhänge.«

»Sie meinen: wenn Sie versuchen, sich aufzuhängen.«

»In jedem Fall«, sagte Steiner. »Es ist peinlich.«

»Bitte schön!« Herr Mamoulian lächelte. »Da es sich ja nur um ein Experiment handelt, dessen Ausgang für mich feststeht, glaube ich, daß der Form Genüge geschieht, wenn ich mich umdrehe.« Er drehte sich tatsächlich um und hob sofort eine Hand, als habe er etwas vergessen.

»Tragen Sie etwas Zerbrechliches in der Tasche?«

»Ja«, sagte Steiner, »eine Schnapsflasche. Ich schenke sie Ihnen.« Und er warf sie in Herrn Mamoulians Arme.

»Es wäre doch schade um den guten Schnaps gewesen. Wir werden nachher zusammen trinken.«

»Für mich wird es kein Nachher geben.«

»Jaja«, sagte Herr Mamoulian. »Schon gut, mein Freund.« Er drehte dem Baum den Rücken. Die Flasche hielt er wie ein kleines Kind im Arm. Er sah sehr sonderbar aus in seinem zerdrückten Anzug und dem steifen Hut. Jakob Steiner, der sich die Schlinge um den Hals legte, dachte, daß es nicht gerade der schönste optische Eindruck war, den man in die Ewigkeit hinübernehmen konnte, aber es war nichts zu machen. Herr Mamoulian stand neben dem Kastanienbaum und rührte sich nicht. Er wartete.

»Verletzen Sie sich nicht im Fallen«, sagte er. Jakob Steiner sprach einen gemeinen Fluch, dann holte er noch einmal tief Atem und sprang. In der nächsten Sekunde fühlte er, wie die sich schließende Schlinge die Haut seines Halses aufriß, und er sagte »Au!« Dieser Laut wurde sofort erstickt, als mit einem furchtbaren Ruck die Leine seine Kehle zudrückte. Die Augen traten aus den Höhlen, eine maßlose Übelkeit befiel ihn, seine Glieder verkrampften sich. Während eine schwere schwarze Wolke sich über sein Bewußtsein senkte und riesenhafte rote Feuerräder vor seinen erblindeten Augen tanzten, drang als letztes Geräusch vor einer barmherzigen Ohnmacht ein Krachen an sein Ohr, das sich anhörte, als ginge die Welt unter. Er wußte mit voller Sicherheit: der Ast war gebrochen. Dann schlug die Finsternis über ihm zusammen. Als er wieder zu sich kam, lag sein Kopf im Schoß Herrn Mamoulians und er selbst der Länge nach

auf der Wiese. Herr Mamoulian schüttete vorsichtig und in kleinen Portionen Schnaps in seine Kehle. Er lächelte, aber ganz leise. Jakob Steiner stöhnte und wandte sich ab. Von seinem Hals rann ein Streifen Blut.
»Und nun«, sagte Herr Mamoulian mit der Stimme des Erlösers, »wollen wir gehen und ein paar Eier stehlen.«

Das Haus, in dem Herr Mamoulian wohnte, war einmal eine äußerst komfortable Villa gewesen. Sie wies einen pompösen Stiegenaufgang, eine getäfelte Halle mit offenem Kamin, große Glastüren, kostbare Salons, vornehm eingerichtete Zimmer, gekachelte Baderäume und einen schönen Garten mit Obstbäumen auf. Sie besaß eine geräumige Glasveranda, durch deren Fenster am Nachmittag die Sonne schien. In Herrn Mamoulians Haus ließ es sich wohl leben, und Herr Mamoulian selbst lebte auch wohl in ihm. Er gab Empfänge und große Feste, veranstaltete Bälle und Tees, und in vielen Nächten brannten die Lampen der kristallenen Luster bis in den hellen Tag hinein. Herr Mamoulian hatte viel Geld. Und deshalb hatte er auch viele Freunde. Er verstand es niemals, mit diesem Geld umzugehen, er verschenkte und verschwendete es in der unglaublichsten Weise und fand viel Spaß dabei. Es machte ihn glücklich, andere Menschen glücklich zu machen. Es kümmerte ihn nicht, ob sie ihn hintergingen oder bei seinen Geschäften hineinzulegen versuchten – er hatte mehr Geld, als er selbst verbrauchen konnte, was sonst sollte er tun, als es verschenken? Herr Mamoulian hatte, wir sagten es schon, viele Freunde. Die meisten von ihnen waren falsche Freunde, doch das wußte er zu dieser Zeit noch nicht.
Herr Mamoulian war ein gefälliger Mensch. Er konnte nicht nein sagen. Er war gerne vergnügt, liebte es, in der Gesellschaft hübscher Frauen zu sein, und freute sich, wenn andere Menschen lachten. In Herrn Mamoulians Haus wurde viel gelacht. Es war ein kostbares oder,

besser gesagt, ein kostspieliges Lachen, das des Nachts aus den geöffneten Fenstern in den stillen Garten drang, aber wen kümmerte das? Herrn Mamoulian gewiß nicht. Er wünschte das zu finden, was die Menschen »das Glück« nannten, und er fand eine Menge davon. Später, viel später erst, in großer Einsamkeit und Stille, erkannte Herr Mamoulian, daß er eigentlich stets nur dem Vergnügen begegnet war.

Die durchschnittlichen, mittelmäßigen und unauffälligen Menschen kommen im allgemeinen leichter durch das Leben als die außerordentlichen. Die außerordentlichen – ob sie nun sehr schön, sehr häßlich, sehr mächtig, sehr reich oder sehr klug sind, haben es schwerer. Das Leben selber hat es auf sie abgesehen und ist darauf aus, ihnen ein Leid zu tun. Das Leben beschädigt die sehr Klugen, die sehr Lieblichen, die sehr Reichen, die sehr Mutigen und die sehr Gütigen. Das Leben beschädigte auch Herrn Aram Mamoulian.

Zuerst nahm es ihm sein schönes Haus, in dem immer gelacht worden war: zwei Bomben fielen auf das Dach und verwandelten es in unbegreiflicher Eile in eine rauchende und schreckliche Trümmerstätte. Sodann nahm es ihm sein Vermögen. Sodann seine Verwandten. Danach alle seine Freunde. Ja, alle, nicht ein einziger blieb zurück, nicht einmal die kleine braunhäutige Tänzerin, die doch so sehr beteuert hatte, daß sie Herrn Mamoulian lieben würde bis an der Welt Ende. Und schließlich versuchte das Leben Herrn Mamoulian, dem Freigebigen, Fröhlichen, Freundlichen, den Glauben an seine Mitmenschen zu nehmen. Aber das gelang schon nicht mehr so gut wie alles Vorhergegangene. Denn dreierlei vermochte selbst das Leben Herrn Mamoulian niemals zu nehmen: Seinen Mut. Seine Hoffnung. Und seinen Humor.

Herr Mamoulian hatte ein großes Herz. Es war auch ein sehr kräftiges Herz. Als er sah, daß seine Freunde ihn verließen, begann er dicke und ernste Bücher zu lesen.

Als er sah, daß von seinem schönen Haus nichts als eine Ruine übriggeblieben war, übersiedelte er in den geräumigen und warmen Keller. Als er mit einem Schlag bettelarm wurde, sah er sich nach neuer Arbeit um. Daß Herr Mamoulian in jener Nacht, in der unsere Geschichte beginnt, Jakob Steiner traf, war für diesen ein großes Glück, obwohl er es gar nicht wußte. Auch Herr Mamoulian wußte es nicht. Und auch für ihn sollte sich diese Begegnung als ein großes Glück erweisen. Es war mehr als ein Zufall, daß Herr Mamoulian eben zu jener Zeit auszog, um Ostereier für ein kleines Mädchen zu stehlen, zu der Jakob Steiner daranging, sich aufzuhängen. Es war ein Umstand von tiefer Bedeutung, wie eigentlich allem, was im Leben geschieht, seine tiefe Bedeutung, sein besonderer Sinn zukommt. Dieser besondere Sinn erst macht unser Dasein bedeutend, und nur jene Menschen leben richtig, die sich nicht zu sehr um die Ereignisse selbst als um jenen geheimnisvollen und tiefen Sinn kümmern, der hinter ihnen steht, heute, morgen, gestern und alle Tage.

Jakob Steiner war sehr müde, als er, etwa eine halbe Stunde nach seinem erfolglosen Selbstmordversuch, an Herrn Mamoulians Seite in dessen eigenartiger Kellerwohnung saß und die Schalen hartgekochter Eier mit bunten Bleistiftstummeln bemalte. Er fühlte sich so müde, daß er, überzeugt von der Sinnlosigkeit jedes weiteren Selbstmordversuches, sich fast schon mit dem Gedanken, am Leben zu bleiben, abgefunden hatte. Was konnte er denn tun? Er hätte nicht einmal die Kraft aufgebracht, wieder in einen Kastanienbaum zu klettern.

Auf dem Tisch vor den beiden Männern standen Gläser und die Schnapsflasche. Herr Mamoulian bemalte seine Eier mit roten Blumen, die alle einen gelben Punkt in der Mitte trugen, und Jakob Steiner zeichnete die Stengel und Blätter dazu. Sie hatten die Arbeit so ökonomisch wie möglich verteilt. Nach dem dritten Ei wechselten sie die Form und die Farben der Blumen, nach dem sechsten Ei wechselten sie die Buntstifte, und Herr Mamoulian malte Stengel und Blätter, während Jakob Steiner sich mit den Blüten beschäftigte. Jedesmal, wenn ein Ei fertig war, sagte Herr Mamoulian: »Na, dann prost!« und trank einen Schluck. Und Jakob Steiner tat es ihm gleich. Auf diese Weise kamen die beiden einander rasch näher. Es war ein Uhr früh.

Steiner blickte sich, während er Eier bemalte und Herr Mamoulian animiert auf ihn einsprach, etwas benommen um. Der Kellerraum, in dem sie saßen, war groß und hoch. An der Decke befanden sich mehrere schmale Fenster, die in den Garten hinausführten. Man konnte sie vom Fußboden aus nicht erreichen und mußte, um sie zu öffnen, eine eigene Hebelvorrichtung betätigen. Nebenan lagen zwei schmale und lange Kammern, durch die man in einen Vorraum gelangte, aus dem eine Treppe in die zerstörte Halle hinaufführte. Von dem Vorraum gingen Türen in ein Badezimmer und eine Küche. Jakob Steiner betrachtete einen großen Haufen Bücher, die, unordentlich gestapelt, auf dem Fußboden lagen. Dann glitt sein Blick die Wände entlang, über einen kostbaren Maria-Theresien-Schrank, mehrere teils beschädigte, aber tiefe und gemütliche Lehnstühle, einen zierlichen, mit Papieren überhäuften Schreibtisch, vor dem sich ein alter Schaukelstuhl befand, ein großes Bett, das mit einem Teppich zugedeckt war, und mehrere Koffer, die in einer dunklen Ecke standen. Unter dem Plafond zogen sich die Rohre der Gas- und Wasserleitung hin. An einigen von ihnen hatte Herr Mamoulian Wäschestücke zum Trocknen aufgehängt. Im Licht einer Tischlampe warfen sie abenteuerliche Schatten über die Wände.

»Es war eine gute Idee von Ihnen, die Eier zuerst hartzukochen und dann zu bemalen«, sagte Herr Mamoulian. »Sonst wäre nämlich im Wasser die Farbe wieder heruntergegangen.«

»Ja«, sagte Jakob Steiner, »deshalb habe ich es getan.«
»Sie sind ein sympathischer Mensch«, erklärte Herr Mamoulian. Sie waren bei dem dreizehnten Ei angelangt.
»Sie auch.«
»Sympathisch, aber verrückt. Wohin werden Sie jetzt gehen?«
»Das weiß ich noch nicht.«
»Aha«, sagte der andere, »dann bleiben Sie bei mir.«
»Unsinn! Wovon werden wir leben?«
Herr Mamoulian zog ein riesenhaftes rotes Taschentuch hervor und schneuzte sich umständlich. »Wovon haben wir bisher gelebt?«
»Wir werden verhungern!« rief Jakob Steiner in übertriebener Angst.
»Wir werden nicht allein sein«, erwiderte Herr Mamoulian. »Viele Menschen in der ganzen Welt fragen sich heute, wovon sie morgen leben werden. Es ist die interessanteste Frage der Zeit geworden.«
»Die interessanteste Frage ist die, *ob* wir morgen noch leben werden.«
»Ja«, sagte Herr Mamoulian, »und die interessanteste Tatsache ist jene, daß wir es aller Wahrscheinlichkeit nach noch tun werden.« Er stand auf, ging zu seinem Schreibtisch, wo er eine Weile in einem Berg von Papieren wühlte, und kam dann mit einem Zettel zurück. »In diesem Zusammenhang«, sagte er, »will ich Ihnen etwas vorlesen, was ich heute geschrieben habe. Nachdem wir einen Schluck getrunken haben«, sagte er und schwankte ein wenig. »Oder vielleicht zwei Schluck«, sagte er und setzte sich wieder. Sie tranken zwei Schluck.
»Na, prost!« sagte Herr Mamoulian.
»Prost«, sagte Jakob Steiner. »Ich möchte jetzt Sonnenblumen malen. Es sind nur noch drei Eier da.«
»Malen Sie Sonnenblumen und hören Sie mir zu!« Herr Mamoulian hielt sich den Zettel dicht vor die Augen.

»Der Mensch unserer Tage«, las er, »kann die Erde umkreisen, auf weiteste Entfernungen den Tod versenden, das Gewicht der Sterne bestimmen, aus den Eingeweiden der Erde Öl emporpumpen, ein Huhn dazu bringen, daß es 365 Eier im Jahr legt, einen Hund dressieren, daß er Pfeife raucht, und einen Löwen, daß er Ball spielt. Aber zeige ihm fünf Brotlaibe und zwei Fische, die zu verkaufen sind, und fünf hungrige Erwachsene und zwei kleine Kinder ohne Geld, und er beruft Konferenzen, bestellt Komitees und Unterkomitees, veranstaltet Wahlen und ruft wehklagend: Oh, welche Krise schlägt uns in Fesseln! Nichts als unnützes Zeug tut er, und dann zieht er sich zurück und läßt die fünf Erwachsenen und die zwei kleinen Kinder weiter hungern, während die fünf Laibe Brot und die beiden kleinen Fische unberührt bleiben.«
Herr Mamoulian räusperte sich, legte den Zettel beiseite und hob sein Glas. »Wir aber«, sagte er, als er wieder sprechen konnte, »werden von den fünf Brotlaiben und den beiden kleinen Fischen leben, die es immer noch in der Welt gibt für jene, die über ihrem Hunger nicht ihren Verstand verloren haben. Wir werden von dem geheimen Brot leben, das aus den Furchen der Armen wächst.«
»Sehr schön«, sagte Jakob Steiner, »und was werden wir *essen?*«
»Junger Mann«, erwiderte Herr Mamoulian und blickte bedauernd durch das grüne Glas der Schnapsflasche, die nur noch zu einem schwachen Viertel gefüllt war, »vieles in Ihrem Leben wäre anders gekommen, wenn Sie weniger besorgt um Ihren gefüllten Magen gewesen wären. Sie müssen und Sie werden noch darauf kommen, daß eine unendliche Geduld dazu gehört, das Leben zu ertragen und glücklich zu sein.«
»Ich bin nicht geduldig!« rief Jakob Steiner, während er Sonnenblumen auf das vierzehnte Ei malte.
»Aber Sie müssen es werden, junger Mann, den der Tod

nicht haben wollte«, sagte Herr Mamoulian und legte die dreizehn fertigen Eier in einen kleinen Korb.
Jakob Steiner lachte. »Sie haben leicht reden! Ihnen geht es nicht so schlecht wie mir.«
»Es geht mir auch nicht besser.«
»Sie haben ein Dach über dem Kopf!«
»Erstens«, sagte Herr Mamoulian nachsichtig, »ist das nicht das Dach, sondern der Fußboden, denn wir sitzen im Keller. Und zweitens gehört der Fußboden, unter dem wir sitzen, von heute an Ihnen und mir zu gleichen Teilen, wie überhaupt alles, was Sie hier sehen. Obwohl es nicht dafürsteht, es überhaupt zu erwähnen.«
»Na ja«, sagte Jakob Steiner düster, »aber sonst!«
»Was denn, sonst? Glauben Sie, ich bin ein verkleideter Monarch? Oder ein verrückter Millionär? Oder ein berückender Frauenbetörer? Was glauben Sie eigentlich?« rief er aufgebracht und streckte sein unrasiertes Kinn herausfordernd vor.
»Ich glaube, Sie sind zu lustig, um viel Kummer zu haben«, sagte Jakob Steiner erschrocken und leise.
»Junger Mann mit dem Bohnengeruch«, sagte Herr Mamoulian, der nicht mehr ganz nüchtern war, »junger Mann, den der Tod nicht haben wollte, hören Sie zu: Sie haben Ihre Wohnung verloren. Nun, das habe ich auch. Sie haben Ihren Beruf verloren. Nun, das habe ich auch. Ihr Kind ist gestorben. Ich habe niemals Kinder gehabt. Sie besitzen kein Geld. Ich besitze auch keines. Ihre Frau ist gestorben. Ich habe niemals eine Frau gehabt. Und jener Mensch, den ich liebte, ist nicht gestorben. Aber ich bin für ihn gestorben, junger Mann mit dem Bohnensuppengeruch, und das ist auch nicht das angenehmste.«
»Aber die Hoffnung«, sagte Jakob Steiner und drehte sein Glas hin und her, »Sie haben die Hoffnung nicht verloren.«
»Das haben Sie auch nicht getan.«
»O ja, ich schon.«

»Sie haben nicht die Hoffnung verloren«, sagte Herr Mamoulian, »sondern den Mut. Das ist ein großer Unterschied. Kein Mensch, solange er lebt, verliert die Hoffnung. Auch Sie nicht. Sie schon gar nicht! Ach, weshalb wollten Sie sich denn töten?«
»Weil ich glaubte, daß es drüben besser sein würde.«
»Weil Sie *hofften*, daß es drüben besser sein würde«, sagte Herr Mamoulian, »ebenso wie Sie jetzt im hintersten Winkel Ihres Herzens schon wieder hoffen, daß in nächster Zeit hier auf Erden verschiedenes für Sie besser werden wird. Und das wird es auch!«
»Ich möchte wissen, wie«, sagte Jakob Steiner. »Bei der Arbeitslosigkeit und dem Geldmangel und der politischen Situation und überhaupt.«
»Im Gegensatz zu Ihnen«, sagte Herr Mamoulian stolz und beschwipst, erhob sich und schritt majestätisch zu seinem Schreibtisch, von dem er einen dicken Packen beschriebenen Papiers nahm, »im Gegensatz zu Ihnen *arbeite* ich, junger Mann! Ich verrichte nützliche Arbeit und werde für diese Arbeit bezahlt.«
Er räusperte sich. »Ich werde für diese Arbeit bezahlt werden«, sagte er, etwas leiser.
»Was für eine Arbeit?«
»Ich übersetze das Buch eines Landsmannes«, erklärte Herr Mamoulian, »ein dickes Buch von vielen Seiten, damit es in deutscher Sprache gedruckt werden kann. Vielen Menschen zu Nutzen. Nicht zuletzt Ihnen.«
»Was ist das für ein Buch?«
»Es ist eine lange und sehr interessante Nachdenkerei über das sonderbarste Wesen der Schöpfung, über den Menschen. Vorhin habe ich Ihnen eine Stelle daraus vorgelesen.«
»Und wer bezahlt Sie für die Übersetzung?«
»Der Autor natürlich, wer sonst?«
»Natürlich!« Steiner nickte. »Und wann?«
»Sobald er von seiner Reise zurückkommt.«
»Was ist das für eine Reise?«

»Weltreise«, sagte Herr Mamoulian ein wenig hastig und am Sprechen zeitweilig behindert durch ein ebenso abruptes Aufstoßen. »Europa, Asien, Afrika, wissen Sie, Australien und Amerika.«
»Hat er selber Ihnen das Manuskript gegeben?«
»Freilich«, sagte Herr Mamoulian, dessen schwarze Augen glasig zu werden begannen, »er ist ein alter Bekannter von mir, ein *sehr* wohlhabender Mensch, der dieses Buch auf eigene Kosten drucken lassen will.«
»Hat er Ihnen schon Geld gegeben?«
»Noch nicht.«
»Und trotzdem haben Sie schon so viel übersetzt?«
»Wenn es mir doch Freude macht«, sagte Herr Mamoulian. »Im übrigen, seien Sie beruhigt, junger Mann! Er wird zahlen, er ist ein ehrlicher Mensch. Ich rechne täglich mit seiner Rückkehr. Und dann werden wir viel Geld haben und uns alles kaufen können, wonach wir uns sehnen.« Er versank in Träumereien. »Ich hätte gerne ein Paket Pfeifentabak«, sagte er, »ich kenne ein Kaffeehaus in der Stadt, wo man ihn billiger als anderswo bekommt. Ich könnte mit der *Straßenbahn* in die Stadt fahren und mir eine neue Pfeife kaufen. Und dann könnte ich mit der *Straßenbahn* wieder zurückfahren. Was wünschen Sie, daß ich *Ihnen* mitbringe?«
»Wir haben das Geld doch noch gar nicht!«
»Nein«, sagte Herr Mamoulian ernüchtert und starrte in sein halbleeres Glas, »aber wir werden es bekommen, es kann nicht mehr lang dauern. Mein Freund wird von seiner Reise zurückkehren, und dann sind wir beide wohlhabend.« Er legte einen Finger an die Nase. »Es wäre hübsch, wenn wir noch im Laufe des Samstags zu Geld kämen, dann könnte ich dem kleinen Mädchen noch Schokolade und ein Paar Schuhe kaufen. Weil es nämlich unbedingt Schuhe braucht. Die alten sind ganz zerrissen, und seine Mutter ist nicht in der Lage, neue zu kaufen. Es geht ihr schlecht«, sagte Herr Mamoulian, »und es wäre sehr erfreulich, wenn ich auf diese Weise

heute noch zu Geld käme. Denn morgen ist Ostern und die Geschäfte haben geschlossen. Wenn ich das Geld erst morgen und nicht mehr heute bekomme, nützt es mir nichts. Am Sonntag kann ich keine Schuhe kaufen gehen. Und denken Sie an die traurigen Augen des kleinen Mädchens, wenn es keine Schokolade und keine neuen Schuhe bekommt, auf die es doch schon so sehr wartet!«
»Hören Sie auf mit den traurigen Augen«, sagte Steiner gereizt.
»Jeder von uns hat einen wunden Punkt«, sagte Herr Mamoulian, »bei mir sind es Menschen mit traurigen Augen. Ich habe nun einmal Menschen mit lustigen Augen gerne! Und deshalb werde ich auf alle Fälle den Ostersamstag dazu verwenden, Geld aufzutreiben. Ich weiß noch nicht genau, wie ich es anstellen werde, aber es wird mir schon irgendwie gelingen. Am einfachsten wäre es natürlich, wenn mein armenischer Freund heute nach Wien käme ...« Herr Mamoulian sprach plötzlich schneller, so als wollte er Steiner hindern, ihn zu unterbrechen. Sein Ton hatte etwas Entschuldigendes angenommen, er lächelte verlegen und bewegte die Hände. »Wer weiß«, sagte er hastig, »vielleicht kommt er wirklich heute! Ich warte schon eine ganze Reihe von Tagen auf ihn ...« Aber dann, als er Steiners Stimme hörte, brach er ab und sah wieder still in sein Schnapsglas.
»*Wie lange warten Sie schon auf Ihren Freund?*« fragte Jakob Steiner. Herr Mamoulian hob sehr langsam sein Glas und trank es sehr langsam aus. Dann setzte er es sehr langsam nieder und erwiderte sehr langsam: »Drei Jahre.«
Und dann sprachen beide lange Zeit kein Wort.
Draußen im Garten lärmte der Nachtwind, und eine struppige Katze sah interessiert durch die niederen Fenster. Die frischgewaschenen Hemden auf den Gasrohren bewegten sich in einem Luftzug, und ihre Schatten wanderten über die Wand.
»Ist es nicht eine Schande«, sagte Herr Mamoulian schließlich sehr leise und mit gräßlich belegter Stimme,

»ist es nicht eine große Schande, daß es einem Menschen so schlecht gehen darf, daß er für ein kleines Kind keine Schokolade und keine Schuhe kaufen kann? Ich will gar nicht von der Schokolade reden. Aber von den Schuhen schon. Die Schuhe sind eine Schande! Das dürfte nicht sein!« Herr Mamoulian versuchte, sich von dem Thema seines seit drei Jahren überfälligen Freundes und Auftraggebers fortzureden, aber es gelang nicht.
»Es ist sehr unklug von Ihnen«, sagte Jakob Steiner unbarmherzig, »Hoffnung aus dem Gedanken an einen Menschen zu beziehen, der so offensichtlich nicht daran denkt, Ihnen Geld zu geben. Es ist nicht nur ein Unfug, sondern sogar ein sträflicher Leichtsinn, etwas Derartiges zu tun. Das beste wäre, Sie vergäßen Ihren Freund und brächen die Übersetzung ab.«
»Das werde ich nicht tun!«
»Warum nicht?«
»Weil ich an meinen Freund glaube, und weil ich sein Buch gerne übersetze. So hat mein Leben ein wenig Sinn. Was sollte ich denn tun, wenn es keinen Sinn in meinem Leben gäbe? Ich würde daran denken, mich umzubringen, genau wie Sie. Und ich will mich nicht umbringen.«
»Warum eigentlich nicht?« fragte Jakob Steiner. »Gefällt Ihnen diese Welt so gut?«
»Ja«, sagte Herr Mamoulian, »sie gefällt mir besser als irgend etwas anderes, was ich mir vorstellen kann. Ich liebe sie, diese Welt, die es nicht wert ist, von der Sonne gestreichelt und vom Sturm gepeitscht zu werden, ich liebe sie mit meinem ganzen Herzen, und ich will sie nicht verlassen, bevor meine Zeit gekommen ist. Ich will nicht verzweifeln, und deshalb muß ich arbeiten.«
»Und wie wollen Sie die Schuhe für Ihre kleine Freundin bezahlen?«
»Das weiß ich noch nicht«, sagte Herr Mamoulian, eingesponnen in verschiedene Gedankengänge und Bilderfolgen, die ihn aus seiner seltsamen Kellerwohnung hin-

aus in eine unendliche Weite und Helligkeit führten, in der er gerne glücklich gewesen wäre, »aber ich werde schon noch darauf kommen. Ich habe die letzte Woche damit verbracht, darüber nachzudenken, wie ich zu Geld kommen könnte, und ich habe die verschiedensten Dinge versucht, aber es gelang mir nichts. Ich habe meine alten Bekannten um Geld angesprochen – gleichfalls ohne Erfolg. Aber noch ist es nicht Samstagabend, noch besteht die Möglichkeit, daß mein kleines Mädchen am Sonntag keine traurigen Augen zu machen braucht! Ist noch Schnaps in der Flasche?«
»Nein«, sagte Jakob Steiner, der nachdenklich zugehört hatte, »sie ist leer.«
»Dann wollen wir schlafen gehen«, sagte Herr Mamoulian. »Ich habe nur ein Bett, aber das ist sehr groß und zwei Menschen finden darin Platz. Ich habe auch nur eine Decke und die ist ein Teppich, aber dafür weich und warm.«
Sie entkleideten sich teilweise, löschten das Licht und krochen in Herrn Mamoulians Bett, das sich tatsächlich als sehr geräumig erwies.
»Gute Nacht«, sagte Jakob Steiner.
»Gute Nacht, junger Mann, dem der Todesgeruch fehlt«, sagte Herr Mamoulian. »Schlafen Sie gut!«
Jakob Steiner schlief schlecht. Immer wieder schreckte er aus wirren Träumen empor, rang nach Atem und sah sich schweißgebadet in dem fast völlig dunklen Zimmer um, bis er durch die Gestalt an seiner Seite an alles erinnert wurde, was in den letzten zwölf Stunden geschehen war. Dann legte er sich zurück, schloß die Augen und lauschte den schweren Atemzügen Herrn Mamoulians, der sein Kissen wie ein Kind mit beiden Händen umklammert hielt. Herr Mamoulian schnarchte nicht. Aber er sprach im Schlaf. Auch in dieser Nacht sprach er, ganz klar und deutlich. Jakob Steiner verstand jedes Wort.
»Ein Paar Kinderschuhe«, sagte Herr Aram Mamoulian,

der Fröhliche mit dem großen Herzen. »Größe dreiunddreißig, am liebsten aus braunem Leder. Ich hätte mir gerne einen gewissen Betrag von Ihnen geliehen. Ich würde mich verpflichten, ihn sofort zurückzuzahlen ...« Kleine Pause und dann: »... wenn ich gewisse mir zustehende Beträge erhalte ...«
Jakob Steiner seufzte gramvoll und drehte sich auf die andere Seite. Draußen, vor den schmalen Fenstern, saß noch immer die magere Katze. Sie bewegte sich nicht. Ihre grünen Augen leuchteten in der Finsternis.

DAS DRITTE KAPITEL

darin Herr Mamoulian feststellt, daß in seinem Haushalt eine Frau fehlt, und Jakob Steiner auf eine gute Idee kommt; worin erzählt wird, wie Frau Magdalena Huber, der gelernte Maurer, ein neues Heim findet und Herr Mamoulian sich auf die Suche nach Geld begibt; wie er einen ganzen Tag lang durch die endlosen Straßen der großen Stadt Wien geht und niemanden findet, der ihm helfen kann; wie er sehr müde und traurig wird und keinen Ausweg mehr sieht; und wie schließlich ein Wunder geschieht, das ihn wieder zu einem fröhlichen Menschen macht.

Es ist sehr wichtig«, sagte Herr Mamoulian, »einen seriösen Eindruck zu machen, wenn man etwas Unseriöses vorhat.« Er stand, bekleidet mit einem Hemd, Strümpfen, Halbschuhen und seinem steifen Hut, in der Küche seiner ungewöhnlichen Wohnung und bemühte sich, zwei möglichst gleichmäßige Falten in eine zerdrückte schwarze Hose zu bügeln. Neben ihm saß Jakob Steiner auf einem Schemel und bürstete Herrn Mamoulians Schuhe. »Geldleihen ist eine unseriöse Beschäftigung«, fuhr Herr Mamoulian fort. »Es ist deshalb ein wenig paradox, daß die Menschen im allgemeinen ihr Geld auf das *Aussehen* des Bittstellers hin verleihen, denn wie kann jemand, der kein Geld hat, gut aussehen? Im Gegenteil: solange ich selber wohlhabend war, habe ich es mir zur Regel gemacht, sofort jenen zu helfen, die einen erbarmungswürdigen Eindruck hervorriefen, und von vornherein gegen Leute mißtrauisch zu sein, die herrlich angezogen und tadellos gepflegt bei mir erschienen und nach Geld fragten.«
»Bewegen Sie Ihre Füße nicht«, sagte Jakob Steiner unter dem Bügelbrett. »Wie soll ich Ihre Schuhe putzen, wenn Sie dauernd herumhüpfen?«
»Wie soll ich meine Hose bügeln, wenn ich nicht herum-

hüpfe?« fragte Herr Mamoulian. Er hob das Kleidungsstück auf, hielt es kritisch vor sich in die Luft und seufzte enttäuscht. »Nein«, sagte er, indem er seine Bemühungen wieder aufnahm, »so geht es nicht. Ich muß eine *ordentlich* gebügelte Hose tragen. Die Menschen sind sonderbar. Sie haben keinen guten Instinkt. Aber das hilft nichts. Heute ist der schlechte Instinkt meiner Bekannten ausschlaggebend für unser Wohlergehen und das Gelingen des morgigen Osterfestes.«
»Ich hasse alle Feiertage«, sagte Jakob Steiner, »sie kosten Geld und sind stets Enttäuschungen. Außerdem ist man am nächsten Morgen, wenn man zur Arbeit soll, nicht ausgeschlafen. Mit den Sonntagen ist es dasselbe.«
»Aber die Möglichkeit, Geschenke zu machen!« sagte Herr Mamoulian.
»Ich bekomme nicht gern Geschenke«, erwiderte Jakob Steiner. »Ich habe zeit meines Lebens einen großen Widerwillen vor Geschenken empfunden. Gott sei Dank habe ich niemals viele bekommen. Ich werde froh sein, wenn es weiterhin so bleibt. Wenn man nichts geschenkt erhält, braucht man sich nicht zu bedanken.«
»Es gibt noch die Möglichkeit«, sagte Herr Mamoulian, »*selbst* Geschenke zu machen. Ich habe auch selten Geschenke in meinem Leben erhalten, aber es hat mir immer großen Spaß bereitet, Geschenke zu *machen*. Ich kann mich eigentlich nicht erinnern, daß mir irgend etwas größeren Spaß bereitet hätte.« Er holte tief Atem und ließ dann mutlos die Hände sinken. »Es hat keinen Sinn! Diese teuflische Hose geht über meine Kraft. Können Sie bügeln?«
»Nein«, sagte Jakob Steiner und erhob sich.
»Wie sieht die Hose aus?«
Jakob Steiner wandte verlegen den Kopf ab und zuckte die Schultern. »Genieren Sie sich nicht«, sagte Herr Mamoulian, »haben Sie keine Angst, mich zu verletzen! Wie gefällt Ihnen die elende Hose?«

»Vorher hat sie mir besser gefallen«, sagte Jakob Steiner vorsichtig.
Herr Mamoulian nickte, als fände er seine Erwartungen bestätigt, beleckte den Zeigefinger, hielt ihn an das Eisen und verbrannte sich. »Aber es ist heiß!« sagte er ratlos. »Ich verstehe das nicht ...«
»Es liegt daran, daß die Hose nicht mehr ganz neu ist.«
»Es liegt daran, daß wir Männer sind. Männer wurden nicht dafür eingerichtet, Hosen zu bügeln. Es gibt typisch maskuline und typisch feminine Tätigkeiten. Hosen bügeln ist eine typisch feminine Tätigkeit, da können Sie sagen, was Sie wollen. Es ist ein großer Jammer, daß mir im Augenblick das nötige Kleingeld fehlt, um ein feminines Wesen für derartige Anlässe zu beschäftigen. Ich würde eine Frau benötigen, gelegentlich wenigstens.«
»Vielleicht findet sich eine, die kein Geld verlangt.«
»Das«, sagte Herr Mamoulian, »halte ich für unwahrscheinlich. Die allermeisten Frauen verlangen Geld. In der einen oder anderen Form. Sie sind auch viel abhängiger vom Geld als Männer, man kann es verstehen.«
»Vergessen Sie nicht die Liebe!«
»Ha, die Liebe«, sagte Herr Mamoulian mit Pathos. »Was für antediluvianische Ausdrücke Sie gebrauchen, junger Mann!« Er nahm den Hut ab, um sich den Kopf zu kratzen, was er häufig tat, und setzte ihn wieder auf. »Wenn Sie kein Geld haben, lassen Sie am besten die Finger von den Frauen. Das ist eine einfache Regel. Ebenso, wie Sie am besten die Hände von der Liebe lassen, wenn Sie schlechte Zähne haben. Was fängt eine Frau mit Ihnen an, wenn Sie kein Geld haben! Was fangen Sie mit einer Frau an?«
»Man könnte sich mit ihr unterhalten.«
»Ja«, sagte Herr Mamoulian, »wie lange?«
»Ich glaube, Sie sind durch schlechte Erfahrungen verbittert.«
»Auch«, sagte Herr Mamoulian, »bin ich das. Das hält

mich jedoch nicht davon ab, festzustellen, daß unserem Haushalt eine Frau abgeht – so oder so. Wenigstens im Augenblick. Ich glaube«, sagte er, »man müßte die Hose ein bißchen besprengen. Mit Regenwasser«, sagte Herr Mamoulian, »damit sie geschmeidiger wird. Nehmen Sie doch, bitte, einen Topf, gehen Sie vor das Haus und füllen Sie ihn mit Wasser aus der Regentonne, ja?«
Jakob Steiner ging. Im Garten schien die Sonne, und viele Vögel sangen. Der Himmel war strahlend blau, und ein warmer Wind wehte. Jakob Steiner ging mit seinem Kochtopf vorsichtig zwischen herumliegenden Ziegeln und Mauertrümmern zur Straße, fand das Regenfaß und füllte sein Gefäß mit Wasser. Dabei sah er durch ein paar noch kahle Sträucher auf die Straße hinaus und erblickte in einiger Entfernung als Silhouette gegen den hellen Himmel eine untersetzte Gestalt, die, ein schwer bepacktes zweirädriges Gefährt vor sich herschiebend, näher kam.
Jakob Steiner traute sieinen Ohren nicht. Die Gestalt sang. Sie sang ziemlich falsch und sehr laut ein wildes Lied, in welchem von einem Segelschiff gesprochen wurde, auf dem in südlichen Gewässern eine Infektionskrankheit übelster Sorte ausgebrochen war. Jakob Steiner setzte seinen Topf vorsichtig nieder und trat auf die Straße hinaus. Unter den Kronen der Alleebäume, ungebeugt und rüstig, schritt ihm Frau Magdalena Huber, der gelernte Maurer, entgegen. Einige kleine Kinder sprangen um sie her.

»Wir lagen vor Madagaskar«,

sang Frau Magdalena Huber, die eben evakuierte, obdachlose Witwe mit dem in Rußland verschollenen Sohn, während sie ihren Handwagen vor sich herschob, mit lauter, heiserer Stimme,

»und hatten die Pest an Bord.
In den Kesseln, da faulte das Wasser,
und täglich ging einer über Bord!
Ai-ho, braunes Mädel, ai-ho, lebewohl ...«

Jakob Steiner winkte aufgeregt mit beiden Händen und lief ihr entgegen. Die kleinen Kinder blieben neugierig stehen. Frau Magdalena senkte die Griffe ihres Handwagens und stemmte die Hände in die Hüften.
»Hallo!« rief Jakob Steiner, während er in wilden Sprüngen den Hügel hinunterjagte. »Frau Magdalena!«
Er erreichte sie, kam knapp vor ihr zu stehen und äußerte atemlos: »Ich habe noch Ihren Strick.« Und ein wenig überflüssig: »Ich habe mich nämlich nicht aufgehängt.«
»Das sehe ich«, erwiderte sie verstimmt. »Warum nicht?«
»Der Ast ist gebrochen«, sagte Jakob Steiner. »Ich kann nichts dafür, er sah sehr solid aus, und ich hatte volles Vertrauen zu ihm. Es ist nicht meine Schuld, daß ich noch am Leben bin. Der Tod will mich nicht.«
»Aha«, sagte Frau Magdalena. Es klang ungemein sarkastisch.
»Ich habe nicht den Todesgeruch«, fügte Steiner erläuternd hinzu. Frau Magdalena schüttelte den Kopf.
»So ist das«, sagte sie vor sich hin, »nichts als Unruhe bringt ihr jungen Menschen in unser Leben! Viel Geschrei machen, das könnt ihr! Viel Lärm um nichts. Immerhin«, sagte Frau Magdalena, »bin ich ganz froh, daß Sie noch leben. Nicht, daß ich mir ernstlich Sorgen machte«, sagte sie, »ich habe gewußt, daß Sie leben bleiben würden. Aber immerhin. Es hätte ja irgendwas passieren können. Wo ist meine Wäscheleine? Ich brauche sie jetzt, ich übersiedle.«
»Wohin?« fragte Jakob Steiner.
»Das weiß ich noch nicht. Vorläufig bin ich auf der Straße.«

Sie hob ihren Karren auf und begann sie weiter vor sich herzuschieben.

»Ai-ho«,

sagte sie, wieder in ihr Lied verfallend,

»ai-ho, braunes Mädel, ai-ho, lebewohl ...«

Jakob Steiner stieß plötzlich ein ziemlich sinnloses Geräusch aus und packte sie an den Schultern, so daß sie stehenblieb.
»Na«, sagte Frau Magdalena, der gelernte Maurer, »vielleicht!«
»Warten Sie!« Jakob Steiner keuchte hingerissen. »Ich habe eben eine Idee gehabt, eine ganz außerordentliche Idee, wenn sie sich verwirklichen läßt ... mein Gott«, sagte er, »das wäre wunderbar ...«
»Vielleicht werden Sie ein wenig deutlicher!«
»Hören Sie«, sagte Jakob Steiner, »können Sie eine Hose bügeln?«
Frau Magdalena bekam einen roten Kopf. »Mein Lieber, es hat alles seine Grenzen. Sie haben bei mir gegessen, Sie haben bei mir geschlafen, Sie haben mir einen Strick gestohlen. Gut. Aber wenn Sie glauben, daß ich jetzt noch Ihre Hose bügeln werde, nur damit Sie hübsch ordentlich aussehen, nachdem Sie sich gestern umbringen wollten –«
»Nicht meine Hose«, sagte Jakob Steiner ungeduldig. »Die Hose eines anderen Mannes ...«
»Ich soll die Hose eines fremden Mannes bügeln?«
»Keines fremden Mannes«, sagte er irritiert, »eines Freundes von mir, eines Armeniers ...«
»Jakob Steiner!« rief Frau Magdalena. »In meinem Leben habe ich noch nie die Hose eines Armeniers gebügelt!«
»Es ist nie zu spät, anzufangen.«

»Nein«, sagte sie bestimmt. »Nicht heute.«
»Wenn ich Sie darum bitte?«
»Wenn Sie ein wenig guten Geschmack besitzen, dann werden Sie mich nicht darum bitten. Sie wissen, daß ich mich in einer überaus peinlichen Lage befinde und andere Dinge im Kopf habe als die Hose Ihres armenischen Freundes.«
»Die Hose meines armenischen Freundes«, sagte Jakob Steiner, »wird Ihnen möglicherweise zu einer neuen Heimstätte verhelfen, wenn Sie an einer solchen noch interessiert sind.«
»Wieso?«
»Weil mein Freund eine Frau sucht, die ihm gelegentliche Dienste erweist, ohne daß er sie dafür jedesmal bezahlen muß.« Steiner packte den Handwagen und marschierte weiter. Frau Magdalena folgte verblüfft.
»Aber ...«
»Kein Aber«, sagte Jakob Steiner, dem die Haare wild vom Kopf abstanden, »Sie werden unsere Hosen bügeln und für uns kochen, und wir werden zu dritt in dem Keller wohnen. Wenn es Herrn Mamoulian recht ist«, fügte er kleinlaut hinzu. Sie erreichten die Ruine, und Steiner zog den Handwagen auf den Gehsteig.
»Wer ist das?« fragte Frau Magdalena und wies mit dem Finger auf eine Gestalt, die durch die Trümmer auf sie zukam. Die Gestalt war bloßfüßig und trug einen alten geblümten Schlafrock, den sie über dem Bauch zusammenhielt.
»Zum Teufel«, sagte Herr Mamoulian und klapperte leicht mit den Zähnen, »wo stecken Sie denn so lange?« Er erblickte Frau Magdalena und machte erschrocken die Augen zu. »Nein«, sagte er und öffnete das eine Lid vorsichtig, »was haben wir denn da? Bekommen wir lieben Besuch? Oder sind wir der Dame Geld schuldig? Wahrscheinlich. Es ist mir ungemein peinlich, gnädige Frau, aber die Umstände zwingen mich, Sie um eine Stundung meiner Schuld zu ersuchen. Ich verpflichte

mich, diese sofort nach Eingang gewisser mir zustehender Beträge –«
»Ich will kein Geld«, sagte Frau Magdalena mit Nachdruck und breitete die Arme aus, »ich bin gekommen –«
»Ja?« Herr Mamoulian zog seinen Schlafrock zusammen.
»Mamoulian«, sagte Jakob Steiner, »hier ist die Frau, die Ihre Hose bügeln wird. Sie ist eine außerordentliche Frau: sie will nichts von Ihnen. Hier ist die Frau, die Ihre pessimistischen Ansichten über Frauen im allgemeinen über den Haufen werfen wird. Hier ist die Frau –«
»Ja, ja«, sagte Herr Mamoulian ungeduldig, »und was will *sie*?«
»Hören Sie!« rief Frau Magdalena. »Ich will gar nichts, damit Sie es nur wissen! Ich bin überhaupt nur aus Versehen hier. Weil dieser verrückte Kerl, der noch immer meine Wäscheleine hat –«
»Ach«, sagte Herr Mamoulian, »Sie also –«
»Ja, ich also. Ich bin nur hier, weil dieser Mensch, der Jakob Steiner, mich hierher geschleppt hat. Ich werde gleich wieder gehen, denn ich kenne Sie nicht und sehe nicht ein, weshalb ich mich von Ihnen beleidigen lassen müßte ...«
»Aber!« Jakob Steiner rang unglücklich die Hände. »So war es doch nicht gemeint ... Frau Huber, das ist Herr Mamoulian. Herr Mamoulian, das ist Frau Magdalena Huber ...«
»Sehr erfreut«, sagte der gelernte Maurer.
»Guten Morgen, Frau Huber«, sagte Herr Mamoulian und lächelte ein wenig.
»Ich habe gedacht«, stammelte Jakob Steiner, »es war bloß, weil Sie doch sagten, daß wir eine Frau brauchten, die Ihre Hose bügelt ... und Frau Magdalena mußte heute morgen ihre Wohnung verlassen und hat kein Dach über dem Kopf ...«
»Mein Gott!« Herr Mamoulian sah auf. »Dann muß ich mich ja bei Ihnen entschuldigen, Frau Magdalena.«
»Es ist schon gut«, sagte diese. »Ich will jetzt weiter.«

»Im Gegenteil«, erwiderte Herr Mamoulian, »Sie müssen jetzt unbedingt hereinkommen und mit uns frühstükken. Es gibt schwarze Semmeln und Tee, leider ist nicht mehr da, aber Sie sind herzlich eingeladen.«
»Ich habe schon gefrühstückt.«
»Sie sind herzlich eingeladen, hierzubleiben und in meinem Keller zu wohnen«, sagte Herr Mamoulian. »Und wenn Sie gelegentlich Zeit finden, meine Hose zu bügeln, werde ich sehr glücklich sein.« Er verneigte sich.
Frau Magdalena betrachtete ihn eingehend. Dann betrachtete sie Jakob Steiner. Schließlich betrachtete sie ihren primitiven Handwagen und seufzte.
»In Gottes Namen«, sagte sie. »Und ich danke auch schön.«
Jakob Steiner lachte zufrieden und zog den Karren in den Garten hinein. »Ich möchte nur wissen, wovon wir leben werden!«
»Ich kann noch arbeiten«, erklärte die alte Frau. »Und ihr könnt es auch, ihr beiden.«
»So ist es!« Herr Mamoulian war plötzlich wieder fröhlich. »Es wächst viel Brot in den Furchen der Armen.«
»Und nun«, sagte Frau Magdalena, »geben Sie mir Ihre Hose!«
Herr Mamoulian verließ sein Haus gegen zehn Uhr Vormittag. Die Sonne schien, an der Ecke spielte ein Werkelmann eine gefühlvolle Arie aus einer gefühlvollen italienischen Oper, und Herr Mamoulian war sehr gut aufgelegt. Er pfiff beim Gehen ein Lied und klimperte lustig mit seiner Barschaft, die er in der linken Tasche seiner tadellos gebügelten Hose trug. Herrn Mamoulians Barschaft belief sich an diesem Morgen auf einunddreißig Groschen, aber sie klimperten so vergnügt, wie einunddreißig Groschen überhaupt klimpern können.
Herr Mamoulian ging zu Fuß. Er ging seit vielen Monaten zu Fuß, ganz gleich, wohin seine Wege ihn führten, auch wenn er gelegentlich mehr als einunddreißig Gro-

schen in der Tasche hatte. Die Benützung der Straßenbahn war seit langer Zeit ein großes Ereignis und ein sündhafter Luxus für ihn, und er lief mit der gleichen Selbstverständlichkeit zu Fuß, mit der er in früheren Jahren in seinem Automobil gefahren war. Er neigte zu Fettleibigkeit, sagte er sich zuweilen, und Bewegung tat ihm ohnedies not.

Herr Mamoulian marschierte pfeifend durch den neunzehnten Bezirk der Stadt Wien, riß in seinem Übermut ein Veilchen ab, das in einem Garten am Straßenrand blühte, und steckte es in sein Knopfloch. Um ein kleines Mädchen, das, vor sich hinmurmelnd, versunken die Straße entlanghüpfte, machte er einen großen Bogen und vor seiner hübschen jungen Mutter zog er den Hut.

Ich würde gerne wissen, dachte Herr Mamoulian, als er sich dem Gürtel näherte, ob ich einen seriösen Eindruck mache. Ich glaube schon. Die Hose jedenfalls sieht jetzt tadellos aus und auch mein Hemd ist sauber. Man könnte mich fast für einen wohlhabenden Mann halten, dachte er, während er sich in einer spiegelnden Auslagenscheibe betrachtete, hoffentlich treffe ich meine Bekannten zu Hause an und muß nicht erst lange Zeit warten. Wenn ich warten muß, werde ich leicht mutlos, und mutlosen Leuten gibt bekanntlich niemand Geld.

Herr Mamoulian erreichte die Stadtbahntrasse, in deren Schatten eine alte Frau mit gefalteten Händen bettelte.

»Bitte, gnädiger Herr«, sagte sie, »bitte schön ... bitte, gnädiger Herr ...« Sie trug ein Kopftuch um den mageren Schädel, und ihre Augen waren von roten Adern durchzogen. Herr Mamoulian blieb stehen, zog seine Barschaft aus der Tasche und gab ihr dreißig Groschen. Den letzten Groschen behielt er zurück, weil er daran glaubte, daß er ihm Glück brachte. Der Groschen war schon sehr lange in Herrn Mamoulians Besitz.

»Danke, gnädiger Herr«, sagte die alte Frau, »vergelt's Gott tausendmal ...«

»Schon gut«, sagte Herr Mamoulian im Weitergehen und

versuchte, mit dem einzelnen Groschen zu klimpern. Es ging nicht. Er ließ es bleiben, zuckte die Schultern und sagte zu einem Hund, der ihn von einem Schutthaufen herab neugierig ansah: »Na ja, das wäre dies!«

Dann überquerte er die Fahrbahn und betrat ein häßliches Haus, in dem ein Herr Adametz wohnte, der Herrn Mamoulian zu großem Dank verpflichtet war. Herr Adametz, Zahnarzt, öffnete selbst die Tür, stieß einen freudigen Begrüßungsruf aus und zog Herrn Mamoulian, unter Berufung auf ein Wartezimmer voller Patienten, in eine kleine Kammer, wo er ihn nach seiner Gesundheit, mehreren gemeinsamen Bekannten, seinem Haus und schließlich nach seinen Wünschen fragte. Herr Mamoulian verstand sich nicht sehr gut auf die Praxis des Geldentleihens, er war noch ziemlich neu in diesem Gewerbe und betrug sich ungeschickt. Er wurde rot, drehte verlegen seinen Hut hin und her und sagte endlich:

»Sie müssen verstehen ... wenn Sie selber Kinder hätten, Herr Adametz ... ich weiß, Sie haben keine, aber trotzdem ... morgen ist Ostern, verstehen Sie, eine sehr traurige Angelegenheit für manche Kinder ... ich meine ... es ist nicht so sehr der Zustand des Unbeschenktgebliebenseins als jener der Enttäuschung über ein nicht eingelöstes Versprechen ...«

An dieser Stelle bat Herr Adametz, mißtrauisch und mit einem sehr unguten Vorgefühl, Herrn Mamoulian, ein wenig deutlicher zu werden.

»Deutlicher, ja«, sagte dieser. »Es ist mir sehr peinlich, mit der ganzen Affäre zu Ihnen zu kommen, aber ich kenne Sie lange und ich dachte ... ich möchte Sie bitten ...«

»Worum?« fragte Herr Adametz und dachte an seine Patienten, die auf ihn warteten.

»Um fünfhundert Schilling.«

»Großer Gott«, sagte Herr Adametz schwach.

»Leihweise«, ergänzte Herr Mamoulian hastig, »für

kurze Zeit. Ich habe selbst einen großen Betrag zu erwarten und ich würde sofort ... nein, warten Sie, Herr Adametz! Lassen Sie mich ausreden ... ich brauche das Geld, um ein kleines Mädchen zu beschenken, nicht für mich, beileibe nicht für mich, ach, wo denken Sie hin, Herr Adametz? Und nur für kurze Zeit ...« Er holte Atem, wandte sich ab und sah in seinen Hut. Herr Mamoulian schämte sich. Na ja, dachte er. So ist das Leben. Jetzt habe ich diesen armen Kerl in Verlegenheit gebracht. Eine scheußliche Situation. Herr Mamoulian kam sich vor wie ein Verbrecher. Auch Herr Adametz, der ihm zu großen Dank verpflichtet war, kam sich vor wie ein Verbrecher. Er sagte es auch.

»Ich komme mir vor wie ein Verbrecher«, sagte Herr Adametz mit tiefer Stimme, die vor Rührung zitterte, »lieber Herr Mamoulian, es ist mir schrecklich – aber wenn mich auf der Stelle der Teufel holt: ich kann nicht! Ich *kann* nicht! Die Frau ist krank, die Steuern vom Vorjahr sind noch unbezahlt, eine neue Bohrmaschine habe ich mir angeschafft, es ist alles so entsetzlich teuer, na – Sie wissen es ja selbst! Ich hätte Ihnen *furchtbar* gerne geholfen, wirklich, aber leider ...« Herr Adametz rollte mit den Augäpfeln, schüttelte bedauernd den Kopf und roch ungemein antiseptisch.

»Ja«, sagte Herr Mamoulian und hatte das Gefühl, als wäre er schon nicht mehr da, als wäre alles, was er sagte, unwichtig und in den leeren Raum hineingesprochen, »ja, also dann ... es tut mir leid, daß ich Sie belästigt habe ...«

»Belästigt!« rief Herr Adametz aufgebracht. »Wer spricht davon, mein Lieber? Vielleicht ein andermal ... ein andermal gern, aber gerade jetzt, Sie müssen verstehen ...«

»Ja, ja«, sagte Herr Mamoulian auf dem Weg zur Tür, »ich verstehe schon ...« Sie schüttelten einander die Hand. Eine Tür öffnete sich. Eine Tür fiel zu. Herr Adametz ging zu seinen Patienten zurück. Herr Mamou-

lian ging die Stiegen zum Ausgang hinunter. Auf der Straße blieb er stehen, entnahm seiner Tasche einen Bleistift und ein Notizbuch und strich von einer längeren Namenreihe, die sich in ihm fand, den ersten ab. Der erste Name lautete: Adametz. Sodann schritt Herr Mamoulian bedächtig und seriös über den Gürtel westwärts, der Währinger Straße zu. Die große Uhr vor der Volksoper zeigte ein Viertel nach zehn.
Aus Gründen des Tempos versuchen wir hier, die im Tonfilm so beliebte Methode der Zeitraffung durch Überblendungen und kurze Zwischenschnitte belletristisch nachzuahmen.
Eine große Uhr vor dem Gebäude der Creditanstalt zeigte 36 Minuten nach zehn, als Herr Mamoulian wieder aus einem Haustor tritt und den zweiten Namen von seiner Liste streicht. Er lächelt leise. Dann zuckt er die Schultern und wendet sich nordwärts, dem Kai zu. Überblendung. Neues Bild: der Schwedenplatz. Eine Uhr zeigt ein Viertel vor elf. Herr Mamoulian steht in der Mitte der Brücke, die über den Donaukanal führt, und streicht einen weiteren Namen aus. Ein kleiner Hund sieht ihm dabei zu. Herr Mamoulian zuckt die Schultern. Aber er lächelt nicht mehr. Es ist mittlerweile sehr warm geworden, und Herrn Mamoulian rinnen kleine Schweißtropfen über die bleiche Stirn, als er sich abwendet und über die Taborstraße in den zweiten Bezirk hinein verschwindet.
Der hohe Mittag bringt Herrn Mamoulian, der inzwischen einem Teppichhändler in der Nähe des Pratersterns einen Besuch abgestattet hat, zurück zur Kärntnerstraße. Hier geht er in ein Antiquitätengeschäft, verweilt längere Zeit und betritt – die Uhr an der Kreuzung vermerkt es genau – um 12 Uhr 13 wieder die Straße. Sein Gesicht macht einen ermüdeten und enttäuschten Eindruck. Er geht langsam zu dem großen Löschwasserbecken neben der ausgebrannten Staatsoper, stützt sich auf einen Betonklotz und zieht sein Buch aus der Tasche.

Die Bewegung ist die gleiche geblieben. Wieder streicht Herr Mamoulian einen Namen aus. Es ist der fünfte. Herr Mamoulian sieht sehr alt und verloren aus zwischen den großen und vornehmen Automobilen und den eiligen Menschen, die sich an ihm vorüberbewegen. Seine Schuhe sind bestaubt, seine Krawatte hat sich verschoben. Herr Mamoulian fährt sich mit der Zunge über die Lippen und stellt fest, daß er sehr durstig geworden ist. In der geballten Faust, die er aus der Tasche zieht, findet sich, da er sie öffnet, schweißgebadet und schmutzig, der Groschen, den er zurückbehielt. Herr Mamoulian betrachtet den Groschen lange. Dann überquert er die Straße und bittet eine Blumenfrau, die an der Ecke ihre Waren preisbietet, Wasser aus der Kanne trinken zu dürfen, mit welcher sie ihre Pflanzen besprengt. Die Blumenfrau gestattet es. Herr Aram Mamoulian steht um 12 Uhr 15 auf der zu dieser Zeit überaus belebten Kärntnerstraße, hält den Schnabel einer weißen Emailgießkanne an den Mund und trinkt mit geschlossenen Augen. Etwas Wasser fließt über seinen Anzug. Zwei junge Mädchen kichern im Vorübergehen. Herr Mamoulian bedankt sich bei der Blumenfrau, konsultiert sein Notizbuch und marschiert danach hastig weiter: der Seilerstätte zu.
Herr Dr. Rebhuhn, Rechtsanwalt, Seilerstätte 21, bereitete Herrn Mamoulian, der zu ihm kam, um ihn um ein Darlehen von 500 Schilling für den Ankauf von Ostergeschenken zu ersuchen, die erste Demütigung. Er ließ ihn lange warten. Schließlich ließ er ihn bitten. Und dann, als er erfahren hatte, worum es sich handelte, sagte er: »Verehrter Herr, Sie setzen mich in tiefes Erstaunen. Etwas *Derartiges* habe ich von *Ihnen* zuletzt erwartet. Erlauben Sie: wir kennen uns doch nur geschäftlich. Gut, ich war Ihr Anwalt. Aber Sie wollen Geld von mir? Herr Mamoulian, Sie werden mir verzeihen, wenn ich sage, daß diese Bitte sehr gegen den guten Geschmack verstößt. Ich pflege ehemalige Klienten nicht finanziell

zu unterstützen. Sie entschuldigen!« Und er verließ das Zimmer.
Herr Mamoulian wird ihn entschuldigen. Herr Doktor Rebhuhn ist nur Rechtsanwalt, kein Mensch. Er hat keine Zeit, ein Mensch zu sein. Die Praxis ist zu groß. Herr Mamoulian lächelt, als er seinen Namen abstreicht. Aber es ist ein etwas verzagtes Lächeln. Herr Doktor Rebhuhn, Seilerstätte 21, hat Herrn Mamoulian viel von dem Selbstvertrauen genommen, das er an diesem Tage so dringend benötigt. Mehr Selbstvertrauen, als eine noch so gut gebügelte Hose ihm geben kann. Viel mehr.

13 Uhr 35.
Unser Film rollt weiter. Wir finden Herrn Mamoulian in Favoriten, in einer kostbar eingerichteten Wohnung, im Gespräch mit einer alten Dame. Die alte Dame kennt Herrn Mamoulian von zahlreichen Empfängen und Gesellschaften her. Sie ist untröstlich, selbst völlig verarmt zu sein und Herrn Mamoulian nicht helfen zu können. Über einer Tasse Tee und einigen sauren Lebkuchenstücken spricht sie Herrn Mamoulian Mut zu und erklärt sich bereit, aus ihrem Besitz einen großen Wurstel aus bunter Seide für das kleine Mädchen zu spenden. Herr Mamoulian ißt zerknirscht und resigniert den harten Lebkuchen und trinkt zwei Tassen Tee mit Sacharin. Als er geht, küßt er der armen Baronin die Hand. Vor dem Haus, wo er ihren Namen von der Liste streicht, nimmt er den großen Seidenwurstel einen Augenblick zwischen die Knie. Um die Hände frei zu haben.
Die Zeit beginnt Herrn Mamoulian zu jagen.
Der Kopf schmerzt ihn, seine Beine zittern. Es ist sehr heiß. Das Geld, denkt Herr Mamoulian in großer Not und mit einiger Bitterkeit, das verfluchte Geld! Wieviel habe ich gegeben, ohne zu denken, wie oft habe ich anderen geholfen, und wer hilft mir heute? Wer hilft mir, ein kleines Mädchen glücklich zu machen? Niemand.
Aber ich muß Geld bekommen, ich *muß*, ich, Aram

Mamoulian, den so viele Menschen dieser seltsamen Stadt liebten und achteten, ich, Aram, Sohn des Zareh Mamoulian, der das größte Teppichlager des Vorderen Orients besaß, Sohn einer Mutter, welche die schönsten Augen von Eriwan ihr eigen nannte, ich, Aram Mamoulian, muß und werde Geld bekommen für ein kleines, unschuldiges Mädchen namens Ruth, das morgen zu mir kommt mit einer Mutter, die ihr ganzes Vertrauen in mich gesetzt hat.
Verschwunden ist die Leichtigkeit des Morgens, der Übermut vom Beginn seiner Wanderung, die Fröhlichkeit der ersten Stunde. Die Zeit jagt Herrn Mamoulian unerbittlich weiter. Es ist drei Uhr. Um fünf Uhr sperren die Geschäfte. Zwei Stunden noch, zwei Stunden ...
Zwei Stunden, sagt Herr Mamoulian mit trockenen Lippen vor sich hin. Der Himmel weiß, daß ich selbst bedürfnislos bin. Ach, bitte, lieber Gott, laß mich das Geld doch finden ...
Herr Mamoulian bleibt vor dem Haus Hegelgasse 4 stehen und spricht in einem kurzen Gebet zu jenem Herrn eines christlichen Gnadenhimmels, an den er sich seit dem Besuch einer armenisch-katholischen Knabenschule zu glauben gewöhnt hat.
Herr Gott, spricht Herr Mamoulian, der Fröhliche, Großmütige mit dem weiten Herzen, während Tränen der Erschöpfung über seine dicken Wangen rinnen, hilf mir heute ein wenig! Ich habe vor, ein Kind glücklich zu machen und bin selbst zu arm. Laß mich einen Menschen finden, der mich in meiner Absicht unterstützt, und ich will versuchen, getreu Deinen Gesetzen zu leben. Aber laß mich diesen Menschen noch vor fünf Uhr finden, denn nach fünf Uhr ist es zu spät!
Herr Mamoulian bekreuzigt sich, betritt den Flur des Hauses Nummer 4 und zieht sich am Geländer müde in den dritten Stock hinauf. Vor einer Tür mit der Aufschrift »Oberregierungsrat Dr. Paul Weichinger« bleibt er stehen und klingelt. Dann lehnt er sich an die Wand

und wartet. Ein Mädchen öffnet. Herr Mamoulian zieht den Hut und verneigt sich wie vor einer Königin.
»Ich möchte Herrn Oberregierungsrat Weichinger sprechen«, sagt er, zitternd vor Aufregung.
»Der Herr Oberregierungsrat ist verreist«, sagt das Mädchen. Und mit einem Blick auf den sonderbaren Besucher: »Ist Ihnen nicht gut?«
Aber Herr Mamoulian, der leicht schwankte, hat sich schon wieder gefaßt.
»Doch, liebes Fräulein«, sagt er leise. »Ich danke schön.« Und er geht wieder langsam, am Geländer entlang, die Treppe hinunter. Auf der Straße hebt er, als ein Mietauto vorüberfährt, wie in Trance eine Hand. Das Taxi bremst, der Chauffeur steckt den Kopf heraus.
»Entschuldigen Sie«, sagt Herr Mamoulian erschöpft, »ich habe mich geirrt. Ich kann nicht mit Ihnen fahren. Ich habe kein Geld.«

15 Uhr 45
Die Bäume auf der Ringstraße beginnen lange Schatten zu werfen. Es wird kühler. Auf einer Bank vor dem Kursalon sitzt Herr Mamoulian und streicht langsam den letzten Namen seiner Liste aus. Aus dem Inneren des Lokals, in dem viele Paare in schönen Kleidern tanzen, tönt sentimentale Musik. Herr Mamoulian lehnt sich zurück und schließt die Augen. Ein starker Schwindel erfaßt ihn, das All beginnt sich um ihn zu drehen. Auf die Fläche seiner geschlossenen Lider projiziert, sieht er viele Gestalten in einem tollen Wirbel vorüberziehen, während in seinen Ohren viele Stimmen vernehmbar werden.
Ich habe selbst große Auslagen, sagt Herr Adametz in seinem weißen Mantel. Es tut mir unendlich leid ... Sie sollen sich schämen, sagt Herr Dr. Rebhuhn und zielt mit einem spitzen Bleistift auf Herrn Mamoulian. Almosen wollen Sie ... Ich bin selbst völlig verarmt, flüstert die alte Dame in ihrem Zimmer mit den verblichenen

Seidentapeten ... Ist der Herr Oberregierungsrat zu Hause? ... Es ist ein Viertel vor vier. Es ist ein Viertel vor vier ... es ist zu spät. Ich werde niemals fünfhundert Schilling bekommen. Das kleine Mädchen wird traurig sein und seine Mutter auch. Herr Mamoulian hebt den Kopf, sieht vor sich hin ins Leere und sagt mit unendlicher Bitterkeit: »Das Geld!«
Es klingt wie ein böses Schimpfwort.
Dann legt er den Kopf in die Arme und weint bitterlich.

Die auffallende junge Dame, die mit ihrem um viele Jahre älteren Begleiter auf der Terrasse des Kursalons Mokka trank, blickte gelangweilt dem Rauch ihrer Zigarette nach und bemühte sich, nicht zu gähnen. Der Herr an ihrer Seite sprach animiert über die Geheimnisse des schwarzen Geldmarktes. Er versuchte, seiner Freundin Yvonne, einer jungen Tänzerin, den Unterschied zwischen dem regulären Zahlungsmittel der Vereinigten Staaten und jenem zu erklären, das amerikanische Soldaten in Europa benützten, ein an sich interessantes Thema, das Fräulein Yvonne herzlich gleichgültig ließ. Sie betrachtete träumerisch einige gutangezogene Herren jüngeren Jahrgangs und seufzte unmotiviert. Plötzlich wurde ihr Blick scharf, und sie neigte sich vor. Dann legte sie abrupt eine Hand auf den Arm ihres noch immer dozierenden Begleiters und erhob sich.
»Was gibt es?« fragte Herr Ludwig Goldmark überrascht.
»Ich bin gleich wieder da.«
»Wohin gehst du?«
»In den Park«, erwiderte sie, bereits auf dem Weg, »ich habe einen alten Bekannten gesehen.«
Herr Goldmark blickte ihr leicht verärgert nach, schüttelte dann den Kopf und trank seine Tasse leer.
Fräulein Yvonne marschierte, gefolgt von den bewundernden Blicken einer kleinen Herrenpartie, die auf der Terrasse Bridge spielte, die Stiegen in den Garten hinunter bis zu einer Bank, auf der ein ziemlich defekt ausse-

hender Mensch saß und den Kopf in den Händen vergraben hatte. Hier blieb sie stehen, strich dem Sitzenden über die Glatze und sagte, indem sie ihren verschleierten Blick über die Wiesen und Goldfischteiche der öffentlichen Anlage gleiten ließ, mit bewegter Stimme: »Guten Tag, Mamoulian!«
Der also Begrüßte hob gramvoll den Kopf und erschrak heftig, als er Fräulein Yvonnes ansichtig wurde.
»Du?«
»Ja«, sagte Fräulein Yvonne. »Ich bin es. Ist es dir unangenehm, mir zu begegnen?«
Herr Mamoulian kratzte seinen Kopf und dachte nach.
»Nein«, sagte er schließlich und wischte eine einzelne Träne fort, die an seiner Wange hängengeblieben war, »es war mir nie unangenehm, in deiner Gesellschaft zu sein. Aber was willst du von mir? Ich fürchte, du verschwendest deine Zeit. Du weißt, daß ich dir immer gern geholfen habe, aber im Augenblick –«
»Mamoulian«, sagte Fräulein Yvonne mit einem Lächeln, das den Versuch unternahm, mütterlich zu sein, »ich will doch kein Geld von dir!«
»Nicht?« sagte Herr Mamoulian und dachte an die traurigen Augen eines kleinen Mädchens. »Was sonst?«
»Ich wollte dich begrüßen. Ist das so ungewöhnlich? Schließlich sind wir doch alte Freunde, nicht wahr?«
»Ja«, sagte Herr Mamoulian.
»Schließlich haben wir uns doch einmal geliebt!«
»Ja«, sagte Herr Mamoulian.
»Und es ist doch einmal sehr schön gewesen, nicht wahr?«
»Ja«, sagte Herr Mamoulian zum drittenmal, ohne den Kopf zu heben.
Fräulein Yvonne nahm neben ihm Platz, strich ihr Kleid zurück und bemerkte: »Es geht dir nicht gut?«
»O ja, doch, es geht schon.«
»Aber du hast geweint.«
»Ich bin ein wenig ermüdet«, sagte Herr Mamoulian,

»und der Staub ... weißt du, ich weine dann leicht. Es ist eigentlich kein richtiges Weinen, nur eine Ermüdungserscheinung ... ich muß einmal einen Arzt aufsuchen.«
»Früher hast du nie geweint.«
»O ja«, sagte Herr Mamoulian halsstarrig, »aber heimlich. Du hast es nicht bemerkt.«
»Mamoulian«, sagte Fräulein Yvonne und winkte Herrn Goldmark, der ihr von der Terrasse ungeduldige Zeichen machte, »du hast ein einziges Mal geweint in der ganzen Zeit, die wir uns kannten, und das war an dem Tag, an dem ich dich verließ.«
»Nun«, meinte Herr Mamoulian, »das war ja auch kein besonders hübsches Ereignis.«
»Ich bin eine Frau, die sich nicht binden kann«, erklärte Fräulein Yvonne.
»Wir wollen uns nicht noch einmal darüber unterhalten«, sagte Herr Mamoulian friedfertig. »Niemand nimmt es dir übel, daß du mich verließest, als ich kein Geld mehr hatte ... du konntest gar nichts anderes tun. Ich hoffe, es geht dir gut?«
»O ja«, sagte sie, »es geht. Er sitzt dort oben –« Und sie wies mit dem Kinn in die Richtung Herrn Goldmarks, der sich verneigte. Herr Mamoulian verneigte sich gleichfalls.
»Aber du warst viel zärtlicher«, sagte Fräulein Yvonne und drückte seine Hand.
»Danke«, sagte Herr Mamoulian und lächelte. Sie sah ihn nachdenklich an.
»Du brauchst Geld«, sagte sie so leise, als dürften es nicht einmal die Goldfische hören.
»Ja«, sagte Herr Mamoulian. »Ich dachte anfänglich, es sei nur ein mittlerer Betrag, aber jetzt weiß ich, daß es ein sehr großer ist.«
»Wie groß?« fragte Fräulein Yvonne, und ihre Augen begannen auf eine sehr sonderbare Weise zu leuchten.
»Fünfhundert Schilling.«

»Ach Gott«, sagte Fräulein Yvonne »warum bist du nicht gleich zu mir gekommen, du Dummer?« Und sie begann heftig in ihrer Handtasche zu kramen.
»Du willst mir Geld leihen?« fragte Herr Mamoulian.
»Natürlich!« Sie lachte. »Du hast mir seinerzeit viel mehr geliehen!«
»Aber«, sagte Herr Mamoulian, auf das höchste verwirrt, »aber das geht doch nicht! Ich kann von dir kein Geld nehmen ...«
»Warum nicht?«
»Ich ... ich ... habe niemals –«
»Was?«
»Ich habe noch niemals von einer Frau Geld genommen!«
»Nun mach dich, bitte, nicht lächerlich«, sagte Fräulein Yvonne, die sich bemühte, einige Scheine in Herrn Mamoulians zusammengekrampfte Faust zu schieben, »und nimm endlich das Geld! Ich kann nicht ewig hier auf der Bank sitzen. Ludwig wird schon ungeduldig.«
»Aber du mußt doch begreifen –«
»Ich begreife gar nichts! Du wirst jetzt sofort das Geld nehmen, oder ich mache dir einen ganz furchtbaren Skandal.«
»Ich will aber nicht!«
»Soll ich Skandal machen? Erinnerst du dich noch an die Skandale, die ich zu machen pflegte?«
»O ja«, sagte Herr Mamoulian, dem der Schweiß auf der Stirn stand.
»Und soll ich wieder einen machen?«
»Nein, bitte.«
»Dann nimm das Geld!«
»Aber ich weiß nicht, wann ich es zurückgeben kann.«
»Mamoulian!« sagte Fräulein Yvonne und zeigte ihre hübschen weißen Zähne. »Noch ein Wort, und ich schlage dir mit meiner Handtasche deinen dummen harten Schädel entzwei.«
Herr Mamoulian schluckte schwer. In seinem Kopf

drehte sich alles. Halb fünf, dachte er, ich kann es noch schaffen. Ich kann es noch schaffen, wenn ich nur ...
»Also?« fragte Fräulein Yvonne und hob die Tasche.
»Also gut«, sagte Herr Mamoulian, »und ich danke dir auch schön, Yvonne. Du hast mir sehr geholfen.«
»Kein Wort weiter!« Sie erhob sich. »Und laß von dir hören. Du weißt doch, ich stehe im Telefonbuch. Also, bis nachher.« Und sie küßte Herrn Mamoulian flüchtig auf die Stirn.
»Bis nachher«, wiederholte dieser und sah ihr fassungslos nach, wie sie zu Herrn Ludwig Goldmark zurückging. Auf der Terrasse drehte Fräulein Yvonne sich noch einmal um und winkte. Herr Mamoulian zog den Hut. Auch Herr Goldmark grüßte förmlich. Die Kapelle spielte einen Tango. Ein junger Mann trat an Yvonnes Tisch und forderte sie zum Tanz auf.
Herr Mamoulian verließ langsam den Park. Auch die Ringstraße überquerte er noch mit gemessenen Schritten. Durch die Seitengassen der Kärntnerstraße schritt er immer hastiger. Als er den Graben erreichte, lief er bereits. Das große Kaufhaus am Kohlmarkt betrat er völlig atemlos.
Eine Verkäuferin trat auf ihn zu.
»Sie wünschen, mein Herr?« fragte sie und sah ihn neugierig an.
»Schuhe«, sagte Herr Mamoulian und wischte sich die Stirn. »Schuhe für ein kleines Mädchen, die feinsten, die Sie haben. Und einen Ball. Und ein Bilderbuch. Und ein ... O Gott«, sagte er und ruderte wild mit den Armen, »geben Sie mir einen Stuhl. Ich muß mich unbedingt setzen!«

Der Herr, der an diesem Abend gegen 19 Uhr bei der Börse einen Wagen der Straßenlinie 38 bestieg, konnte sich, behindert durch zahlreiche Pakete, nur schwer bewegen. Er schwitzte heftig, aber er lächelte, und sein Gesicht trug einen verklärten Ausdruck. Herr Mamoulian war glücklich. Er hatte erreicht, was er sich vorgenommen hatte. Für das kleine Mädchen trug er, sorgfältig verpackt, ein Paar braune Lederschuhe, einen bunten Ball, ein Bilderbuch, den Seidenwurstel und einen ganzen Sack voll Süßigkeiten bei sich. Für Jakob Steiner hatte er ein Paket Zigaretten erworben und für Frau Magdalena eine neue Schürze. Für Ruths Mutter hatte Herr Mamoulian ein großes buntes Seidentuch gekauft, auf dem Phantasievögel, Segelboote, Malaienmädchen und kleine Inseln mit großen Palmen zu sehen waren. Die fünfhundert Schilling Fräulein Yvonnes waren gut angelegt, dachte er vergnügt, auch wenn das Paket Pfeifentabak dabei nicht mehr Platz gefunden hatte. Das machte nichts! Die fünfhundert Schilling hätten gar nicht besser angelegt werden können. Herr Mamoulian gratulierte sich selbst. Müde und glücklich sah er blinzelnd aus den Fenstern und atmete tief. Morgen war Ostern. Er freute sich darauf.

Als er nach Hause kam, fand er, daß Frau Magdalena ein Abendbrot bereitet und die Wohnung aufgeräumt hatte. Jakob Steiner sägte im Garten Holz. Herr Mamoulian verstaute seine Pakete und lächelte vor sich hin.

»Na«, sagte Frau Magdalena Huber, der gelernte Maurer, »was ist denn mit Ihnen los? Sie machen ja einen so aufgekratzten Eindruck. Haben Sie das große Los gewonnen, oder was sonst?«

»Nichts«, sagte Herr Mamoulian. »Ich bin nur glücklich.« Und dann umarmte er sie plötzlich und gab ihr einen Kuß und sagte: »Frohe Ostern, Frau Magdalena!«

DAS VIERTE KAPITEL

darin Ostern, das fröhliche Fest, gefeiert und worin erzählt wird, wie Herr Mamoulian doch noch zu Pfeifentabak kommt und was die kleine Ruth zu ihren Geschenken sagt; worin Jakob Steiner eine Blume im Knopfloch trägt und mit Ruths Mutter durch Herrn Mamoulians Garten geht; von dem Gespräch, das sie führen, und von Frau Magdalena, die Zigarren raucht; und von dem großen Entschluß, den Jakob Steiner faßt und der unsere Geschichte um ein gutes Stück weiter bringt.

Die kleine Ruth und ihre Mutter hatten ihr Kommen erst für Mittag angesagt, aber Herr Mamoulian ging schon gegen acht Uhr morgens daran, seine Ostereier zu verstecken. Er verteilte sie ungleichmäßig unter den Hecken und Sträuchern des Gartens und bedeckte sie mit Gras und welken Blättern. Gleichzeitig trug er das Versteck eines jeden einzelnen Eies in seinem Notizbuch ein, da zu erwarten stand, daß die kleine Ruth nicht in der Lage sein würde, alle Eier zu finden.
Fünfzehn Eier und ein erhebliches Quantum von Schokolade zu verstecken, ist gar keine leichte Aufgabe, aber sie bereitete Herrn Mamoulian, der ein blütenweißes, von Frau Magdalena gebügeltes Hemd und seine dunkle Hose trug, großes Vergnügen. Er ging, die leere Pfeife zwischen den Zähnen, mit einem großen Korb durch den Garten und pfiff die ›Marseillaise‹.
»Pfeifen Sie nicht dieses abscheuliche Lied«, sagte Jakob Steiner, der unter einem blühenden Kirschbaum saß und versuchte, mit Hilfe einer riesigen Nadel das Sohlenleder seines linken Schuhes zu befestigen.
»Es ist kein abscheuliches Lied, sondern ein sehr schönes, und ich liebe es«, erwiderte Herr Mamoulian bestimmt. »Seine Melodie wirkt berauschend wie Wein und macht die Menschen mutig.«

»Dieses Lied«, erwiderte Jakob Steiner, »hat eine Periode der sogenannten Freiheit, Gleichheit und Brüderlichkeit eingeleitet, die viele unschuldige Menschen das Leben kostete. Ich hasse Revolutionen. Sie wirken verdummend und fördern unsere üblen Instinkte.«
»Ich liebe Revolutionen«, sagte Herr Mamoulian, »und ich hoffe sehr, daß jene große und endgültige Revolution, der wir entgegentreiben, sich noch zu meinen Lebzeiten abspielen wird.«
»Werden Sie dann auch Fahnen schwingen, mit der Menge durch die Straßen ziehen und schreien?«
»Ja«, sagte Herr Mamoulian, »all das will ich tun! Ich werde ein buntes Tuch um meinen Hals winden und andere Menschen an den Händen halten und ›Bruder‹ zu ihnen sagen und mit ihnen um die Freiheit und das Recht kämpfen.«
»Um welche Freiheit?«
»Um die Freiheit der Rede und des Glaubens«, erwiderte Herr Mamoulian mit dem Eierkörbchen, »und um die Freiheit von Hunger und Furcht.«
»Ich aber werde zu Hause bleiben und weinen«, sagte Jakob Steiner, »denn die Welt wird dadurch nicht schöner werden, und auch ihr werdet das Recht mit Füßen treten, und die Hungrigen werden weiter hungrig sein, und die in Furcht leben, werden sich weiter fürchten müssen. Der Teufel hole eure Revolution!« Und er fuhr fort, seine Schuhsohle festzunähen. »Ich glaube nicht mehr an den Schwindel«, sagte er. »Bunte Fahnen und große Redensarten, Geschrei und Schweiß, Stiefelgepolter und Dummheit, pfui!«
Herr Mamoulian spitzte die Lippen, um ostentativ sein Lied fortzusetzen, dann jedoch dachte er an den Frieden dieses Sonntags, änderte seine Absicht und pfiff ›Alle meine Entlein schwimmen auf dem See‹.
In der Küche bereitete Frau Magdalena das Mittagmahl. Es bestand aus einer überaus reichhaltigen und kräftigen Gemüsesuppe, gebratenen Kartoffeln mit Frühsalat

und einer großen Menge würzigen Pferdefleisches, das Frau Magdalena mehreren höchst zweckmäßigen Proviantdosen der Armee der Vereinigten Staaten von Nordamerika entnahm. Zum Nachtisch gab es Streuselkuchen mit Rosinen, Zimt und viel Zucker. Frau Magdalena hatte ihren gesamten Wochenlohn der Beschaffung der erforderlichen Lebensmittel geopfert, mit Ausnahme eines kleinen Betrages, für den sie einige Zigarren der billigsten Sorte erworben hatte, um sich selbst auch ein Ostergeschenk zu machen. Zigarren – hier war die einzige Schwäche des sonst so starken und eigenwilligen Charakters Frau Magdalenas.

Während sie mehrere Zwiebeln zerschnitt und sie über das in einer Pfanne brutzelnde Pferdefleischragout streute, dachte sie darüber nach, daß die Wege des Herrn wunderbar waren. Gestern erst hatte sie ihre Wohnung verlassen, ohne zu wissen, wohin sie des Abends ihr Haupt legen würde, und noch in derselben Nacht hatte sie zusammen mit Herrn Mamoulian in dessen breitem Bett geschlafen, während Jakob Steiner einen Liegestuhl benützte.

Den Armen, dachte Frau Magdalena, half eine geheimnisvolle Macht immer weiter, so hoffnungslos ihre Lage zuweilen auch aussehen mochte. Die Armen standen unter dem ganz besonderen Schutz des allmächtigen Herrgotts, der ihrer aller gedachte und keinen jemals vergaß. Sie ging in das Nebenzimmer und betrachtete zufrieden den gedeckten Mittagstisch, um den fünf verschiedene Stühle standen. Auf einer weißen Tischdecke aus ihrem eigenen Besitz – Herr Mamoulian besaß keine weißen Tischdecken mehr – waren fünf verschiedene Gedecke ausgelegt. Nur zwei Teller waren einander ähnlich. Auch die Löffel, Gabeln und Messer stammten aus unterschiedlichen Bestecken. Dafür aber war jeder Platz geschmückt mit kleinen blühenden Kirschzweigen, und in der Mitte der Tafel stand ein großes Einsiedeglas mit Gänseblümchen, Veilchen und einem rosigen Frühlingskrokus. Frau Magdalena stemmte zufrieden die Arme in die Hüften: Die Gäste konnten kommen.

Sie kamen gegen ein Uhr.
Ruth, das kleine Mädchen, erschien zuerst. Sie trug ein hellrotes Kleid mit bunten Stickereien, grüne Socken und kleine, sehr defekte Halbschuhe. Ihr Haar hatte die Mutter kunstvoll zu vielen Locken eingedreht. In der Hand hielt Ruth ein kleines verschnürtes Paket. Sie begrüßte Herrn Mamoulian wie einen alten Bekannten, indem sie ihn zu sich heranzog und ihm einen Kuß auf die Wange gab, schüttelte sodann ohne irgendwelches Erstaunen Frau Magdalena die Hand, machte einen Knicks und wandte sich schließlich an Jakob Steiner. Dieser jedoch tat etwas, was gar nicht zu seinem Charakter paßte. Er übersah die ausgestreckte Hand des kleinen Mädchens und ließ es in großer Verwirrung stehen. Er übersah dessen Hand, weil seine Augen gebannt auf Ruths Mutter gerichtet waren, die mittlerweile näher gekommen war.
An dieser frühen Stelle ist es von Wichtigkeit, zu vermerken, daß Josephine Werner es fertigbrachte, Jakob Steiner hinreißend gut zu gefallen und gleichzeitig Frau Magdalena, den gelernten Maurer, tief abzustoßen. Ihr Erscheinen rief bei den beiden Menschen zwei völlig verschiedene Reaktionen mit der gleichen Heftigkeit hervor.
Jakob Steiner war bezaubert von dem Liebreiz und der Schönheit Josephine Werners, Frau Magdalena Huber war abgestoßen von ihrem schreienden Make-up und gewissen, in eindeutiger Weise betonten Details ihrer Kleidung. Jakob Steiner bewunderte Josephines Jugend, die bunten Farben, mit denen ihr Gesicht bemalt war, und ihr Lächeln. Frau Magdalena nahm Anstoß an ihrer allzu kraß zur Schau getragenen Weiblichkeit und ihren berechnenden Augen. Für Jakob Steiner war Josephine eine Königin, für Frau Magdalena war sie, nach der

Diagnose eines einzigen aufmerksamen Blickes, ein Straßenmädchen. Im Interesse der Wahrheit muß festgestellt werden, daß die zweite Diagnose die richtige war. Josephine Werner verdiente ihr Geld auf jene uralte Weise, die wahrscheinlich den ersten weiblichen Beruf überhaupt darstellte, sie lebte für die und von der Liebe und machte sich wenig Illusionen. Sie war ein Straßenmädchen mit einem kleinen Kind. Sie liebte ihr Kind, obwohl es sie häufig behinderte und störte und eigentlich sehr unprogrammgemäß zur Welt gekommen war. Sie liebte ihr Kind trotzdem und gelegentlich, in einer ihr eigenen Unlogik, gerade deshalb, sie verwöhnte und verzog es und sah in seiner Existenz die einzige Rechtfertigung ihres nicht besonders sinnvollen Daseins. Ruths Vater war Soldat gewesen, er kam und ging, wie Soldaten es zu tun pflegen, und für die kurze Zeit ihrer Bekanntschaft liebte Josephine ihn, soweit sie dessen überhaupt fähig war, von ganzem Herzen und blieb ihm treu. Sie kochte für ihn, nähte und wusch seine Wäsche und war immer für ihn da. Abends stand sie mit vielen anderen vor den Toren der großen Kaserne, in der er lebte, und wartete auf ihn. Sie wartete viele Abende, und eines Abends wartete sie umsonst. Denn ihr Geliebter, ein eher beschränkter und ehrgeizzerfressener Feldwebel, fuhr in den Krieg zurück, ohne sich besonders zu verabschieden. Er hatte ein einfaches Gemüt, und es war ihm eigentlich niemals zu Bewußtsein gekommen, daß er geliebt wurde. Er nahm die Annehmlichkeiten, die ihm geboten wurden, hin, vergolt sie gelegentlich und schenkte Josephine ansonsten keinen einzigen ernsten Gedanken. Ihre Bedeutung verschwand neben den schwierigen Problemen des Truppenreglements, der Aussicht auf baldige Beförderung und den Erlebnissen des Kasernenhofes. Ruths Vater war zu ehrgeizig, um vernünftig zu sein. Weil er so ehrgeizig war, brachte er es an der Front binnen weniger Wochen auch zum Unteroffizier. Aber weil er so ehrgeizig war, wurde er auch unvorsichtig. Und deshalb verlor er eines Nachts, ohne viel Klamauk, das Leben und war schon sehr tot, als seine Freunde ihn am nächsten Morgen erschossen in einem Trichter fanden.

Josephine, die zu dieser Zeit bereits erkannt hatte, daß sie schwanger war, erfuhr nie Genaues über seinen Tod. Aber sie fühlte ganz deutlich, mit dem gesunden Empfinden, welches primitive Menschen mit den Tieren gemein haben, daß er nicht mehr am Leben war. In großer Not brachte sie, nachdem sie die verschiedensten Mittel versucht hatte, um diese Geburt zu verhindern, in einem Spital vor der Stadt die kleine Ruth zur Welt, die so klein und schwach war, daß sie fast gleich wieder starb. Man hatte sie schon aufgegeben und kümmerte sich weniger um sie als um die zu Tode erschöpfte Mutter. Aber die kleine Ruth starb nicht. Sie hatte, wie die Ärzte sagten, ein ungemein zähes Herz und blieb am Leben. Mit dem Vorschreiten der Monate wurde sie sogar hübsch. Sie hatte die seelenvollen, stupiden Augen des Vaters und den Charme des schmalgeschnittenen Gesichtes ihrer Mutter. Sie konnte lachen und weinen, im Sand spielen und bunten Schmetterlingen nachlaufen, genau wie andere Kinder, bei denen der Vater noch lebte und die Mutter in einer hübschen Stube saß, interessante Romane las und sonntags zur Kirche ging. Die kleine Ruth unterschied sich in nichts von den vielen normalen Kindern ihrer Umgebung, sie war wie sie gekleidet, sie sprach wie sie, und sie spielte mit ihnen allen. Und ihre Mutter ging mit der Trägheit ihrer Veranlagung und einer gewissen tragikomischen Pose weiter jenem Beruf nach, von dem wir sagten, daß er der älteste weibliche Beruf überhaupt sein dürfte.

Ihr Aussehen kam ihr dabei sehr zustatten, und sie verstand es vorläufig noch, ein Maximum an Verdienst aus einem relativen Minimum an Verausgabung zu beziehen, wennschon sie wußte, daß dieser Zustand nicht von Dauer sein konnte. Herr Mamoulian hatte nach einem kurzen und für beide Teile unbefriedigenden Zusammentreffen eine seltsame Zuneigung zu Josephines kleinem Mädchen gefaßt und war auf diesem Umweg schließlich auch der Mutter nähergekommen. Er besuchte die beiden ebenso häufig wie sie ihn besuchten, und es entspann sich ein herzliches menschliches Verhältnis zwischen dem enttäuschten Kunden, der degoutierten Josephine und der unruhigen Ruth. Josephine betrachtete den Mann, der um mehr als ein Vierteljahrhundert älter war, mit den leidenschaftslosen Augen, aber auch mit der ruhigen, in keiner Weise länger berechnenden Zuversicht einer seit vielen Jahren verheirateten Frau. Sie änderte ihm zuliebe keine ihrer Gewohnheiten, und er verlangte dies auch nie. Sie lebten, jeder für sich, ihr Leben, und allein die kleine Ruth war das bindende Glied der Liebe zwischen ihnen, wobei diese Liebe von seiten Herrn Mamoulians ganz seiner eigenen Seele und keinem wie immer gearteten Zwang entsprang. Er wußte, daß das kleine Mädchen, überreichlich bedacht mit der Erbmasse einer ganzen Reihe von Frauen, die alle seiner Mutter ähnlich gewesen waren, es in der Welt leicht und doch auch wieder sehr schwer haben würde, und er machte sich ernste Gedanken über die Zukunft der kleinen Ruth, die, davon war er überzeugt, ein ähnliches, wenn nicht noch eindeutigeres Leben als Josephine Werner führen sollte, sofern nicht irgend jemand einen beharrlichen und bewußten pädagogischen Einfluß nach einer ganz anderen Richtung hin auf sie auszuüben begann. In manchen Augenblicken, besonders des Nachts, wenn er allein war, nicht schlafen konnte und an viele schwierige oder unlösbare Dinge dachte, fühlte Herr Mamoulian sich in seltsamer Weise verbunden mit der unvollständigen Familie Werner und verantwortlich für ihr Seelenheil und Wohlergehen. Er sagte sich dann, daß er nicht die geringste Verpflichtung hatte, sich um Mutter und Kind zu kümmern, daß er einer Laune, dem Impuls eines

Augenblicks nachgegeben hatte, als er sie einlud, ihn zu besuchen, und daß es vielleicht ein wenig geschmacklos war, eine Freundschaft wie diese zu kultivieren.
Auf derartige Vorhaltungen erwiderte dann in der Stille und dem Dunkel der Nacht eine andere Stimme in seinem Inneren: Gewiß ist alles so, Mamoulian. Sie ist schön, aber wertlos und dumm, und wenn das kleine Mädchen wird wie sie – wen kümmert es schon? Viele kleine Mädchen, zuerst reizend und lieblich, entwickeln, großen Gesetzen folgend, die wenig sympathischen Eigenschaften ihrer Eltern und werden wie sie. Du aber, Mamoulian, hast in deinem Leben viele Menschen gesehen und kennengelernt, denen du mehr Gutes getan hast als diesen beiden sonderbaren Geschöpfen, die wie durch ein Wunder lebendig und fröhlich bleiben, und sie haben es dir böse vergolten. Diese beiden Menschen, die Mutter und das Kind, haben dich niemals enttäuscht. Josephine Werner hat gewiß viele verwerfliche Eigenschaften. Eine hat sie nicht: die zu lügen. Noch niemals, Mamoulian, hat diese Frau, von der andere Frauen gering denken, dich belogen. Die Wahrheit war nicht immer sehr schmeichelhaft, und wenn du jemals in engeren Kontakt mit ihr kommen solltest, dann würdest du wahrscheinlich erleben, was du bisher immer erlebt hast, wenn du mit Frauen in engeren Kontakt gekommen bist. Aber haben dich nicht auch schon Frauen belogen, die du gar nicht besonders gut kanntest, und die in der Tat keinen Grund hatten, es zu tun?
Herr Mamoulian ahnte, daß Josephine das Opfer von Umständen geworden war. Sie tat ihm leid. Wenn sie gelegentlich »Niemand kann etwas für seine Veranlagung« sagte, war Herr Mamoulian jedesmal versucht, ihr zu widersprechen, aber er tat es nie. Vielleicht bedachte er bei sich, daß er wesentlich weniger hübsch, jedoch um ein gutes Quantum klüger war als sie und ihr daher auf Gebieten weiterhelfen konnte, auf denen mit Schönheit allein nichts anzufangen war. Jeder Mensch hat

einen wunden Punkt. Herrn Mamoulians wunder Punkt war der Umstand, daß er unbedingt jemanden brauchte, für den er ›da‹ sein, um den er sich Sorgen und dem er Geschenke machen konnte; jemanden, dem er Freude bereiten und den er glücklich machen konnte. Hatte er einen solchen Menschen gefunden, wurde Herr Mamoulian für seine Umwelt blind und taub, verschloß sich ihren Einwänden, Ratschlägen und Warnungen und betrug sich wie ein Verrückter. Es war ihm gleich, was andere von ihm dachten, was sie über ihn sagten und wie sie ihn behandelten. Sein ganzes Trachten richtete sich dann auf den Menschen, an den er sein Herz gehängt hatte und den er glücklich sehen wollte. Die Wege, die er in solchen Fällen ging, waren nicht immer gerade Wege, und die Methoden, die er anwandte, nicht immer besonders vornehme Methoden. Herr Mamoulian konnte hart und kalt, brutal und taktlos, schamlos und verantwortungslos handeln, um irgendwen, den er sich eben in den Kopf gesetzt hatte, glücklich zu machen, und seine eigene Lage war zu einem großen Teil auf diesen Modus operandi zurückzuführen.
Man wird nun verstehen, daß Herr Mamoulian neben einigen Menschen, die ihn liebten, auch viele kannte, die ihn ablehnten als einen unanständigen, verkommenen, unberechenbaren und minderwertigen Charakter. Es war Herrn Mamoulians private Tragödie, daß er es häufig verstand, andere, aber nur sehr selten sich selbst glücklich zu machen. Die Versuchung, einen Menschen wie ihn auszunützen, war selbstverständlich ungemein groß. Verschiedene Leute hatten es zu verschiedenen Zeiten getan. Herr Mamoulian besaß ein feines Gefühl dafür und wußte genau, wann die Ausnützerei anfing. Es paßte jedoch völlig in das Bild seines Wesens, daß er in seinen philanthropischen Anstrengungen auch in solchen Fällen nicht erlahmte. Angelegenheiten dieser Art fanden ihr Ende meist so, daß die Beschenkten infolge von Überfütterung mit Wohltaten böse auf ihn wurden

und ihn verließen. Sie waren ihm böse, weil sie ihn verließen.
Auch die beiden Werner, Mutter und Kind, hatten häufig Gelegenheit, Herrn Mamoulian auszunützen. Sie taten es nie. Daß sie es nie taten, rührte Herrn Mamoulian tief. Er bedachte bei sich, daß man die anständigen Menschen meistens dort findet, wo man sie am wenigsten erwartet, daß er großes Glück hatte, noch in seiner Armut zwei Menschen zu besitzen, die an ihn glaubten und auf ihn bauten, und er spielte mit dem Gedanken an eine modifizierte Galathee. Zusammenfassend läßt sich etwa sagen, daß Herr Mamoulian sein Verhältnis zu der unvollständigen Familie Werner aus Gründen der Selbstachtung aufrechterhielt.
Er bemerkte sofort, daß Josephine großen Eindruck auf Jakob Steiner machte und daß sie Frau Magdalena herzlich mißfiel. Wenn er nicht sehr achtgab, dachte er, stand der Erfolg seines Osterfestes in Frage, und er legte darum einen Arm um Josephines Schulter, führte sie näher an Steiner heran und sagte mit seinem liebenswürdigsten Lächeln:
»Das ist Jakob Steiner, meine Liebe, er wohnt seit gestern bei mir, ebenso wie Frau Magdalena, die uns ein wunderbares Mittagessen gekocht hat.«
»Guten Tag«, sagte Jakob Steiner und machte eine ungeschickte Verbeugung, ohne die Augen von Josephine zu nehmen.
»Na«, sagte diese und lachte, »warum sehen Sie mich so an? Gefalle ich Ihnen?«
»Ja«, sagte Jakob Steiner.
»Sie gefallen mir auch«, erwiderte Ruths Mutter, ohne zu zögern, während ihr Blick für Sekunden an seinen zerrissenen Schuhen hängenblieb, »es freut mich, zu hören, daß Sie jetzt bei Mamoulian wohnen und wenn Sie –«
Josephine bemerkte Herrn Mamoulian, der langsam den Kopf schüttelte, und ließ den Satz unvollendet. »Und das«, sagte sie statt dessen und wandte sich mit einem

unschuldsvollen Lächeln an den gelernten Maurer, »ist also Frau Magdalena, ha, ha!«
»Wenn es recht ist«, erwiderte Frau Magdalena ironisch, »ha, ha!«
»Frau Werner ist eine alte Freundin von mir«, erklärte Herr Mamoulian hastig und trat, als befürchte er eine tätliche Auseinandersetzung, zwischen die beiden Frauen, die einander mit einem zuckersüßen Lächeln betrachteten. Herr Mamoulian hatte Angst vor Frauen mit einem zuckersüßen Lächeln. »Eine sehr alte und gute Freundin«, sagte er nachdrücklich. »Und sie wird Ihnen sehr gefallen, wenn Sie sie näher kennenlernen, Frau Magdalena. Sie ist ein liebenswürdiger Mensch«, sagte er. »Genau wie Sie, Frau Magdalena.«
Es entstand eine kleine Pause. Jakob Steiner hatte richtige Plüschaugen bekommen. Er trat etwas näher, bemerkte die kleine Ruth und schüttelte heftig ihre Hand.
»Ich glaube –« sagte Herr Mamoulian unglücklich, als er sich unterbrochen fühlte.
»Ich glaube«, sagte nämlich die kleine Ruth in diesem Augenblick mit lauter Stimme, »daß dich die dicke Frau nicht mag, Mami!«
»Das glaube ich auch«, erwiderte ihre Mutter ebenso, »und deshalb werden wir auch wieder gehen. Gib dem Onkel Mamoulian noch schnell unser Geschenk, Ruth, und dann –«
In diesem Augenblick jedoch, in welchem der verzweifelte Mamoulian sein mit so unendlicher Mühe zustande gekommenes Fest bereits verloren glaubte, geschah zweierlei. Frau Magdalena, der gelernte Maurer, stürzte sich auf das verblüffte kleine Mädchen, und Jakob Steiner stürzte sich auf Josephine.
»Aber mein Dummerle, mein Liebes, mein Kleines«, rief Frau Magdalena, während sie vor Ruth mit einem Ächzen in die Knie sank und sie in ihre muskulösen Arme schloß, »was redest du da? Aber was denkst du denn von

mir? Aber, aber, aber ... warum soll ich denn deine Mami nicht mögen? Ich habe sie doch eben erst getroffen!« Und mit einem heroischen Entschluß: »Ich *weiß* doch gar nichts von ihr!«
Zur selben Zeit sprach Jakob Steiner, behindert durch Atemnot und ein lästiges Zucken, das sein rechtes Augenlid ergriffen hatte, auf Josephine ein. Er hatte sie an der Hand genommen und sah sie bittend an. »Nicht«, sagte er, »nicht ... gehen Sie nicht fort!«
»Wenn man mich aber nicht mag«, sagte Josephine geziert.
»Aber wir mögen Sie doch! Ich ... ich«, sagte Steiner mühsam, »ich mag Sie sehr ... ich habe noch nie jemanden gesehen, der so schön war wie Sie ... ich wäre sehr ungücklich, wenn Sie fortgingen!«
»Ich auch«, sagte Herr Mamoulian.
»Wenn Sie fortgehen, dann gehe ich auch!«
»Wohin?«
»Mit Ihnen«, sagte Steiner. »Es ist mir ganz gleich, wohin.«
»Komm«, sagte Frau Magdalena zu der kleinen Ruth, »komm mit mir in die Küche, und ich will dir ein Stück Kuchen geben, kleines Mädchen. Mit viel Zucker darauf. Damit du siehst, daß ich dich gern habe.«
»Es handelt sich nicht darum, ob du *mich* gern hast«, meinte Ruth kritisch und sah den gelernten Maurer mit gerunzelter Stirn an, »es handelt sich um meine Mami. Viele Frauen haben meine Mami nicht gern, weil sie schöner ist, als sie es sind. Ich mag deinen Kuchen nicht, wenn du meine Mami nicht gern hast.«
»Aber ich habe sie doch gern!«
»Ich bin so glücklich, daß ich Sie getroffen habe«, sagte Jakob Steiner.
»Ich schwöre dir, daß ich nichts gegen deine Mami habe«, sagte Frau Magdalena.
»Willst du tot umfallen, wenn du lügst?«
»Ich will tot umfallen«, sagte Frau Magdalena mit blei-

chem Gesicht. (Jetzt werden wir gleich sehen, dachte sie.)

»Hast du das gehört, Mami?«

»Ja«, sagte Josephine, »aber manchmal funktioniert der liebe Gott nicht richtig. Was haben Sie eigentlich wirklich gegen mich, Frau Magdalena?«

Der gelernte Maurer erhob sich langsam. Er sah Josephine lange an, dann sagte er: »Es ist nur, weil ... Sie müssen wissen, daß ... Hören Sie«, sagte er, »alles ist in Ordnung, wenn Sie sich den Lippenstift vom Mund wischen. Darum bitte ich Sie: wischen Sie den Lippenstift fort, und ich will Ihre Freundin sein!«

»Aber natürlich«, sagte Josephine und fuhr sich zweimal fest mit der Hand über den Mund. »Wenn ich auch nicht ganz verstehe, warum.«

»Mein Mann«, erklärte Frau Magdalena, plötzlich wieder sehr freundlich, »der Josef, wissen Sie, er ist schon seit einem Jahr tot – Gott hab ihn selig –, der Josef hat eine Frau gekannt, die war auch so schön wie Sie – viel schöner als ich –, und ... und wegen dieser Frau war ich sehr unglücklich«, sagte Frau Magdalena. »Und sie hat genau so einen Lippenstift verwendet. Deshalb war ich so. Entschuldigen Sie!«

»Aber bitte!« sagte Josephine erleichtert.

»Das sind die gewissen Nachteile –« begann Herr Mamoulian und wurde wieder unterbrochen.

»Hat dein Mann dich mit dieser Person betrogen?« fragte die kleine Ruth neugierig.

»Allmächtiger Vater«, sagte die alte Frau hastig. »Wir wollen in die Küche gehen und Streuselkuchen essen. Jetzt ißt du ihn doch, oder nicht?« Und sie zog die kleine Ruth mit sich fort. »Ja«, hörten die Zurückbleibenden diese noch sagen, »jetzt kann ich ruhig deinen Kuchen essen. Aber ich würde trotzdem gerne wissen, ob dein Mann dich mit dieser Frau betrogen hat ...«

»Ein etwas frühreifes Kind«, sagte Herr Mamoulian mit einer Grimasse. »Wie alt ist sie denn?«

»Sie wird im September sieben«, erwiderte Josephine. »Mamoulian, ich hasse es, dich zu fragen: aber war es dir möglich, ein Paar Schuhe für sie aufzutreiben?«
Herr Mamoulian fühlte, wie sein Herz schneller schlug. Jetzt, dachte er, begann der Tag schön zu werden. Sein Ostersonntag ...
»Habe ich es dir nicht versprochen?«
Sie umarmte ihn und hatte plötzlich Tränen in den Augen.
»Lieber dicker Mamoulian!«
»Du weinst«, konstatierte er gerührt.
»Nur, weil ich glücklich bin«, sagte sie, und zu Jakob Steiner, der stumm daneben stand, gewandt: »Sie müssen wissen, daß meine Tochter sehr dringend ein Paar Schuhe braucht, mein Herr.«
Jakob Steiner verneigte sich stumm und wünschte, er hätte die Schuhe kaufen können.
»Mamoulian ist ein guter Mensch. Man kann sich auf ihn verlassen. Ich liebe ihn.«
»Unsinn«, sagte Herr Mamoulian. »Du verwechselst mich.«
»Nein«, sagte sie mit einem geheimnisvollen Lächeln, »ich verwechsle dich nicht. Ich liebe dich wirklich, du weißt es nur nicht.«
»Ich habe eine gewisse Aversion gegen das Wort«, sagte er und streichelte ihre schwarzen Haare, die in der Sonne glänzten, »aber weil du eine alte Freundin von mir bist, will ich versuchen, meinen Widerwillen zu überwinden und mich über deine Erklärung zu freuen.«
»Und gelingt es dir?«
»Es gelingt mir ausgezeichnet«, meinte er, »und wenn du mich noch ein wenig länger umarmen möchtest, dann würde es noch viel besser gelingen!«
»So?« fragte sie und drückte ihn an sich.
»So ähnlich. Steiner, schauen Sie fort!«
»Ich liebe dich«, sagte Josephine.

»Warum?« fragte Herr Mamoulian und bereute seine Frage sofort.
»Weil ich dich brauche«, erwiderte Josephine in großer Einfalt und Wahrhaftigkeit.
»Im linken Mundwinkel hast du noch ein wenig Lippenstift«, sagte er. »Wisch ihn fort, Josephine. Und dann wollen wir hinuntergehen und mittagessen.«
Jakob Steiner sah ihnen nach. »So schön«, sagte er versunken, »ach du lieber Gott, so wunderschön ist sie ...« Und er legte sich der Länge nach ins Gras, sah in den Himmel und hörte, den Kopf zwischen den hohen Halmen der Wiese, wie das Blut rauschend durch seine Schläfen floß.
Seine Geschenke überreichte Herr Mamoulian nach dem Mittagessen, als sie alle satt und sehr friedlich in der Sonne saßen. Er brachte sie in einem großen Karton ins Freie, stellte sie auf den Rasen und packte sie einzeln aus. Zuerst kam die kleine Ruth an die Reihe. Mit einiger Feierlichkeit wickelte Herr Mamoulian die prächtigen gelbbraunen Lederstiefelchen aus ihrer Umhüllung und hielt sie, während die Erwachsenen in bewundernde Rufe ausbrachen, dem kleinen Mädchen entgegen, das die Hände zusammenschlug und besorgt den Kopf schüttelte.
»Mein Gott«, sagte Ruth und verdrehte die Augen, »da bist du aber wieder grenzenlos leichtsinnig gewesen, Onkel Mamoulian!«
»Aber ich bitte dich«, erwiderte dieser, »wir wollen uns doch nicht *darüber* unterhalten!«
»Du hast viel zuviel Geld ausgegeben«, sagte Ruth hartnäckig in Verfolgung ihres Gedankenganges. »Wer weiß, was du angestellt hast, um es zu bekommen. Bei diesen Zeiten«, sagte sie, und ihre Augen bekamen einen besorgten Blick. »Wo wir doch alle wissen, daß es dir nicht gut geht ...«
»Aber Ruth!« Herr Mamoulian setzte sich neben sie ins Gras. »Freust du dich denn gar nicht über die Schuhe?«

»Ich freue mich sehr. Aber sie sehen so kostbar aus, daß ich immer an das viele Geld denken muß, das du ausgegeben hast. Wie willst du das jemals zurückzahlen?«
»Mach dir, um Gottes willen, darüber keine Sorgen«, sagte er, »sondern zieh endlich einmal die Stiefelchen an, damit wir sehen, ob sie dir auch passen.«
»Ja«, sagte Ruth, schon ein wenig fröhlicher, und begann ihre zerrissenen Sandalen aufzuschnüren. »Obwohl ich ein Loch im Strumpf habe«, sagte sie. »Ich bitte dich, nicht hinzusehen. Die Mami wird es am Abend stopfen.« Sie zog die Stiefelchen an, wobei sie sich gegen Herrn Mamoulian stemmte, um Halt zu finden. »Sie passen wunderbar«, sagte sie, während Herr Mamoulian, vor ihr kniend, die Senkel zuzog. »Sie sitzen wie geschmiert, Onkel Mamoulian, ich glaube, ich habe noch nie so feine Schuhe gehabt.«
»Das denke ich auch«, sagte er, »lauf ein paar Schritte, damit wir sehen, wie du in ihnen gehst!«
Ruth lief zu ihrer Mutter. »Mami! Schau, was für feine Schuhe ich habe! Sie sind so weich, daß ich glaube, ich gehe barfuß! Und warm sind sie! Wie ein Ofen! Und schau, was für eine schöne Farbe sie haben! Oh, Mami, Mami, ich möchte meine Schuhe gar nicht mehr ausziehen. Ich möchte mit ihnen schlafen gehen, darf ich?«
Ruth lief zu Frau Magdalena, die der Szene mit einiger Rührung gefolgt war. »Schau, was für feine Schuhe ich habe«, bat Ruth und hob ein Bein. Dann lief sie weiter. »Hast du die schönen Schuhe gesehen, die mir der Onkel Mamoulian geschenkt hat?« fragte sie Jakob Steiner, der neben Josephine im Gras saß.
»Ja«, sagte dieser. »Das sind die feinsten Schuhe, die ich jemals gesehen habe.«
»Wirklich?«
»Meiner Seel', die allerfeinsten!«
Ruth drehte sich um sich selbst.
»Oh, Mami, was werden die andern Kinder sagen, wenn sie mich sehen?« Ein Schatten glitt über ihr Gesicht.

»Gehören sie auch wirklich mir?«
»Natürlich«, sagte Herr Mamoulian stolz, »wem denn sonst?«
»Und ich muß sie nicht wieder hergeben?«
»Selbstverständlich nicht, die Schuhe gehören dir! Aber das ist noch nicht alles«, sagte Herr Mamoulian vor seiner Kiste. »Es sind noch mehr Geschenke für dich da.« Und er nahm nacheinander die Puppe, den Seidenwurstel, den Ball und die Schachtel mit den Süßigkeiten aus seinem Karton und legte sie vor Ruth auf die Wiese. Josephine war aufgestanden und sah Herrn Mamoulian entgeistert an.
»Du bist ja verrückt! Wen hast du umgebracht?«
»Ha!« rief Herr Mamoulian, als hätte man ihm eben eine Schmeichelei gesagt. »Bist du glücklich, kleine Ruth?«
»Ja«, sagte diese, ohne ihre Geschenke anzurühren, mit flackernden Augen. »Kann sein, vielleicht bin ich gestorben?«
»Unsinn«, sagte Herr Mamoulian beunruhigt, »warum solltest du gestorben sein?«
»Weil ich mir so das Paradies vorstelle, von dem man uns im Kindergarten erzählt hat. Kann sein, vielleicht ich bin gestorben, und du bist der liebe Gott?«
»Nicht der liebe Gott«, sagte Josephine mit nassen Augen. »Aber ein richtiger Engel!«
»Na, na«, sagte Herr Mamoulian, und zu Ruth gewandt: »Möchtest du nicht in die Schachtel mit den Bonbons schauen?«
Ruth legte die Hände auf den Rücken und schüttelte den Kopf.
»Lieber nicht.«
»Aber warum denn?«
»Ich habe Angst, daß die Geschenke dann verschwinden«, sagte sie. »Das ist mir schon passiert. Ich habe geschlafen und von einem Paar Schuhe geträumt, und als ich nach ihnen gegriffen habe, sind die Schuhe

verschwunden, und ich bin aufgewacht. Erinnerst du dich, Mami, das war, wie ich so geheult habe!«

»Ja, ich erinnere mich«, sagte Josephine. »Aber heute brauchst du keine Angst zu haben, Ruth. Heute träumst du nicht. Heute sind die Geschenke wirklich da.«

»Ja«, sagte Ruth, näherte sich dem Karton auf Zehenspitzen und öffnete ihn behutsam, »ja, dann ... oh!« sagte sie überwältigt. »Mami, schau her, das sind ja Marzipanwürstel!«

»Das sind keine Marzipanwürstel, sondern Rasierseifen«, sagte Herr Mamoulian, und Ruth lachte, als würde sie gekitzelt.

»Nein!«

»O ja, doch!«

Ruth riß die Cellophanhülle von einer der Stangen und biß ein großes Stück ab.

»Na«, sagte Herr Mamoulian, »wonach schmeckt es?«

»Nach Marzi –« sagte Ruth und verschluckte sich. Ihre Mutter klopfte ihr auf den Rücken. Ruth spuckte einige Stücke des Zuckerteigs aus, wurde tiefrot im Gesicht, hustete krampfhaft und hielt auf Anraten Jakob Steiners die Arme über den Kopf. »Marzi ...« sagte sie heroisch, noch immer behindert durch heftigen Schluckauf, »... es schmeckt nach Marzipan! Ihr müßt es alle kosten!«

Und alle mußten ein Stück von der Stange abbeißen, während Ruth schon weiter den Inhalt der Schachtel untersuchte.

»Und Drops«, sagte sie bewundernd. »*Und* Schokolade, *und* Pfefferminzrollen, *und* Lutschfische, *und* Kaugummis ...« Sie verdrehte die Augen, blickte zu Herrn Mamoulian empor und rief berauscht: »Du bist der liebste Onkel von der ganzen Welt!« Worauf sie von heftiger Unruhe ergriffen wurde und von einem Bein auf das andere sprang.

»Na«, sagte Herr Mamoulian, »mußt du auf den Topf?«

»Nein«, sagte Ruth zärtlich, »ich muß dir einen Kuß geben.«

Und sie zog ihn zu sich herab, umarmte ihn und drückte ihre süßen und nassen Lippen auf die seinen. »Und ich liebe dich! Von ganzem Herzen«, sagte die kleine Ruth. Du bist der liebste Onkel von der Welt. Wenn ich so alt wäre wie die Mami, würde ich dich heiraten. Aber du hast *doch* zuviel Geld ausgegeben, und es ist eine Schande, wie leichtsinnig du bist. Die Leute reden schon!«
»Und dabei«, sagte Herr Mamoulian, »kommt die Hauptsache ja überhaupt erst.«
»Was kommt erst?«
»Die Ostereier«, sagte er, »du mußt ja noch Ostereier suchen.«
Ruth sah ihn zweifelnd an. Dann schüttelte sie den Kopf. »Nein«, sagte sie, »soviel Überraschungen auf einmal gibt es nicht! Ich bin ganz bestimmt gestorben. Und du auch. Und die Tante auch. Wir sind alle gestorben und im Paradies!«
»Unsinn«, sagte Herr Mamoulian, »wir sind nicht gestorben, sondern in meinem Garten und feiern Ostern. Daran ist gar nichts ungewöhnlich. Alle Menschen haben das Recht, gelegentlich glücklich zu sein. Wir sind es heute. Und wir werden es noch öfter sein.«
»Mamoulian«, sagte Josephine und legte einen Arm um seine Schulter, »das ist das schönste Osterfest meines Lebens!«
»Schon gut«, sagte er, »wenn es dir nur Spaß macht, meine Liebe.«
Er kniete nieder und griff von neuem in seine Schachtel. »Du brauchst aber nicht zu glauben, daß du allein Geschenke bekommen hast, Ruth. Der Osterhase hat auch den anderen etwas mitgebracht. Dem Jakob Steiner zum Beispiel ein Paket Zigaretten ...«
»Ach, du liebe Zeit«, sagte dieser überrascht. »Und sogar ›Lucky Strike‹, meine Lieblingssorte. Ich danke auch schön.«
»Frohe Ostern«, sagte Herr Mamoulian und gab ihm

erstens die Hand und zweitens die Zigaretten, »und wenn Sie sich noch einmal mit Selbstmordabsichten tragen, solange Sie bei mir sind, werde ich Ihnen die Hosen strammziehen!«
Josephine bekam große Augen.
»Sie haben –?«
Jakob Steiner nickte.
»Aber warum?«
»Ach, ich weiß nicht, ich war damals so traurig ...«
»Und heute?«
Er lächelte.
»Heute bin ich glücklich.«
»Wegen der Zigaretten?«
»Wegen der Zigaretten. Und weil Sie da sind. Ich glaube, ich wäre immer glücklich, wenn Sie da wären.«
»Du bist glücklich, weil Ostern ist«, sagte Ruth.
Herr Mamoulian zog die neue Schürze aus der Kiste.
»Und das ist ein Geschenk für Frau Magdalena! Ich hoffe es paßt ihr«, sagte er, während er der alten Frau die Schürze umband. »Na, und ob sie paßt! Ich habe ein ganz besonders feines Augenmaß für weibliche Hüften. Ich habe genau gewußt, wie groß eine Schürze für Frau Magdalena sein muß, obwohl ich noch nie eine Schürze gekauft habe ... Gefallen Ihnen die Spitzen?«
Frau Magdalena hatte Tränen in den Augen und wischte sie mit dem Rücken einer roten und rissigen Hand fort. »So etwas«, murmelte sie dazu, während die anderen sie umstanden und bewunderten, »so etwas muß einer alten Frau wie mir noch passieren ... entschuldigen Sie schon, meine Herrschaften, ich heule sonst gar nicht so leicht ... aber es ist bloß, weil ich seit vielen Jahren nichts mehr geschenkt bekommen habe ... es ist wirklich zu blöd, aber ich kann nicht anders ...« Und Frau Magdalena Huber brach in lautes Schluchzen aus.
»Aber, aber«, sagte Herr Mamoulian, der diese Reaktion nicht erwartet hatte, und versuchte, mit einem Taschen-

tuch an Frau Magdalenas Gesicht heranzukommen, »wer wird denn weinen? Was heißt denn das, Frau Magdalena? Sie sind doch eine verständige Person ... ich habe gehofft, Ihnen mit der Schürze eine Freude zu bereiten ...«
»Das haben Sie doch!« schluchzte diese. »Sie haben mir eine so große Freude bereitet, daß ich unbedingt weinen muß. Ich weine aus Freude, ach Gott, ich benehme mich ganz schrecklich ...«
Frau Magdalena ergriff plötzlich Herrn Mamoulians Hand und küßte sie.
»Frau Magdalena!« rief dieser aufgebracht und zog seine Hand blitzschnell fort. »Was fällt Ihnen denn ein, zum Kuckuck? Sie sollen mir niemals die Hand küssen! Und wenn Sie nicht augenblicklich lachen, dann nehme ich Ihnen die Schürze weg!« Frau Magdalena zuckte zusammen und rang nach Fassung.
»Nicht wegnehmen, bitte! Ich weine auch schon nicht mehr! Ich lache schon wieder, da!« Und sie zeigte, mit noch nassen Wangen, in einer heroischen Anstrengung, die regelmäßigen und perlweißen Zähne ihres falschen Gebisses. »Ha!« sagte Frau Magdalena, »schaut her, wie glücklich ich bin!«
»Bist du so glücklich wie ich?« fragte Ruth und hob ein Bein mit dem neuen Schuh.
»Genauso!«
»Aber nicht so glücklich wie ich«, sagte Josephine leise und drückte Herrn Mamoulians Arm.
»Und das erinnert mich«, meinte dieser. »Fast hätte ich es vergessen, für dich haben wir ja auch noch ein Geschenk, meine Liebe!« Und Herr Mamoulian zog den bunten Seidenschal mit den Segelbooten, Palmen und Phantasievögeln hervor, worauf eine vollkommene Stille eintrat. Das Tuch leuchtete in der Sonne, als Herr Mamoulian es um Josephines Schultern legte. Einen Augenblick sprach niemand.
Dann sagte Ruth: »Mami, du schaust aus wie –«

»Wie eine Königin«, sagte Jakob Steiner. »So schauen Sie aus.«
»Wie eine glückliche Königin«, sagte Herr Mamoulian.
»Und du«, sagte sie und küßte ihn vor allen Leuten auf den Mund, »siehst aus wie ein König.«
»Ein armer König«, sagte Herr Mamoulian lächelnd, »leider.«
»Ein unermeßlich reicher König, der es sehr gut verstanden hat, vier Menschen vollkommen glücklich zu machen!«
»Fünf Menschen«, sagte Herr Mamoulian und lächelte noch immer. »Du vergißt mich selbst. Ich habe mich selbst glücklich gemacht.«
»Mamoulian«, sagte Josephine plötzlich mit weicher Stimme und legte ihre Lippen an sein Ohr, so daß nur er hören konnte, was sie sagte, »ich danke dir!«
»Ach, halt den Mund, Josephine«, sagte Herr Mamoulian.
Die kleine Ruth spazierte, aufmerksam ihre Schuhe betrachtend, über den Rasen. An sich gepreßt trug sie den Seidenwurstel der armen Baronin. Vor dem Kastanienbaum blieb sie stehen.
»Wenn ich nicht gestorben bin«, sagte die kleine Ruth zu dem Kastanienbaum und in die Luft hinein, »dann muß ich noch am Leben sein. Aber wer hätte gedacht, daß das Leben so schön sein kann? Ich bestimmt nicht«, sagte die kleine Ruth. »Man erlebt doch noch Überraschungen!«
Jakob Steiner trat zu Frau Magdalena, die in die Betrachtung ihrer neuen Schürze versunken war, und offerierte eine Zigarette.
»Danke.«
»Es sind gute, amerikanische!«
»Nein«, sagte Frau Magdalena energisch und wühlte in ihren geheimnisvollen Taschen, »aber Feuer können Sie mir geben! Ich werde eine Zigarre rauchen. Diese Bescherung war zuviel für mich. Mir scheint, ich werde

alt. Der Teufel soll mich holen, wenn das nicht eine scheußlich rührende Szene war!«

Die beiden Frauen sahen Herrn Mamoulian und Jakob Steiner zu, wie sie mit Ruth Ostereier suchten. Frau Magdalena rauchte eine magere schwarze Zigarre, die entsetzlich roch und deren Deckblätter sich nach allen Richtungen loslösten. Es sah aus, als halte Frau Magdalena eine gedörrte Pflanzenwurzel im Mund. Über die Wiese drang das Lachen der kleinen Ruth zu ihnen. Josephine saß ganz still neben Frau Magdalena auf einer kleinen weißgestrichenen Bank am Rande eines Bombenkraters, in dem ein paar Veilchen blühten, sah zu den beiden Männern hinüber und empfand plötzlich große Sehnsucht nach etwas, was sie nicht beschreiben konnte. Sie atmete tief. Die warme Luft tat ihrer Haut wohl, und sie schlug den Rock weit zurück, um ihre Beine in die Sonne zu legen.

»So einen Mann wie den Herrn Mamoulian findet man nicht oft«, sagte Frau Magdalena und stieß eine dunkle Rauchwolke durch die falschen Zähne, »das ist ein ganz besonderer Mensch. Ohne ein Wort zu sagen, hat er mich zu sich genommen, wie der Jakob Steiner mich angebracht hat. Und meiner Seel', ich hätte nicht gewußt, wo ich hingehen soll, wenn er nicht gewesen wäre.«

»Und dieser Jakob Steiner«, fragte Josephine verträumt mit geschlossenen Augen, »hat der sich wirklich umbringen wollen?«

»Wirklich und wahrhaftig! Er hat schon einen Strick gehabt und einen Baum und alles. Aber der Herr Mamoulian hat ihn dazu gebracht, seine Absicht zu ändern. Oder jedenfalls ist der Ast abgebrochen. Kennen Sie den Herrn schon lange?«

»Er war einmal sehr reich«, sagte Josephine schläfrig, »aber da kannte ich ihn noch nicht. Als ich ihn kennenlernte, da war er schon nicht mehr sehr reich, nur noch

ein wenig, und er war unglücklich und betrunken, und deshalb sprach er zu mir. Es war ein Irrtum, wissen Sie. Ich nahm ihn nach Hause, weil ich Angst hatte, daß die Polizisten ihn festnehmen würden, denn es war schon sehr spät.«
»So ein feiner Herr«, sagte Frau Magdalena, »und betrunken! Man soll es nicht für möglich halten!«
»Er war sehr unglücklich damals«, sagte Josephine, »das muß man ihm zugute halten. Alle seine Freunde hatten ihn verlassen und sogar die Frau, die er liebte. Das muß sehr arg für ihn gewesen sein, und deshalb betrank er sich so sehr. Nicht weil es ihm Spaß machte, sondern weil er unglücklich war. Das ist ein großer Unterschied, Frau Magdalena, glauben Sie mir. Ich weiß, was ich sage.«
»Bestimmt«, sagte diese, »jeder von uns hat sein Gebiet. Ich weiß, wie man einen anständigen Mörtel anrührt, und Sie kennen sich mit Männern aus. Sind Sie mir noch böse, weil ich so häßlich zu Ihnen war, als Sie kamen?«
»Nein, gar nicht mehr.«
»Ein bißchen sind Sie mir natürlich noch böse«, sagte Frau Magdalena, »aber das macht nichts. Das geschieht mir ganz recht. Sie werden es vergessen, und wir werden gute Freundinnen sein ... Und was geschah weiter mit dem gnädigen Herrn?«
Josephine rekelte sich in der Sonne, und ihr Kleid verschob sich noch mehr.
»Ich nahm ihn zu mir. Er war viel zu betrunken, um Spaß zu machen, und ich wußte nicht einmal, ob er noch Geld bei sich hatte.«
»Warum haben Sie nicht nachgesehen?« fragte Frau Magdalena und erschrak heftig über sich selbst.
»Das weiß ich auch nicht«, erwiderte Josephine ruhig. »Ich bin einfach nicht auf den Gedanken gekommen, obwohl er der nächstliegende war. Er tat mir leid. Und er sagte: Liebling, ich muß schrecklich dringend schlafen.«
»Aha«, sagte Frau Magdalena und schmierte Spucke um ihren Zigarrenstummel.

»Ich zog ihn aus und legte ihn ins Bett. Und dann legte ich mich neben ihn, und er nannte mich im Schlaf Yvonne und war sehr unruhig, und ich schlief schlecht. Und am Morgen, als er aufwachte, versuchte ich ihn liebzuhaben, aber er war viel zu traurig, und so ließ ich es wieder sein, und wir unterhielten uns bloß. Es war ein sehr sonderbares Gespräch.«

»Worüber?«

»Über die Liebe«, sagte Josephine, »vor allem über die Liebe. Und dann über die Armut und über die Einsamkeit. Und über das Ewige Leben. Man redet eine Menge Unsinn, wenn man zuviel getrunken hat.«

»Der arme gnädige Herr«, sagte Frau Magdalena gerührt, »er muß viel mitgemacht haben, als er sein ganzes Geld verlor und alle seine Freunde. Er soll einmal sehr viel Geld und sehr viel Freunde gehabt haben, hat mir der Jakob erzählt.«

»Ja, das stimmt. Aber es waren lauter falsche Freunde, und kein einziger ist bei ihm geblieben. Das hat er mir auch an diesem Morgen erzählt. Und dann hat er gesagt: Wie heißt du? Und ich habe meinen Namen genannt. Und er hat gesagt: War ich sehr betrunken? Und ich habe gesagt, ja, du warst sehr betrunken, Liebling. Und er hat gesagt: Du hast mich gefunden und mit dir genommen? Ja, sage ich, das habe ich getan. Und er fragt: Warum? Und ich sage: Warum nimmt eine Frau wie ich einen Mann mit? Und er sagt: Nun ja, aber ich war doch viel zu betrunken. Trotzdem, sage ich, es hat mir gerade Spaß gemacht. Das glaube ich nicht, sagt er. Und dann schaut er mich an und fragt: Habe ich dir etwa leid getan? Und ich denke schon, daß er jetzt Krach machen wird wie manche von den Traurigen, aber er legt sich wieder hin und schließt die Augen, und also riskiere ich es und sage: Ja, du hast mir leid getan, und ich wollte nicht, daß die Polizei uns erwischt. Hast du dir schon dein Geld genommen? fragt er, und ich sage nein. Dann nimm es dir, sagt er, in meiner Jacke muß noch etwas sein. Ich will kein Geld, sage ich, ich habe es nicht verdient, du hast mich gar nicht liebgehabt, und überhaupt geht es dir selbst nicht gut, das hast du mir selbst erzählt. Trotzdem, sagt er. Nein, sage ich. Doch, sagt er, du mußt! Und er klettert aus dem Bett und nimmt alles, was er in seinen Taschen findet, und stopft mir die Scheine in die Hand – es waren mindestens fünfhundert Schilling – und sagt die ganze Zeit: Da, das gehört dir, denn du hast Mitleid mit mir gehabt und mich zu dir genommen, obwohl ich dir vorher nichts geschenkt habe. Aber so wahr mir der liebe Gott weiterhelfen möge, Frau Magdalena, ich habe keinen Groschen von seinem Geld genommen, sondern nur schwarzen Kaffee gekocht und seinen Anzug geputzt, und dann habe ich ihn fortgeschickt.

Aber am nächsten Tag kam er wieder und brachte Blumen und Strümpfe und Essen, ein Kleid für Ruth und Wein und eine Kette mit einem blauen Stein, die ich heute noch trage. Da, schauen Sie her!« Und Josephine öffnete ihre weiße Bluse und zeigte der neugierigen Frau Magdalena einen blauen Stein, der an einer dünnen silbernen Kette zwischen ihren kleinen und festen Brüsten lag. »Das hat er mir geschenkt, und dann ist er immer wieder gekommen und hat für uns gesorgt, wenn es uns schlecht gegangen ist, und er hat niemals etwas dafür verlangt – obwohl ich es ihm gern gegeben hätte, weil er ein anständiger Mensch ist.«

»Ja«, sagte Frau Magdalena, »das ist er wirklich!«

»Er ist der einzige, auf den ich mich verlassen kann«, sagte Josephine und glitt von der Bank auf den Rasen hinab, wo sie die Hände hinter dem Kopf verschränkte und in den Himmel blinzelte. »Er hat mich noch nie im Stich gelassen. Ruth liebt ihn sehr.« Josephine gähnte. »Das ist ein wunderschöner Tag, ich möchte, daß er nie aufhört. Ich bin so schläfrig und brauche an nichts zu denken, und es ist Ostern, und meine kleine Puppe hat ein Paar feste Schuhe bekommen.«

Und dann schwiegen sie beide gedankenvoll, bis die kleine Ruth mit den gefundenen Ostereiern, Herrn Mamoulian und Jakob Steiner zurückkehrte.
»Mami!« rief sie entzückt und stellte den Korb mit den bemalten Eiern ins Gras. »Der Onkel Mamoulian sagt, daß er sie alle selber gelegt hat! Glaubst du das?«
»Ja, ich kann es mir eigentlich nicht recht vorstellen«, meinte Josephine und richtete sich, benommen von der Sonne, auf.
»Aber es ist doch so!« beteuerte Herr Mamoulian. »Die ganze Nacht habe ich Eier gelegt, und am Morgen war ich so müde, daß ich aufhören mußte.«
»Wo hast du denn die vielen Eier gehabt?«
»In meinem Bauch«, sagte Herr Mamoulian verwegen. »Es ist eine ungewöhnliche Begabung, die ich da habe – einmal im Jahr.«
»Und da waren die Eier schon bunt, wie sie, wie du sie ...« Ruth verwirrte sich. »Ich meine«, sagte sie, »waren sie schon bemalt, wie du sie gelegt hast?«
»Ja, stell dir vor«, sagte der scheinheilige Herr Mamoulian, »sie waren schon bemalt und fix und fertig, sogar hartgekocht, weil ich nämlich vorher ein sehr heißes Bad genommen habe.«
Ruth dachte nach.
»Und das kannst du jedes Jahr zu Ostern?«
»Ja«, sagte Herr Mamoulian, »es ist ein großes Wunder, nicht wahr?«
»Und was kannst du zu Weihnachten?«
»Das wird sich noch herausstellen. Vorläufig bin ich froh, daß ich die Ostereier losgeworden bin.«
Josephine war aufgestanden und durch den Garten gewandert. Jetzt kam sie zurück. Ruth machte ein feierliches Gesicht.
»Sehr geehrter Herr Mamoulian«, sagte Josephine, »es liegt auch für Sie noch ein Osterei hier im Garten versteckt und wartet darauf, gefunden zu werden.«
»Für mich?« Herr Mamoulian hob seine buschigen wei-

ßen Augenbrauen.
»Ja«, rief die kleine Ruth. »Es ist ein ganz besonderes Osterei! Wir werden dir beim Suchen helfen!«
Herr Mamoulian legte die Hände auf den Rücken und begann im Garten umherzulaufen. Als er sich der Regentonne näherte, rief Ruth: »Wasser!« Daraufhin machte Herr Mamoulian kehrt und nahm Richtung auf den Kirschbaum. »Wasser!« rief Ruth wieder. »Tiefes Wasser!« Herr Mamoulian schnaubte wie ein Pferd, beschrieb eine neunziggradige Wendung und eilte den Zaun entlang westwärts.
»Wärmer«, kommentierte Ruth seine Wanderung, »immer wärmer ...«
»Aha!« rief Herr Mamoulian.
»Kälter«, registrierte das sechsjährige Thermometer nüchtern.
»Eiskalt. Wasser. Wasser ...«
Herr Mamoulian blieb stehen und machte einen großen Schritt nach Süden.
»Wasser«, sagte Ruth.
Herr Mamoulian machte einen großen Schritt nach Norden.
»Wasser«, sagte Ruth.
Herr Mamoulian trat entschieden nach Westen.
»Wärmer!« flüsterte Ruth aufgeregt.
Herrn Mamoulians Augen wurden klein und listig. »Mir scheint«, sagte er, »ich hab's ...« Und er marschierte entschlossen auf eine rostige Gießkanne zu, die neben einem verdorrten Rosenstrauch stand.
»Feuer!« schrie Ruth. Herr Mamoulian bückte sich und entnahm der Gießkanne ein Paket amerikanischen Pfeifentabak, auf dem ein weißer Zettel klebte. Auf dem Zettel stand mit lauter Großbuchstaben:

FÜR DEN ONKEL MAMOULIAN
IN LIEBE VON
RUTH UND JOSEPHINE

»Ach Gott«, sagte Herr Mamoulian, während ihn alle erwartungsvoll ansahen, »ach, du lieber Gott, das hättet ihr nicht tun sollen, wirklich, das nicht! Ich habe dich doch schon so oft gebeten, mir keine Geschenke zu machen, liebe Josephine ...«
»Onkel Mamoulian«, sagte Ruth, »du hast es nötig!«
»Ganz recht«, sagte Josephine, »du hast es nötig. Freust du dich?«
»Ha!« rief Herr Mamoulian. »Ob ich mich freue! Freut sich eine Katze über Leberbraten? Freut sich der Himmel über einen reuigen Sünder? Ach, was für eine unsinnige Frage!« Herr Mamoulian wühlte in seinen Taschen, fand seine Pfeife und setzte sich neben den verdorrten Rosenstrauch ins Gras. Alle sahen ihm zu, wie er die erste Pfeife stopfte, und als er sie in Brand setzte, hielten sie fast den Atem an. Herr Mamoulian schloß ein Auge, blies eine Wolke Rauch durch die Nase und nickte dann. »Ja«, sagte er träumerisch, »so schmeckt es eben ...«
Und dann stand er plötzlich auf, küßte Josephines Hand und sagte: »Das war sehr lieb von euch!«
»Lieber Onkel«, sagte Ruth, indem sie seinen Tonfall nachahmte, »wir wollen nicht sentimental werden, sondern vielmehr ein wenig mit meinem neuen Ball spielen, wenn es euch recht ist.«
Es war ihnen recht.
Sie spielten ›Abschießen‹. Herr Mamoulian war sehr ungeschickt und ließ Bälle, die man ihm zuwarf, immer wieder fallen, während Frau Magdalena, die dem Spiel wie allem, womit sie sich beschäftigte, ihre ganze Aufmerksamkeit schenkte, fast überhaupt nicht abzuschießen war, weil sie mit tödlicher Ruhe und Sicherheit jeden Ball in ihren muskulösen Händen fing.
Herr Mamoulian wurde über die Wiese gejagt wie ein kleiner Elefant. Er japste und keuchte und stolperte über seine eigenen Beine – und immer wieder wurde er abgeschossen und mußte seinerseits versuchen, andere mit dem großen bunten Gummiball zu treffen. Jakob

Steiner widmete dem Spiel die geringste Aufmerksamkeit. Er stand abseits, fing gelegentlich einen Ball auf, den man ihm zuwarf, und sah meistens Josephine an, wie sie lachend über den Rasen lief, mit Herrn Mamoulian zusammenstieß oder einem Ball ihrer kleinen Tochter auswich. Als sie endlich, ziemlich außer Atem, ihr Spiel beendeten und Frau Magdalena den Vorschlag machte, in den Keller hinunterzugehen und Kaffee zu trinken, hielt Steiner die junge Frau zurück.

»Geht vor«, sagte er zu den andern, »wir kommen gleich nach.« Er hakte sich in sie ein und begann den Kiesweg entlangzuwandern, der um die große Wiese führte.

»Werden Sie öfter zu uns kommen?«

»Wenn ich darf.«

Jakob Steiner lächelte. »Das war ein so schöner Tag heute, daß man ordentlich vergnügt werden konnte, nicht wahr?«

Sie nickte und sah ihn freundlich an. »Ich bin auch vergnügt geworden. Sie nicht?«

Jakob Steiner blickte auf seine großen Hände und suchte nach Worten.

»Wenn ich Sie ansehe«, sagte er, »dann fühle ich mich so sonderbar. Es wäre verfehlt zu behaupten, daß ich mich vergnügt fühle – es ist ein ganz eigenartiges Gefühl, man wird so unruhig und unzufrieden, und Sehnsucht hat man –«

»Wonach?«

»Ach, ich weiß nicht, wonach. Nach irgend etwas, wer könnte das sagen? Ich glaube, es kommt, weil Sie so wunderschön sind.«

»Es ist viel Farbe dabei.«

»Ja«, sagte Jakob Steiner, »das sehe ich. Aber ich glaube, daß Sie noch immer schön sind, auch wenn Sie die Farbe abwaschen. Sie haben so liebe Augen.«

»Sie auch«, sagte Josephine, blieb stehen, riß ein Gänseblümchen ab und steckte es in Steiners Knopfloch. »Nur

daß sie so schrecklich traurig sind. Können Sie keine vergnügten Augen machen?«
»Danke für die Blume«, sagte er. »O ja, ich denke, ich kann auch vergnügte Augen machen, wenn Sie mich gelegentlich daran erinnern.«
»Aber das ist doch Unsinn! Wenn man jemanden immer wieder daran erinnern muß, vergnügt zu sein, dann ist er es doch gar nicht ... Wie heißt du mit dem Vornamen?«
»Jakob«, sagte er überrascht.
»Hast du etwas dagegen, wenn ich du und Jakob zu dir sage?«
»Nein«, sagte er, »ich habe nichts dagegen, Josephine.«
Sie legte einen Arm um seine Hüfte, während sie weitergingen. »Du hast viel Kummer gehabt, Jakob?«
»Ja«, sagte er, »ich habe meine Frau und mein kleines Kind verloren, meine Tochter. Sie war erst halb so alt wie Ruth.«
»Im Krieg?«
Er nickte. »Und Ruth hat keinen Vater mehr, nicht wahr?«
»Nein«, sagte sie, »schon lange nicht mehr. Aber wir vermissen ihn nicht. Er hätte sich nicht sehr um Ruth gekümmert.«
»Aber es muß doch ganz hübsch sein«, sagte Jakob Steiner nachdenklich, »mit einem Menschen zu leben, den man liebhat, und ein kleines Kind zu besitzen und glücklich zu sein, so wie die gewöhnlichen Leute, die man auf der Straße sieht und von denen in den Büchern steht.«
»Es ist sehr schwer, so zu leben«, sagte sie. »Viele versuchen es, aber wenige bringen es zustande. Ich bin sehr mißtrauisch geworden, und ich glaube fast, es ist besser, allein zu bleiben. Besonders, wenn man jemanden liebhat. Denn im Zusammenleben werden alle Menschen zu Feinden.«
»Nicht alle!«

»Die meisten«, sagte Josephine. »Ich habe mit vielen gelebt, aber es ist nie gut gegangen.«
»Vielleicht hast du sie nicht geliebt?«
»Doch«, sagte sie. »Zwei habe ich geliebt. Und mit denen ist es erst recht nicht gegangen, denn sie waren eifersüchtig und noch schwerer zu ertragen als die anderen, bei denen es mir gleichgültig war, was sie anstellten. Nein, ich glaube, es ist am vernünftigsten, wenn man allein bleibt. Mit einem Kind, wenn das möglich ist. Kinder sind gute Gefährten. Solange sie klein sind«, sagte Josephine. »Ich fürchte mich schon vor der Zeit, in der Ruth beginnen wird, erwachsen zu sein.«
Sie kamen an dem blühenden Kirschbaum vorüber, und Josephine sah zu seinen Zweigen empor. »So wie ein Baum müßte man leben«, sagte sie. »In jedem Frühjahr neu geboren werden und Blüten tragen und Blätter und Früchte und still sein und ganz für sich allein und im Sommer reifen und im Herbst müde werden und sterben, wenn der Winter kommt, und wieder aufwachen können im nächsten Frühling. Ich möchte gern ein einfaches Leben führen, ein Leben wie die Tiere oder die Blumen, du nicht, Jakob?«
»Könnten wir es nicht zusammen versuchen?«
»Mein Lieber«, sagte sie im Weitergehen, »wenn das so leicht wäre! Ein einfaches Leben führen können nur die Menschen, die über genügend Geld verfügen, um unabhängig zu sein. Das Leben, das die Armen führen, ist nicht einfach. Es ist sehr kompliziert. Und je ärmer einer ist, um so komplizierter wird sein Leben. Das einfache Leben ... das ist etwas für Menschen mit Geld in der Tasche, glaub mir!«
»Geld ist nicht alles!« sagte Steiner verbohrt.
»Geld ist schon alles! Wenn du es nicht hast, weißt du, wieviel das Geld bedeutet. Nichts ist so wichtig im Leben wie Geld, was man dir auch erzählen mag. Was ist ein reines Gewissen, was ist eine große Liebe ohne Geld? Nichts, sage ich dir, gar nichts! Dein reines

Gewissen wird schmutzig ohne Geld, und deine große Liebe geht in Brüche.«
»Du glaubst also, daß man nur so lange glücklich sein kann, wie man Geld besitzt?«
»Ja«, sagte sie, »das glaube ich. Es klingt sehr häßlich, aber es ist doch so. Warum soll ich dir etwas vorlügen? Ich kenne dich kaum, und du bist nett zu mir. Das Glück hängt allein vom Geld ab, und auch deshalb ist es ein großes Risiko, sich mit einem anderen Menschen zu verbinden. Allein findet man sich immer noch leichter zurecht. Ja«, sagte Josephine und streichelte gewohnheitsmäßig Jakob Steiners Hand, »wenn ich wüßte, daß ich damit rechnen könnte, in Sicherheit zu sein ... das wäre etwas anderes! Mein ganzes Leben habe ich mich danach gesehnt, in Sicherheit zu sein ... Sicherheit bedeutet mehr als Glück. Als kleines Kind hat meine Mutter mich in ein Pensionat gesteckt, ich bin von einer Schule in die andere, von einer Stadt in die andere geschickt worden, immer zu fremden Menschen, seit ich zurückdenken kann. Ich habe mein ganzes Leben lang mit fremden Menschen zu tun gehabt, und ich war immer von Unsicherheit umgeben. Es gab nichts, womit ich rechnen konnte, gar nichts. Deshalb sehne ich mich so nach Sicherheit. Wenn mir die jemand böte, dann ginge ich zu ihm und würde versuchen, ihn glücklich zu machen. Ich selbst wäre es schon. Für mich bedeutet das Glück: Sicherheit. Sonst nichts.«
»Sicherheit wovor?«
»Vor ganz einfachen Dingen«, sagte Josephine. »Vor Hunger und Kälte und Durst und Not. Ich möchte vor diesen Dingen sicher sein, dann hätte ich auch Zeit, an die Liebe zu denken. Aber bei mir ist die Sache leider umgekehrt.«
Jakob Steiner dachte angestrengt nach.
»Wenn du also bei mir bleiben wolltest«, sagte er »– bitte, ich nehme mich selbst nur als Beispiel –, dann müßte ich Arbeit haben und ein wenig Geld ...«

»... und ein Dach über dem Kopf, eine kleine Wohnung, in der wir leben könnten, und genug zu essen, damit wir einen klaren Kopf behalten und nicht den ganzen Tag nur von unseren Sorgen reden!«

»Und ohne alle diese Dinge ginge es nicht?«

»Bestimmt nicht, Jakob«, sagte sie. »Ich habe darüber nachgedacht. Ich würde gerne bei dir bleiben. Warum nicht? Du bist netter als viele andere, und ich habe dir ja erzählt, wie sehr ich mich nach Sicherheit sehne. Aber die kannst du mir nicht geben.«

»Noch nicht.«

»Die kannst du mir noch nicht geben, und früher oder später würde ich dich wieder verlassen müssen, und das möchte ich nicht tun. Wenn du mich einmal besuchen willst, um mich liebzuhaben – das ist etwas anderes. Alle Menschen müssen sich von Zeit zu Zeit liebhaben, und du kannst ruhig zu mir kommen ...«

»Aber ich möchte bei dir bleiben!«

»Später«, sagte sie, »vielleicht, Jakob. Wenn wir zusammen ein wenig Sicherheit gefunden haben.«

»Wann wird das sein?« sagte er bitter. »Ich bin ein armer Hund.«

»Wer weiß? Es geschehen noch Wunder für die, die an sie glauben.«

Sie blieb stehen. »Vielleicht blüht auch der verdorrte Rosenstrauch noch einmal ...«

»Würdest du dann zu mir kommen?«

»Dann gleich!«

»Auch ohne die Sicherheit?«

»Auch ohne sie.«

»Ach«, sagte Steiner, »daran kann man sehen, daß du nicht an Wunder glaubst.«

»Ich würde aber so gern an sie glauben«, flüsterte sie, zog ihn an sich und küßte ihn. Ihre Hände tasteten über seinen Rücken, und er hielt sie fest in seinen Armen. »Kleiner Jakob«, flüsterte sie, »sieh dich nach ein wenig Sicherheit um, dann will ich zu dir kommen, und ich

werde dich glücklich machen.«
Jakob Steiner war an diesem Abend sehr schweigsam. An dem Pfänderspiel, das in der Küche gespielt wurde, beteiligte er sich nicht. Herr Mamoulian und Frau Magdalena waren sehr vergnügt. Sie erzählten einander unanständige Witze und lachten schallend. Die kleine Ruth war noch einmal in den dämmrigen Garten hinausgegangen, um ein paar blühende Zweige abzuschneiden, die sie mitnehmen wollte. Schließlich nahm auch dieser Tag ein Ende. Schwer bepackt verließen die beiden Werner, Mutter und Kind, die Ruine Herrn Mamoulians. Jakob Steiner begleitete sie noch bis zur Straße.
»Leb wohl, Onkel Jakob«, sagte die kleine Ruth schläfrig, an ihre Mutter gelehnt.
»Leb wohl, Jakob«, sagte auch diese und küßte ihn ganz leicht auf die Wange. »Wirst du an mich denken?«
»Ja«, flüsterte er, und das Herz tat ihm weh. »Und du wirst wiederkommen?«
»Bestimmt«, sagte sie.
Jakob Steiner sah den beiden nach, wie sie langsam in der Dunkelheit verschwanden. Einmal winkten sie noch zurück. Dann verschluckte sie der leichte Nebel dieses Frühlingsabends. Jakob Steiner ging in den Keller zurück. Herr Mamoulian lag, die Pfeife im Mund, in einem Liegestuhl. Seine Beine ruhten auf der Tischplatte. Frau Magdalena saß neben ihm und hatte eine Zigarre im Mund. Beide lachten schallend über einen Witz, den Herr Mamoulian eben erzählt hatte, als Jakob Steiner hereinkam und sich setzte.
»Na«, sagte Herr Mamoulian, als er genug gelacht hatte, »was ist denn mit Ihnen los? Haben Sie Schnupfen, Jakob?«
»Mamoulian«, sagte Steiner, »wir werden Ihr Haus wieder aufbauen!«

DAS FÜNFTE KAPITEL

welches einem grundsätzlichen Gespräch gewidmet und ziemlich kurz ist.

Wäre das ein normaler Roman, so würde an dieser Stelle der Satz stehen: Jakob Steiners Erklärung schlug wie eine Bombe ein. Es wird jedoch dem geschätzten Leser schon aufgefallen sein, daß dieser Roman weit davon entfernt ist, normal zu sein, und es darf deshalb auch niemanden wundernehmen, daß Jakob Steiners Bemerkung nicht wie eine Bombe einschlug. Es kann von einer Bombe in diesem Zusammenhang überhaupt nicht die Rede sein, die Wendung ist völlig fehl am Platz und stünde, wendete man sie an, gänzlich ungerechtfertigt da.

Frau Magdalena hatte Jakob Steiners Bemerkung, wie es schien, überhaupt nicht zur Kenntnis genommen und lachte noch immer über die Pointe des letzten Witzes, die vor Steiners Eintreten gefallen war. Herr Mamoulian änderte die Lage seiner Beine unwesentlich, nahm die Pfeife aus dem Mund, klopfte sie vorsichtig aus und sagte dazu träumerisch: »Ach Gott, ja, wir bauen mein Haus wieder auf!« Wonach er die Arme unter dem Kopf verschränkte und lächelte.

»Es muß doch jedem vernünftigen Menschen klar sein«, sagte Jakob Steiner, näher tretend und mit Schwung, »daß man nicht jahrelang in einer Ruine leben kann.«

»Warum nicht?« fragte Herr Mamoulian.

»Weil dieser Zustand unwürdig ist! Weil wir die Verpflichtung haben, uns als vernünftige Wesen zu betätigen und Ordnung in das Chaos zu bringen!«

»Ich bestreite, irgendeine derartige Verpflichtung zu haben«, sagte Herr Mamoulian selbstgefällig. »Ich bestreite überhaupt, *irgendwelche* Verpflichtungen zu haben, aber auf keinen Fall will ich etwas mit jenen zu tun haben, die geeignet sind, Ordnung in das Chaos zu bringen.«

»Und warum nicht?« fragte Jakob Steiner aufgebracht.

»Weil es derartige Verpflichtungen vernünftigerweise nicht gibt«, sagte Herr Mamoulian bestimmt. »Weil sie sozusagen schon in der Formulierung ridikül und gänzlich sinnlos sind. Ordnung in das Chaos! Dem Fortschritt der Menschheit eine Gasse! Lasset uns die Welt aufbauen, damit wir sie morgen wieder zusammenschlagen können! Ach, hören Sie auf, Jakob! Sie machen sich ja lächerlich.«

»Heute morgen haben Sie nicht so gesprochen. Da wollten Sie an der großen Revolution teilnehmen, die uns alle zu glücklichen Menschen machen soll.«

»Das ist etwas anderes«, sagte Herr Mamoulian. »Eine Revolution ist kein aufbauender Vorgang. Eine Revolution verpflichtet zu nichts. Eine Revolution hat noch nie ein anständiges Haus aus einer Ruine gemacht. Immer bloß umgekehrt. Mit einer Revolution schaffen die Menschen sich nur ein bißchen Luft, um so wie vorher weiterleben zu können. Außerdem haben Sie keinen Sinn für Humor, Jakob. Sonst hätten Sie bemerken müssen, daß meine Ausführungen leicht ironisch gefärbt waren. Oder können Sie sich mich im Ernst auf den Barrikaden vorstellen, mit einer Fahne in der Hand und von Pulverdampf eingehüllt, wie?«

Jakob Steiner setzte sich und schüttelte den Kopf.

»Was Sie da sagen, gefällt mir nicht, Mamoulian. Sie haben kein Rückgrat. Sie wissen nicht, was Sie wollen. Wie soll es besser werden, wenn Leute wie Sie sich über das Leben nur lustig machen?«

»Das Leben ist lustig«, behauptete Herr Mamoulian. »Das Leben ist die lustigste Angelegenheit der Welt. Mit Ausnahme der Liebe. Die ist noch lustiger.«

»Aber man muß doch einen Standpunkt haben! Man muß doch wissen, wo man hingehört!«

»Ach«, sagte Herr Mamoulian und bohrte in seiner Pfeife. »Und Sie wissen, wo Sie hingehören?«
»Ja«, sagte Jakob Steiner, »ich weiß es, Gott sei Dank.«
»Na«, sagte Herr Mamoulian, »ich weiß es nicht!«
»Herr Mamoulian!« rief Jakob Steiner beschwörend. »Wollen Sie wirklich in diesem Kellerloch sitzen bleiben, bis Ihnen die Decke auf den Kopf fällt, ohne einen Finger krumm zu machen?«
»Freilich«, sagte Herr Mamoulian und blies in seine verstopfte Pfeife. »Warum denn nicht? Wie lange kann es schon dauern, bis ein neuer Krieg kommt? Ein Jahr? Zwei Jahre? Oder vielleicht fünf? Na, sehen Sie!«
»Es kommt kein Krieg!«
»Nein«, sagte Herr Mamoulian, »nein, Sie Milchkind und Menschheitsapostel, es kommt kein Krieg.«
»Ich hoffe, daß ich schon tot bin, wenn wirklich einer kommt«, sagte Frau Magdalena, die sich mit dieser Bemerkung zum erstenmal an dem Gespräch beteiligte. »Denn ich habe große Angst vor einem neuen Krieg.«
»Alle Menschen haben Angst«, sagte Jakob Steiner, »und deshalb wird es nicht zum Krieg kommen.«
»Alle Menschen haben Angst«, sagte Herr Mamoulian, »und deshalb wird es natürlich zum Krieg kommen. Es hat noch immer Krieg gegeben, wenn die Menschen Angst gehabt haben. Die Angst ist überhaupt die Ursache des Krieges. Nicht etwa der Heldenmut, sondern die Angst!« »Wir wollen uns nicht über den Krieg unterhalten, sondern darüber, wie wir Ihr Haus am schnellsten wieder aufbauen!«
»Ich will aber mein Haus gar nicht aufbauen!«
»So!« rief Jakob Steiner und schlug auf den Tisch. »Was wollen Sie denn tun? Immer weiter hier im Keller sitzen und auf das Ende warten, die Hände in den Schoß legen und die Schultern zucken?«
»Erstens«, sagte Herr Mamoulian mit gerunzelter Stirn, »mißfällt es mir, daß Sie auf den Tisch schlagen, Jakob –«
»Entschuldigen Sie!«

»– zweitens bezeugen Sie ungemein viel Vitalität, wenn man bedenkt, daß Sie sich gestern noch umbringen wollten, und drittens: ich will gar nicht die Hände in den Schoß legen.«
»Was denn?«
»Ich will mein Buch zu Ende übersetzen«, sagte Herr Mamoulian langsam und nickte bei jedem Wort mit dem Kopf, »und wenn ich damit fertig bin, will ich selber eines schreiben, und dazu brauche ich viel Sammlung und Ruhe, denn mein Buch soll ein sehr kluges Buch werden.«
»Bücher!« rief Jakob Steiner und lachte wütend. »Als ob die noch zu irgend etwas gut wären! Die Zeit der Bücher ist vorüber, Herr Mamoulian, sie helfen uns nicht weiter!«
»Und was hilft uns weiter?«
»Nur wir selber. Wir, die Menschen allein, können uns helfen. Wenn wir nicht wollen, daß unsere Welt zugrunde geht, dann müssen wir sie wieder schön machen durch unsere Arbeit. Es hat keinen Sinn, in einer Ruine ein kluges Buch zu schreiben, davon wird aus der Ruine kein Haus. Die Arbeit allein, Herr Mamoulian, kann uns helfen!« Herr Mamoulian stand auf und begann im Zimmer auf und ab zu marschieren.
»Nun beruhigen Sie sich zuerst ein wenig«, sagte er, »und rauchen Sie noch eine von Ihren Osterzigaretten. Und dann wollen wir uns in aller Freundschaft über meine Ruine weiter unterhalten. Denn wenn ich auch selber keinen Standpunkt habe, so bin ich doch jederzeit gerne bereit, mir den Standpunkt anderer Menschen anzuhören.« Er räusperte sich und blieb vor seinem Schreibtisch stehen, wo er eine Reihe von Papieren in höchst sinnloser Weise auseinandernahm und sodann wieder aufeinanderlegte.
»Natürlich«, sagte Frau Magdalena plötzlich mit einer Stimme, als spräche sie zu sich selbst, »hat es keinen Sinn, das ganze Haus so aufzubauen, wie es früher

gewesen ist. Denn für zwei Stockwerke *und* ein Dach bekommen wir niemals das Material zusammen …«
»Frau Magdalena!« sagte Herr Mamoulian verblüfft. »Sie wollen also auch meine Ruine restaurieren?«
»Freilich«, sagte sie. »Wir müssen doch einmal hier Ordnung machen. Wir können ja nicht ewig in einem solchen Saustall wohnen.«
»Saustall!« sagte Herr Mamoulian wehleidig. »Dieser Keller ist kein Saustall. Dieser Keller hat Atmosphäre und Eigenart und Wärme … und Gemütlichkeit«, sagte Herr Mamoulian. »Es ist *mein* Keller! Ich habe mich wohl in ihm gefühlt, und jetzt kommt ihr und erzählt mir, daß ich mich in einem Saustall wohl gefühlt habe.«
»So war es nicht gemeint«, sagte Jakob Steiner. »Ich habe überhaupt gedacht, daß es Ihnen Spaß machen würde, Ihr Haus wieder aufzubauen, so wie es einmal war. Oder so ähnlich. Sonst hätte ich gar nicht davon geredet. Denn es steht mir nicht zu, über das Haus zu reden. Es gehört mir nicht. Und es gehört auch Ihnen nicht, Frau Magdalena.«
Es folgte eine lange Pause.
Frau Magdalena sah Jakob Steiner an, und Jakob Steiner sah Herrn Mamoulian an, und Herr Mamoulian sah ein Blatt Papier an, auf dem geschrieben stand:

FÜR DEN ONKEL MAMOULIAN
IN LIEBE VON
RUTH UND JOSEPHINE

Dann wandte er sich zu den beiden anderen und sagte mit leiser Stimme: »Also, wie habt ihr euch denn die ganze Geschichte vorgestellt? Erzählt doch einmal … ich bin sehr neugierig.«
Jakob Steiner schüttelte den Kopf. »Sie sind ein komischer Mensch. Bei Ihnen möchte ich mich einmal auskennen!«
»Tja«, sagte Herr Mamoulian, »das möchte ich selbst gern!«

Frau Magdalena trat an den Tisch. Im Mund hielt sie den Stummel einer ihrer gräßlichen schwarzen Zigarren. »Nun paßt einmal auf«, sagte sie. »Auf Politik und Revolutionen und solche Sachen verstehe ich mich nicht. Aber vom Häuserbauen verstehe ich schon allerhand. Und deshalb habe ich mir auch gleich, nachdem ich herkam, die Ruine angesehen, und ich muß sagen, daß es eine ganz prächtige Ruine ist ...«
»Das freut mich«, sagte Herr Mamoulian.
»... und die Mauern, die noch stehen, sind stabil, und das Holz ist nicht angefault, und es liegen draußen viele Eisentraversen herum, die man wieder verwenden könnte, und es ist überhaupt genug Material da, um ein einstöckiges Haus zu bauen, das habe ich schon gesehen. Für die Mauern wenigstens. Und teilweise für die Decken und das Dach. Natürlich kann man nicht ein perfektes Haus aus den Trümmern bauen.«
»Na ja«, sagte Herr Mamoulian. »Das wäre aber doch eigentlich der Zweck der Übung!«
»Man kann sich immer helfen!« sagte Jakob Steiner optimistisch. »Nach und nach werden wir alles zusammentragen, was wir brauchen.«
»Zusammentragen! Wir haben doch kein Geld!« Herr Mamoulian lachte.
»Vielleicht kommt Ihr Auftraggeber zurück!«
»Ja«, sagte Herr Mamoulian, der sich in der Fußangel seiner eigenen Hoffnungen gefangen sah. »Aber wer weiß, wann? Auf meinen armenischen Freund kann man kein Haus bauen.«
»Die meisten Dinge, die man im Leben braucht«, sagte Frau Magdalena schamlos, »kann man stehlen.«
»Aber!« sagte Herr Mamoulian und schwieg, weil er sich an zwei Dutzend Ostereier erinnerte.
»Oder sie werden einem geschenkt. Was glauben Sie, wieviel Balken und Pfosten und Ziegel man mir schenkt, wenn ich es darauf anlege? Es ist ein großes Glück, daß ich ein Maurer bin.«

»Und es ist ein großes Glück, daß ich ein Tischler bin«, sagte Jakob Steiner.
»Und es ist auch ein großes Glück, daß ich eine Ruine habe«, sagte Herr Mamoulian. Da lachten sie alle.
Herr Mamoulian ging wieder auf und ab. Vor dem Handtuch, das von der Decke herabhing, mußte er sich jedesmal bücken.
»Also, Sie wissen, wie man so ein Haus baut, Frau Magdalena?«
»Und ob! Ich habe doch oft genug mitgebaut!«
»Wie lange werden wir dazu brauchen?«
Frau Magdalena kniff ein Auge zu und dachte nach.
»Wir sind nur drei Mann, das ist nicht viel. Und wir werden auch nicht den ganzen Tag Zeit haben. Na, bis zum nächsten Sommer sollten wir es geschafft haben.«
»Aha«, sagte Herr Mamoulian freundlich. Und dann hob er die Schultern und meinte: »Das ist ja gar nicht so arg!«
»Es ist keine Zeit zu verlieren«, sagte Jakob Steiner, der sich wieder erholt hatte und vergnügt geworden war. »Wann fangen wir an?«
»Meinetwegen morgen schon!«
»Morgen nicht«, sagte Herr Mamoulian, »wenn es recht ist. Morgen ist noch ein Feiertag. Die Nachbarn wären gestört.«
»Also gut«, sagte Steiner, an dem Humor dieser Art verschwendet war, »dann am Dienstag. Aber gleich in der Früh.«
»Freilich«, sagte Herr Mamoulian. »Gleich in der Früh.«
»Und das Geld, das wir zum Leben brauchen, verdienen wir beide«, sagte Frau Magdalena, zu Herrn Mamoulian gewandt. »Sie und ich. Ich gehe weiter halbtägig auf den Bau, und Sie werden für Zeitungen schreiben, so wie bisher.«
»Ja«, meinte Herr Mamoulian kleinlaut. »Nur, daß das mit dem Zeitungschreiben nicht so einfach ist, Frau Magdalena. Manchmal wird man gedruckt, manchmal

auch nicht. Es ist ein Glücksspiel, verstehen Sie? Ich bin nicht fest angestellt ...«
»Dann werden wir eben nur gelegentlich Geld von Ihnen bekommen. Was brauchen wir denn schon? Lebensmittel müssen wir kaufen –«
»Und Zigarren«, sagte Herr Mamoulian.
»Und Pfeifentabak«, sagte Jakob Steiner.
»Und Zigaretten«, sagte Herr Mamoulian, bemüht, diese Freundlichkeit zu erwidern.
»Dann ersparen wir uns schon den Pfeifentabak«, sagte Frau Magdalena. »Denn in Ihrer Pfeife können Sie unsere Stummel rauchen. Oder vielleicht nicht?«
»Doch«, sagte Herr Mamoulian. »Obwohl es natürlich nicht dasselbe ist. Besonders bei *Ihren* Zigarren ...«
»Übrigens«, rief Jakob Steiner großartig, »habt ihr mich ja ganz vergessen! Glaubt ihr, ich kann kein Geld verdienen?«
»Wie wollen Sie das denn anfangen, Jakob?«
»Ich werde Schokolade verkaufen. Und Hosenträger und Zigaretten. Ein Freund von mir, der steht an den Stadtbahnhaltestellen und verkauft den ganzen Tag solche Sachen und verdient ganz schön dabei. Er hat mich eingeladen, mit ihm zusammenzuarbeiten.«
»Kinder, Kinder«, sagte Herr Mamoulian, »da werden wir ja über lauter Geldverdienen gar nicht zum Arbeiten kommen!«
Er kratzte seinen Kopf und bedachte bei sich, daß dieser Plan, den sie hier zu dritt mit solchem Enthusiasmus entwickelten, bei weitem der verrückteste war, den er in seinem Leben ausgeheckt hatte. Sie wollten ein Haus aufbauen – ohne einen einzigen Groschen Geld, ohne die geringste Aussicht auf solches! Sie wollten zu dritt von dem leben, was normalerweise einer verdiente, und dabei noch Zigarren und Zigaretten kaufen! Herrgott, wenn das nicht ein vollkommen verrückter Plan war! Herr Mamoulian überlegte, ob er das Ganze nicht vielleicht nur träumte, nahm das Mundstück seiner Pfeife

und bohrte es fest in den Magen. Der Magen tat weh.
»Au!« sagte Herr Mamoulian. Er träumte also nicht. Da beschloß er, möglichst wenig an den verrückten Plan zu denken, damit er nicht auch noch den Verstand verlöre.
Jakob Steiner und Frau Magdalena hatten munter weiterverhandelt. Sie stellten bereits einen Stundenplan auf, demzufolge sie alle drei die Möglichkeit hatten, zu bestimmten Zeiten ihren gewinnbringenden Beschäftigungen nachzugehen, der es ihnen jedoch zugleich ermöglichte, stets, mindestens zu zweit, am Wiederaufbau der Ruine zu arbeiten.
»Na, was wollen Sie eigentlich?« fragte Frau Magdalena, der gelernte Maurer, selbstgefällig. »Ist das ein feiner Plan oder nicht? Haben Sie jetzt nicht Gelegenheit, Ihr blödes Buch zu schreiben? Geht es Ihnen nicht viel besser als früher?«
»Ha!« sagte Herr Mamoulian. »Es geht mir wundervoll! Ich fühle mich wie neugeboren! Was hätte ich ohne euch getan?«
»Es ist noch zu früh, um dankbar zu sein«, sagte Jakob Steiner nüchtern. »Erst müssen wir sehen, wie der Karren läuft.«
»Mhm«, sagte Herr Mamoulian.
»Hegen Sie etwa Zweifel?«
»Ach nein.«
»Sie haben aber ›Mhm‹ gesagt.«
»Das ist eine schlechte Angewohnheit von mir.«
»Sie hegen Zweifel!«
»Wirklich nicht!«
»Wirklich nicht!«
»Nein, zum Teufel!«
»Das ist sehr komisch«, sagte Frau Magdalena Huber, der gelernte Maurer. »Indem daß ich nämlich eine ganze Menge hege ...«

»Und wie steht es mit Werkzeug?« fragte Jakob Steiner eine halbe Stunde später. »Haben Sie eine Säge, einen Hammer, einen Hobel, Leim, Nägel und so weiter?«
»Man müßte nachsehen«, meinte Herr Mamoulian. »Möglicherweise befinden sich derartige Instrumente im Hause. Ich habe mich nie darum gekümmert.«
»Auf alle Fälle«, sagte Frau Magdalena, »werde ich mich einmal mit Herrn Lobgesang unterhalten. Denn wir brauchen natürlich auch noch Hacken und Krampen und Maurertröge und alle möglichen anderen Dinge, die Sie bestimmt nicht haben.«
»Wer ist Herr Lobgesang?«
»Der Chef von meinem Bauunternehmen«, sagte sie. »Ein hochinteressanter Mensch, der Ihnen sehr gefallen würde, Herr Mamoulian. Ich werde gleich am Dienstag zu ihm gehen und ihm den Vorschlag machen, uns zu unterstützen.«
»Ist das nicht ein etwas ungewöhnlicher Vorschlag?«
»Der Herr Lobgesang ist ein ungewöhnlicher Mensch«, sagte Frau Magdalena. »Er hat schon verrücktere Dinge zu hören bekommen, und er hat auch selber schon verrücktere Dinge getan.«
Herr Mamoulian streichelte zärtlich den Kopf seiner alten Pfeife. »Übrigens«, sagte er, »und daran hat noch keiner von uns gedacht, werden wir zu allen möglichen Behörden laufen und viele Formulare ausfüllen und Stempelmarken besorgen und mindestens zwei Dutzend Beamte davon in Kenntnis setzen müssen, daß wir die Absicht haben, ein Haus aufzubauen.«
»Wenn wir ein Haus aufbauen wollen, ist das doch unsere Sache und geht keinen Menschen etwas an!«
»Ah«, sagte Herr Mamoulian, »wie falsch Sie da informiert sind, lieber Jakob! Den Staat geht es immer an. Und die Gemeinde auch. Ja, was denken Sie denn? Wir werden nun Betonzusagescheine und Holzlieferzusagescheine und Glaslieferzusagescheine und was weiß ich was noch alles für Scheine benötigen, denn wir leben

doch in einem hochzivilisierten Zeitalter, in dem alles genau protokolliert und festgehalten wird in Magistratsämtern und Prüfungsstellen, bis die nächste Bombe auf so ein Magistratsamt oder so eine Prüfungsstelle fällt und von den ganzen Papieren nichts übrigbleibt als ein übler Geruch.«

»Auf meiner Baustelle war aber nie von Papieren die Rede«, sagte Frau Magdalena. »Von Ziegeln und Mörtel, ja, davon schon, und auch von zu niedrigen Löhnen und vom Krieg und von der Hitze im Sommer und der Kälte im Winter – davon war die Rede, aber niemals von Stempelmarken und Formularen.«

»Das kommt«, sagte Herr Mamoulian, »weil Sie auf Ihrer Baustelle nur ein ausführendes Organ in einer untergeordneten Position gewesen sind, meine Liebe. Jetzt aber hat sich die Lage völlig geändert. Jetzt sind Sie Ihr eigener Bauherr, Frau Magdalena, Ihr eigener Unternehmer, eine gewichtige Persönlichkeit mit einem kapitalistischen Air, wenn Sie auch keinen Groschen Geld besitzen. Denn das geht ja niemanden etwas an. Beileibe nicht! Aber Sie sind ein selbständiger Mensch geworden, Sie verfolgen Ihre eigenen Pläne, Sie *wollen* etwas, Sie bezwecken etwas, und damit sind Sie eine unbedingt zu kontrollierende Persönlichkeit geworden, für die sich die Behörden auf einmal brennend interessieren. Verstehen Sie den Unterschied? Solange Sie einfach Mörtel in einem Trog gerührt haben, war kein Mensch auf Sie neugierig. Aber jetzt sind Sie plötzlich unter die Initiatoren gegangen und –«

»Unter die was?«

»Was unter die was?«

»Unter die was bin ich gegangen?«

»Unter die Initiatoren«, sagte Herr Mamoulian.

»Aha«, sagte Frau Magdalena. »Nicht, daß ich jetzt mehr verstanden habe«, sagte sie.

»Sie sind unter die schöpferischen Menschen gegangen, Frau Magdalena, unter jene, die es sich in den Kopf gesetzt haben, einen Zustand zu ändern. Sie haben etwas angeregt, was Kreise ziehen kann – und plötzlich werden Sie von der Behörde mit mißtrauischem Interesse betrachtet, denn der Behörde sind schöpferische Menschen immer unheimlich. Wir werden deshalb auch viel mitzumachen haben, weil man mit allen Mitteln versuchen wird, uns den Mut und damit die Absicht zu nehmen, unser Haus wirklich wieder aufzubauen.«

»Das glaube ich nicht.«

»Na«, sagte Herr Mamoulian, »wir werden ja sehen, meine Liebe.«

»Es wird das beste sein«, meinte Frau Magdalena, »wenn wir Sie zu den Behörden schicken, Herr Mamoulian. Denn Sie wissen schon, was Sie zu erwarten haben, und sind schwer zu enttäuschen.«

»Das ist richtig«, sagte Herr Mamoulian. »Aber wenn es euch recht ist, wollen wir noch einmal darüber schlafen. Und zwar gleich, denn ich bin sehr müde.«

»Gut«, sagte Magdalena, »und Dienstag früh fangen wir an.«

Sie stand auf, bereitete Jakob Steiner ein bequemes Lager in seinem Liegestuhl und traf danach Vorbereitungen, sich selbst in Herrn Mamoulians breites Bett zu legen.

»Ich gehe noch ein wenig in den Garten«, sagte dieser, mit der Pfeife im Mund.

»Gute Nacht«, sagten die beiden anderen.

Herr Mamoulian stieg über die finstere Stiege zur ebenen Erde empor und trat ins Freie. Vor seinen Fenstern saß wieder die struppige Katze. Ihre grünen Augen glitzerten in der Dunkelheit. »Miez, Miez«, sagte Herr Mamoulian leutselig. Sie kam näher und rieb sich vorsichtig an seinem Bein.

»Daß die Menschen verrückt sind«, sagte Herr Mamoulian zu der mageren Katze, »habe ich schon lange gewußt. Aber daß sie *so* verrückt sein können, das ist mir neu ...«

Die Katze schnurrte. Herr Mamoulian lehnte sich an die geborstene Mauer seines Hauses und blickte zu dem dunklen Himmel auf, an dem viele Sterne glänzten. »Aber mein Buch werde ich *doch* schreiben«, sagte er leise in die Finsternis hinein. »In der Nacht, wenn die anderen schlafen.« Und ein geheimnisvolles Lächeln zuckte um seine dicken Lippen.

DAS SECHSTE KAPITEL

erzählt von der Karriere eines ungewöhnlichen Fleischermeisters namens Tobias Lobgesang, von einem denkwürdigen und folgenreichen Gespräch, das Frau Magdalena, der gelernte Maurer, mit dem besagten Fleischermeister führt, und von dem Abkommen, das die beiden schließen; des weiteren bringt DAS SECHSTE KAPITEL einen Bericht über die Erlebnisse Jakob Steiners in der Stadtbahnstation Nußdorfer Straße und endet, wie nicht anders zu erwarten, bei Josephine Werner und ihrer kleinen Tochter Ruth.

Herr Tobias Lobgesang war in jungen Jahren der Stolz der Schlachthausverwaltung St. Marx. Jedermann kannte ihn und seine weiße Schürze, sein bescheidenes, der eigenen Bärenstärke wohl bewußtes Lächeln, und wenn er, mit einem halben Ochsen beladen, zierlichen und sicheren Schrittes über den Hof ging, war des Staunens und der bewundernden Blicke kein Ende. Tobias war ungemein kräftig und, wie die meisten ungemein kräftigen Leute, auch ungemein gutmütig. Für jedermann hatte er, ob es regnete oder ob die Sonne schien, ein Scherzwort bereit, und seine Arbeitskraft war nahezu unerschöpflich. Als Tobias Lobgesang Fräulein Kugler, die Kassierin, heiratete, waren alle, denen dieses Ereignis zu Ohren kam, davon auf das angenehmste berührt. Zur Hochzeit arrangierten Herrn Lobgesangs Kollegen aus dem Schlachthof in Wimbergers Prachtlokalitäten ein großartiges Fest, an dem auch die Bräute, Mütter, Frauen und Schwestern der Kollegen teilnahmen und das bis in den Vormittag des folgenden Tages hinein dauerte. Herr Lobgesang war tief gerührt, stemmte noch gegen drei Uhr früh den Wirt, der unter Brüdern seine hundertzehn Kilogramm Lebendgewicht hatte, spielerisch über den Kopf und sang dazu gleichzeitig gewagte Vierzeiler.

Bei Fräulein Kugler, die an diesem Tage Frau Lobgesang geworden war, machte sich, besonders mit dem Vorrükken der Stunden, eine seltsame Nervosität bemerkbar, die nur das erste Symptom einer Entwicklung sein sollte, durch welche Herr Lobgesang langsam seinen Gleichmut, seine Fröhlichkeit und sein joviales Verhältnis zu seiner Umgebung verlor. Frau Lobgesang, die geborene Kugler, stammte aus demselben sozialen Milieu wie ihr Gatte. Während dieser sich in ihm jedoch wohl fühlte, war sie in ihm unglücklich und sehnte sich brennend nach einem anderen, nach einem ganz anderen Leben. Als Kassierin war es ihr möglich gewesen, die acht Bürostunden des Tages hindurch sich mit einem hochmütigen Air der Unnahbarkeit und einer gewissen abweisenden Arroganz zu umgeben, die ihre Vorgesetzten im Hinblick auf die zahlreichen Bedrohungen, denen Verwalter großer Geldbeträge ausgesetzt sind, sogar begrüßten. Dieser sonderbare, abweisende und fast verletzende Ton, mit dem sie ihre Mitmenschen zu behandeln pflegte, war es, der den bärenstarken Tobias um den Verstand brachte. Hier fand er jemanden, der sich nicht – oder wenigstens nicht sichtbar – beeindrucken ließ von roher Kraft und Gewalttat, dem es herzlich gleichgültig blieb, ob einer stark genug war, um eine Eisenstange zu verdrehen, und der für Kraftmeiereien wie jene mit dem halben Ochsen nur ein geringschätziges Lächeln übrig hatte. Fräulein Kugler, die ihn ja auch schließlich erhörte und heiratete, war genauso beeindruckt von Herrn Lobgesangs athletischem Körperbau, seinen prächtigen Muskeln und seiner grenzenlosen, kindlichen Gutmütigkeit wie alle anderen. Aber sie zeigte es nicht. Sie zeigte es nicht, weil es ihr unfein schien, Gefühle irgendwelcher Art offen zu zeigen.

Sie besuchte zweimal wöchentlich das örtliche Filmtheater und träumte dann durch jeweils neunzig Minuten in dem von ihr bevorzugten Genre der Gesellschaftsfilme immer den gleichen ehrgeizigen Traum in tausend

immer neuen Varianten. Auch sie wollte von silbernen Tellern essen, an blitzenden Bufetts stehen und mit eleganten Männern der großen Welt Konversation – geistreiche Konversation – machen, in atemberaubenden Toiletten über Marmortreppen schreiten, in lautlosen Automobilen durch die Straßen gleiten und sich mit einem soignierten Begleiter, ganz fein lächelnd, an der Logenbrüstung der Staatsoper zeigen.
Daß sie trotzdem und ausgerechnet Herrn Lobgesang heiratete, dessen Zukunftsaussichten Träumen dieser Art sozusagen diametral entgegenstanden, liegt begründet in der sonderbaren Unlogik Fräulein Kuglers und in der sonderbaren Unlogik der Frauen überhaupt. Sie heiratete ihn sogar gerade, *weil* er so gar keine Beziehung zu der ersehnten großen Welt versprach. Hätte sie einen Diplomaten gefunden, wäre sie in die Wirklichkeit ihrer Märchenträume versetzt worden, die damit ihr Ende gefunden hätten. Durch eine Verehelichung mit Tobias Lobgesang rückten die Träume näher und näher, wurden dichter und dichter und füllten bald in wohliger Schwere ihr ganzes, nicht besonders großes Denkvermögen aus. Mit Herrn Lobgesang ließ es sich leben und unglücklich sein. Frau Lobgesang, die geborene Kugler, war gerne unglücklich, wenn es nicht allzu weh tat.
Es tat nicht allzu weh. Frau Lobgesang war auf diese Weise seit ihrem dreizehnten Lebensjahr unglücklich und fühlte sich ganz wohl dabei. Weil es ihr Spaß bereitete, unglücklich zu sein, beging sie den Fehler, das gleiche auch von ihrer Umgebung anzunehmen, und sah sich verpflichtet, ihrem Gatten die Unwürdigkeit seiner Gesellschaft deutlich vor Augen zu führen.
Am Abend ihrer Vermählung, während des erwähnten Freudenmahles, fühlte sie sich schon bald herzlich angewidert von dem Bierdunst und Zigarrenrauch des Lokals, den billigen Waschkleidern der Frauen und den billigen Komplimenten der Männer, den ordinären, schenkelklopfenden Heiterkeitsausbrüchen, den plum-

pen Vertraulichkeiten und begann sich so herrlich unglücklich zu fühlen wie schon lange nicht.
Während ein Schrammelquartett schmalzige Lieder zu schmalziger Musik vortrug, während sich auf einem mit Reisig geschmückten Tanzparkett schwitzende Paare drehten, während Herrn Lobgesangs Selbstbinder sich verschob und er es sich herausnahm, seine junge Gattin in den Hintern zu zwicken, schwebte für dieses ätherische, der gemeinen Wirklichkeit und ihren Anfechtungen entrückte Wesen, einer Lichtgestalt ähnlich, der Mann ihrer Träume durch Wimbergers Prachtlokalitäten: untadelig gekleidet, eine Blume im Knopfloch, mit einem leidenden Lächeln und dezent glänzendem bläulichschwarzem Haar …
»Gnädige Frau«, sagte der Fremde mit sonorer Stimme, indem er die eine Braue ironisch hob, »wie konnten Sie sich, um aller Heiligen willen, in eine *solche* Gesellschaft verirren? Erlauben Sie«, sagte er, den Zylinder in die andere Hand nehmend und sich zu ihr neigend, »daß ich Sie heimbringe, liebste gnädige Frau!« Und er reichte ihr seinen Arm, sie sah ihm dankbar in die müden Augen, und zusammen gingen, nein, schwebten sie durch das schwitzende Gewühl der Mindergeborenen dem Ausgang zu, über welchem geschrieben stand: ›Ein Prost der Gemütlichkeit!‹
Daß die junge Frau Lobgesang, eine geborene Kugler, an diesem Tage die ganze Hochzeitsgesellschaft, jedoch vor allem ihren gutmütigen und starken Gatten Tobias durch einen plötzlichen Weinkrampf in Staunen und Erschrecken versetzte, ist auf seine selbstverständlich unbeabsichtigte Ungeschicklichkeit zurückzuführen, mit der er in eben jenem Augenblick, da der Astralleib seiner jungen Gattin am Arm des göttlichen Sendboten einer anderen, besseren Welt durch den Bierdunst und Zigarrenqualm von Wimbergers Prachtlokalitäten schritt, ein großes Glas Punsch auf dem Schloß ihres Hochzeitskleides verschüttete.

Eine Bagatelle, wird man sagen, nicht der Beachtung wert. Nicht der Beachtung wert, wenn man die komplizierten Hintergründe und Begleitumstände dieser Szene nicht kannte, erwidern wir. Wäre Frau Lobgesang, die geborene Kugler, nicht mit solcher Hingabe fähig gewesen, unglücklich zu sein – sie hätte ein silberhelles Lachen ausgestoßen, ihren Gatten auf den Mund geküßt und ihm versichert, daß alles in schönster Ordnung sei. Es mußte, wir wissen es, anders, ganz anders kommen. Frau Lobgesang, die geborene Kugler, stieß einen durchdringenden Schrei aus, Tränen stürzten aus ihren veilchenblauen Augen, und ein fassungsloses Schluchzen schüttelte ihren angenehm rundlichen Leib. Es war nicht möglich, sie zu beruhigen. Enttäuscht und verlegen führte ihr Gatte sie in ein Nebenzimmer, wo sie, auf einen Diwan gebettet, bald einschlief ... Herr Tobias kehrte zu seinen Freunden zurück, entschuldigte sich stammelnd, hob, um auf ein anderes Thema, eines, über welches er sprechen konnte, zu kommen, den Wirt – wir sagten es schon – über den Kopf und sang unanständige Vierzeiler. Danach betrank er sich nach Kräften. Aber er wurde nicht glücklich. Seine Frau, fand er plötzlich, war ihm ein Rätsel. Das war Herrn Lobgesangs Hochzeitsnacht.
Er dachte in den folgenden Jahren noch oft an sie.

Als der Krieg ausbrach, wurde Herr Lobgesang Soldat und brachte es zum Gefreiten. Als der Krieg zu Ende ging, war er noch immer Gefreiter, aber er war nicht mehr der alte Lobgesang. Es war ein anderer, ein gerissener und schlauer, ein mit allen Salben geschmierter Lobgesang, der, auf dem Heimweg aus amerikanischer Gefangenschaft, im Hochsommer des Jahres 1945 mit einem grauen Personenauto der ehemaligen Deutschen Wehrmacht, unrasiert und sehr schmutzig, in die kleine Stadt Ischl im Salzkammergut einfuhr.
Dieser Lobgesang machte sich keine Illusionen. Er hatte

die Welt und die Menschen kennengelernt. Er wußte, daß es nicht lohnte, auf irgend jemand anderen zu vertrauen als auf sich selbst. Herr Lobgesang fand, daß eine Unmenge von Flüchtlingen aller Nationalitäten sich auf einer ständigen Wanderschaft durch das ganze Land befanden, und richtete einen Transportdienst ein. Zunächst nur für Menschen und ihr Gepäck, niemals über weitere Entfernungen als 200 Kilometer, immer mit Bezahlung im voraus. Am Ende des zweiten Monats seiner Anwesenheit in Ischl tauschte Herr Lobgesang seinen Personenwagen gegen einen Lastkraftwagen von zweieinhalb Tonnen und ging dazu über, größere und schwerere Güter über weitere Entfernungen zu transportieren. Am Ende des vierten Monats schrieb er seiner Frau eine Karte, auf der er sie aufforderte, nach Ischl zu kommen. Zu Weihnachten desselben Jahres hatte Herr Lobgesang zwei Lastwagen *und* einen Personenwagen. Im Hochsommer 1946 hatte er überdies 120000 Schilling.

Herr Lobgesang fuhr nach Wien. Sofort nach seiner Ankunft besuchte er eine entfernte Tante, welche von ihrem im Krieg gestorbenen Mann die Konzession, den Lagerplatz, die Büroräume und die Handelspapiere einer Baugesellschaft besaß. Die Tante war 82jährig, halb blind, halb taub und im Begriff, wieder kindisch zu werden. Herr Lobgesang kaufte ihr gegen Zusicherung einer Leibrente die für sie wertlosen Anlagen ab, ließ sie auf sich überschreiben und eröffnete die »Baugesellschaft Tobias Lobgesang«. Zu Ende des Jahres 1946 beschäftigte Herr Lobgesang fünfzehn Arbeiter und drei Büroangestellte. Im Frühjahr 1947 erhielt er von der Gemeinde Wien seine ersten Aufträge. Zu Ostern war er ein wohlhabender Mann, der berechtigten Grund zu der Hoffnung besaß, bald noch wesentlich wohlhabender zu sein.

Frau Lobgesang, die geborene Kugler, hatte diese Karriere mit großer Genugtuung und brennendem Interesse verfolgt. Nun begann sie zu handeln. Ihre Wohnung wurde völlig umgebaut. Sie besorgte neue Bilder, neue Teppiche, neue Kleider und vor allem neue Bekannte. Unter ihnen befanden sich Ausländer, Journalisten und gehobene Beamte. Frau Lobgesang bevorzugte Menschen mit einem Titel, weil sie einen Titel für fein hielt. Die Menschen bevorzugten die Familie Lobgesang gegenüber anderen Parvenüfamilien Wiens, weil es in ihrem Hause stets vorzügliches Essen und gepflegte Getränke gab und zumindest der eine Gastgeber – der Herr des Hauses – keine dumme Komödie aufführte. Herr Lobgesang zeigte sich den zahlreichen neuen Freunden seiner Gattin ohne Verstellung so, wie er war: verärgert und in Hemdärmeln. Herr Lobgesang war nicht glücklich. Er war weit entfernt davon, glücklich zu sein. Aber er liebte seine Frau, die geborene Kugler, und brachte es nicht über das Herz, gegen den ihm so gräßlichen Lebensstil, zu dem sie ihn verurteilte, zu protestieren. Herr Lobgesang hatte starke Muskeln, aber sein Herz war weich wie Butter. Er war in gewisser Hinsicht das primitive Gegenstück zu Herrn Mamoulian, den er, und der ihn nicht kannte. Ein Unterschied bestand: Herr Mamoulian hatte sich in den Zeiten seines Glanzes glücklich gefühlt. Herr Lobgesang fühlte sich unglücklich. Er sehnte sich nach seinen Kollegen vom Schlachthof, und in der wenigen freien Zeit, die ihm seine Geschäfte ließen, besuchte er sie auch heimlich in versteckten Vorstadtlokalen, wo er ein paar Runden ausgab und wehmütig von den schönen Tagen in St. Marx sprach. Kam er dann, benommen und nachdenklich geworden, nach Hause, wartete schon seine Frau auf ihn, drängte ihn, sich umzuziehen, und führte ihn, der gerne schlafen gegangen wäre, in gräßliche Theaterstücke, die ihn langweilten, oder in noch viel gräßlichere Konzerte, die ihn hilflos wie ein kleines Kind werden ließen, zu Empfängen, auf denen er sich zwischen lauter Göttern und Göttinnen bewegte wie seinerzeit auf dem

Schlachthof, oder in irgendein fashionables Nachtlokal, in welchem Herrn Lobgesang die Auszeichnung zuteil wurde, für die Konsumation eines halben Dutzends ganz reizender Menschen aufzukommen, die sich heimlich zuflüsterten, daß der arme Kerl ja leider ein unverbesserlicher Prolet sei.
Herr Lobgesang verachtete die neuen Bekannten seiner Frau, und die neuen Bekannten verachteten ihn. Für die letzteren hatte dieser Vorgang keinerlei finanzielle Einbußen zur Folge, für den ersteren wohl. Es empörte ihn in der Einfalt seines Herzens, daß er sein Geld für Leute ausgeben sollte, die ihm nicht gefielen und die Dinge besprachen und Dinge taten, für die er nicht das allergeringste Verständnis besaß. Herr Lobgesang hatte sich eine stark philanthropische Ader bewahrt, er sehnte sich danach, anderen Menschen – ganz ähnlich Herrn Mamoulian – Freude zu bereiten. Es fanden sich nur, wie es sich traf, keine solchen Menschen. Herr Lobgesang sah sich umgeben von Larven und Lemuren, obwohl er die Geschöpfe, die ihn umgaben, ganz anders nannte, und wurde täglich trauriger. Schließlich schien ihm sein kahles Büro am Materiallagerplatz seiner Firma am Matzleinsdorfer Gürtel noch der sympathischeste Aufenthaltsort, er ließ einen Diwan dorthin bringen und verbrachte gelegentlich, allein mit dem Nachtwächter, einen Abend in der häßlichen Holzbaracke, während draußen aus den Kalkgruben dünne Nebel stiegen, Lokomotiven vorüberfuhren und seine Gattin der berauschte Mittelpunkt einer glänzenden Gesellschaft war, die sich in Herrn Lobgesangs luxuriöser und hypermoderner Wohnung versammelt hatte.
Solcherart war es um den ehemaligen fröhlichen und starken Fleischermeister beschaffen, dem sechs Jahre eines grauenvollen Krieges zwar Menschenkenntnis und Schlauheit verschafften, den jedoch all sein Geld nicht glücklich werden ließ, weil zwischen ihm und seiner Frau, der geborenen Kugler, wie eine schmale Mondsi-

chel der Geisterschatten jenes Unbekannten stand, der sich in ihrer Hochzeitsnacht über sie geneigt und geflüstert hatte: »Gnädige Frau, wie konnten Sie sich, um aller Heiligen willen, in eine solche Gesellschaft verirren?«

»Nehmen Sie Platz, Frau Huber«, sagte Herr Lobgesang, nachdem er dem gelernten Maurer fest die Hand geschüttelt hatte. »Rauchen Sie?«
Frau Magdalena griff in die Holzschachtel, die Lobgesang ihr entgegenhielt. »Sie sind immer so nett zu mir«, sagte sie, während sie das Ende der Zigarre abbiß und in den Papierkorb spuckte, »daß ich mir gedacht habe, es ist das vernünftigste, ich komme gleich zu Ihnen. Du gehst ganz einfach zum Chef, habe ich mir gesagt, und redest mit ihm. Mehr als hinausschmeißen kann er dich nicht!«
»Frau Huber«, sagte Lobgesang, der ein Streichholz für sie anriß, »ich habe noch niemals einen Mitarbeiter hinausgeschmissen. Worum handelt es sich?«
Frau Magdalena sog lange an ihrer Zigarre, dann stieß sie eine dichte Rauchwolke aus, lehnte sich tief in ihren unbequemen Sessel zurück, faltete die zu kurzen Arme über dem zu dicken Bauch und sagte: »Ich will nämlich ein Haus bauen.«
»Aha«, sagte Lobgesang freundlich. »Ganz allein?«
»Nicht ganz allein. Mit zwei Männern, einem alten und einem jungen. Dem alten gehört das Haus, der junge hat die Idee gehabt.«
»Warten Sie«, sagte Lobgesang und schneuzte sich fest in ein rotes Taschentuch, das seine Frau haßte, »was heißt: dem alten gehört das Haus? Sie wollen es doch erst bauen!«
»Die Ruine gehört ihm, er hat eine Ruine. Wem das Haus gehören wird, darüber habe ich noch nicht nachgedacht.«
»Ja so!« sagte Lobgesang und stützte seinen schweren

Bauernschädel in beide Hände. »Aber das müssen Sie mir schon ein bißchen ausführlicher erzählen, Frau Huber!«
Und Frau Magdalena erzählte. Sie erzählte ausführlich, sie gab ein umfassendes Bild der Lage, sie verschwieg wenig. Wichtiges verschwieg sie nicht. Nach einer halben Stunde kannte Tobias Lobgesang die Verhältnisse in Herrn Mamoulians Haus so gut wie seine eigene Tasche. Er zerbiß nachdenklich seinen Daumennagel und hörte interessiert zu.
»Na ja«, sagte Frau Magdalena endlich, zum Ende kommend, indem sie mit ihren Eröffnungsworten schloß, »so war das. Und da habe ich mir gedacht, du gehst ganz einfach zum Chef und redest mit ihm. Mehr als – na also, Sie wissen schon«, sagte sie. »Und jetzt bin ich hier!«
Und sie sog aufgeregt an ihrer Zigarre und blickte Tobias Lobgesang erwartungsvoll an. Dieser stand auf und sah aus den schmutzigen Fenstern der Bürohütte auf den Lagerplatz hinaus, auf dem eben ein paar Männer ein Lastauto mit Zementsäcken beluden.
Frau Magdalena verfolgte ihn mit den Augen und wartete gespannt auf seine Reaktion. Sie fühlte sich nicht ganz geheuer. Wer weiß, dachte sie, vielleicht ist er leicht angerührt und ärgert sich so sehr über meinen Vorschlag, daß er mich entläßt! Und was mache ich dann? Großer Gott, dachte sie und fühlte, wie kalter Schweiß ihr über den Rücken rann, was mache ich dann? Sie betrachtete nervös ihre breiten Fingernägel, unter deren Kuppen immer ein wenig Sand lag, dann blickte sie wieder zu Herrn Lobgesang, der noch immer am Fenster stand und auf den Lagerplatz hinaussah.
»Und ihr wohnt alle drei in diesem Keller?« fragte er, und seine Stimme klang verändert.
»Ja, Herr Lobgesang. Und wenn wir das Haus aufgebaut haben, werden wir alle in ihm leben. Darauf freuen wir uns schon. Es ist lange her, daß ich in einem richtigen Haus gewohnt habe.«

Tobias Lobgesang dachte an seine eigene große und prächtige Wohnung, und dann dachte er an seine Frau und ihre Bedürfnisse und fühlte sich plötzlich sehr verlassen und sinnlos auf der Welt.
»Ist dieser Herr Mamoulian«, sagte er traurig und mißtrauisch, »denn wirklich ein Mensch? Ich meine: ein wirklicher Mensch? Oder ist er bloß einer von diesem entsetzlichen Gesindel, das mit großen Worten um sich schmeißt und feine Kleider trägt und sich zu benehmen versteht und im Leben nie gearbeitet hat?«
»Dieser Mamoulian«, erwiderte Frau Magdalena mit Feuer, »ist ein *wirklicher* Mensch. Er war einmal sehr reich und jetzt ist er sehr arm, aber er ist ein Mensch geblieben, glauben Sie mir, Herr Lobgesang! Ich habe erlebt, wie er ein kleines Mädchen zu Ostern beschenkte, und daran will ich mich erinnern bis an mein Ende. Und wenn ich hundert Jahre alt werde!«
»Aber er ist sehr gebildet, nicht wahr?« fragte Lobgesang, bemüht, doch ein Haar in der Suppe zu finden.
»Er übersetzt ein Buch, und er will selber eines schreiben, und er ist ein ganz außergewöhnlich gebildeter Mensch«, sagte sie, »aber daneben ist er so natürlich wie Sie und ich und der Jakob Steiner. Und er kann auch arbeiten. Es ist so«, sagte Frau Magdalena und schämte sich ein wenig für ihre Worte, »als ob er unser Bruder wäre, wissen Sie ... denn manchmal glaube ich, daß die Leute, die arbeiten, Sie und ich und wir alle, so zusammengehören wie Brüder und Schwestern, wie eine große Familie ... Sie entschuldigen schon, Herr Lobgesang!«
»Reden Sie weiter, Frau Huber«, sagte dieser und trat zu ihr, »Sie haben ganz recht, wir gehören alle zusammen, oder wenigstens sollten wir alle zusammengehören. Was wollten Sie sonst noch sagen?«
»Nichts«, erwiderte Frau Magdalena, »das war eigentlich alles, ich kann nicht gut reden. Aber ich meine eben: weil wir doch alle zusammengehören und weil Sie, Herr Lobgesang, doch sozusagen unser Bruder sind in der

großen Familie der arbeitenden Menschen, deshalb meine ich – könnten Sie uns nicht zwei Mörteltröge zur Verfügung stellen und ein paar Sack Zement und ein paar hundert Ziegel und etwas Bauholz und Kalk?«
»Frau Huber!« sagte Lobgesang mit lauter Stimme und trat sehr nahe an die alte Frau heran, so daß sie erschrokken in ihrem Sessel zurückwich und entschuldigend lächelte. »Ist das Ihr Ernst, Frau Huber?«
»Es ist mein Ernst«, erwiderte sie tapfer, »und es tut mir leid, wenn ich Sie wütend gemacht habe, Herr Lobgesang! Das wollte ich nicht. Ich würde gerne einen Teil meines Wochenlohnes dazu verwenden, das Material zu bezahlen, wir wollen nichts geschenkt haben, aber im Augenblick sind wir zu arm, um uns alles auf einmal zu kaufen ...« Sie brach ab, weil sie bemerkte, daß Lobgesang sie starr ansah, und weil sie plötzlich entsetzliche Angst vor ihm bekam.
Vielleicht ist er verrückt, dachte sie. Vielleicht zieht er jetzt gleich ein großes Messer aus der Tasche und sticht mich tot! Großer Gott im Himmel, dachte sie, warum habe ich ihm die ganze Geschichte nur erzählt? Wie er mich ansieht ...! Aber Tobias Lobgesang sah sie gar nicht an. Er sah durch sie hindurch und über sie hinweg und auch durch die Bretterwand der Hütte hinaus in eine unwirkliche, wie von Nebeln erfüllte Landschaft, in der er undeutlich die Silhouette eines Hauses erblickte, dessen Mauern sich langsam erhoben unter den Händen von ein paar Menschen, die nicht in den Salon seiner Frau, der geborenen Kugler, gepaßt hätten, aber zu denen er sich auf eine geheimnisvolle und übermächtige Weise hingezogen fühlte, weil er davon überzeugt war, daß er in ihrer Gesellschaft glücklich werden konnte. In einem tollen Wirbel zogen an Tobias Lobgesang die prächtig gekleideten Damen und Herren seiner geselligen Abende vorüber, sie drehten und wendeten sich, sie lachten und prosteten einander zu, sie lachten und winkten, sie tanzten und hielten feierliche Reden, und

plötzlich wußte Lobgesang, worüber sie lachten: sie lachten über ihn! Sie lachten ihn aus! Aber er wollte nicht, daß sie über ihn lachten. Sie hatten kein Recht dazu! Sie hatten überhaupt kein Recht zu lachen! Warum blieben sie nicht fort, wenn sie ihn lächerlich fanden, warum ließen sie ihn nicht allein? Warum nicht?
»Warum nicht?« schrie Tobias Lobgesang plötzlich mit Donnerstimme und ließ seine Faust auf den Tisch vor Frau Magdalena niedersausen, daß diese erschrocken aus ihrem Sessel hochsprang und die Fensterscheiben klirrten.
Jetzt, dachte der gelernte Maurer, jetzt zieht er das Messer! Jetzt sticht er mich tot! O Gott, mein Ende ist gekommen ... In ihrer panischen Angst erhob sich Frau Magdalena, legte mit der Tollkühnheit ihres Selbsterhaltungstriebes zwei muskulöse Arme um den Tobenden und schloß ihn fest an sich, während sie um Hilfe zu rufen begann, was ganz sinnlos war, weil sämtliche Arbeiter und Angestellte während der mittlerweile angebrochenen Mittagspause das Gelände verließen, um essen zu gehen.
»Hilfe!« schrie Frau Magdalena Huber, während sie mit dem gefesselten Lobgesang wie im Sturm hin und her schwankte. »Zu Hilfe!«
»Quatschköpfe!« schrie Tobias Lobgesang, Chef der Baufirma Lobgesang auf dem Matzleinsdorfer Gürtel, während er beide Arme in die Luft warf und mit hochrotem Gesicht und hervorquellenden Augen versuchte, sich aus Frau Magdalenas Griff zu winden. »Schwächlinge! Maulwürfe und Regenwürmer! Guten Tag, Herr Doktor! Küß die Hand, Frau Regierungsrat! Ach, ihr traurigen Idioten, ihr kindischen Arschgesichter, ihr halben Portionen!«
Er holte, soweit er dazu in der Lage war, tief Atem. Die dadurch entstehende Pause benützte Frau Magdalena zu neuerlichen gellenden Hilferufen, sah sich jedoch schon bald wieder unterbrochen.

»Ich hasse euch, ihr verpatzten Bauplätze«, schrie der Chef der Firma Tobias Lobgesang. »Ihr Elefanten mit Flohköpfen, ihr doppelgesichtigen Hintertreppenschleicher, ihr ekelhaften Mistwühler, ihr ausgefressenen Bankrotteure ...«
Wieder holte Lobgesang Luft – wieder schrie Magdalena um Hilfe –, um fortzusetzen: »Ich hasse euch alle, ich mag euch nicht mehr sehen, ich will nicht mehr, ich will nicht mehr, ich will nicht mehr ...« Um plötzlich wie ein leerer Sack zusammenzufallen und verwirrt zu fragen: »Was fällt Ihnen eigentlich ein, mich hier festzuhalten und um Hilfe zu schreien, Frau Huber?« Der gelernte Maurer sah ihn zitternd und mit fest verschlossenen Lippen an, sagte kein Wort und änderte seine Position nicht um einen einzigen Zentimeter.
»Antworten Sie mir, zum Teufel! Warum halten Sie mich fest? Warum schreien Sie um Hilfe?«
»Weil ich Angst habe«, erwiderte Frau Magdalena. »Weil Sie plötzlich so unmenschlich zu schreien begonnen haben, daß mir ganz schlecht vor Angst geworden ist, und weil ich gedacht habe, daß Sie mich umbringen werden.«
»So«, sagte Tobias Lobgesang. »Ich habe geschrien, ja? Na, es ist ja auch zum Schreien. Ich wollte Sie nicht erschrecken. Lassen Sie mich los, ich bin schon wieder ganz ruhig. Ich tue Ihnen nichts.«
»Wenn man das so genau wüßte«, sagte Frau Magdalena und biß die Zähne zusammen.
»Sie sollen mich loslassen!«
»Nicht um die Burg«, sagte der gelernte Maurer. »Damit Sie mir ein Messer in den Buckel rennen.«
»Messer in den Buckel«, wiederholte Lobgesang, den schon wieder die Wut packte. »Wenn Sie mich nicht gleich loslassen, dann will ich für euer verfluchtes Haus nicht einen einzigen Finger krumm machen, das verspreche ich Ihnen!«
Frau Magdalena blinzelte ungläubig.

»Mir scheint, ich habe mich verhört. Was werden Sie nicht, wenn ich nicht sofort und so weiter?«
»Keinen einzigen Finger werde ich krumm machen und so weiter«, sagte Lobgesang. »Der Teufel soll Sie holen, Frau Huber, wenn Sie nicht gleich Ihre Arme von mir nehmen!«
»Warten Sie«, sagte diese. »Langsam, wenn es Ihnen recht ist, immer hübsch langsam, ja? Also: wenn ich Sie loslasse, dann *werden* Sie einen Finger krumm machen?«
»Einen? Beide Hände und alle meine Zehen!«
»Aber warum haben Sie dann so herumgebrüllt?«
»Weil ich«, sagte Lobgesang, »weil Sie ... weil wir alle ... ach was, das würden Sie doch nicht verstehen.«
Frau Magdalena ließ ihn frei und trat zurück. »Es ist auch nicht so wichtig«, sagte sie, »warum sollen Sie nicht einmal schreien, wenn es Ihnen Spaß macht? Solange Sie mir kein Messer dabei in den Buckel rennen, ist es nicht so wichtig. Wichtig ist, daß Sie uns helfen werden. Werden Sie es wirklich?«
»Unter einer Bedingung.«
»Na also«, sagte Frau Magdalena, »das habe ich kommen sehen. Ich hätte Sie doch nicht loslassen sollen. Was für eine Bedingung?«
»Eigentlich sind es zwei.«
»Dann reden Sie doch schon endlich!«
»Erstens«, sagte Tobias Lobgesang und dachte mit großer Bitterkeit an seine Frau, die geborene Kugler, »müßt ihr mich mitbauen lassen. Und dann will ich ab und zu bei euch im Keller schlafen«, sagte er sehr leise, »weil es mir nämlich bei mir zu Hause nicht gefällt. Wird sich das machen lassen?«
»Herrjeh!« sagte Frau Magdalena und hieb dem Verblüfften dazu klatschend auf die Schulter. »Ob sich das machen lassen wird, fragt er! Jetzt hat's aber dreizehn geschlagen! Wann wollen Sie zu uns kommen, Chef?«

Jakob Steiners Bekannter, der ihn aufgefordert hatte, zusammen mit ihm bei der Stadtbahnstation Nußdorfer Straße einen Handel mit Nylonstrümpfen, Schokolade und ausländischen Zigaretten zu eröffnen, war 26 Jahre alt, sehr groß und mager und hieß Olbrich. Er hatte eine Frau, eine kleine Wohnung in Währing, keinen Beruf und viele Sorgen. Außerdem hatte er nur ein Bein. Das andere war in einem Feldlazarett in der Nähe von Smolensk liegengeblieben. Das eine Bein war der Grund dafür, daß Olbrich viele Sorgen und keinen Beruf hatte. Denn er war vor dem Krieg Briefträger gewesen, und damit war es nun vorbei. Er erhielt eine kleine Rente, von der er nicht leben, und eine Prothese, mit der er nicht gehen konnte. Da beschloß er, weiter auf Krücken umherzuhüpfen und an der Stadtbahnstation Nußdorfer Straße zu einem leicht überhöhten Preis Dinge zu verkaufen, die es zu dieser Zeit im freien Handel noch nicht gab.
Olbrich kannte Steiner aus seiner Soldatenzeit, und deshalb schlug er ihm auch vor, mit ihm zusammen zu arbeiten. Am Dienstag nach Ostern gegen zwei Uhr mittag betraten die beiden das Café Elite, ein Lokal in der Nähe des Türkenschanzparks, das einen sehr schlechten Ruf bei der Polizei, sehr schmutzige Plüschsofas und einen ungemein soignierten Ober namens Anton hatte.
Herr Anton war mit sämtlichen Kriminalbeamten des Rayons, die sein Lokal in dienstlichen Missionen beinahe allabendlich aufsuchten, per du und erschien dem unvoreingenommenen Betrachter als ein Sinnbild wienerischer Gemütlichkeit. Herr Anton war ein feiner Mann. Er war auch ein ungemein vorsichtiger Mann. Jeder Mensch beispielsweise wußte, daß er die Detailverkäufer des schwarzen Marktes in einem Radius von mehreren tausend Metern rund um das Café Elite mit Ware belieferte, aber niemand konnte es ihm nachweisen. Wenigstens niemand, der ihm mit diesem Nach-

weis schaden konnte. Herr Anton lächelte meistens. Das Leben schien ihm eine unerhört interessante und abwechslungsreiche Einrichtung zu sein, und er lebte gerne. Die Menschen, fand er, waren dumm. Aus der kommerziellen Verwertung dieser tiefen Erkenntnis hatte Herr Anton seit Kriegsende ein hübsches Vermögen geschlagen und durchaus krisensicher angelegt. Mittelgroß, stets peinlich korrekt gekleidet, versehen mit durchdringenden Augen, schmalen blutleeren Lippen, einer beachtlichen Glatze und einem ebensolchen Hinterhaupt, einem goldgefaßten Zwicker an einem schwarzen Band und weißen, gepflegten Händen, liebte er es, an die Theke seines Lokals gelehnt, die Brust gewölbt, den Kopf zurückgeworfen, sein Reich zu übersehen. Das war Herr Anton, der Ober des Café Elite. Er schüttelte Jakob Steiner herzlich die Hand, als Olbrich sie miteinander bekannt machte.

»Ein Neuer«, sagte er. »Sie haben sich noch nicht mit dem Detailverkauf beschäftigt?«

»Nein.«

»Dann muß ich Ihnen kurz die Bedingungen bekanntgeben, zu denen der Herr, für den ich aus Gefälligkeit die Auslieferung der Bestände übernommen habe, seine Ware verkauft.«

»Das ist nicht nötig«, sagte Olbrich. »Ich habe ihm schon alles erzählt. Sie schießen ihm fünfhundert Schilling in Waren vor, und er hat täglich am Abend abzurechnen. Die Mindestpreise kennt er auch schon, von Kursschwankungen wird er sofort unterrichtet.«

»Sehr gut.« Herr Anton faltete die Hände über dem Bauch, auf dem der goldgefaßte Zwicker hing. »Sie müssen zugeben, mein Herr, daß dies ein vernünftiges System ist, nicht wahr?«

»Es hat mich überrascht«, sagte Steiner, »daß Sie mir mit einem immerhin so großen Warenposten trauen. Ich könnte ja damit fortlaufen. Nicht, daß ich es tun werde. Aber immerhin.«

»Vertrauen gegen Vertrauen«, sagte Herr Anton. »Vertrauen ist die Grundlage jeder kaufmännischen Beziehung. Ich vertraue Ihnen, Sie vertrauen mir. Gut. Sehr gut. Sie geben mir ganz einfach Ihre Personalpapiere und bekommen sie am Abend wieder.« Herr Anton lächelte, weil er wieder einmal an die große Dummheit der Menschen denken mußte. »So halten wir es«, sagte er, und der Schalk saß ihm dabei in den Augen. »Und was brauchen die Herren heute?«

»Das Übliche.« Olbrich legte eine Aktentasche auf den Tisch. Herr Anton ergriff sie und den kleinen Rucksack, den Steiner ihm reichte, entschuldigte sich für eine Minute, verschwand und kehrte nach kurzer Zeit wieder.

»So«, sagte er, als er, wesentlich schwerer bepackt, aus einem dunklen Gang, der dem Geruch nach in die Küche führte, wieder auftauchte, »ich habe Ihnen dreißig große Tafeln Schokolade gegeben, fünfundzwanzig Pakete amerikanische Zigaretten, zehn Paar Hosenträger und fünf Paar Seidenstrümpfe. Sie können gleich nachzählen.«

»Das ist nicht nötig«, sagte Olbrich, und Herr Anton nickte.

»Es gelten die Preise von gestern. *Und*«, sagte er freundlich, während er eine schmale weiße Hand auf Jakob Steiners Schulter legte, »Sie wollten mir noch Ihre Papiere geben.«

»Richtig«, sagte Steiner, der verlegen in die Tasche griff, »das habe ich völlig vergessen.«

Herr Anton nahm die Papiere lächelnd in Empfang, nickte nachsichtig mit dem Kopf und trat danach wieder an die Theke zurück, wo er die Brust herausstreckte, den Kopf zurückwarf und über die große Dummheit der Menschen nachdachte.

»Wir sind übrigens nicht die einzigen, die bei der Nußdorfer Straße Zigaretten verkaufen«, sagte Olbrich, während sie über den Gürtel zur Billrothstraße gingen. »Die

Station gehört noch ein paar anderen, und mit denen muß ich dich noch bekannt machen.«
»Hoffentlich haben sie nichts dagegen.«
»Das werden wir ja sehen«, sagte Olbrich, leicht nervös wie immer, »es sind keine üblen Burschen, weißt du, aber die ganze Stadt ist aufgeteilt, und jeder hat Angst vor der Konkurrenz.«
Sie erreichten die Halle der Stadtbahnstation, und Olbrich übergab die Aktentasche und den Rucksack in die Obhut der Toilettenfrau.
»Damit wir nicht zuviel in den Taschen habe, wenn die Polizei uns kontrolliert, verstehst du?« sagte er. »Du kannst jederzeit hierher kommen und neue Ware holen. Nimm dir die Zigaretten und drei Tafeln Schokolade mit.«
Sie traten wieder in die Halle hinaus.
»Bleib hier beim Aufgang stehen!« Olbrich wies Steiner einen Platz an. »Ich gehe zum Ausgang.«
»Gut«, sagte Jakob Steiner. Er lehnte sich an die Wand und verfolgte den anderen mit den Augen, wie er durch die Glastüren hüpfte, sich draußen gegen eine der mächtigen Säulen lehnte, die das Portal trugen, und ein Paket Zigaretten in die Hand nahm.
Olbrichs Fußstummel ruhte in der Gabel einer Krücke. Auf ihn hatte er einen Ellbogen gestützt. So bot er, leicht vorgeneigt, das Bild eines Mannes, den mitten in der Absicht, eine Zigarette aus einem Päckchen zu ziehen, das Leben verlassen hat. Steiner sah, wie sich Olbrichs Lippen bewegten, wenn jemand vorüberging. Mechanisch ahmte er ihn nach. »Amerikaner«, sagte Jakob Steiner, gleichfalls ein Paket in der Hand, mit leiser und verzagter Stimme, »Chesterfield, Lucky Strike, Camel, Amerikaner ... Schokolade ...«
Oben fuhr mit donnerndem Getöse ein Zug in die Station. Menschen polterten über die Stiegen. Jakob Steiner drückte sich tiefer in den Schatten seiner Ecke und verstummte ganz. Nur seine ausgestreckte Hand wies

ein Paket amerikanischer Zigaretten vor. So stand er reglos und wartete darauf, daß die Flut eiliger Menschen, die an ihm vorüberstürmte, sich verlief und wieder Ruhe eintrat. Es überraschte ihn sehr, daß er vor diesem Zeitpunkt bereits seine ersten Zigaretten und eine Tafel Schokolade verkauft hatte. Sein Selbstvertrauen stieg beträchtlich. Olbrich sah sich nach ihm um, und er winkte zurück. Dann machte er die Augen ganz fest zu und versuchte, ein Bild von Josephine und der kleinen Ruth erstehen zu lassen. Es ging lange Zeit nicht, aber endlich war es soweit. Die kleine Ruth lachte. Jakob Steiner stand unbeweglich. Von Zeit zu Zeit sagte er: »Zigaretten ... Schokolade ...« Eine halbe Stunde später ereignete sich dann der Zwischenfall.
Jakob Steiner sah auf in der Annahme, ein neuer Kunde sei an ihn herangetreten, und erkannte sofort, daß er sich geirrt hatte. Die beiden Männer, die ihn unfreundlich musterten, waren keine Kunden. Ganz und gar keine Kunden. Sie waren die Konkurrenz, Steiner wußte es sofort. Es war auch nicht schwer, darauf zu kommen. Jeder von den beiden hatte nur ein Bein.
»Was machst du denn da?« fragte der erste.
»Zigaretten verkaufen«, erwiderte Jakob Steiner mit mehr Mut, als er besaß. »Das seht ihr doch!«
»Das sehen wir doch«, sprach der zweite nach. »Hast du gehört, Emil, er meint, das sehen wir doch!«
Der erste nickte.
»Er ist einer von den ganz Gescheiten!«
»Ja«, sagte der andere, der eine flache Mütze trug. »Auf solche Brüder haben wir gewartet.«
»Schleich dich!« sagte der erste und streckte das Kinn vor.
»Mein Freund hat mir diesen Platz angewiesen«, sagte Steiner aufgebracht. »Die Station gehört ja schließlich nicht euch!«
»Wir waren früher hier.«
»Na und? Ist das schon ein Grund?«

»Hör zu, ganz Gescheiter«, sagte der mit der flachen Mütze, »wir haben noch einen andern Grund, einen viel besseren: wir haben nur ein Bein. Und du hast zwei. Warum gehst du nicht auf den Bau?«
»Weil ich –« begann Steiner und brach ab. »Na!« sagte er empört, »das geht euch doch einen Dreck an, warum ich nicht auf den Bau gehe!«
»Ganz Gescheiter«, sagte der zweite Einbeinige und klopfte Steiner mit seinem Stock gegen das Schienbein, »mit uns wirst du nicht frech, mit uns nicht! Wir sind schon mit ganz anderen Leuten fertiggeworden in dem Saukrieg, der uns zu Krüppeln gemacht hat, verstehst du? Eine halbe Portion wie dich erledigen wir noch immer mit einer Hand!«
»Ich war auch im Krieg«, begann Steiner aufgebracht, »denkt ihr vielleicht, daß ihr besondere Helden seid, bloß weil –«
Und dann hörte er zu seiner großen Erleichterung eine tiefe und ruhige Stimme, die sagte: »Was habt ihr denn, Kollegen?« Olbrich war gekommen.
Die andern begrüßten ihn mürrisch.
»Ein Neuer ist da«, sagte der mit der Mütze.
»Ich weiß. Ich habe ihn hergebracht.«
»Aber ohne uns!«
»Es ist immer noch Platz für noch einen.«
»Hier nicht«, sagte der zweite Einbeinige. »Hier gehen die Geschäfte für drei Mann lausig genug. Haben wir nicht alle eine Frau zu versorgen? Wirklich, so etwas hätte ich nicht von dir erwartet, Olbrich.«
»Was denn?« Olbrich fuhr herum. »Was heißt denn erwartet? Der Steiner war genauso in Rußland wie ich und du. Dem Steiner geht es genauso schlecht wie uns. Glaubt ihr, der steht zu seinem Vergnügen da?«
»Soll er woanders stehen!«
»Woanders«, sagte Olbrich und bemühte sich, nicht ungeduldig zu werden, »wird man ihn noch weniger stehen lassen als hier. Hier kennt er wenigstens mich.

Woanders kennt er überhaupt niemanden.«
»Aber zum Teufel«, sagte der mit der Mütze, »was ich nicht begreifen kann, ist: warum muß er überhaupt Zigaretten verkaufen? Kann er nicht *anständig* arbeiten? Hat er nicht noch beide Beine? Antworte mir, Olbrich!«
»Er kann nicht anständig arbeiten, weil er nur einen halben Tag Zeit hat. Vorher und nachher hat er etwas anderes zu tun.«
»Was bist du von Beruf, ganz Gescheiter?«
»Tischler«, sagte Steiner mürrisch.
»Warum arbeitest du dann nicht als Tischler?«
»Frag doch nicht so blöd, Emil«, sagte Olbrich wütend.
»Warum bist du nicht mehr Wirtschaftsprüfer?«
»Weil ich als Wirtschaftsprüfer keine Arbeit finden kann.«
»Und warum, glaubst du, ist der Steiner kein Tischler mehr?«
»Ach so«, sagte Emil, nahm seine Mütze ab und spuckte auf die gelben Kacheln. »Aber er hat *doch* zwei Beine!«
»Kann ich vielleicht etwas dafür?« schrie Steiner, dem die Geduld riß. »Muß ich mich vielleicht dafür bei euch entschuldigen, ihr Affen? Glaubt ihr, die Welt gehört euch, bloß weil ihr ein Bein verloren habt und ich nicht? Was denn, ihr Helden, glaubt ihr, mir ist in diesem Saukrieg nichts passiert? Denkt ihr, ich hätte nicht lieber ein Bein als meine Frau verloren?«
»Ich hätte lieber meine Frau verloren«, sagte Emil.
»Schrei nicht«, sagte Olbrich, »die Leute schauen schon her. Und ihr«, sagte er zu den andern, »was ist mit euch? Wenn ihr den Steiner hier nicht stehen lassen wollt, dann werde ich weggehen, damit er Platz hat. Aber dann will ich mich über euch bei der nächsten Vollversammlung beschweren, darauf könnt ihr Gift nehmen!«
Es entstand eine kleine Pause. Schließlich sagte der mit der Mütze: »Also gut, er soll hierbleiben. Aber nur bei der Stiege. Der hintere Ausgang gehört uns!«
»Meinetwegen«, sagte Olbrich. »Und ich schlage vor,

daß wir unser System, die Einnahmen zu teilen, auch auf ihn anwenden.«
»Dann bekommt jeder nur ein Viertel«, sagte der zweite Einbeinige wehleidig.
»Aber dafür sind die Einnahmen auch um ein Viertel größer, du Tepp!« Olbrich wandte sich zum Gehen.
»Eines möchte ich noch wissen«, sagte Emil mit der flachen Mütze. »Nur, weil es mich wirklich interessiert: was machst du am Vormittag, Steiner?«
»Ich baue ein Haus«, sagte dieser stolz.
»Ganz allein?«
»Mit einer alten Frau und einem zweiten Mann.«
»Für wen?«
»Was heißt für wen?«
»Wer ist der Chef?«
»Wir sind unsere eigenen Chefs. Wir bauen das Haus für uns, aus einer Ruine. Deshalb stehe ich hier. Weil wir ja auch Geld zum Leben brauchen. Genau wie ihr.«
Emil sah Olbrich zweifelnd an.
»Was erzählt dein Freund uns da?«
»Die Wahrheit«, sagte Olbrich ruhig. »Der ist in Ordnung, das kannst du mir glauben. Wir waren zusammen bei Poltawa, was, Jakob?«
»Ja«, sagte dieser leise.
»Und der Jakob hat mich zwei Kilometer zurückgeschleppt, als es mich erwischt hat. Wenn er es nicht getan hätte, wäre ich verreckt!«
»Ach«, sagte Steiner.
»Wäre ich verreckt«, wiederholte Olbrich nachdrücklich. »Und deshalb wird er hier stehenbleiben und keiner wird ihn fortjagen, und wenn es einer versucht, dann will ich ihm alle Zähne einschlagen.«
»Na«, sagte der mit der Mütze, wesentlich freundlicher, »es wird schon keiner versuchen, Karl. Wir haben ja nicht gewußt, wer der Mann ist. Das muß einem Menschen doch gesagt werden. Natürlich kann er dableiben, was, Pepi?«

»Von mir aus«, sagte jener, der Pepi hieß. »Aber ihr werdet sehen, daß so ein Viertel doch kleiner ist als ein Drittel. Auch wenn wir mehr einnehmen.« Und er humpelte an der öffentlichen Bedürfnisanstalt vorbei zum Ausgang, um weiter seine Ware anzupreisen.

Die endgültige Abrechnung, welche die Herren Olbrich, Steiner, Emil und Pepi an diesem Abend im Café Elite vornahmen, bewies, daß die Kapazität der Stadtbahnstation Nußdorfer Straße mit vier Detailverkäufern durchaus noch nicht überzogen war, und brachte, zumindest für einen der Beteiligten, eine Überraschung: das früher erwähnte Viertel *war* größer als das Drittel des Vortages. Es betrug für jeden von ihnen siebzehn Schilling und siebenunddreißig Groschen.

Während Jakob Steiner mit seinem nun wieder leeren Rucksack durch einen wüsten Park westwärts zu gehen begann, überlegte er, daß diese siebzehn Schilling und siebenunddreißig Groschen das erste Geld waren, das er seit Kriegsende verdient hatte, und als solches von Rechts wegen einer romantischen Beschäftigung zugeführt werden sollte. Anderseits wußte er, daß Frau Magdalena damit rechnete, auch von ihm einen gewissen Betrag für die gemeinsame Wirtschaftskasse zu erhalten. In seinem Dilemma zwischen Wunschtraum und Pflichtgefühl hin und her gerissen, bemerkte er plötzlich einen harten Gegenstand, der in seinem Rucksack liegengeblieben war. Er fand eine kleine Tafel Schokolade, die Herr Anton bei der Abrechnung übersehen haben mußte.

Übersehen? Steiner runzelte die Stirn. War Herr Anton ein Mann, der etwas übersah? Sollte man nicht viel eher annehmen, daß er sie wissentlich und willentlich hatte liegenlassen, um Steiner eine kleine Freude zu bereiten oder – was weit naheliegender war – um ihn auf seine Ehrlichkeit hin zu prüfen?

Jakob Steiner fuhr sich mit der Hand durch die Haare, die feucht von den Abendnebeln des Parks geworden waren, drehte sich kurz entschlossen um und ging zurück in das Café Elite.

»Sie haben«, sagte er dem lächelnden Anton, »eine Tafel Schokolade in meinem Rucksack vergessen.«

Dieser Mensch wird niemals auf einen grünen Zweig kommen, dachte der Ober, aber es ist immer rührend zu sehen, daß es noch anständige Menschen gibt.

»Ich vergesse nie etwas«, sagte er, und er sagte nicht die Wahrheit. »Die Schokolade gehört Ihnen, ich habe sie absichtlich liegenlassen. Schenken Sie sie einem kleinen Kind. Kennern Sie eines?«

»Und ob!« rief Jakob Steiner hastig und rannte wieder auf die Straße hinaus. Herr Anton lehnte sich an die Theke zurück und hing lächelnd mysteriösen Gedankengängen nach. Sein Gesicht trug einen Ausdruck inniger Versunkenheit und großer Sanftmut. Er dachte darüber nach, wem er einen 14karätigen Goldring, der sich in seinem Besitz befand, wohl als 18karätig verkaufen konnte ...

Jakob Steiner hatte mittlerweile wieder die Stadtbahnstation erreicht.

»Warten Sie«, sagte er zu der Blumenfrau, die eben ihren Stand schließen wollte. »Sie kennen mich doch: ich verkaufe hier Zigaretten.«

»Freilich«, sagte die Blumenfrau. »Was gibt's denn?«

»Ich brauche ein paar Blumen.«

»Es ist aber nichts mehr da.«

»Gar nichts mehr?«

»Nein«, sagte sie bedauernd.

»Aber dort, in dem Eimer«, sagte Steiner, »da schwimmt doch etwas ...«

»Ach, das«, sagte die Blumenfrau.

»Was ist das?«

»Frührosen.«

»Welche Farben haben sie?«

»Dunkelrot«, sagte die Blumenfrau, »aber das ist nichts für unsereins. Da kostet ein Stück zehn Schilling, das kann sich ja kein anständiger Mensch leisten.«

Jakob Steiner schloß die Augen.
»Geben Sie mir eine rote Rose«, hörte er sich selbst aus weiter Ferne sagen.
»Aber sie kostet zehn Schilling.«
»Das macht nichts. Geben Sie mir eine Rose und etwas Grünzeug dazu!«
»Na also, wissen Sie –« begann die Blumenfrau.
»Was denn?« Steiner bemerkte ihren mitleidigen Blick. »Ach so, Sie glauben, ich kann nicht bezahlen, was? Warten Sie –« Und er zählte zehn einzelne Schillingmünzen vor sie hin. »So, und jetzt her mit der Rose!«
Die Blumenfrau arrangierte zögernd das Gewünschte.
»Das ist eine Schande«, sagte sie dazu. »So sein Geld hinauszuwerfen. Denken Sie doch, wieviel Lebensmittel man für zehn Schilling schon kaufen kann, denken Sie allein an das viele Brot!«
»Es gibt Augenblicke«, sagte Steiner großartig, »in denen eine Rose wichtiger ist als ein Stück Brot.«
»Hier!« Die Blumenfrau schob gerührt zwei Münzen zurück. »Für Sie kostet sie nur acht Schilling. Zwei hätte ich daran verdient.«
»Wissen Sie was«, sagte Steiner, gleichfalls gerührt, teils durch dic cigene Großzügigkeit, teils durch die der fremden Blumenfrau, »nehmen Sie noch einen Schilling, und ich will den anderen behalten.«
»Einverstanden«, sagte sie. Und dann schüttelten sie sich kräftig die Hand.
Josephine Werner wohnte in einem Haus in der Himmelpfortgasse, Herr Mamoulian hatte Steiner die genaue Adresse gegeben. Von der Nußdorfer Straße quer durch die Stadt zur Himmelpfortgasse war es für Steiner an diesem Abend ein Katzensprung. Er ging zu Fuß. Den größten Teil des Weges legte er laufend zurück, weil er es nicht erwarten konnte, seine Geschenke zu übergeben. Was für ein Tag, dachte er, während er durch die abendlichen Straßen eilte, was für ein Tag! Ich habe Geld verdient, und ich habe zwei Geschenke. Ein großartiger

Tag, sagte er sich, ach, du lieber Gott, was für ein wunderschöner Tag war das!
Jakob Steiner pfiff ein Lied. Beim Stock im Eisen blieb er plötzlich stehen und stellte erschrocken fest, daß er ein Lied pfiff, welches er bei Herrn Mamoulian zwei Tage zuvor bitter beanstandet hatte: die ›Marseillaise‹.
Das Haus, in dem Josephine wohnte, war alt und finster. Eine schmale Wendeltreppe führte in die Stockwerke hinauf zu Wohnungen, die auf langen Gängen eng nebeneinander lagen. Jakob Steiner fand die richtige Tür und klopfte. Dann hörte er aus dem Inneren der Wohnung durch die gläserne Eingangstür Josephines Stimme und lauschte. Ein wenig Licht schien durch die Vorhänge hinter den kleinen Scheiben. Steiner sah über eine dunkle und häßliche Küche hinweg durch eine halboffene Tür Josephine an einem Bett sitzen, in dem dem die kleine Ruth lag.
»Nun sahen sie wohl, daß es eine richtige Prinzessin war«, hörte Jakob Steiner Josephine sagen, »da sie durch die zwanzig Matratzen und die zwanzig Eiderdaunenbetten die Erbse verspürt hatte. Da nahm sie der Prinz zur Frau, und die Erbse kam ins Museum, wo sie noch heute zu sehen ist, wenn sie niemand weggenommen hat.«
Josephine ließ das Buch sinken und neigte sich über ihre Tochter.
»Das war eine feine Geschichte«, sagte diese. »Ich habe dich nicht unterbrechen wollen, Mami, aber es hat geklopft. Jemand steht vor der Tür.«
Josephine stand auf und fragte: »Wer ist es denn?«
»Ich, Jakob Steiner«, antwortete er, und sie öffnete.
»Ist etwas passiert?«
Josephine trug einen blauen Schlafrock mit goldenen Drachen. Ihr Haar war hochgekämmt, und Steiner fand, daß sie sehr schön aussah.
»Nichts ist passiert«, sagte er mit heiserer Stimme, »darf ich vielleicht hineinkommen? Ich habe euch etwas mitgebracht.«

»Onkel Jakob!« rief die kleine Ruth. »Komm zu mir!«
Jakob Steiner ging, um sie zu begrüßen. Dann überreichte er umständlich die Schokoladenrippe. »Mit meinen besten Wünschen«, sagte er dazu, »und hoffentlich schmeckt sie dir, meine Liebe.« Er wandte sich zu Josephine. »Und das«, sagte er und wickelte die rote Rose aus ihrem Papier, »ist für dich.« Er hielt die Blume vor sie hin.
»Oooh«, sagte die kleine Ruth, »Mami! Eine Rose! Das ist aber eine wunderschöne Rose, nicht? Ist das nicht eine wunderschöne Rose, Mami? Was hast du denn? Warum sagst du nichts?«
»Weil«, sagte Josephine und wischte sich vorsichtig eine Träne von der Wange, um keine Wimperntusche in die Augen zu bringen, »weil ich mich so freue. Weil ich schon so lange keine roten Rosen mehr bekommen habe ...«
»Ich habe auch schon lange keine roten Rosen mehr geschenkt«, sagte Steiner und grinste. Sie nahm seine Hand und legte sie leicht an ihre Wange. Dann führte sie ihn in das Nebenzimmer und schloß die Tür.
»Wenn du willst«, sagte sie stockend und mit der Befangenheit einer Fünfzehnjährigen, »kannst du bei mir bleiben, Jakob.«
Und dieser erwiderte leise: »Ja, ich will, Josephine.«
Dann gingen sie zu Ruth zurück, die aufrecht in ihrem Bett saß und sie neugierig ansah.
»Habt ihr Geheimnisse vor mir?«
»Ein kleines«, sagte ihre Mutter und lächelte bedeutungsvoll.
»Onkel Jakob, möchtest du mir noch ein Märchen vorlesen?«
»Wenn du versprichst, dann ganz schnell einzuschlafen.«
»Wartet auf mich«, sagte Josephine, die plötzlich sehr jung und glücklich aussah, »ich will nur die rote Rose in ein Glas mit Wasser stellen.«

Jakob Steiner wartete, bis sie zurückkam. Dann begann er, an Ruths Bettrand sitzend, jenes Märchen zu lesen, das mit dem Satz beginnt: »In China, weißt du, ist der Kaiser ein Chinese, und alle, die er um sich hat, sind auch Chinesen ...« Und als er fertig war, schlief die kleine Ruth schon tief, und nur Josephine hörte noch zu.
»Hübsch hast du gelesen«, sagte sie, »wie ein richtiger Papi, man sollte es gar nicht für möglich halten. Woher kannst du das?«
»Ich habe es schon früher getan«, sagte er, »ich hatte auch einmal eine kleine Tochter ...«
Und dann schwiegen sie beide durch lange Zeit und dachten an ihre Vergangenheit, die schön und häßlich und immer beides zugleich gewesen war, und fühlten, wie eine fast tröstliche Traurigkeit sie überkam bei der Erinnerung an Ereignisse und Menschen, die schon weit fortgewandert waren, hinaus in das unendliche Sandmeer der Zeit ...
Um elf Uhr erhob sich Josephine dann, nahm Jakob Steiner an der Hand und führte ihn behutsam in das Nebenzimmer, wo sie sich mit großer Sachlichkeit zu entkleiden begann.
»Komm«, sagte sie zu ihm, der bei der Tür stehengeblieben war, »schnell, mich friert ...«
Zur selben Zeit liefen in den Rüstungsfabriken des Westens und des Ostens riesenhafte Maschinen auf höchsten Touren, und überschwere Panzer rollten aus den Montagehallen.
Zur selben Zeit stellten Telefonistinnen eine Fernverbindung von New York nach den Bermudas her.
Zur selben Zeit trank Herr Tobias Lobgesang mit großer Bitterkeit in der ›Königin‹-Bar seinen achten Kognak in einer Gesellschaft feiner Leute.
»Wartet nur«, sagte er und schüttelte heimlich die Faust, »ihr werdet euch alle noch über mich wundern ...«
Zur selben Zeit starb in der nordchinesischen Provinz Ten-Shau eine junge Frau vor Erschöpfung und Hunger.

Sie lag im Gras vor ihrer Hütte und sah zu dem rosigen Himmel empor, der sich eben dem neuen Tag zu Ehren erhellte.

Und zur selben Zeit saß Herr Mamoulian, allein und weise, vor seinem gebrechlichen und vollgeräumten Schreibtisch, hatte eine Pfeife im Mund, einen Stoß weißen Papiers vor sich und einen frisch gespitzten Bleistift in der Hand. Mit dem frisch gespitzten Bleistift schrieb er auf das erste Blatt seinen Namen. Darunter schrieb er: ›Die menschliche Komödie‹.

Und dann saß er ganz still und lauschte den tiefen und regelmäßigen Atemzügen Frau Magdalena Hubers, die von ihrem Sohne träumte, der noch immer nicht heimgekehrt war.

DAS SIEBENTE KAPITEL

in welchem endlich weniger geredet und mehr gearbeitet wird.

»Nein«, sagte Herr Lobgesang, während er von einem Pferdefuhrwerk methodisch hellrote und ganz neue Bauziegel ablud und sie Herrn Mamoulian reichte, der sie, ebenso methodisch, zu einem immer größer werdenden Quader schichtete, neben dem bereits zwei weitere, sehr große, ruhten, »ich kutschiere im allgemeinen nicht selbst, aber heute war zufällig kein Mensch frei, und deshalb bin ich gekommen.«

Es war drei Uhr nachmittags, und die Sonne schien jetzt, in der ersten Maiwoche, zehn Tage nach Ostern, schon sehr warm. Herr Mamoulian, der wegen des Staubes ein großes Kopftuch trug, schwitzte, fuhr sich mit der Hand über die Stirn und winkte Frau Magdalena, die im ehemaligen ersten Stock seines Hauses zwischen geborstenen Mauern hin und her balancierte und große Fuhren Schutt und Trümmer über eine sinnreich konstruierte Holzrinne zur Erde gleiten ließ. Sieben Tage Arbeit hatten sie um ein gutes Stück weitergebracht. Sie konnten Herrn Lobgesangs Berechnungen zufolge, wenn das Wetter schön blieb, bereits in vier bis fünf Wochen daran gehen, mit dem neuerlichen Aufbau der Grundmauern zu beginnen.

Das Fundament des Hauses war unerschüttert, der Keller und ein Teil des Erdgeschosses waren intakt geblieben, und es bestand begründete Aussicht, sogar große Teile der Decken und Fußböden, wenigstens eines Stockwerkes, noch brauchbar zu bergen. Während sie das Innere des Hauses von Schutt freimachten, waren sie dazu gekommen, Material, das sie später wieder verwenden wollten, systematisch zu ordnen, und so lagerten bereits große Haufen von Balken, Eisentraversen, Ziegeln und Brettern auf der Wiese hinter dem Haus. Den Schutt schaufelten sie zuerst durch ein großmaschiges und danach durch ein kleinmaschiges Eisengitter, um seine feineren Bestandteile von Gesteinsklumpen und Mauertrümmern zu säubern.

Gleichzeitig mit diesen Aufräumungsarbeiten trafen sie bereits Vorbereitungen zu einem diesen folgenden effektiven Aufbau, indem sie von Tobias Lobgesang an Rohstoffen sicherstellen ließen, was jener entbehren und ihnen abtreten konnte. Auch die Fuhre Ziegel fiel in den Rahmen des sonderbaren Abkommens, das Frau Magdalena seinerzeit mit dem Bauunternehmer geschlossen hatte. Tobias Lobgesang besuchte die Bewohner des Hauses Gregor-Mendel-Straße 136 regelmäßig. Meistens kam er am frühen Nachmittag und blieb bis in die Abendstunden. Er arbeitete wie besessen und verließ die Ruine stets völlig beschmutzt, mit verfilztem Haar und dem entsetzlichen Schlosseranzug, in welchem er immer schuftete. Aber es schien ihm trotz allem an seiner neuen Beschäftigung, für die er sich die Zeit von seinen Bürostunden absparte, unerhört viel zu liegen, denn er pflegte, während er zwischen Schutt und Trümmern umherkletterte, Balken loshackte, Ziegelsteine schichtete und ganze Fuhren von Unrat beiseite schaufelte, laut und fröhlich zu singen.

Seine Frau war entsetzt über den Zustand, in dem er gelegentlich, wenn er es nicht über sich brachte, neuerlich nach Matzleinsdorf zu fahren, um sich dort umzuziehen, nach Hause kam, doch sie vermochte nicht herauszubringen, wo sich ihr Gatte herumtrieb. Lobgesang war ein eifersüchtiger Hüter seines Geheimnisses, er wußte zu schweigen, niemals erwähnte er seine neuen Freunde auch nur mit einem Wort.

»Autsch!« sagte er an dem Nachmittag, von dem hier die Rede ist, weil er sich zwischen zwei Steinen den Daumen geklemmt hatte. »Und wie gefällt *Ihnen* das neue Leben?«

Herr Mamoulian sagte aufrichtig, daß es ihm gut gefiel.
»Aber es muß doch für Sie mit einer großen inneren Umstellung verbunden gewesen sein!« Lobgesang erwärmte sich für das Thema, weil es ja schließlich sein Spezialgebiet darstellte. »Sie haben doch früher ganz andere Dinge getan als Schutt wegräumen und Ziegel schichten, nicht wahr?«
Herr Mamoulian fuhr zärtlich über die glatte und gerade Fläche eines Ziegels, betrachtete ihn eingehend, ehe er ihn zu den anderen legte, und sagte dann: »Ich finde das Leben äußerst interessant.«
»Und angenehm?« erkundigte sich Lobgesang von dem Plachenwagen herunter, indem er daranging, eine neue Ziegelwand abzutragen.
»Angenehm und interessant.«
»Ich habe nie gedacht«, sagte Lobgesang, wobei er sich ununterbrochen bückte und aufrichtete, um Herrn Mamoulian die Ziegel zuzuwerfen, »daß es Leuten wie Ihnen Spaß macht, richtig zu arbeiten.«
Herr Mamoulian lachte gutmütig.
»Sie müssen bedenken«, sagte er, »daß es verschiedene Arten zu arbeiten gibt. Mit den Händen und mit den Beinen, ja. Aber auch mit dem Kopf, vergessen Sie das nicht. Es ist schon sehr wichtige Arbeit mit dem Kopf geleistet worden, Herr Lobgesang. Nicht alle Männer mit sauberen Fingernägeln sind Faulpelze, wissen Sie. Und nicht alle Männer in Schlosseranzügen sind fleißig.«
»Die meisten schon.«
»Auch die meisten von denen, die mit dem Kopf arbeiten, müssen es sein, wenn sie leben wollen, Herr Lobgesang!«
»Na, ich weiß nicht«, sagte dieser zögernd. »Nach dem, was ich gesehen habe ...«
»Sie sind durch böse Erfahrungen verbittert, aber ich bitte Sie, mir zu glauben: es gibt da und dort fleißige Menschen und faule Menschen. Und die fleißigen auf beiden Seiten sind es, die unsere Welt lebendig halten,

und die faulen auf beiden Seiten sind es, die sie dabei behindern.«

»Aber die auf meiner Seite leisten die wichtigere Arbeit«, erklärte Lobgesang dickköpfig. »Wenn sie nicht wären, gäbe es keine Ziegel und keine Balken und keine Häuser und keine Straßen, kein elektrisches Licht, keine Automobile ...« Lobgesang geriet ins Uferlose und verstieg sich zu der Behauptung: »Überhaupt nichts gäbe es ohne unsereins, Herr Mamoulian!« Und er machte sich aufgebracht an eine neue Ziegellage.

»Und wenn die Männer, die mit dem Kopf arbeiten, nicht wären«, sagte Herr Mamoulian besonnen, »dann gäbe es keine Pläne, nach denen man Ziegel und Balken und Automobile herstellen und keine Erkenntnisse, mit deren Hilfe man elektrisches Licht gewinnen und Straßen und Häuser bauen kann. Die Leute, die mit der Faust arbeiten, haben zu allen Zeiten jene gebraucht, die mit dem Kopf arbeiten. Zu *allen* Zeiten. Und wenn sie schlecht zusammenpaßten, dann gab es Kriege und Revolutionen und Streiks und Gewalttat. Aber wenn sie es fertigbrachten, gut zusammenzuarbeiten und *miteinander* ihre Probleme zu lösen, dann kam noch jedesmal das zum Vorschein, was man den Fortschritt der Menschheit nennt.«

»Ha!« sagte Lobgesang und spielte seinen letzten Trumpf aus. »Und was glauben Sie, wer früher dagewesen ist, die Arbeiter der Faust oder die der Stirn?«

»Lobgesang«, sagte Herr Mamoulian freundlich, während er unaufhörlich Ziegel schichtete, »was glauben Sie, was früher dagewesen ist: das Ei oder die Henne?«

»Die Henne«, sagte Lobgesang unbekümmert und heiter: »Das ist aber eine blöde Frage!«

»Ach, die Henne«, sagte Herr Mamoulian. »Und woher kam die Henne? Aus einem Ei doch, nicht wahr, Herr Lobgesang?«

»Na!« sagte dieser überrascht. »Also dann war das Ei früher da.«

»Und woher kam das Ei? Eine Henne wird es gelegt haben, oder glauben Sie nicht? Also war die Henne zuerst da. Aber woher kam die Henne? Doch aus dem Ei, nicht wahr? Und das Ei wiederum ...«
»Hören Sie auf«, sagte Lobgesang, »sonst werde ich schwindlig und falle vom Wagen hinunter. Das ist ja schauderhaft! Wie verhält es sich wirklich?«
»Genauso wie mit den Arbeitern der Stirn und der Faust«, sagte Herr Mamoulian. »Sie dürfen, was ich da behaupte, nicht wörtlich, sondern nur bildlich nehmen: ich denke mir, daß die Henne und das Ei gleichzeitig und zusammen, symbolisch als *ein* Begriff sozusagen, dagewesen sind, verstehen Sie? Genauso, wie der erste Mensch, der daran dachte, irgendeinen sinnvollen Handgriff auszuführen, eine Synthese von Faust- und Stirnmensch, sozusagen der *vollkommene* Mensch war, der erst später in zwei Komponenten zerfiel wie unsere symbolische Eier-Henne in ›das Ei‹ und ›die Henne‹. Aber noch gehören sie zusammen«, sagte Herr Mamoulian und reckte für einen Augenblick die Arme, weil ihm der Rücken schon weh tat, »noch brauchen sie einander beständig. Wenn die Hennen sich plötzlich weigerten, Eier zu legen, dann wäre es zunächst mit den Eiern Essig. Es gäbe ganz einfach keine mehr. Über einer kleinen Weile aber – und jetzt passen Sie auf, Lobgesang! – gäbe es auch keine Hennen mehr! Verstehen Sie nun, was ich meinte, als ich sagte, daß die beiden noch immer zusammengehören? Die Hennen würden sich durch eine Handlungsweise wie die von mir geschilderte ins eigene Fleisch schneiden, sie führten ganz zwangsläufig ihren eigenen Untergang herbei. Und bei den Eiern ist es genauso. Auch sie wären zum Untergang verurteilt, wenn sie plötzlich beschließen würden, keine Hennen mehr in sich lebensfähig werden zu lassen. Denn dann –«
»Dann gäbe es bald keine Eier mehr!« sagte Lobgesang beeindruckt.

»Sehr richtig«, rief Herr Mamoulian, selbst in Feuer geratend, »und sehen Sie: genauso, ganz genauso ist es bei uns Menschen. Auch wir brauchen einander, auch wir können ohne einander nicht leben. Wenn ihr euch weigern würdet, die Pläne der Kopfmenschen auszuführen, wenn ihr plötzlich erklärtet, sie wären nur Humbug und nichts wert wie alles, was von den Kopfmenschen kommt, dann würden zunächst einmal eure Gegner in einen riesengroßen Schlamassel geraten, weil sie viele Dinge selbst tun müßten, die sie nicht zu tun gewöhnt sind und die sie nicht tun können. Aber nach einer Weile schon ginge es euch ganz genauso ... Die Straßenbahnen würden stehenbleiben, das elektrische Licht würde verlöschen, eure Häuser würden euch über dem Kopf zusammenfallen und eure Straßen aussehen, als wären sie betrunken.«
»Ich weiß schon, was Sie sagen wollen«, meinte Lobgesang und kletterte vom Wagen. »Ich bin genauso wichtig wie Sie und genauso wertvoll und genauso interessant.«
»So ist es«, sagte Herr Mamoulian. »Und es ehrt nicht etwa nur Sie, sondern auch mich. Es ist eine große Ehre für mich, Herr Lobgesang, daß ich genauso wichtig für unser gemeinsames Wohlergehen und den Fortbestand dieser Welt bin wie alle anderen Lobgesänge, die es gibt. Und es ist eine große Ehre für Sie, daß Sie genauso wichtig sind für unser gemeinsames Glück und unsere Zukunft wie jene Menschen, deren sehr bescheidener und nur grundsätzlich ähnlicher Vertreter ich bin: wie die Träumer und Chemiker und Philosophen und Mathematiker und alle jene, die arbeiten, obwohl man es nicht ganz so deutlich sieht ...«
»Das haben Sie fein gesagt«, erklärte Tobias Lobgesang und spuckte über den nun leeren Plachenwagen auf die Straße hinaus. »Aber die Gesellschaft meiner Frau ist trotzdem zum Kotzen, das werden Sie mir niemals ausreden – und wenn Sie noch so wichtig ist für den

Fortbestand der Welt und für unsere sogenannte Glückseligkeit!«

In der dritten Woche brachte Tobias Lobgesang einen Flaschenzug und mehrere Winden, mit deren Hilfe sie ein Gewirr von Balken, verbogenen Traversen und eingestürzten Deckenteilen lösten, das in die große Halle gestürzt war und gefährlich auf dem Plafond der Kellerwohnung lastete. In diesen Tagen arbeiteten sie alle gleichzeitig, ohne Rücksicht auf ihre bisherigen Verpflichtungen.

Jakob Steiners Kollegen von der Stadtbahnstation überraschten ihn auf das höchste mit der Erklärung, er könne ruhig eine Woche fortbleiben, sein Viertelanteil wäre ihm dennoch gesichert. In diesem Zusammenhang regte Olbrich an, daß sie überhaupt in einem Turnus von drei Wochen arbeiten und danach abwechselnd eine Woche frei haben sollten, um ihren anderen Geschäften nachgehen zu können.

»Wir sollten versuchen«, sagte er in seiner nervösen Art, »diesen Betrieb langsam auf eine erträgliche soziale Basis zu stellen. Bleiben wir zusammen, und ihr sollt sehen, daß sich zu viert einfacher arbeiten läßt als allein.«

Die anderen waren einverstanden, und so ging Jakob Steiner als erster ›in Urlaub‹. Der nächste sollte Emil sein, dann folgte Olbrich, und zuletzt kam Pepi.

Die Arbeit mit dem Flaschenzug war die schwerste, die sie bisher zu leisten hatten, und sie wurde beeinträchtigt durch überaus widerwärtiges Wetter. Drei Tage und drei Nächte lang regnete es, und obwohl sie alle bei der Arbeit alte und zerrissene Kleider trugen, ruinierten sie sich doch die Schuhe, wurden bis auf die Haut naß und waren unsagbar schmutzig.

Das Ende der Schlechtwetterperiode abwarten konnten sie nicht, weil durch den Druck der zusammengerutschten Holz-, Stein- und Eisenmassen die Kellerräume –

besonders durch die dauernde Feuchtigkeit – in großer Einsturzgefahr standen. Sie mußten weiterarbeiten, da halfen ›keine Würstel‹, wie Frau Magdalena sagte, die den ganzen Tag ein warmes Holzfeuer in der vollgeräumten Küche lebendig hielt, an dem man sich wärmen konnte, und die gleichzeitig enorme Mengen einer Flüssigkeit ausschenkte, welche, obwohl als Tee deklariert, einen nicht unbeträchtlichen Rumgehalt aufwies.

Zu allem Überfluß rutschte Herr Mamoulian eines Abends auf einer nassen Planke, die als Verbindungssteg über zwei abbröckelnde Mauern des ersten Stockes gelegt worden war, aus und fiel etwa drei Meter tiefer auf einen Schutthaufen, aus dem, Gott sei es gedankt, zufälligerweise keine Eisen- oder Holzstücke ragten. Er kam mit einer Prellung und mehreren Kratzwunden davon, mußte jedoch auf Tobias Lobgesangs Plachenwagen ins Spital gefahren werden, um sich sein Bein fatschen zu lassen.

Zu diesem Zweck stellte man auf die Ladefläche des Pferdefuhrwerks einen bequemen Stuhl, auf dem Herr Mamoulian unter einem Regenschirm und in mehrere Decken gewickelt saß und Pfeife rauchte. Neben ihm stand Frau Magdalena, um ihn vor einem neuerlichen Sturz auf die Straße hinunter zu bewahren, und auf dem Kutschbock saß der Chef der Baugesellschaft Tobias Lobgesang persönlich. Der Krankentransport erregte in den stillen Gassen Döblings einiges Aufsehen, aber er erreichte sein Ziel, das Rudolfinerhaus, wo Herrn Mamoulian ärztliche Hilfe und der Rat zuteil wurde, einige Zeit im Bett zu verbringen.

Herr Mamoulian tat, wie ihm geheißen war. In den folgenden drei Tagen schrieb er fast ohne Unterbrechung am dritten Kapitel seines Buches und sah nur ein wenig ängstlich zu der niederen Decke auf, um zu kontrollieren, ob sich nicht nach einer besonders argen Erschütterung von oben der Sprung, der quer über seinem Kopf verlief, vergrößerte.

Die Decke hielt stand. Herr Mamoulian lächelte verträumt, faßte seinen Bleistift fester und schrieb weiter. Am Morgen des vierten Tages kam er schon wieder nach oben gehumpelt, spuckte in die Hände und begann, gemeinsam mit den anderen, das Abseilen einer riesenhaften Traverse vorzubereiten, die besonders unglücklich eingeklemmt lag.
Josephine Werner kam zweimal zu Besuch, saß in der Küche und stopfte für alle Mitglieder der sonderbaren Familie Strümpfe. In die von Jakob Steiner stickte sie überdies mit roter Wolle sein Monogramm.
Als das schlechte Wetter zu Ende ging und die Sonne wieder schien, war die große Halle in Herrn Mamoulians Haus freigeräumt.

In der vierten Woche, die wieder in der gewohnten Arbeitseinteilung verging, begannen sich Frau Magdalena, Herr Mamoulian und Jakob Steiner unabhängig voneinander Gedanken über das Aussehen des neuen Hauses zu machen. Als sie dann darüber sprachen, zeigte es sich, daß sie ungefähr einer Meinung waren. Das neue Haus sollte nur ein Erdgeschoß und einen ersten Stock aufweisen. Gasanschlüsse waren im Keller und für das Souterrain vorhanden, man brauchte die Rohre nur zu verlängern, sogar der Zähler funktionierte, ebenso wie jener für das elektrische Licht. Auch das Badezimmer im Keller war benützungsfähig geblieben, und sie dachten vorläufig nicht daran, ein zweites einzurichten. Hingegen sollten die alte Halle und der breite hölzerne Treppenaufgang, dessen Mittelstück eingestürzt war, wiedererstehen, ebenso wie die Galerie, welche die Halle im ersten Stock umlief.
Von den vier oberen Zimmern standen noch zwei, wenn ihnen auch die Decken fehlten. Durch die beiden anderen waren Bomben gefallen, und das Eck des Hauses, in dem sie sich befunden hatten, war praktisch fortgeschnitten. Hier, an der Nordostseite, war die größte

Arbeit zu leisten. Hier mußten nicht nur neue Decken gelegt, sondern ganze Außenmauern wieder aufgeführt werden, von den Innenmauern gar nicht zu reden.
Nach längeren Beratungen entschied man sich, im laufenden Jahr zunächst die Räume zur ebenen Erde sowie die beiden noch bestehenden Zimmer des ersten Stocks wieder einzurichten, für ein wetterfestes Behelfsdach und dafür zu sorgen, daß auch das abgesprengte Nordosteck (durch Abstützung, Pölzung und teilweise Verkleidung) vor Einsturz und Witterungseinflüssen verschont blieb. Im kommenden Jahr sollte dann der schwierigste Teil des Bauvorhabens in Angriff genommen werden.
Sofern Tobias Lobgesang richtig kalkulierte, was man bei seiner Praxis annehmen sollte, war dann das Haus bereits zu Weihnachten – behelfsmäßig, mit provisorischen Lichtleitungen, rohen und unverputzten Wänden, gewöhnlichen Dielenfußböden und teilweise noch blinden Fenstern – in sechs Räumen wieder bewohnbar, wenn diese Räume aller Voraussicht nach auch kahl und sehr ungemütlich aussehen sollten. Aber sie würden bewohnbar sein. Es würde möglich sein, Öfen in ihnen aufzustellen (und ihre Rohre aus den mit Holz verschlagenen Fenstern zu leiten), man würde in ihnen essen, schlafen und lesen können wie in normalen Zimmern, und man würde sie über eine normale stabile Treppe und durch normale, stabile Türen erreichen können wie in einem normalen und stabilen Haus. All das sollte schon zu Weihnachten der Fall sein, sofern Tobias Lobgesangs Berechnungen stimmten, was man annehmen konnte.
Im Vorgarten, auf der Straße und hinter dem Haus warteten beträchtliche Materialmengen auf ihre Verwendung, und immer wieder kam Tobias Lobgesang mit neuen Wagenladungen von Ziegeln, Brettern, Balken und Pfosten. Jakob Steiner hatte sich in einem kleinen Gartenhaus eine provisorische Tischlerwerkstätte einge-

richtet, in die er alle noch halbwegs brauchbaren Türen, Fensterläden und Fensterrahmen trug, um sie zur rechten Zeit wieder instand zu setzen. Auf geheimnisvolle Weise vermehrte sich sein Bestand an Hämmern, Zangen, Feilen und sonstigem Gerät, und als er eines Tages mit einer fast neuen elektrischen Bohrmaschine ankam, äußerte Mamoulian eine sehr bestimmte und wenig schmeichelhafte Vermutung, für die Steiner nur ein freundliches Lächeln übrig hatte.

»Gestohlen«, sagte er verträglich und fuhr zärtlich über die glatte Oberfläche des nützlichen Instruments, »was für ein Wort aus Ihrem Munde, Herr Mamoulian! Erinnern Sie sich doch, ich bitte Sie, an die zwei Dutzend Ostereier, die wir gemeinsam stahlen ... im übrigen«, sagte er, »dürfte es Ihnen vielleicht bekannt sein, daß sogar gewisse christliche Heilige, wie der Schutzpatron der Schuhmacher, sich des Vergehens des Diebstahls schuldig machten.«

»Sie müssen verstehen«, sagte Herr Mamoulian, »daß ich Sie keineswegs für Ihre Handlungsweise rügen will. Mir fiel sie bloß sozusagen symptomatisch und als Faktum auf. Wie ich auch des öfteren darüber nachdenke, daß wir, die Minderen und Entwürdigten, die Verkommenen und Verrufenen, im Begriff stehen, etwas zu tun, was man mit Recht seit langer Zeit von den Auserwählten, Mächtigen, Reinen und Starken erwartet: aufbauende Arbeit.«

»Auch darauf läßt sich mit einem Hinweis auf religiöse Gebiete antworten«, sagte Steiner. »Ich habe, wie es sich trifft, in letzter Zeit mit steigendem Interesse die Bibel gelesen und im Evangelium des Matthäus eine Stelle gefunden, die mir ungemein anziehend erscheint.«

»Und wie lautet sie?«

»Sie lautet: ›Gehet hinaus an die Kreuzwege und bringet, wen ihr findet!‹ – Haben Sie, Herr Mamoulian, nicht eigentlich hierhergebracht, was Sie an Ihrem Kreuzweg oder, besser gesagt, in einem Apfelbaum gefunden

haben? Und haben Sie nicht hierhergebracht, was Sie in einem schlechten Haus gefunden haben? Und haben Sie nicht Frau Magdalena, eine Taglöhnerin und Obdachlose, hierhergebracht? Und sind Sie, Herr Mamoulian, den *wir* gefunden haben, nicht selbst eine gestrandete und von allen längst aufgegebene Existenz?«
Herr Mamoulian kratzte seinen Kopf.
»Der Teufel soll Sie holen«, sagte er, »wenn Sie nicht eine scheußlich zutreffende Art haben, gelegentlich die Wahrheit zu sagen!«
»Der Teufel wird mich schon holen«, sagte Jakob Steiner und beugte sich von neuem über seine Arbeit, »er wird uns alle holen nach einer kleinen Weile. Aber zunächst werden wir uns noch ein hübsches Haus bauen.«
Es ist eine alte Tatsache, daß immer dann etwas Böses geschieht, wenn zu lange Gutes geschehen ist. Auch auf diese Weise reguliert sich der Lauf der Welt. Herr Mamoulian kannte diese regelmäßigste aller Sinuskurven ganz genau. Er wußte, daß es nicht lohnte, allzu traurig über ein Unglück zu sein, weil das Glück schon auf dem Fuße folgte. Und er wußte auch, daß es töricht war, sich über dieses folgende Glück allzu sehr zu freuen und etwa sein Herz an eine kurze Glückseligkeit zu hängen, weil auch sie niemals von Dauer sein konnte. Obwohl Herr Mamoulian aber, in Kenntnis dieser verwickelten Tatsachen, sich sein Leben lang darum bemühte, in einer Mittellage, in einem Schwebezustand zwischen diesen beiden Extremen, zu verharren, gelang ihm das doch niemals, und er war dazu verurteilt, glücklicher als andere Menschen zu sein, und auch wieder unglücklicher als sie. Das Leben ließ Herrn Mamoulian für seine Erkenntnisse zahlen, weil es richtige Erkenntnisse waren – so wie das Leben alle zahlen läßt, die im Begriff stehen, ihm auf die Schliche zu kommen.
Der Bau des Hauses oder, besser gesagt, die Vorbereitungen zu diesem, gingen bei weitem zu reibungslos vonstatten, und Herr Mamoulian hegte im geheimen

schon die allergrößten Befürchtungen – und eines Tages war es dann soweit.
Jakob Steiner schaufelte eben im Vorgarten einen Haufen Schutt beiseite, als der Fremde erschien, höflich grüßte und interessiert stehenblieb. Eine Viertelstunde verging. Jakob Steiner schaufelte Schutt. In den staubigen Zweigen der Bäume lärmten ein paar Vögel. Steiner gab bei seiner Arbeit acht auf den verdorrten Rosenstrauch, denn er setzte große Hoffnungen in den Rosenstrauch und wollte ihn nicht beschädigen.
Schließlich sagte der Fremde – er war klein, schlecht gekleidet, hatte ein verkniffenes Gesicht, einen Zwicker, unsauberen Teint und eine Aktentasche: »Was machen Sie denn da, lieber Freund?«
»Das sehen Sie doch«, erwiderte Steiner ohne besondere Freundlichkeit, weil ihm der Fremde unsympathisch war. »Wir bauen dieses Haus wieder auf.«
»Ah«, sagte der Fremde. »Und wem gehört das schöne Haus?«
»Einem Herrn Mamoulian.«
»Mamoulian«, sagte der Fremde, und es klang, als notiere er den Namen, um ihn nicht zu vergessen. »Der Herr ist Baumeister?«
»Nein«, sagte Steiner und zog einen alten Seidenstrumpf aus dem Schutt, »nicht Baumeister, sondern Teppichhändler.«
»Und Sie?«
»Ich bin Tischler.«
»Und die Dame, die dahinten ...« Der Fremde suchte nach Worten. »... die ... eh, dahinten ein Fußbad nimmt?«
»Das ist Frau Magdalena. Sie hat sich eine Zehe zwischen zwei Balken gequetscht und kann im Augenblick nicht arbeiten. Sie ist ein Maurer.«
»Aha«, sagte der Fremde fröhlich, als hätte er etwas besonders Angenehmes erfahren, »ein Maurer, wie?«
»Ja, ein Maurer.«

»Und Fachleute«, sagte der Fremde und ließ jedes Wort auf der Zunge zergehen wie Schokolade. »Fachleute beschäftigen sich wohl überhaupt nicht mit diesem Projekt, was?«
»Was heißt denn: Fachleute?« Steiner ließ seine Schaufel sinken und sah sich den Fremden näher an. Was er sah, gefiel ihm nicht. »Wir sind arme Hunde, werter Herr, und müssen alles, was wir wollen, selber tun.«
»Sehr schön«, sagte der Fremde begütigend, »sehr löblich. Aber es ist doch immerhin üblich, bei derartigen Unternehmungen einen Baumeister, einen Architekten, einen Techniker, kurz, irgend jemanden zu beschäftigen, der für die Einhaltung gewisser fundamentaler Baugesetze bürgt, nicht wahr?«
»In normalen Zeiten«, sagte Jakob Steiner, »zu normalen Anlässen und unter normalen Bedingungen, ja. Aber sind die Zeiten normal? Sie sind es nicht. Auch der Anlaß, das können Sie mir glauben, ist es nicht, ebensowenig wie die Bedingung, unter der wir bauen. Verstehen Sie doch, wir sind so arm, daß wir niemanden haben auf der Welt als uns selbst. Wir haben unsere eigenen Gesetze. Wir können nur auf uns selbst vertrauen. Und ich muß sagen: bisher sind wir dabei ganz gut gefahren. Und billiger war es auch.«
»Das Ganze«, äußerte der Fremde, während er sich langsam zurückzog, »klingt höchst absonderlich – um nicht zu sagen: verdächtig.«
»Hören Sie«, sagte Steiner aufgebracht, »wer sind Sie eigentlich, Sie komische Figur?«
Aber der Fremde war schon über den nächsten Schutthaufen geklettert und außer Sicht geraten. »Sie!« schrie Steiner und lief auf die Straße. Von dem Fremden war keine Spur mehr zu erblicken – es war, als hätte die Erde ihn verschluckt.
Nach diesem Zwischenfall ereignete sich drei Tage lang nichts. Am vierten Tag erschien – nach vielen Wochen zum erstenmal – der Briefträger vor dem Haus Gregor-

Mendel-Straße 136 und gab eine Postkarte für Herrn Mamoulian, Aram, wohnhaft daselbst, ab. Auf der Karte, die sie alle gemeinsam lasen, stand:

Sie werden aufgefordert, unter Mitnahme dieser Ladung, zwecks Auskunftserteilung im Büro der Baupolizei für den XIX. Bezirk, Wien XIX., Gatterburggasse 12, Zimmer 22, am 25. ds. zwischen 9 und 10 Uhr zuverlässig zu erscheinen.
Nichterscheinen ist strafbar und wird gerichtlich geahndet.

»Bum«, sagte Herr Mamoulian, als er gelesen hatte, »nun ist es soweit.«
»Wie weit?« fragte Frau Magdalena und bohrte verblüfft in der Nase.
»Die Vertreibung aus dem Paradies steht bevor.« Herr Mamoulian war ungemein schmutzig, weil er seit Stunden Schutt schaufelte. »Die Behörden haben damit begonnen, sich mit uns zu beschäftigen.«
»Was werden Sie tun?«
Herr Mamoulian zuckte die Schultern.
»Was tut man als kluger Mensch gegen eine Übermacht an Dummheit? Man denkt sich seinen Teil und fügt sich lächelnd. Was werde ich tun? Hingehen natürlich.«
Und Herr Mamoulian ging.
Am Morgen des 25. ds. um 9 Uhr 14 nahm er auf einer Bank vor dem Zimmer 22, Gatterburggasse 12 (Baupolizei), Platz. Die Bank stand in einem langen und finsteren Gang, in dem es ungemein schlecht roch. Herr Mamoulian war allein. Er wartete. Er wartete lange. Einmal wurde er aufgerufen, um seine Ladung abzugeben, danach bedeutete man ihm, von neuem Platz zu nehmen und noch ein Welchen zu warten. Es schien niemand in sonderlicher Eile zu sein. Außer Herrn Mamoulian. Denn der dachte, während er auf der unbequemen Bank in dem dunklen und übelriechenden Gang saß, unabläs-

sig an Frau Magdalena und Jakob Steiner, die ohne ihn arbeiteten und ihm eingeschärft hatten, bald heimzukommen, weil sie vorhatten, das gute Wetter auszunützen.

Herr Mamoulian war ein ruhiger und besonnener Mensch. Es war Viertel vor elf, als er nervös zu werden begann. Um Viertel zwölf war es dann soweit: Herr Mamoulian stand auf, betrat das Zimmer 22 und äußerte zum Erstaunen eines einsamen Beamten, der über einem Bogen Papier an einem Schreibtisch saß: »Ich habe lange genug gewartet!«

»Wer sind Sie eigentlich?«

»Ich bin Aram Mamoulian«, erwiderte dieser, »und für neun Uhr hierher bestellt gewesen. Jetzt ist es Viertel zwölf, und ich möchte nach Hause gehen. Sie werden das verstehen«, fügte er versöhnlich hinzu. Herr Mamoulian stritt nur sehr schwer mit seinen Mitmenschen.

»Buchstabieren Sie Ihren Namen!«

Herr Mamoulian buchstabierte. Der Herr von Zimmer 22 suchte.

»Ah«, sagte er dann, »Mamoulian, ja, ja, ja ... nehmen Sie Platz, Herr Mamoulian. Das ist ja eine böse Sache, hm, hm, hm! Das ist ja eine ganz dumme Geschichte, aj, aj, aj!« Und er wiegte betrübt den Kopf, als sei ein großes Unglück geschehen.

»Was ist eine ganz dumme Geschichte?« fragte Herr Mamoulian. Der andere putzte seine Brille und sagte mit umflorter Stimme:

»Sie sind im Begriff, eine ungesetzliche Handlung zu begehen, Herr Mamoulian!«

»Inwiefern?«

»Sie bauen wild.«

»Wie baue ich?«

»Wild«, sagte der Herr von Zimmer 22, betrübt über so viel Vermessenheit. »Sie setzen es sich einfach in den Kopf, Ihr Haus wieder aufzubauen, und beschäftigen dabei zwei völlig ungeeignete Arbeitskräfte und bauen, wie mir scheint, selbst mit ... es ist eine Anzeige gegen Sie eingelaufen, Herr Mamoulian.«

»Wer hat mich angezeigt?«

»Das ist unwichtig. Einer unserer Beamten hat Erkundigungen eingezogen.«

An dieser Stelle konnte Herr Mamoulian nicht umhin zu sagen, er beneide die Beamten der Baupolizei um ihre Sorgen – eine Bemerkung, die ihm einen Verweis eintrug.

»Unsere Sorgen«, sagte der Herr von Zimmer 22 böse. »Und wenn wir uns *nicht* um Sie kümmerten? Was würde geschehen? Sie würden weiterbauen, und eines Tages würde Ihnen das Dach auf den Kopf fallen!«

»Es wäre dann noch immer unser Kopf«, sagte Herr Mamoulian. »Die Baupolizei hat sich auch nicht für mich interessiert, als mir mein Dach zum erstenmal auf den Kopf fiel.«

»Es ist eine Anzeige gegen Sie eingelaufen«, sagte der Herr von Zimmer 22.

»Das haben Sie schon einmal gesagt.«

»*Eine Anzeige!*«

»Hab's gehört«, sagte Herr Mamoulian.

»Und was haben Sie zu erwidern?«

»Was heißt denn: erwidern?« Herr Mamoulian ereiferte sich. »Soll ich vielleicht in die Hosen machen aus Angst vor Ihrer Anzeige?«

»Herr Mamoulian. Sie haben nicht den richtigen Ton im Umgang mit Behörden!«

»Ja, das stimmt«, sagte dieser reumütig. »Ich habe nie den richtigen Ton gehabt. Aber, werter Herr, was sollten wir denn wirklich tun? Muß ich mich ernstlich dafür rechtfertigen, daß ich – und noch dazu in einer Zeit wie der unseren – versuche, mein Haus wieder instand zu setzen?«

»Sie müssen sich rechtfertigen, wenn Sie es mit ungesetzlichen Mitteln versuchen.«

»Was sind denn die ungesetzlichen Mittel?« Herr Mamoulian bearbeitete aufgeregt seinen Kopf mit beiden Händen.
»Sie verwenden Laien an Stelle von fachmännischen Arbeitskräften. Warum?«
»Blöde Frage«, sagte Herr Mamoulian und entschuldigte sich sofort. »Weil ich kein Geld habe, natürlich!«
»Und diese Leute arbeiten umsonst?«
»Selbstverständlich!«
»Ja, sind sie denn verrückt?«
»Verrückt nicht«, sagte Herr Mamoulian. (Gott, gib mir Kraft und Stärke.) »Aber obdachlos sind sie, verehrter Herr. Und wenn wir das Haus aufgebaut haben, werden sie das nicht mehr sein. Und deshalb bauen sie, verstehen Sie jetzt?«
»Ja«, sagte der Herr von Zimmer 22. »Ich verstehe. Aber trotzdem ist der Vorgang ungesetzlich, und wir müssen ihn verbieten.«
»*Was* müssen Sie?« Herr Mamoulian sprang auf.
»Setzen Sie sich! Wir müssen ihn verbieten. Wir können nicht dulden, daß Menschenleben durch derartig leichtsinnige und unverantwortliche Experimente zu Schaden kommen.«
»Ach«, sagte Herr Mamoulian, »und glauben Sie, daß man nicht zu Schaden kommen kann, wenn man obdachlos ist und auf der Straße schläft?«
»Es gibt Asyle«, sagte der Herr von Zimmer 22.
»Aber die sind so häßlich«, sagte Herr Mamoulian.
»Wo haben Sie denn vorher gewohnt?«
»Im Keller meines Hauses.«
»Ist der Keller groß?«
»Einigermaßen«, sagte Herr Mamoulian.
»Na, dann wohnen Sie doch weiter dort.«
»Nein«, sagte Herr Mamoulian endgültig.
»Warum nicht?«
»Weil ich nicht mehr will«, erwiderte Herr Mamoulian und wunderte sich über sich selbst. »Weil ich genug

habe von diesem ekelhaften Loch, in das im Winter das Schneewasser rinnt; weil ich mich nach Ordnung und Sonne und Schönheit sehne und weil es nicht der natürliche Zustand des Menschen ist, in Kellerlöchern zu leben ... deshalb, verehrter Herr, bauen wir mein Haus wieder auf!«

»Und wir müssen es verbieten«, sagte der verehrte Herr.

»Lächerlich!« Herr Mamoulian lachte. »Das können Sie doch gar nicht! Wollen Sie die Ruine bewachen lassen? Wollen Sie mich einsperren? Oder was?«

»Herr Mamoulian«, sagte der andere ernst, »wir haben ein viel wirksameres Mittel: wir behindern nicht Ihre Arbeit. Aber eine unserer Kommissionen hat das Recht, die Stabilität Ihres Hauses zu überprüfen, ehe es als menschliche Wohnstätte zugelassen wird, und was sich dann ereignen wird, können Sie sich leicht ausmalen.«

»Was wird sich ereignen?«

»Wir können Sie hindern, Ihr Haus zu bewohnen. *Das* können wir, dazu haben wir die gesetzliche Handhabe!«

»Na«, sagte Herr Mamoulian, »das ist ja das Wichtigste! Es lebe die Handhabe! Sie lebe hoch, die süße kleine Handhabe!«

»Herr Mamoulian, Sie fangen schon wieder an. Außerdem ist Ihnen im Falle einer Weiterführung Ihres Planes selbstverständlich jede Unterstützung von seiten der Behörden verschlossen. Sie werden keine Ziegel, keinen Zement, keinen einzigen Balken, kein Glas, nichts, aber auch gar nichts von uns bekommen ...«

»Das habe ich auch nicht erwartet!«

»Nicht einmal Bezugscheine für alle diese Dinge!«

»Na, wenn schon!« Herr Mamoulian stand auf. »Ich danke Ihnen für den instruktiven Vormittag. Ich lasse mich immer gerne belehren«, sagte er. »Wenn es auch diesmal ein wenig lange gedauert hat.«

Damit verließ Herr Mamoulian das Zimmer 22 (Baupolizei) in der Gatterburggasse 12. Im Treppenhaus schimpfte er noch laut vor sich hin, auf der Straße zuckte er schon wieder die Achseln und lachte, und als er nach Hause kam, war er beinahe gut aufgelegt. Jakob Steiner hingegen war es nicht. Mit zusammengebissenen Lippen und bösen Augen lauschte er der Schilderung der Vorfälle, die Herr Mamoulian gab, und schüttelte von Zeit zu Zeit den Kopf. Sie saßen im Freien, Steiner auf einem Schutthaufen, Frau Magdalena auf einem umgestürzten Eimer und Herr Mamoulian auf einem Mörteltrog.

»Und dies«, beschloß Herr Mamoulian seinen Bericht, »meine Freunde, ist die Meinung der Behörde, um die wir uns natürlich einen feuchten Kehricht kümmern werden.«

Jakob Steiner ließ eine Handvoll Sand durch die Finger rinnen, dann griff er nach neuem. »Und wenn wir fertig sind, werden sie uns ein Siegel an die Eingangstür kleben und uns hinauswerfen, weil wir uns in Lebensgefahr befinden könnten, wenn wir hier wohnten. Wer kümmert sich denn *jetzt* darum, ob wir in Lebensgefahr sind oder nicht? Ich, zum Beispiel, ich war doch zu Ostern in wirklicher Lebensgefahr, nicht wahr? Wer hat sich da um mich gekümmert? Niemand! Und Frau Magdalena hat ihre Hütte verlassen müssen und ist auf der Straße gelegen – war die etwa nicht in Lebensgefahr? Und wer hat sich um sie gekümmert? Wer kümmert sich überhaupt um die armen Leute?« fragte Jakob Steiner pathetisch.

»Niemand«, sagte Herr Mamoulian versöhnlich. »Gott sei Dank, niemand, denn stellen Sie sich vor, wie scheußlich es wäre, der Mildtätigkeit irgendwelcher subalterner Kreaturen ausgesetzt zu sein!«

»Aber dann, später, wenn wir etwas erreicht haben, dann auf einmal kümmert sich die Behörde um uns! Warum läßt sie uns nicht in Ruhe?«

»Weil sie es für ihre Pflicht hält, unser Leben sicher und

freundlich zu machen. Es geht nicht an, daß jeder tut, was ihm paßt. Mein Gott, stellen Sie sich bloß vor: da könnte ja jeder hingehen und sich ein Haus bauen. Das wäre doch entsetzlich. Ein Land, in dem gearbeitet wird ...«

»Sie treiben wieder Ihre Späße, Herr Mamoulian«, sagte Frau Magdalena auf ihrem Kübel und spuckte in den Staub.

»Was soll man sonst tun?« fragte dieser.

»Und wir werden keinerlei Hilfe zu erwarten haben?«

»Das ist es, was mir der Herr von Zimmer 22 gesagt hat. Keinerlei Hilfe oder Unterstützung. Keine Bezugscheine für Ziegel, Glas, Beton oder was immer wir brauchen.«

»Gott segne uns«, sagte Frau Magdalena fromm.

»Gott segne den Herr von Zimmer 22«, sagte Herr Mamoulian.

»Es ist ein wahres Glück, daß wir den Lobgesang haben«, sagte Jakob Steiner. »Das, was wir im Augenblick am dringendsten brauchen, ist Zement. Den gibt es überall nur auf Scheine. Aber bei Lobgesang bekommen wir ihn auch ohne. Und außerdem umsonst.«

»Ja«, sagte Herr Mamoulian, »es ist ein großes Glück.«

Aber in diesem besonderen Fall war es gar keines. Es stellte sich nämlich heraus, daß Tobias Lobgesang im letzten Monat viel zuviel Zement ohne Bezugsscheine an verschiedene Freunde abgegeben hatte und so in Lieferschwierigkeiten bei Stellen gekommen war, die ihm offizielle Aufträge erteilten. Er hatte alle Hände voll zu tun, seine mehr als verwickelte Buchführung halbwegs wieder in Ordnung zu bringen, und sah sich völlig außerstande, seinen neuen Freunden zu helfen.

»Es ist nicht schlechter Wille«, sagte er, »das müßt ihr mir glauben! Aber ich kann im Augenblick einfach nicht! In ein oder zwei Monaten – ja, dann natürlich! Aber jetzt geht es wirklich nicht ...«

Ein oder zwei Monate!

Und so lange sollten sie warten? Das war ausgeschlos-

sen. Inzwischen stürzten die letzten Mauern ein, das freiliegende Holz verwitterte, und ihre Arbeit war umsonst ... nein, sie konnten nicht warten!
Herr Mamoulian ging noch einmal den schweren Weg zu den Behörden, er sprach mit höheren und mit hohen Beamten – es war umsonst. Schließlich resignierte er und verbrachte den größten Teil des Tages damit, über sein Buch nachzudenken. Er saß in der Sonne, betrachtete abwesend seine nun saubere und ordentliche Ruine, die hellroten Ziegelhaufen vor ihr und hielt eine erloschene Pfeife zwischen den Zähnen. Frau Magdalena arbeitete wie verrückt auf den Baustellen Herrn Lobgesangs und beschäftigte sich, wenn sie heimkehrte mit Strümpfestopfen. Kochen, Waschen und anderen hausfraulichen Tätigkeiten. Sie sprach wenig. Nie sprach sie von dem plötzlich zu Ende gekommenen Bauvorhaben, aber es konnte kein Zweifel darüber bestehen, daß sie immer daran dachte und es nicht vergessen hatte. Sie war eine starke und eigenwillige Natur. Sie fraß ihren Kummer in sich hinein und schwieg.
Auch Jakob Steiner schwieg. Er aber lief dabei umher wie ein gereiztes Raubtier, er knurrte bisweilen und fluchte leise. Mit wütendem Eifer betrieb er seine Geschäfte bei der Stadtbahnstation Nußdorfer Straße, in der vagen Hoffnung, wenigstens einen Teil des benötigten Zements illegal zu erwerben. Er wurde enttäuscht. Der Kaufpreis war nicht zu bezahlen.
So verging eine ganze Woche und dann noch eine halbe. Das Verhängnis war auf dem Marsch, noch ahnte es niemand, aber Jakob Steiner selbst, hineingedrängt in eine Lage, die nach einer gewaltsamen Lösung schrie, sollte sein Wegbereiter sein.
Er dachte nach, er grübelte. Aus jeder Situation, auch aus der schlimmsten, gab es einen Ausweg. Es mußte auch einen aus der seinen geben. Es gab einen. Am Ende der zweiten Woche hatte er ihn gefunden.
Und nun stand das Verhängnis schon riesengroß wie ein

maßlos aufgerichteter Schatten hinter ihm und hob sich in den hohen Himmel hinein wie ein böser Geist und war bereit zuzuschlagen.

DAS ACHTE KAPITEL

in welchem die Herren Mamoulian und Steiner blindlings in ihr Verhängnis rennen.

»Ich gehe also die Hartäckerstraße entlang«, sagte Jakob Steiner im Verlauf eines Gesprächs an jenem Samstag, der die zweite Woche des Müßigganges beschloß; »so, wie ich immer am Abend die Hartäckerstraße entlang gehe, weil ich so gerne die Weinberge auf den Südhängen mit den Bergen dahinter sehe, wenn es dämmerig wird, ich gehe also die Hartäckerstraße entlang –«

»Das haben Sie schon einmal gesagt«, erklärte Herr Mamoulian. Das Gespräch fand in der Kellerwohnung statt, auch Frau Magdalena war anwesend. Herr Mamoulian lümmelte, die Füße über der Sessellehne, an seinem Schreibtisch und hatte einen Bleistift hinter dem Ohr stecken. Vor ihm lagen zahlreiche Bücher und Papiere. Steiner hatte ihn bei der Arbeit gestört, und Herr Mamoulian war verärgert.

»Ich gehe also die Hartäckerstraße entlang«, versuchte Steiner es zum drittenmal, wobei er im Vorgefühl eines kommenden Triumphes mit den Füßen scharrte, »und dort, wo der schmale Steg über die Trasse der Verbindungsbahn führt, wissen Sie, dort, wo der große Tunnel mündet, der unter dem Türkenschanzpark läuft – kennen Sie die Stelle auch, Herr Mamoulian?«

»Ja, zum Kuckuck«, sagte dieser, »es ist eine ganz besonders rußige und schmutzige Stelle. Gefällt sie Ihnen ebenso gut wie die Weinberge und Hügelketten?«

»Sie stimmt mich traurig«, sagte Steiner, an dem Ironie verschwendet war, »und deshalb gehe ich immer dorthin, weil es eine so angenehme und stille Traurigkeit ist, die mir der finstere Tunneleingang und die grasverwachsenen Nebengleise vermitteln. Aber heute kam ich nicht dazu, traurig zu sein, denn heute erlebte ich eine große Überraschung.« Steiner unterbrach sich und wartete eine Weile. Dann sagte er: »Ihr habt doch bestimmt schon den Eisenbahnwaggon gesehen, der vor dem Tunnel auf dem toten Gleis steht?«

»Freilich«, sagte Frau Magdalena, »der hat schon dort gestanden, als ich ausgezogen bin. Ich habe damals daran gedacht, in ihm zu wohnen.«

»Das wäre nicht möglich gewesen.«

»Warum nicht?«

»Weil es ein voller Waggon ist«, sagte Jakob Steiner. »Wenigstens teilweise.«

»Voll?« rief Frau Magdalena, auf das höchste überrascht. »Was ist in ihm? Sprechen Sie, Jakob!«

Und sogar Herr Mamoulian wälzte sich in seinem tiefen Sessel zur Seite und sagte gereizt: »Na, also los, reden Sie schon!«

»Warten Sie ein wenig!« Steiner sah nicht ein, warum er sich um seine melodramatische Exposition bringen lassen sollte.

»Ich stehe also auf der Brücke und schaue hinunter, und da sehe ich, wie aus der angelehnten Schiebetür des Waggons –«

»Jakob«, sagte Herr Mamoulian mit gefährlicher Ruhe, »wenn Sie jetzt noch lang und breit erzählen, was Sie empfunden haben, ehe Sie zu dem dreimal verfluchten Waggon hinunterkletterten, um selber nachzuschauen, was drinnen ist, dann will ich Ihnen den Kopf abbeißen!«

»Aber Sie müssen mir doch gestatten –«

»Gar nichts gestatten wir«, sagte Frau Magdalena und erhob sich drohend. »Was war in dem Waggon?«

»Auf den ersten Blick –« begann Steiner.

»Was war in dem Waggon?« fragte Herr Mamoulian, sich ebenfalls erhebend, in einer Weise, die jedes Wort des Satzes gleichmäßig stark betonte. Sie traten nahe auf

Steiner zu, der sie unglücklich ansah und dann beide Hände aufwarf.
»Säcke! Etwa ein Dutzend Säcke!«
»Idiot«, sagten Frau Magdalena und Herr Mamoulian gleichzeitig. »Was war *in* den Säcken?« fragten sie weiter, immer noch zusammen, und brachen dann, gleichfalls zusammen, ab, weil jeder meinte, ebensogut den anderen weiterreden lassen zu können.
»Ha«, sagte Jakob Steiner. »Das interessiert euch wohl!«
Mamoulian hob eine Hand, um ihn zu ohrfeigen, überlegte es sich anders, griff nach seinem Hut und ging zur Tür.
»Ich werde mich doch nicht mit Ihnen herumärgern!«
»Was wollen Sie tun?«
»Ich kann mir den Waggon auch selbst ansehen.«
»Bleiben Sie hier!« Steiner lief ihm nach. »Ich habe ihn zuerst gesehen. Lassen Sie mich wenigstens erzählen ...«
»Zum letztenmal«, sagte Herr Mamoulian, »was ist in den Säcken?«
Jakob Steiner schluckte schwer, fuhr sich mit dem Handrücken über den Mund und sagte dann flüsternd: »*Zement!*«
Diesem Wort folgte eine feierliche Stille. Schließlich fragte Frau Magdalena: »Bestimmt?«
»Bestimmt!« Steiner lachte hysterisch. »Ich habe die Säcke mit meinen eigenen Augen gesehen! Ich habe gelesen, was auf ihnen steht ...«
»Was steht auf ihnen?«
»Portlandzement«, erwiderte Jakob Steiner. »I-A-Portlandzement, hundert Kilogramm pro Sack, ich kenne ja die Säcke schon. Meiner Seel', ich werde euch doch keine Lügen erzählen, ich sage euch: da unten bei dem Tunnel liegen zwölf Säcke feinster Portlandzement in einem unverschlossenen Waggon, der schon seit Wochen auf einem toten Gleis steht ...«
Wieder versanken die drei Anwesenden in tiefes Nach-

denken. Dann fragte Herr Mamoulian: »Regen alle diese Umstände Sie zu irgendwelchen Kombinationen an, Frau Magdalena?«
»Na, klar«, sagte Frau Magdalena.
»Und Sie, Jakob?«
»Kombinationen!« sagte dieser. »Wenn ich einen Wagen gehabt hätte –«
»In diesem Fall, meine Lieben«, sagte Herr Mamoulian, nahm die Beine von der Sessellehne und seufzte, »werden wir heute nacht dem Tunnel, der Sie immer so traurig macht, Jakob, einen Besuch abstatten und die zwölf Säcke stehlen ...«
»Sicherstellen«, sagte Jakob Steiner.
»Sicherstellen«, sagte Herr Mamoulian. »Und nun lassen Sie mich eine Stunde arbeiten. Es ist noch zu zeitig.«
So kam es, daß in dieser Nacht zu unbeschreiblich später Stunde – etwa ein Viertel nach eins – Herr Mamoulian und Jakob Steiner damit beschäftigt waren, Frau Magdalenas Leiterwagen über die steile Böschung der Bahntrasse auf den Damm vor dem Tunneleingang zu schieben. Herr Mamoulian führte und Jakob Steiner bremste. Es war ganz finster und sehr still. Nur ein paar Glühwürmchen flogen durch die Schrebergärten der Umgebung. Aus dem Tunnel stiegen feine weiße Nebel. Herrn Mamoulian stand der Schweiß in großen Tropfen auf der Stirn, als er mit den Vorderrädern des Wagens in dem Wassergraben neben dem Damm landete.
»Heben Sie ihn hoch«, sagte Steiner. »Über die Telegrafendrähte. Und fallen Sie nicht!«
Herr Mamoulian kratzte seinen Kopf.
»Bevor ich den verdammten Wagen hochhebe«, sagte er und kletterte vorsichtig über die straffgespannten Drähte, »sollten wir daran denken, daß wir ja auch wieder zurück müssen. Mit zwölf Säcken Zement wird sich der Wagen schwer heben lassen.«
»Wir werden ihn überhaupt nicht heben, sondern den

Bahndamm entlang fahren, bis wir zur Straße kommen, wo der Damm niedriger wird, und dort müssen wir die Säcke ohnedies einzeln hinaufschleppen.«
»Großer Gott«, sagte Herr Mamoulian schwach. »Alle zwölf?«
»Na, klar«, sagte Steiner.
»Sind Sie sich eigentlich darüber klar, daß wir im Begriff stehen, ein Verbrechen zu begehen?«
»Ja«, sagte Steiner. »Und?«
»Es wäre sehr unangenehm, wenn uns die Polizei erwischte.«
»Mamoulian«, sagte Steiner und ging entschlossen auf den Güterwagen zu, »Sie sind nur zu faul, um die Säcke zu tragen, deshalb halten Sie solche Reden. Schämen Sie sich!«
»Gut«, sagte Herr Mamoulian, der ihm folgte, unglücklich, »aber Sie werden sehen, daß so ein Hundert-Kilo-Sack auch Ihnen nur wenig Spaß bereiten wird.« Er stolperte über eine Eisenschwelle, sagte etwas Undruckbares und schlug wild mit den Armen um sich.
»Leise«, mahnte Steiner, während er in den Waggon kletterte. Er riß ein Streichholz an und sah sich triumphierend um.
»Da! Was habe ich Ihnen gesagt?«
»Was haben Sie mir gesagt?« fragte Herr Mamoulian harmlos.
»Ich habe gesagt, daß wir hier ein Dutzend Zementsäcke finden werden. Erinnern Sie sich nicht?«
»O ja, doch.« Herr Mamoulian kletterte ohne Enthusiasmus gleichfalls in den Waggon und betrachtete beim Licht des zweiten Streichholzes dessen Inhalt.
»Was sehen Sie?«
»Säcke«, sagte Herr Mamoulian. »Große Säcke. Leider.«
»Denken Sie an unser Haus«, sagte Steiner. »Sie müssen stark sein.«
»Mir ist kalt«, sagte Herr Mamoulian feige, »und außerdem denke ich an die Polizei. Aber es ist immerhin ein

erhebender Anblick, was man auch von unserem Verbrechen halten mag.«

»Sogar gewisse Heilige«, sagte Steiner, während er den ersten Sack über den schmutzigen Bretterboden zum Ausgang schleifte, »wie beispielsweise der Schutzpatron der Schuhmacher, haben das Verbrechen des Diebstahls auf sich genommen, um anderen zu helfen. Klettern Sie hinunter, damit ich Ihnen den Sack auf den Buckel legen kann.«

»Ich bin ein alter Mann«, sagte Herr Mamoulian lamentierend, während er tat, was ihm geschafft war, »und mein Rücken ist nicht kräftig genug für einen so schweren Sack. Ich bin es nicht gewohnt, schwere Säcke zu tragen. Uff«, sagte er, als Steiner ihm den Sack auf die Schultern legte. »Ich hoffe, daß die Polizei kommt, ehe wir zu viele von diesen elenden Säcken fortgeschleppt und etwa schon eine Sehne gezerrt haben ...«

Er neigte sich vor und schwankte über die Geleise zu dem Handwagen. Jakob Steiner sah ihm nach, bis ihn die Dunkelheit verschluckte. Dann vernahm er einen lauten Plumps.

»War das der Sack?«

»Wie man es nimmt«, erwiderte Herr Mamoulian aus der Finsternis.

»Was heißt: wie man es nimmt?«

»Eigentlich bin ich das gewesen«, sagte Herrn Mamoulians Stimme. »Ich bin gestolpert und habe mich gesetzt, und mein Rücken tut mir weh. Ich habe mich sehr unglücklich gesetzt. Auf die Schienen. Anderseits hätte ich mich natürlich nie gesetzt, wenn der elende Sack mich nicht zu Boden gedrückt hätte ... Sie sehen also, es hängt ganz davon ab, wie man es nimmt. Es wird gut sein, wenn Sie kommen und mir helfen.«

Jakob Steiner sprang aus dem Waggon. Gemeinsam hoben sie den Sack auf Frau Magdalenas Wagen.

»Es wird noch besser sein«, meinte Herr Mamoulian schlau, »wenn *Sie* die andern elf Säcke tragen, und *ich* sie

Ihnen auf den Rücken lege. Denn Sie sind jünger. Und haben den breiteren Rücken. Es sieht schlecht aus, einen alten Mann arbeiten zu lassen, Jakob!«

»Um Gottes willen«, sagte dieser nervös, »halten Sie schon endlich den Mund und kommen Sie mit!«

Der Plachenwagen ließ sich nur schwer in Bewegung bringen, als sie ihn vollgeladen hatten, aber schließlich rollte er, von den beiden Männern gezogen, doch ächzend den Bahndamm entlang, der Brücke zu.

»Welch ein Leben«, sagte Herr Mamoulian, der ganz weiß bestaubt war.

»Gefällt es Ihnen nicht?«

»Doch.«

Jakob Steiner grunzte. »Das ist gut. Denn jetzt müssen wir die Säcke auf die Straße hinaufbringen.«

Das war leichter gesagt als getan. Sie versuchten, die Lasten gemeinsam zu tragen, aber die Böschung war zu steil, sie verloren das Gleichgewicht und wären in halber Höhe des Dammes mit ihrem Sack fast wieder zu Tal gerollt. Schließlich hielten sie keuchend an.

»So geht es nicht«, sagte Steiner.

Herr Mamoulian sagte gar nichts, sondern sah nur wehmütig zu dem verhängten Himmel auf und dachte an die Polizei.

»Wir müssen einen Strick nehmen und die Säcke hochziehen!«

Steiner rutschte auf den Bahndamm hinunter und holte Frau Magdalenas Wäscheleine, deren eines Ende er um den Hals des Zementsackes band.

»Und an diesem Strick wollten Sie sich aufhängen!« sagte Herr Mamoulian vorwurfsvoll. »Stellen Sie sich das vor: wie hätten wir dann die Säcke transportieren sollen?«

»Es scheint Ihnen zu entgehen, daß ich wahrscheinlich überhaupt keine Säcke transportiert hätte, wenn ich mich aufgehängt hätte, Herr Mamoulian!«

»Ja«, sagte dieser verblüfft, »das stimmt auch! Sie sind

ein kluger Mensch, Jakob!«
»Nehmen Sie den Strick und ziehen Sie mit mir«, sagte dieser. Sie zogen. Der Sack rutschte langsam nach oben.
»Hooo-ruck!« sagte Jakob Steiner.
»Hooo-ruck!« sagte Herr Mamoulian. Sie zogen aus Leibeskräften.
»Hooo-ruck!« sagten sie gleichzeitig. Der Sack kam über den Böschungsrand geglitten und legte sich schwer auf die Straße.
»So«, sagte Steiner, »und das müssen wir nur noch elfmal machen, dann sind wir fertig.« Er kletterte wieder hinunter. Nach einer Weile kam er mit dem freien Leinenende zurück und begann von neuem zu ziehen.
»Hooo-ruck«, sagte er.
»Hooo-ruck!« sagte Herr Mamoulian.
Es war halb drei Uhr morgens, als ein schwerbeladenes Gefährt, gezogen von zwei erschöpften Männern, durch die stille Gregor-Mendel-Straße rollte und vor dem Haus Nummer 136 zum Stehen kam. Die beiden Männer flüsterten kurz miteinander, dann begannen sie das Gefährt abzuladen und zahlreiche Säcke in das Haus hineinzutragen, wo eine dicke alte Frau sie mit einer brennenden Petroleumlampe empfing und in den Keller hinunterführte.
»Hierher!« Frau Magdalena wies den Weg. »Wir müssen die Säcke verstecken, für den Fall, daß man nach ihnen sucht ... da«, sagte sie zu Herrn Mamoulian, der leicht keuchte, »Sie haben genug getan, jetzt lassen Sie mich arbeiten. Halten Sie die Lampe.«
Und sie schleppte mit Jakob Steiner die restlichen Säcke ins Haus. Als sie fertig waren, verstauten sie den Wagen, schlossen die Türen ab und betrachteten stolz ihre Beute, die im Licht der Petroleumlampe vor ihnen war.
»Herrschaften«, sagte Frau Magdalena, »ist das ein Haufen Zement! Wie viele Säcke habt ihr eigentlich gebracht?«
»Zwölf«, sagte Jakob Steiner.

»Ich zähle elf«, sagte Frau Magdalena.
»Unsinn, es waren zwölf.«
»Jetzt sind es nur elf.«
Es folgte eine kurze Pause, in welcher die Herren Steiner und Mamoulian, jeder für sich, bis elf zählten.
»Das ist aber komisch«, sagte Herr Mamoulian verblüfft, »ich hätte doch schwören können ...«
»Ich auch«, sagte Jakob. »Aber was kann man machen? Wir haben auch mit elf Säcken genug!«
Sie setzten sich.
»Das war eine Geschichte«, sagte Herr Mamoulian. »So etwas habe ich in meinem ganzen Leben noch nicht erlebt. Die Säcke hätten uns fast erschlagen, was, Jakob?«
»Ja«, sagte Steiner, »ich habe nicht gedacht, daß wir sie jemals den Hang hinaufbringen würden.«
»Es war ein schönes Stück Arbeit.«
»Ohne die Wäscheleine wäre nichts zu machen gewesen.«
»Sie sind aber sehr stark, Jakob!«
»Und Sie auch – für Ihr Alter!«
»Früher einmal«, sagte Herr Mamoulian geschmeichelt, »da war ich so stark, daß ich einen Schürhaken zusammenbiegen konnte wie ein Stück Draht. Damals hättet ihr mich sehen sollen! Mein Gott, ich war einer der stärksten Burschen von Eriwan. Aber dann wurde ich fett, und heute bin ich fast zu gar nichts mehr nütz. Nur gelegentlich«, sagte er, »wie heute ... aber es strengt mich sehr an. Es wäre ein Unsinn, das nicht zuzugeben.«
Keiner der beiden Männer hatte bemerkt, daß Frau Magdalena, die in die Betrachtung der Säcke versunken schien, plötzlich sehr nachdenkliche Augen bekam und den Kopf schüttelte. Einer der Säcke war ein wenig aufgerissen, und eine dünne Spur Zement rieselte aus ihm zu Boden, wo sie einen kleinen Berg bildete. Dieser Berg war es, den Frau Magdalena betrachtete. Sie betrachtete ihn lange, ohne auf die dummen Prahlereien Herrn Mamoulians zu achten. Dann erhob sie sich plötz-

lich, ging auf ihn zu, bückte sich und tat etwas sehr Sonderbares: sie steckte zwei Finger in den Haufen und leckte sie ab. Daraufhin nahm ihr Gesicht einen Ausdruck ungeheuren Staunens an. Ihre Augen weiteten sich, der Mund blieb offenstehen, und sie schüttelte verwirrt den Kopf.

In dieser Position gewahrte sie Herr Mamoulian, als er sich zufällig umsah.

»Was haben Sie denn?«

Frau Magdalena würgte. Schließlich formten ihre Lippen Worte. »Zucker!« sagte sie heiser. »Die heilige Mutter Maria stehe uns bei: in den Säcken ist Zucker!«

»Unsinn«, sagte Herr Mamoulian jovial, »in den Säcken ist Zement, Frau Magdalena. Das wissen sie so gut wie ich.«

»Staubzucker«, sagte Frau Magdalena fassungslos. »Staubzucker ist in ihnen. Wenigstens in dem einen hier!« Und sie wies mit einem dicken kurzen Finger auf den aufgerissenen Sack.

»Frau Magdalena«, sagte Herr Mamoulian mit nachsichtiger Freundlichkeit, »wie können Sie nur etwas so Dummes behaupten? Wo doch ausdrücklich auf jedem einzelnen Sack Portlandzement steht! Wirklich, Frau Magdalena, ich verstehe nicht, wie Sie auf eine so absurde Idee kommen ...« Herr Mamoulian bemerkte Jakob Steiner, der wortlos gleichfalls von dem verschütteten Häufchen gekostet hatte. »Was sagen Sie dazu, Jakob? Ist das nicht lächerlich? In dem Sack soll Staubzucker sein!«

»In dem Sack *ist* Staubzucker«, sagte Jakob Steiner. Herr Mamoulian lachte herzlich.

»Ja«, rief er. »Sie sagen es auch, Sie finden es auch komisch, nicht wahr? In dem Sack – *was* haben Sie gesagt?«

»In dem Sack ist Staubzucker.«

Herr Mamoulian stieß einen heiseren Schrei aus, stürzte sich auf das verschüttete Häufchen und kostete.

»Allmächtiger Himmel«, sagte er sodann erschüttert und setzte sich auf den Fußboden.
»Ich habe es ja gesagt«, meinte Steiner mit stierem Blick.
»Ich habe es zuerst gesagt«, rief Frau Magdalena, holte einen Suppenlöffel und begann die beiden Männer mit Zucker zu füttern.
»Lassen Sie den Unsinn!« Herr Mamoulian war nervös. »Ich muß wissen, was in den anderen Säcken ist.« Er nahm ein Messer und begann einen Sack nach dem anderen anzubohren und den Inhalt zu kosten. Nachdem er den letzten geprüft hatte, schloß er die Augen und hielt sich an einem Zentralheizungsrohr fest.
»Es ist in allen Säcken Zucker«, sagte er mit schwacher Stimme.
»Und wie schwer ist ein Sack?«
»Hundert Kilo!«
»Dann haben wir eintausendeinhundert Kilo Staubzukker gestohlen«, sagte Jakob Steiner sachlich. »Das ist eine beachtliche Leistung.«
»Aber was sollen wir jetzt um Gottes willen tun?« fragte Herr Mamoulian verzweifelt.
»Wenn wir noch ein wenig Margarine hätten«, sagte Frau Magdalena, »könnten wir Streuselkuchen backen!«
Herr Mamoulian erhob sich abrupt.
Er hatte plötzlich ein überwältigendes Bedürfnis nach ein wenig frischer Luft. Er ging vorsichtig um die Zuckersäcke mit den irreführenden Aufschriften herum.
»Was haben Sie denn?«
»Nichts«, sagte Herr Mamoulian, »mir ist nur schlecht.«
Draußen im Garten jagten zwei magere Katzen durch die Dunkelheit. Herr Mamoulian seufzte, verschränkte die Hände am Rücken und wanderte langsam und gedankenschwer zur Straße.
So mußte es kommen, dachte er. So etwas mußte uns passieren. Irgendwelche schurkischen Schleichhändler haben den Zucker in dem Tunnel versteckt. Vielleicht wurden sie danach eingesperrt. Oder dringende

Geschäfte riefen sie in ein anderes Land. Oder irgend etwas anderes ereignete sich, das den Abtransport des Zuckers verzögerte …

Herr Mamoulian blieb vor seinem schiefen Zaun stehen, schneuzte sich erbittert und dachte: Die Zementsäcke verwendete man als Tarnung. Damit niemand auf den Gedanken käme, es wäre nicht Zement, sondern Zucker in den Säcken. Weil es heutzutage doch sehr wenig Zucker in Europa gibt und man ihn zu hohen Preisen kaufen muß. Es ist tatsächlich niemand auf den Gedanken gekommen, in den Säcken wäre Zucker. Nicht einmal ich selbst. Leider Gottes …

Herr Mamoulian kniff abwechselnd die Augen zusammen. Tief in seine Gedanken eingesponnen, wie er war, hatte er auf der Straße etwas Weißes erblickt, das in der Dunkelheit leuchtete. Er sah genauer hin. Dann fühlte er plötzlich, wie sein Herz zu klopfen begann. Er riß das Gartentor auf und rannte hinaus. Nach einem Dutzend Schritten blieb er wieder stehen und murmelte halblaut eine Reihe von Worten, die in ihrer Gesamtheit einen sehr farbigen und komplizierten armenischen Fluch ergaben. In der Mitte der Fahrbahn lief eine weiße Spur. Sie begann an seinem Gartentor und bewegte sich in leichter Wellenlinie in die Dunkelheit hinein. Sie war etwa zehn Zentimeter breit. Herr Mamoulian kniete nieder, tastete über die Pflastersteine und fand, daß sie von einer feinkörnigen Masse gebildet wurde. Mit dem Herz in der Kehle, steckte Herr Mamoulian einen kurzen dicken Finger, an dem einige Körnchen der Masse haftengeblieben waren, in den Mund. Dann setzte er sich schwer auf die Fahrbahn und streckte seine kurzen dikken Beine von sich.

»Barmherziger Gott«, sagte er leise.

Mit Hilfe von Frau Magdalena und Jakob Steiner, die er, als er sich gefaßt hatte, eilig herbeiholte, versuchte Herr Mamoulian sodann, die süße weiße Spur zu verwischen.

Die drei bedienten sich dabei eines Handbesens, einer Kehrichtschaufel und ihrer Hände. Es galt, hundert Kilogramm Staubzucker auf einer Strecke von etwa einem Kilometer zu beseitigen – jene hundert Kilogramm, die sich in dem fehlenden zwölften Sack befunden hatten, dessen leere, zerdrückte Hülle sie schließlich gleichfalls wiederfanden.
Das Pflaster der Straße bestand an dieser Stelle aus vielen unebenen und durch tiefe Einschnitte voneinander getrennten Steinen. Der Zucker, der in sie fiel, war beinahe überhaupt nicht mehr aus ihnen zu entfernen. Herr Mamoulian, Frau Magdalena und Jakob Steiner arbeiteten und putzten, daß ihnen der Schweiß von der Stirne lief. Sie kamen äußerst langsam vorwärts. Der Himmel lichtete sich schon ein wenig im Osten, als Herr Mamoulian zum erstenmal der Gedanke kam, sie würden, was sie vorhatten, bis Tagesanbruch nicht schaffen. Er behielt diesen Gedanken klugerweise bei sich. Aber er betete: »Herr, laß wenigstens niemand kommen, der uns sieht!«
Sein Gebet wurde nicht erhört.
Jakob Steiner sah den Polizisten, der langsam und versunken die Straße heraufkam, zuerst. Er packte Herrn Mamoulian am Arm und zeigte stumm mit dem Finger. Auch Frau Magdalena sah auf. Dann blickten sie sich wortlos an. Und dann drehten sie sich um und rannten, so schnell sie konnten, zu ihrer Ruine zurück. Hinter einem Mauervorsprung blieben sie stehen und sahen schwer atmend auf die stille Straße hinaus. Die hallenden Schritte des Polizisten kamen näher. Jetzt erschien er zwischen den Bäumen. Jetzt blieb er stehen. Er hatte den Zucker bemerkt. Herr Mamoulian stieß Jakob vor Aufregung eine Faust in den Rücken.
»Na!« sagte Steiner.
»Pst!« sagte Herr Mamoulian.
Der Polizist war inzwischen niedergekniet und hatte etwas Zucker gekostet. Sein Gesicht, im Licht einer

Laterne deutlich sichtbar, trug einen sehr verwirrten Ausdruck. Er nestelte an seiner Uniform und entnahm ihr, zum Entsetzen Herrn Mamoulians, ein Notizbuch und einen Bleistift. Sodann geschah, was geschehen mußte. Der Polizist ging sinnend die Spur, die er, obwohl sie ein wenig verwischt worden war, noch deutlich erkennen konnte, zu ihrem Ende. Sie endete vor dem Haus Nummer 136. Sie endete dort nicht einmal. Sie führte, soweit der Zucker, der nicht gleich zu Boden, sondern zunächst noch auf die anderen Säcke gefallen war, gereicht hatte, sogar in den Garten hinein. Sie endete etwa fünf Meter vor Herrn Mamoulians Füßen. Der Polizist nahm eine Taschenlampe hervor, leuchtete das Portal ab, fand die Nummerntafel und notierte die Adresse.
Dabei pfiff er den Donauwellenwalzer. Er pfiff ihn sehr falsch. Und dann ging er – Herr Mamoulian wagte sich hinter seiner Ecke hervor und schlich ihm bis zum Zaun nach – in die Dunkelheit hinein davon, wahrscheinlich, um zu ergründen, wo sich das andere Ende der weißen Spur befand.
Herr Mamoulian seufzte schwer.
Dann ging er zu Jakob und Frau Magdalena zurück.
»Sie können wieder schlafen gehen«, sagte er zu der alten Frau.
»Jetzt sitzen wir drin«, sagte Jakob Steiner.
»Wo drin?« fragte Frau Magdalena, aber sie schien keine Antwort auf ihre Frage zu erwarten. Sie erhielt auch keine. Die drei Menschen sahen sich stumm an.
Dann erkundigte sich Herr Mamoulian: »Wie lange geht so ein Polizist auf Streife?«
»Zwei Stunden, glaube ich.«
»Und wenn er zurückkommt – schreibt er dann gleich seinen Bericht?«
»Mhm.«
»So.«
Herr Mamoulian dachte nach.

»Sie wissen doch«, sagte er dann, an Steiner gewandt, »daß es für uns jetzt nur noch eine Möglichkeit gibt, nicht wahr?«
Steiner nickte.
»Welche?« fragte Frau Magdalena und kratzte ihre Nase.
»Wir müssen zur Polizei gehen und uns selbst anzeigen.«
»Warum?«
»Weil die Polizei sonst zu uns kommt.«
»Das tut sie doch auf jeden Fall.«
»Aber«, sagte Herr Mamoulian gramvoll, »wenn wir selbst gehen, dann könnte das mildernde Umstände zur Folge haben.«
»Sehr richtig«, sagte Steiner.
»Mit welcher Begründung?«
»Was heißt, mit welcher Begründung?«
Frau Magdalena, an die Mauer des Hauses gelehnt, rang die Hände. »Ich meine ... werdet ihr der Polizei die Wahrheit sagen?«
»Natürlich«, sagte Herr Mamoulian.
»Natürlich«, sagte Jakob Steiner.
»Was wir sagen werden, wird etwa so klingen: Wir haben den Zucker gestohlen, jawohl! Weil wir dachten, er wäre Zement. Und weil wir den Zement für unser Haus gebraucht hätten. Aber nun stehen wir da und können unser Haus nicht weiterbauen, nur weil ein paar gewissenlose Schufte ihr Geld aus dem Elend unserer Welt zu schlagen suchen. Unser Diebstahl war umsonst ...« Jakob Steiner schüttelte eine Faust, als stände er schon vor seinem Richter, und rief: »Aber da wollen wir nicht ruhig zusehen! Wenn wir schon nicht weiterarbeiten können, dann soll wenigstens die Polizei von diesem beispiellosen Verbrechen an hungrigen Menschen unterrichtet werden. Und wenn wir uns selbst damit schaden!« Jakob sah sich um.
»Na«, erkundigte er sich, »klingt das nicht gut?«
»Ausgezeichnet klingt es«, sagte Herr Mamoulian.

»Ich gehe mit Ihnen!« sagte Jakob Steiner.
Und so geschah es.
Am späten Morgen gegen neun Uhr betraten die beiden das Büro der Kriminalpolizei in der Gatterburggasse und berichteten einem interessierten Beamten ihr Erlebnis, wobei sie sich selbst freimütig des Diebstahls bezichtigten.
Der Kriminalkommissar, dem sie ihre Geschichte erzählten, hieß Seidel und war ein Phlegmatiker, der nicht einen Augenblick lang die komische Seite der Affäre sehen konnte und Herrn Mamoulians Erzählung ohne Bewegung zur Kenntnis nahm.
»Sie haben also«, sagte er schließlich, »den Zucker gestohlen.«
»Wir haben Zement gestohlen!« rief Steiner.
»Herr!« sagte Seidel. »Sie erzählen mir doch, daß Zucker in den Säcken ist.«
»Ja«, sagte Steiner umständlich, »aber als wir sie gestohlen haben –«
»Herr Kommissar«, sagte Herr Mamoulian, »mein Freund meint, daß wir die Säcke in der Annahme stahlen, sie enthielten Zement. Wenn wir gewußt hätten, daß sie Zucker enthalten, hätten wir sie nie angerührt.«
»Warum nicht?«
»Weil wir keine Verwendung für Zucker haben.«
Steiner blies verblüfft die Backen auf.
»Keine Verwendung für eintausendeinhundert Kilo Zucker? Sie wollen im Ernst behaupten, daß Sie nicht wußten, was Sie mit eintausendeinhundert Kilo Zucker anfangen könnten?«
»Nein«, sagte Herr Mamoulian. »Wüßten Sie es?«
»Herr!« sagte Seidel wieder. »Verkaufen könnte man sie.«
»Großer Gott!« Herr Mamoulian kratzte sich erstaunt an seiner Lieblingsstelle. »Jakob, ich glaube, wir sind entsetzliche Idioten gewesen.«
»Das glaube ich auch«, sagte Seidel mitleidlos. »Warum

Sie hierher kommen, um sich selbst anzuzeigen, wird mir ewig ein Rätsel bleiben.«
»Wir sind gekommen, um die Aufmerksamkeit der Polizei auf einen skandalösen Vorfall zu lenken.«
»Halten Sie es nicht für skandalös, zwölf Säcke Zucker zu stehlen?«
»Wir haben doch nicht Zucker, sondern Zement gestohlen!«
»Sie haben Zucker gestohlen!«
»Herr Kommissar«, sagte Herr Mamoulian verträglich, »wir hatten die Absicht, Zement zu stehlen. Wir glaubten Zement zu stehlen, verstehen Sie denn nicht?«
»Sie haben gestohlen«, sagte Seidel stark und betonte das letzte Wort. »Ist das skandalös oder nicht?«
»Es ist skandalös, daß wir Zucker gestohlen haben. Aber den haben wir ja nur aus Versehen erwischt. Von Rechts wegen hätten wir Zement gestohlen ...«
»Und das«, schrie Seidel plötzlich und bekam einen roten Kopf, »wäre nicht skandalös gewesen?«
»Nein«, sagte Herr Mamoulian.
»Und warum nicht?«
»Weil wir den Zement zu unserer Arbeit brauchten. Wir haben auf allen erdenklichen Wegen versucht, den Zement legal zu erhalten. Aber es war nicht möglich. Da entschlossen wir uns, ihn zu stehlen. Denn die Säcke lagen bereits seit vielen Wochen dort, wo wir sie fanden, und waren niemandem nütz. Wir hätten sie einer neuen Verwendung zugeführt, wir hätten unser Haus mit ihnen weitergebaut«, sagte Herr Mamoulian und schneuzte sich beim Gedanken an dieses gerührt in ein großes Taschentuch. »Wir hätten den Zement nutzbringend verwendet. Wir hätten uns nicht an ihm bereichert.«
»Herr Mamoulian«, sagte Seidel, »der Krieg scheint Ihre elementarsten Empfindungen verwirrt zu haben.«
»Beispielsweise welche?«
»Beispielsweise das Empfinden für fremdes Eigentum«,

sagte der Kommissar. »Der Zement, selbst wenn er Zement gewesen wäre, gehörte doch nicht Ihnen! Und Sie hätten ihn einfach genommen!«
»Gut«, sagte Herr Mamoulian, »ich will gar nicht behaupten, daß wir dem Gesetz nach richtig gehandelt haben, aber ich möchte doch behaupten, daß wir instinktiv richtig handelten, daß wir nicht das geschriebene bürgerliche, wohl aber das ungeschriebene moralische Recht hatten, den Zement zu stehlen. Es war, wie Sie glauben, ein Vergehen. Nun gut! Aber ist es nicht ein viel größeres Vergehen, auf das wir Sie aufmerksam machten! Ist es nicht ein viel größeres Vergehen, in einer Zeit des Mangels und des Hungers eintausendzweihundert Kilo Zucker in einem Waggon liegen zu lassen, um sie zu irgendeinem Zeitpunkt auf – das wissen Sie genauso gut wie ich, Herr Kommissar – bei Gott nicht gesetzliche Weise zu verschachern?«
»Herr Mamoulian, Sie verkennen die Situation!«
»Ich verkenne sie gar nicht! Wenn es in dieser Stadt und in dieser Welt mit normalen Dingen zuginge, dann hätten wir jetzt unseren Zement, und Sie hätten keine Ahnung davon, daß wir ihn hätten. Das ist es, was mich empört: daß man sich auf nichts mehr verlassen kann! Daß alles nur Lug und Trug ist, daß ein Wort nichts mehr gilt und auch ein Versprechen nichts mehr, und daß auf einem Sack Portlandzement stehen kann, wenn Zucker darin ist. Das empört mich! Deshalb bin ich zu Ihnen gekommen. Um Sie auf einen Umstand hinzuweisen, der meiner Ansicht nach Beachtung verdient. Wir wollen nichts von Ihnen. Die elf Säcke Zucker haben Sie mittlerweile abholen lassen. Wir sind arme Teufel. Der Wiederaufbau unseres Hauses ist heute schon wieder ebenso unmöglich geworden, wie er es gestern noch war. Für uns hat sich nichts geändert. Aber ich möchte wenigstens, wenn schon für uns selber alles beim alten bleibt, daß Gerechtigkeit geschieht! Daß Gerechtigkeit geschieht, Herr Kommissar, das möchte ich, und der

Jakob Steiner möchte es auch! Wir wollen, daß diese eintausendeinhundert Kilo Zucker zur Verteilung gelangen und daß jene Männer bestraft werden, die sie versteckt gehalten haben, um sich an ihnen zu bereichern, und ferner möchte ich, daß Sie unsere anständigen Motive bei diesem Diebstahl würdigen und mir zugeben, daß wir aus freien Stücken zu Ihnen gekommen sind und eigentlich nicht die geringste Veranlassung dazu gehabt haben.«

Seidel stand auf und trat vor seinen Schreibtisch.

»Nun hören Sie einmal einen Augenblick auf! Sie reden ja, als ob ich mich zu verteidigen hätte! Was heißt denn: kein Verlaß? Was heißt denn: man kann keinem mehr trauen? Kann ich denn Ihnen vertrauen?«

»Doch, Herr Kommissar, das können Sie! Ich habe Ihnen die Wahrheit gesagt, und ich bin zusammen mit meinem Freund Steiner ohne Falsch zu Ihnen gekommen, um Sie in Ihrer schweren Arbeit zu unterstützen.«

»Sie haben aber auch zwölf Säcke Zucker gestohlen!«

»Nicht Zucker, Zement«, sagte Steiner. »Wir haben gedacht –«

»Halten Sie den Mund!« schrie Seidel. »Machen Sie mich nicht wahnsinnig, Sie gräßlicher Kerl! Sie haben Zucker gestohlen! Das steht fest! Was Sie zu stehlen glaubten, ist vor dem Gesetz ganz gleichgültig, Tatsache ist, daß Sie gestohlen haben ...«

»Aber wir haben uns doch auch selbst angezeigt!«

Seidel lachte.

»Wer weiß, warum? Vielleicht haben Sie es mit der Angst zu tun bekommen. Oder vielleicht denken Sie, mich bestechen zu können –«

»Kann man Sie denn bestechen?«

»Was erlauben Sie sich?«

»Es war nur eine Frage«, sagte Herr Mamoulian leise. »Vielleicht behalten Sie die Hälfte des Zuckers und geben uns dafür ein paar Zementbezugsscheine ...«

»Sie sind wahnsinnig, Herr!« schrie Seidel. »Was glauben Sie denn? Ich werde eine Anklage wegen vorsätzlichen Diebstahls gegen Sie erheben, und Sie wagen den Versuch, mich zu bestechen –«

»Ich habe mich nur erkundigt«, sagte Herr Mamoulian unglücklich.

»Was wollen Sie eigentlich?«

»Ach«, sagte Herr Mamoulian, »ich möchte so schrecklich gerne mein Haus weiterbauen, aber ich glaube, ich befinde mich auf einem falschen Weg.«

»Auf einem *ganz* falschen Weg«, sagte Seidel und nickte dazu bei jedem Wort mit dem Kopf. »Warten Sie, ich bin gleich wieder da.« Und er ging ins Nebenzimmer, wo er sich mit einem anderen Beamten unterhielt. Als er zurückkam, machte er ein ernstes Gesicht.

»Sie bleiben also dabei, daß Sie die Säcke mit voller Absicht nahmen, in der Annahme, sie enthielten Zement?«

»Das tue ich«, sagte Herr Mamoulian. Und mit plötzlicher Hellsichtigkeit fügte er hinzu: »Der Jakob Steiner hatte von der ganzen Angelegenheit keine Ahnung! Er wußte nichts von ihr zu der Zeit, da die Tat begangen wurde, und er wußte auch nicht –«

»Aber das stimmt nicht!« rief Steiner verblüfft. »Ich habe es genau gewußt, ich war es doch überhaupt, der die verdammten Säcke –«

»Herr Kommissar«, sagt Herr Mamoulian beschwörend, »glauben Sie ihm nicht, er will mir nur helfen. Das ist sehr lieb von dir, Jakob«, sagte er, zu diesem gewandt, »aber ganz dumm. Du mußt daran denken –«

»Sie sprechen nur, wenn Sie gefragt werden«, sagte Seidel langsam, »oder ich werde Sie in ein anderes Zimmer setzen, Herr Steiner. Die ganze Angelegenheit ist viel zu mysteriös, um auf die leichte Achsel genommen zu werden. Ich glaube Ihnen beiden kein Wort. So eine Geschichte ist mir noch nicht vorgekommen, und ich weigere mich zu glauben, daß jemand so verrückt sein kann, wie Sie sich hier den Anschein geben.«

»Herr Kommissar«, sagte Herr Mamoulian, »wir haben Ihnen einfach die Wahrheit erzählt. Ich sehe jetzt, daß das ein großer Fehler war. Wir hätten Sie anlügen sollen. Dann wären wir Ihnen viel sympathischer gewesen. Die Wahrheit glaubt niemand, und gerne hört sie erst recht niemand. Wir hätten sie Ihnen nie erzählen sollen.«

»Wir hätten überhaupt nicht hierher kommen sollen«, sagte Jakob Steiner. »Was werden Sie jetzt tun?«

»Das hängt davon ab, ob Herr Mamoulian bei seiner Erklärung bleibt, er allein wäre für den Diebstahl verantwortlich ...«

»Ich bleibe«, sagte Herr Mamoulian und hob theatralisch zwei Finger. »Wenn Sie es wünschen, kann ich einen kleinen Eid darauf schwören, es macht mir nichts aus –«

»Aber«, sagte Steiner unglücklich, »warum –«

»Sei ruhig«, sagte Herr Mamoulian, »du wirst gleich sehen, warum.«

»Also, Sie bleiben dabei?«

»So helfe mir Gott«, sagte Herr Mamoulian.

»Dann setze ich Sie unter Arrest unter dem dringenden Verdacht, in eine Schleichhandelsoperation unbekannten Ausmaßes verwickelt zu sein, und gleichzeitig wegen Diebstahls von eintausendzweihundert Kilogramm Staubzucker aus einem offenen Eisenbahnwaggon.«

»Das können Sie nicht!«

»Wollen Sie mir sagen, was ich tun kann?« fragte Seidel hochmütig. »Jeder Mensch kann von der Polizei vierundzwanzig Stunden angehalten werden, auch ohne Angabe von Gründen. Nach diesen vierundzwanzig Stunden muß eine offizielle Anklage gegen ihn erhoben werden, um ihn weiter festzuhalten. Ich bin überzeugt, daß wir diese Anklage schon früher gegen Sie werden erheben können, Herr Mamoulian...«

Jakob Steiner stand drohend auf.

»Das werden Sie nicht tun, Herr Inspektor! Herr Mamoulian ist mein Freund, und ich dulde nicht, daß er eingesperrt wird.«
»Sie dulden es nicht«, sagte Seidel. »Und wer sind Sie schon, um es nicht zu dulden, ha?«
»Ich bin ein Mensch«, sagte Jakob Steiner. »Von meiner Art gibt es viele Millionen. Ich bin einer von ihnen, und ich habe mir genug Verstand bewahrt, um zu wissen, was gerecht und was ungerecht ist. Und was Sie da tun, Herr Kommissar, das ist ungerecht.«
»Jakob«, sagte Herr Mamoulian, »halt doch schon endlich den Mund, du Rindvieh! Hast du nicht begriffen, daß einer von uns auf freiem Fuß bleiben muß, wenn er dem anderen helfen soll?«
»Aber es ist eine Ungerechtigkeit!« schrie Steiner und begann von neuem zu toben. »Ich dulde sie nicht!« brüllte er und drang mit gesenktem Kopf auf den Kommissar ein, der hastig auf eine Klingel drückte. »Ich war im Krieg, ich habe ganz anderes als dies hier mitansehen und den Mund halten müssen, weil es mich sonst den Kopf gekostet hätte. Aber jetzt ist der Krieg zu Ende, und ich bin ein freier Mensch, und ich möchte den sehen, der es wagt, meinen guten Freund Mamoulian einzusperren ...«
Zwei Polizisten traten ein und packten Steiner auf einen Wink Seidels hin an den Schultern.
»Gut«, schrie dieser, »ich gehe, aber ich komme wieder, Herr Kommissar, darauf können Sie sich verlassen! Und ich komme nicht allein! Ich komme mit vielen Freunden, mit lauter Menschen, die nichts zu sagen haben und die man durch zwei Polizisten hinauswerfen lassen kann, aber ich komme doch mit ihnen wieder, und es werden viele sein, mehr, als es in diesem Haus Polizisten gibt, und sie alle werden fordern, daß Sie Herrn Mamoulian freilassen, und wenn Sie es nicht tun, dann werden sie dieses ganze Haus demolieren und aus allen Schreibtischen Kleinholz machen und alle Scheiben zerschlagen

und ...« Jakob Steiners Stimme wurde schwächer in dem Maß, in dem er weiter den Gang vor dem Zimmer entlang geschleppt wurde. Schließlich verstummte sie, und es trat wieder Ruhe ein.

»So«, sagte Seidel zu Herrn Mamoulian, »wollen Sie gutwillig mit mir kommen oder muß ich wieder klingeln?«

»Ich komme gutwillig.« Herr Mamoulian erhob sich. Als er an Seidel vorüberging, lachte er.

Sie sperrten Herrn Mamoulian in eine kleine Zelle hinter der Wachstube zur ebenen Erde. Das vergitterte Fenster sah in einen schmutzigen, halbdunklen Hof hinaus, und die Luft war verpestet von einem intensiven Latrinen- und Chlorkalziumgeruch. Herr Mamoulian saß auf einer harten hölzernen Pritsche, besah sich die schweinischen Zeichnungen an den Wänden, den kleinen Tisch, den Schemel und die Wasserkanne, die an einer langen Kette hing. Dann stand er auf, trat zum Fenster und nahm eine zerrissene und schmierige Bibel von einem schmalen Bücherbord, auf dem auch noch eine illustrierte Zeitschrift und ein Ratgeber für Kleintierzüchter lagen.

Herr Mamoulian setzte sich wieder und schlug die zerlesene Bibel auf. Sein Blick fiel auf einen Abschnitt aus dem Buch Hiob.

»Nun aber gießet sich aus meine Seele über mich«, las er, »und mich hat ergriffen die elende Zeit. Des Nachts wird mein Gebein durchbohret allenthalben, und die mich jagen, legen sich nicht schlafen. Durch die Menge der Kraft werde ich anders und anders gekleidet, und man gürtet mich damit wie mit dem Loch meines Rockes. Man hat mich in den Dreck getreten und gleich geachtet dem Staube und der Asche ...«

Herr Mamoulian ließ die Bibel sinken. Er war sehr traurig.

DAS NEUNTE KAPITEL

in welchem wir uns zunächst aus technischen Gründen kurze Zeit mit Tobias Lobgesang beschäftigen müssen, obwohl man der Meinung sein kann, andere Leute wären wichtiger; in welchem Jakob Steiner seine einbeinigen Freunde aufsucht und sie um Hilfe bittet, während gleichzeitig Frau Magdalena zu Josephine läuft, um sie von Herrn Mamoulians Mißgeschick zu benachrichtigen; worin sich eine große Menschenmenge vor dem Haus Gatterburggasse 12 ansammelt und Herrn Mamoulians Freilassung fordert; wie schließlich die Vernunft über die Gewalt siegt und alle nach Hause gehen; und in welchem Tobias Lobgesang seinen Freunden eine Überraschung bereitet.

Als er noch klein war, bekam Tobias Lobgesang jedes Jahr zu seinem Geburtstag eine prächtige Torte, in der eine Reihe von brennenden Lichtern steckte, die Aufschluß über sein Alter gab. Er lag an diesen Tagen länger als sonst im Bett, schlich heimlich ins Nebenzimmer, wo seine Geschenke auf ihn warteten, und versuchte danach, noch einmal einzuschlafen in der Hoffnung, er würde von diesen seinen neuen Geschenken zusätzlich auch noch träumen, um aus jenem seltsamen Zustand zwischen Schein und Wahrheit ein ganz besonderes Glücksgefühl zu beziehen.

Als er älter wurde, erinnerte er sich noch lange an die faszinierenden Ereignisse derartiger Tage, und als er in den Stand der heiligen Ehe getreten war, begann er sich nach ihnen zurückzusehnen. Er sehnte sich mit jedem Jahr, das er an der Seite seiner unternehmenden Gattin, der geborenen Kugler, verbrachte, mehr, und er gewöhnte es sich an, zu seinen Geburtstagen traurig zu sein. In diesem Jahr war Tobias Lobgesang 32 Jahre alt, und seine Traurigkeit kannte keine Grenzen. Er hatte die Absicht gehabt, niemanden auf seinen Geburtstag aufmerksam zu machen, und hoffte bei sich, daß es möglich sein würde, ihn stillschweigend zu übergehen. In dieser Hoffnung sah sich Tobias Lobgesang betrogen. Seine Gattin sprach schon am frühen Nachmittag des Vortages ihre Glückwünsche aus, überreichte einen elektrischen Rasierapparat, zwei Seidenkrawatten sowie einen schweren und geschmacklosen Aschenbecher und erklärte dem Verblüfften, daß die Absicht bestand, noch am selben Abend mit einigen guten Freunden die Feierlichkeiten zu eröffnen.

Tobias Lobgesang bat sie flehentlich, von Geselligkeiten jeder Art abzusehen oder ihn zumindest von ihnen auszunehmen – es half nichts. Eine intime Gesellschaft von zwölf Personen versammelte sich in den Abendstunden jenes Tages, an dem Herr Mamoulian mit Jakob Steiner zwölf Säcke Zucker stahl, in Tobias Lobgesangs hypermoderner Wohnung zu einer kleinen, zwangslosen Party, bei welcher man ebenso zwanglos daranging, sich zu betrinken.

Man weiß, wie derartige Arrangements verlaufen. Es waren sechs Damen und sechs Herren geladen, die Tobias Lobgesang kaum kannte und die ihn und seine Gattin, die geborene Kugler, sofort mit du anredeten. Die Herrschaften vergnügten sich in sämtlichen Räumen und Nebenräumen der Wohnung, und das Geburtstagskind, das sich nach Mitternacht in das Badezimmer zurückzog, um daselbst, in der Wanne, ein wenig zu schlafen, wurde von einigen ebenso humorvollen wie betrunkenen Freunden des Hauses auch in dieser aufgespürt, vermittels einer Brause besprengt und dazu gebracht, weiterhin gesellig zu bleiben. Man war zu diesem Zeitpunkt dazu übergegangen, ausschließlich Kognak zu trinken, und unterhielt sich animiert und in gewählten Worten über den wahrscheinlichen Verlauf eines dritten Weltkrieges. Die Herrschaften hielten seinen Ausbruch in naher Zukunft für eine beschlossene Sache und erörterten ernsthaft die sich aus einer solchen Katastrophe ergebenden Probleme.

Tobias Lobgesang lauschte ihren Gesprächen, die wie durch einen dichten Nebel an sein Ohr drangen, mit großer Bitterkeit, die jedoch niemandem auffiel, weil sich niemand mit Tobias Lobgesang beschäftigte. Er war, wie immer bei derartigen Anlässen, eine vollkommen nebensächliche Person, mit der man sich abfand, der man jedoch keine Beachtung schenkte.
Tobias Lobgesang betrank sich in dieser Nacht kräftig. Die kleine Gesellschaft fand auch am nächsten Morgen noch kein Ende, da Tobias Lobgesang bei weitem zu betrunken war, um zu arbeiten. Man schlief ein Stündchen, wusch sich den Schlaf aus den Augen, frühstückte und fand danach, daß es unbedingt an der Zeit wäre, ein Schlückchen auf das Wohl des Geburtstagskindes zu trinken. Tobias Lobgesang selbst wurde zusammen mit einer schelmischen und sehr blonden Dame ausgeschickt, um neuen Kognak zu holen, und er schritt, noch immer betrunken, durch die frische und klare Luft dieses Sommervormittags auf blendend weißen, sonnenbeschienenen Straßen dahin, einem Delikatessengeschäft zu, während die blonde Dame an seiner Seite unaufhörlich plauderte und Geschichten erzählte, die Tobias Lobgesang nicht zu begreifen vermochte.
»Ja«, sagte er mechanisch, während er mit schwimmenden Augen, einem hochempfindlichen Magen und schmerzenden Schläfen die Straße entlang trottete. »ja, ja, ja, ja ...«
O Gott, dachte er, laß mich sterben. Das also soll mein Geburtstag sein! Ach, wenn ich doch schlafen könnte ... aber ich werde nicht schlafen, ich werde neuen Kognak kaufen, und wir werden weitertrinken, und am Abend werden wir irgendwohin fahren, und es wird immer weitergetrunken werden bis zum nächsten Morgen ...
Und dann, als sie sich einer großen Kreuzung näherten, an welcher im Schatten von Kastanienbäumen mehrere Mietautos parkten, faßte Lobgesang einen Entschluß. Die überblonde Dame an seiner Seite war viel zu sehr

mit sich selbst beschäftigt, um ihn zu beachten, sonst hätte sie es vielleicht verhindern können, daß Tobias Lobgesang plötzlich in riesigen Sprüngen über die Fahrbahn jagte, die Tür eines Taxis aufriß, buchstäblich hineinfiel und dem alarmierten Chauffeur eine Adresse zumurmelte, worauf sich der Wagen eilig in Bewegung setzte.

»Tobias!« schrie die überblonde Dame verzweifelt und warf theatralisch die Arme auf. »Tobias!« schrie sie und lief ein paar Schritte hinter dem Taxi her. »Komm zurück!« schrie sie, unmotiviert in Tränen ausbrechend.

Aber Tobias Lobgesang kam nicht zurück. Er kauerte im Fond seines Taxis, das eilig westwärts fuhr, und schon nach kurzer Zeit sank sein Kopf auf die Brust, und er schlief ein. Als er erwachte, stand der Wagen vor der Ruine des Hauses Gregor-Mendel-Straße.

»Wir sind da, Herr Graf«, sagte der Chauffeur.

»Ich bin kein Graf«, sagte Lobgesang, und gab ihm Geld, »sondern Bauunternehmer, und einmal war ich Fleischermeister, und das war meine glücklichste Zeit.« Er schluchzte heftig und kletterte ins Freie. Dann versuchte er die Gartentür zu öffnen und fand sie zu seiner Überraschung versperrt. Das war ihm noch nie passiert!

»Mamoulian!« rief Lobgesang. »Frau Magdalena!« Es blieb alles still. Es wird, dachte Lobgesang, jetzt wieder stärker alkoholisiert, niemand zu Hause sein. Ich glaube, ich werde warten. Er stieg unsicher über eine eingestürzte Stelle des Drahtgitters, schwankte durch den zerschlagenen Vorgarten und bemerkte, daß er plötzlich sehr schläfrig geworden war. Außerdem fror ihn. Tobias Lobgesang sah sich nach einer besonnten Stelle um.

»Geburtstag«, murmelte er, während er mit hängenden Schultern und den Bewegungen eines Seemannes durch den Garten schob, »mein Geburtstag ... eine Schande ... eine große Sch-schande ...« Er legte sich neben dem verdorrten Rosenstrauch auf den Rasen,

rollte sich zusammen, versteckte den Kopf in den Händen und seufzte gramvoll. Die Sonne tat ihm wohl.
»Sch-schande«, sagte er noch einmal. Dann war er eingeschlafen.

Frau Magdalena hatte bald nach der Rückkehr Jakob Steiners aus der Gatterburggasse mit diesem zusammen das Haus verlassen. Bis zum Gürtel gingen sie gemeinsam. Sie hatten es eilig und redeten kaum. Nur ab und zu spuckte der gelernte Maurer verächtlich aus und sprach einen Fluch. Bei der Nußdorfer Straße trennten sich ihre Wege.
»Also zu Mittag in der Gatterburggasse«, sagte Frau Magdalena. »Die Brüder können sich auf etwas gefaßt machen!«
Mit diesen Worten überschritt sie den Gürtel und beeilte sich, zu Josephine Werner zu kommen.
Olbrich, den Steiner in der Stadtbahnstation traf, war schlecht aufgelegt.
»Das Wetter wird sich ändern«, sagte er nervös, »mein Stumpf tut weh. Was hast du denn?«
»Die Kiberer haben Mamoulian eingesperrt«, sagte Steiner. Olbrich nickte bloß. An diesem Tag schien es ihm ganz natürlich, daß sich alle Menschen von ihrer gemeinsten Seite zeigten.
»Und warum?«
Steiner sagte es ihm.
»Für eure Dummheit«, erklärte Olbrich, als er es gehört hatte, »hätte man euch beide einsperren sollen.«
»Aber wir wollten doch etwas für die Gerechtigkeit tun!«
Olbrich lachte.
»Für welche Gerechtigkeit? Für unsere oder für die der Polizei? Ihr Idioten! Dafür allein schon müßte man euch einsperren! Es gibt keine Gerechtigkeit, es gibt nichts Gutes –«
»Außer, man tut es«, sagte Steiner schnell. »Und wir haben es versucht –«

»Gerechtigkeit«, sagte Olbrich und rieb sich seinen schmerzenden Beinstumpf. »Stünde ich hier in dieser verfluchten, zugigen Station, wenn es eine Gerechtigkeit gäbe? Hätte ich mein Bein verloren? Wäre deine Frau gestorben, wenn es eine Gerechtigkeit gäbe? Hätte es einen Weltkrieg gegeben, und könnten die Schufte schon den nächsten vorbereiten, wenn es eine Gerechtigkeit gäbe? Ach, laß mich in Ruhe, du Narr! Ich will lieber weiter Schokolade verkaufen, als mich mit dir über die Gerechtigkeit unterhalten. Das macht mich nur wütend.«

»Willst du mir also nicht helfen?«

»Wieso denn?« Olbrich sah auf. »Was hat das denn damit zu tun? Natürlich will ich dir helfen! Aber es empört mich, daß ihr, du und dein Mamoulian, glaubt, irgend etwas an dieser verdammten Welt besser machen zu können. Anderseits«, sagte er objektiv, »bin ich vielleicht auch nur schlecht aufgelegt, weil mir mein Bein weh tut.«

»Die Frage ist: wie bekommen wir Mamoulian heraus?« sagte Steiner. »Ich habe gedacht, daß wir, wenn wir sehr zahlreich erscheinen, die Kiberer vielleicht zwingen könnten, ihn freizugeben.«

»Zwingen können wir sie nicht«, sagte Olbrich. »Wenn wir Krach schlagen, sperren sie uns alle wegen Ruhestörung ein. Sie haben es ohnedies scharf auf uns. Aber eine kleine *disziplinierte* Demonstration kann nicht schaden. Wo, sagst du, sitzt der Teppichhändler?«

»In der Gatterburggasse.«

»Gatterburggasse –« Olbrich dachte nach. »Ich kannte einen Menschen, der leitete die Abteilung der Kriminalbeamten, aber ob der jetzt in Döbling arbeitet, weiß ich nicht. Das wäre ein besonders glücklicher Zufall. Auf alle Fälle kann ich ihn bitten, in die Gatterburggasse zu kommen, wenn er nicht dort sein sollte. Ich habe ihn im Krieg kennengelernt«, sagte er, nachdem er kurz nachgedacht hatte. »Ich glaube, eine kleine Demonstration kann

nicht schaden, auch damit die Herrschaften nicht vergessen, daß wir noch da sind. Lauter Einbeinige, verstehst du, das macht schon Eindruck!«
»Aber wie verständigen wir die Leute in der Geschwindigkeit?«
»Ich werde einmal mit den beiden anderen sprechen«, sagte Olbrich, und sie gingen gemeinsam auf die andere Seite der Station, wo ihre Kollegen Pepi und Emil postiert waren.
»Das einfachste wird sein«, sagte Emil, nachdem er gehört hatte, worum es sich handelte, »wenn einer von uns mit dem Motorradfahrer mitfährt, der die Mittagszeitungen bringt. Der muß gleich hier sein und fährt durch die ganze Stadt.«
»Kennst du ihn?«
»Er ist ein Freund von mir.«
»Na, dann sag ihm doch einfach, wen er verständigen soll.«
»Das ist eine noch bessere Idee«, sagte Emil. »Auf diese Weise sparen wir Zeit und Geld. Dann wollen wir noch ein wenig warten.«
Sie mußten nicht lange warten. Knapp darauf erschien ein kleiner Mann in Knickerbockerhosen und einer Lederjacke, der sein Motorrad vor der Station zum Stehen brachte und dem Kolporteur, der seinen Stand neben dem Eingang hatte, einen großen Packen Zeitungen zuwarf.
»Wart einen Moment, Walter«, sagte Emil, während der Mann schon wieder von neuem in den Sattel seines Rades stieg. Sie traten alle zu ihm.
»Was ist los?« fragte Walter hastig. »Ich hab's eilig. Wir sind heute wieder um fünfzehn Minuten zu spät erschienen. Der Vertriebschef kriegt noch einen Infarkt.«
»Wohin fährst du?«
»Zurück in die Stadt.«
»Gut«, sagte Emil, »da hast du ein Paket Marvels und tu uns einen Gefallen. Sag unseren Leuten am Schottentor,

beim Kärntnertor, am Stephansplatz, am Kohlmarkt und beim Resselpark, sie sollen unbedingt um ein Uhr in die Gatterburggasse 12 kommen. Wirst du dir das merken?«
»Gatterburggasse 12«, sagte Walter, »na, klar!«
»Sag ihnen, ich lasse sie darum bitten. Es ist sehr wichtig. Es sollen so viele wie möglich kommen.«
»Okeh!« sagte Walter und drehte den Handgashebel hin und her. »Was gibt's denn in der Gatterburggasse?«
»Wir haben mit der Polizei zu reden«, sagte Emil großartig.

»Ich werde mich so wunderschön machen, daß dem Polizeidirektor die Spucke wegbleibt«, sagte Josephine zur selben Zeit zu Frau Magdalena, die in ihrer Wohnung auf einem Schemel saß und ihr bei der Toilette zusah. »Ich werde so verführerisch sein, daß er sich um den kleinen Finger wickeln lassen wird«, sagte sie und befühlte vorsichtig ihre besten Seidenstrümpfe. »Ich werde ihn dazu bringen, daß er uns um Entschuldigung bittet dafür, daß seine Beamten Herrn Mamoulian eingesperrt haben, das verspreche ich Ihnen, Frau Magdalena! Es haben schon ganz andere Männer zu ganz anderen Gelegenheiten um Entschuldigung gebeten, wenn ich es darauf angelegt habe, sie verrückt zu machen. Ich bin eine sehr aufregende Frau, das kann ich ohne Prahlerei sagen. Schließlich verdiene ich mein Geld damit. Ich glaube, ich werde ein *sehr* ausgeschnittenes Kleid anziehen.«
Josephine bereitete die Überrumpelung des leitenden Beamten der Kriminalpolizei Döbling mit der Umsicht eines erfahrenen Feldherrn vor. »Wenn ich geahnt hätte, daß uns so etwas bevorsteht, wäre ich zum Friseur gegangen. Ha!« sagte sie, während sie ihren Strumpfbandgürtel schloß. »Wie ich den Kerl verrückt machen werde! Ich freue mich schon! Ich habe mir schon lange gewünscht, so einem Kerl lange Zähne zu

machen und ihm dann auf die Finger zu klopfen, wenn er frech wird! Helfen Sie mir in mein Kleid.«
Frau Magdalena kletterte auf einen Sessel und hielt ein dünnes Seidenkleid hoch, während Josephine hineinschlüpfte.
»Den armen Mamoulian einsperren«, sagte Josephine, die, mehrere Nadeln im Mund, vor dem Spiegel ihr Haar hochkämmte, »das können sie, das ist auch schon eine Heldentat! Den armen Mamoulian, der in seinem Leben nur Gutes getan und anderen Leuten geholfen hat. Aber es wird ihnen leid tun, dafür will ich sorgen. Es ist wirklich jammerschade, daß ich nicht zum Friseur gegangen bin. Ich hätte noch einmal so aufregend gewirkt.«
»Sie wirken so auch schon ganz hübsch aufregend.«
»Warten Sie, bis ich mich geschminkt habe!«
Josephine lief aufgeregt hin und her.
»Sitzen die Strümpfe richtig? Sind die Nähte gerade?«
»Ja«, sagte Frau Magdalena. Josephine seufzte echauffiert.
»Es ist nicht leicht, eine schöne Frau zu sein.«
»Das glaube ich«, sagte Frau Magdalena, »aber es muß ganz angenehm sein.«
Josephine schminkte ihre Lippen mit dem rötesten Stift, den sie finden konnte. »So«, sagte sie und betrachtete sich kritisch, »und nun die Augen.« Und sie fuhr fort, mit Hingabe und Meisterschaft ihr hübsches Gesicht zu bemalen.
Gegen halb eins verließen die beiden das Haus in der Himmelpfortgasse. Mehrere Männer sahen sich nach Josephine um, die stolz und geziert die Straße entlang marschierte und mit den Hüften wackelte.
»Hören Sie«, sagte Frau Magdalena, »ich bin nur ein dreckiges Maurerweib, und Sie genieren sich sicherlich mit mir. Gehen Sie vor, und ich komme nach.«
»Frau Magdalena«, sagte Josephine und hängte sich ostentativ in die alte Frau ein, »wenn Sie noch eine

einzige derartige Bemerkung machen, dann will ich mich auf der Stelle und vor allen Leuten splitternackt ausziehen und auf das Pflaster sitzen, und Sie können sehen, wie Sie Ihren Mamoulian aus dem Gefängnis herausbringen. Genieren … lächerlich!« Und die beiden Damen traten auf die Kärntnerstraße hinaus, wandten sich nach links und marschierten der Oper entgegen.

»Halb eins«, sagte Josephine nach einem Blick auf die große Uhr an der Kreuzung. »Wir kommen zu spät …« Sie blieb stehen und hob eine Hand. Bremsen kreischten, ein Taxi hielt und der Fahrer grüßte.

»Um Gottes willen!« Frau Magdalena sprang vor Schreck ein paarmal in die Höhe.

»Steigen Sie ein!« sagte Josephine. »Schnell, schnell!« Und sie drängte die alte Frau in den Wagen.

»Aber wer wird das bezahlen?«

»Ich«, sagte Josephine mit unterdrückter Stimme.

»Aber –«

»Ruhe!« sagte der Engel und warf den Schlag zu. »Ich habe gestern Geld bekommen.«

Frau Magdalena schnappte nach Luft.

»Wohin?« fragte der Chauffeur.

»Fahren Sie uns zum Polizeikommissariat Döbling«, sagte Josephine großartig. »In die Gatterburggasse.« Und sie lehnte sich in den Fond zurück und sah gelangweilt aus dem Fenster, wie es die großen Damen taten, die sie gelegentlich im Kino sah.

Dem Provisorischen Sicherheitswachebeamten Zeilinger kam die Geschichte von Anfang nicht geheuer vor. Aber er hatte, wie er später zu seiner Rechtfertigung mehrmals betonte, keine gesetzliche Handhabe, um einzuschreiten. Es tat dem Provisorischen Sicherheitswachebeamten Zeilinger sehr leid, keine gesetzliche Handhabe zu haben, denn er wäre gern eingeschritten. Er gehörte zu den Menschen, die gerne einschreiten.

Vor dem großen Eingangstor des Polizeikommissariates Döbling stand Tag und Nacht ein Posten Wache. Er

wurde alle zwei Stunden abgelöst. Zeilinger löste seinen Vorgänger um 12 Uhr ab.
Um 13 Uhr erschienen drei Männer und blieben vor dem Portal des Kommissariates stehen. Jeder der drei Männer verfügte nur über ein Bein. Zeilinger fand es unmöglich, mit ihnen in ein Gespräch zu kommen, und ließ es sein. Als fünf weitere Einbeinige erschienen, fand er dies merkwürdig. Um 13 Uhr 20 hatten sich etwa fünfundzwanzig Männer vor dem Haus versammelt, und Zeilinger hielt die Zeit für gekommen, einzuschreiten.
Er schob energisch sein Koppel zurecht, verkniff das verhungerte Gesicht und sagte zu dem Wartenden, der an der Mauer neben ihm gelehnt stand: »Sie können hier nicht stehen.«
»O ja, danke«, sagte dieser, »es geht schon.«
Zeilinger bekam einen roten Kopf.
»Sie haben mich nicht verstanden. Es ist verboten, den Gehsteig vor dem Kommissariat zu blockieren.«
»Wer blockiert ihn denn?«
»Sie blockieren ihn.«
»Ich stehe doch nur an der Mauer gelehnt.«
»Zusammen mit anderen blockieren Sie den Gehsteig«, sagte Zeilinger vorsichtig.
»Dann reden Sie doch mit den anderen!«
Zeilinger setzte zu einer Antwort an, als ein neuer Schub von sieben Einbeinigen angehumpelt kam.
»Freunde«, sagte der, mit dem Zeilinger gesprochen hatte, »das Warten vor dem Kommissariat ist verboten. Gehen wir auf die andere Straßenseite.«
An ihren Stöcken überquerte die ganze Gesellschaft die Straße. Niemand würdigte Zeilinger auch nur eines Blikkes. Um halb zwei hatten sich etwa fünfzig Männer in der Gatterburggasse versammelt. Sie standen in Gruppen, rauchten und sprachen miteinander und warteten sichtlich. In einer Gesellschaft von drei Neuankömmlingen bemerkte der erschrockene Zeilinger dann endlich einen Menschen, bei dem irgend etwas nicht stimmte. Er

fiel aus dem Rahmen. Er war *ungewöhnlich.* Zeilinger betrachtete ihn eingehend, dann wußte er, was ihn störte: der Mann hatte *zwei* Beine!
Auf ihn schienen die anderen gewartet zu haben, denn sie umdrängten ihn und lauschten ein paar Sätzen, die er zu ihnen sprach. Einige nickten mit dem Kopf, als er geendet hatte, und dann sahen sie plötzlich alle wie auf Befehl zu dem Portal und dem Provisorischen Sicherheitswachebeamten Zeilinger, dem das Herz, bildlich gesprochen, mit einem Plumps in die Hose fiel. Während er noch daran dachte, Hilfe herbeizurufen, setzte sich die Gruppe, geführt von dem Mann mit beiden Beinen, schwankend und humpelnd in Bewegung und kam auf ihn zu. Zeilinger war eben im Begriff, geistesgegenwärtig den zweiten Flügel des schweren Eichentores zu schließen, als er eine Hand auf seiner Schulter spürte und herumfuhr.
»Herr Inspektor«, sagte Olbrich, auf seinen Krückstock gestützt, »wir wollen Herrn Haller sprechen.«
»Ja«, erwiderte Zeilinger, platt gegen die noch immer offenstehende Tür gedrängt, »der arbeitet hier.«
»Gut«, sagte Jakob Steiner und ging mit den ersten Männern der Gruppe bereits an ihm vorüber, »da haben wir Glück gehabt.« Die Masse der Einbeinigen ergoß sich in den engen Flur.
»Aber hören Sie! Warten Sie! Sie können unmöglich alle auf einmal hinaufgehen ...« Zeilinger protestierte, faßte einzelne Männer zaghaft am Arm, ließ sie wieder los und hüpfte verzweifelt auf und nieder. »Das geht nicht! Warten Sie draußen! Sie müssen sich anstellen ...«
»Ja, Papa«, sagte ein einbeiniger Riese und strich ihm liebevoll über die Wange.
»Unverschämtheit!« schrie Zeilinger, bahnte sich einen Weg ins Freie und begann gellend auf seiner Pfeife zu blasen. Ein paar Passanten blieben neugierig stehen. Im Inneren des Hauses polterten schwere Stiefel über die Gänge. Einige Polizisten erschienen im Halbstock des

Treppenaufgangs und versperrten den Eindringenden den Weg.
»Aufhalten!« schrie Zeilinger, den man in dem allgemeinen Gedränge nicht sehen, sondern nur hören konnte. »Aufhalten! Kollegen, werft diese Männer hinaus!«
»Zeilinger!« schrie ein höherer Polizeioffizier, der gleichfalls, angelockt durch den Lärm, auf der Stiege erschienen war.
»Zu Befehl!« schrie Zeilinger.
»Was soll das bedeuten?«
»Diese Männer –« begann der unsichtbare Zeilinger mit hoher Stimme erbittert.
»Wir sind gekommen, um mit Herrn Haller zu reden«, sagte Olbrich, der dicht vor dem Offizier stand, mit ruhiger Stimme.
»Sie alle?«
»Ja.«
»Wer sind Sie?«
»Ich heiße Olbrich, dies sind meine Freunde. Wir wollen Herrn Haller sprechen. Bitte, lassen Sie uns weitergehen. Es ist unangenehm, mit Krücken auf Stiegen zu stehen.«
Dem Offizier war die Angelegenheit peinlich. Er sah in den Flur hinunter. Er sah in ruhige, ernste Gesichter.
»Sofort, Herr Olbrich«, sagte er höflich. »Sie müssen verstehen, daß wir uns nicht einfach überfallen lassen können –«
»Was heißt überfallen? Kann nicht jeder, der hier etwas zu erledigen hat, dieses Haus betreten?«
»Sie haben die Anweisungen des Polizisten Zeilinger nicht befolgt.«
»Wir haben die Anweisungen von wem? Ach so«, Olbrich nickte, »das sind Sie! Haben Sie uns überhaupt Anweisungen gegeben?«
»Ich habe Sie aufgefordert, einzeln einzutreten wie normale Menschen.«
»Wir sind aber keine normalen Menschen!« rief jemand. »Wir haben nur ein Bein, und wir wollen nicht auf der

Straße Schlange stehen! Außerdem kommen wir alle in der gleichen Angelegenheit.«
»In welcher Angelegenheit?«
»In einer persönlichen.«
»Sie wollen mich nicht informieren?«
»Nein!«
»In diesem Fall«, sagte der Offizier, um eine Spur kühler, »bedaure ich, Sie nicht alle gleichzeitig in den ersten Stock hinaufgehen lassen zu können. Was gibt es *jetzt* wieder?« Er trat verärgert vor, um den Grund einer neuerlichen Unruhe kennenzulernen, die sich schnell im Hausflur fortpflanzte. Die Versammelten traten auseinander. Durch ihre Reihen schritt, kokett nickend, eine junge, stark geschminkte Dame in Begleitung einer dikken alten Frau. Die junge Dame trug ein sehr verführerisches Kleid, war sehr verführerisch geschminkt und lächelte verführerisch. Eine plötzliche feierliche Stille trat ein. Jospehine stieg die Treppe empor.
»Gnädige Frau?« sagte der Offizier und grüßte in halber Ironie. Josephine bemerkte Jakob Steiner und lächelte ihm zu.
»Ich möchte Herrn Haller sprechen«, sagte sie hoheitsvoll. Sie hatte den Namen im Flur aufgeschnappt und sofort begriffen, daß er die Persönlichkeit war, an die man sich halten mußte.
»Herr Haller bekommt viel Besuch«, sagte der Offizier. »In welcher Angelegenheit wollen Sie ihn sehen?«
»In einer privaten und vertraulichen«, sagte Josephine, und Olbrich grinste nervös.
»Na also«, sagte er, »nun haben Sie schon ein Einsehen und lassen Sie uns hinauf!«
»Gehören Sie denn zusammen?«
»Ja«, sagte Josephine, als wäre dies ein Augenblick der Verbrüderung zwischen Vertretern extremer Klassen, »wir gehören zusammen!«
Der Offizier lachte, sah auf die Wartenden hinunter und zuckte die Achseln.

»Hören Sie«, sagte er, »ich will kein Spielverderber sein. Ich will Ihnen helfen, aber Sie müssen mir auch entgegenkommen. Unten im Hof stehen Bänke, meine Herren. Gehen Sie hinunter und warten Sie eine Weile, wenn Sie doch alle in der gleichen Absicht gekommen sind, und Sie«, sagte er zu Josephine, Olbrich und Jakob Steiner, »gehen inzwischen zu Herrn Haller.«
»Gut«, sagte Olbrich, »wartet auf uns, Freunde. Wir kommen bald wieder.«
Die versammelten Krüppel wendeten sich ohne ein weiteres Wort um und humpelten durch den zweiten Ausgang des Flurs ins Freie. Frau Magdalena folgte als letzte. Der Offizier gab den Weg frei.
»Es würde mich persönlich interessieren, was Sie mit Herrn Haller zu besprechen haben«, sagte er neugierig und legte eine Hand auf Josephines Ellbogen.
»Wir sind gekommen, um einen Gefangenen zu befreien«, erwiderte sie und sah ihn durch halbgesenkte Wimpern bedeutungsvoll an.

»Und deshalb sind wir zu dir gekommen, Haller«, sagte Olbrich zum Abschluß seiner Rede und sah den kleinen Mann, der ihm hinter einem großen Schreibtisch aufmerksam zugehört hatte, bittend an. Sie saßen alle im Büro des Leiters der Kriminalpolizei. Durch die offenen Fenster schien die Nachmittagssonne.
»Ich weiß, daß du ein anständiger und gerechter Mensch bist«, sagte Olbrich in seiner nervösen und hastigen Art, »ich kenne dich, Haller. Ich glaube nicht, daß du uns enttäuschen wirst.«
Haller hatte ein mageres Gesicht mit großen Augen und einem Mund voll goldener Zähne. Wenn er lächelte, machte er einen sehr wohlhabenden Eindruck. Er faltete die Hände unter dem Kinn, hustete und sagte: »Du mußt verstehen, daß es schwer für mich ist, einen meiner Beamten bloßzustellen, Olbrich.«
»Das ist auch nicht nötig«, sagte Jakob Steiner. »Herr

Mamoulian ist ein anständiger Mensch. Er läuft Ihnen doch nicht fort. Wenn er verspricht, sich zur Verfügung der Behörde zu halten, dann können Sie sich auf ihn verlassen. *Ich* verbürge mich für ihn. Wenn er ausreißt, können Sie mich einsperren!«

»Sie haben doch gar nichts mit der Sache zu tun.«

»Ha«, sagte Steiner, »ich habe nichts mit ihr zu tun? Herr Haller, ich habe den verfluchten Zucker mit ihm gemeinsam gestohlen!«

»Dem Beamten haben Sie gesagt –«

»Den haben wir angelogen. Einer von uns mußte doch auf freiem Fuß bleiben, um dem anderen helfen zu können.«

»Herr Mamoulian war bereit, einen Eid darauf zu schwören, daß er allein –«

»Stimmt.«

»Ja, und?«

»Es wäre ein Meineid gewesen«, sagte Steiner schamlos.

»Aha«, sagte Haller und betrachtete Josephine, die sich mit gekreuzten Beinen auf einen Stuhl in der Mitte des Zimmers gesetzt hatte.

»Laß ihn frei, wenn er verspricht, nicht auszureißen«, sagte Olbrich.

»Das ist nicht so einfach«, Haller lächelte Josephine zu und drohte mit dem Finger, als sie zurücklächelte. »Das Gesetz, an das wir uns leider halten müssen, verlangt die Erbringung einer entsprechenden Kaution.«

»Was ist eine Kaution?« fragte Josephine mit silberheller Stimme und einem meisterhaft naiven Augenaufschlag.

»Jemand muß sich bereit erklären, einen bestimmten Betrag für den Arrestanten zu erlegen, der verfällt, wenn der Arrestant flieht.«

»Und ist dieser Betrag sehr hoch, Herr Haller?« fragte Josephine und zeigte freigebig ihre hübschen Beine.

»Das kommt auf die Gelegenheit an.«

»Und bei dieser Gelegenheit?«
»Was weiß ich«, sagte Haller gutmütig. »Fünfhundert Schilling sollten genügen, denke ich.«
Auf diesen Satz folgte eine schreckliche Stille. Dann sagte Olbrich: »Mach keine dummen Witze, Haller, wer von uns soll denn fünfhundert Schilling haben?«
»Das weiß ich nicht«, sagte Haller. »Aber kann euer Mamoulian denn nicht bis morgen bei uns bleiben? *So* eine Affäre ist das doch auch nicht! Es sind schon viele anständige Menschen einmal aus Versehen eingesperrt worden.«
»Hör zu«, sagte Olbrich. »Ich kenne diesen Mamoulian nur aus Erzählungen. Er ist ein ganz eigenartiger Mensch. Deine Leute haben ihn eingesperrt. Das ist ein unwürdiges und trauriges Ereignis, wenn du bedenkst, wie wenig anständige und naive Menschen es auf der Welt noch gibt. Was wird geschehen, wenn ihr diesen Mamoulian erst morgen freilaßt? (Denn freilassen müßt ihr ihn, das ist ganz klar.) Er wird verbittert und enttäuscht sein. Er wird seine sympathischsten Eigenschaften verlieren. Wäre das nicht schade? Muß man in den Menschen absichtlich alles tottrampeln, was an guten Veranlagungen noch in ihnen lebendig ist? Antworte mir, Haller: muß man es unbedingt tottrampeln?«
»Olbrich«, sagte Haller, »du großherziger Menschenfreund, der nicht in meiner Haut steckt, was hättest du getan?«
»Ich?« Olbrich erwärmte sich für das Thema. »Ich? Mensch, Haller, ich wäre nie zu euch gekommen! Ich kenne euch doch! Ich hätte den Zucker verschoben und mit dem Geld eine Zeitlang gut gelebt und mir meinen Teil dazu gedacht!«
»Ja«, sagte Haller aufrichtig, »das hätte ich auch getan.« Er seufzte. »Es ist ein Kreuz mit Verrückten.«
Josephine hatte angestrengt nachgedacht.
»Herr Haller, ich bin ursprünglich in einer ganz andern Absicht hierhergekommen, aber jetzt –«

»In welcher Absicht, mein Kind?«
»Ich wollte Sie geil machen«, erwiderte Josephine wahrheitsgemäß.»Aber das kam, weil ich Sie mir ganz anders vorstellte. Viel häßlicher und unsympathischer und älter.«
»Hätten Sie einen älteren und unsympathischen Mann lieber geil gemacht?«
»Nur ihn.«
»Aber!«
»Glauben Sie mir«, sagte Josephine, »er hätte keinen Spaß gehabt.«
»Ach so«, sagte Haller.
»Es wäre ihm gegangen wie dem Kolumbus mit den Äpfeln.«
»Mhm«, sagte Haller höflich.
»Sie meint den Tantalus«, behauptete Steiner.
»Sie wissen schon, was ich meine«, sagte Josephine. »Also, wie gesagt, ich wollte ihn geil machen. Aber jetzt habe ich einen andern Plan. Ich werde die fünfhundert Schilling auftreiben.«
»Haben Sie soviel Geld?«
»Ich werde ein Kollektion veranstalten.«
»Eine Kollekte«, sagte Steiner.
»Unterbrich mich nicht immer, Liebling«, sagte sie gereizt. »Ist es wahr, daß man das Geld zurückbekommt, wenn das Verfahren gegen Mamoulian eingestellt wird?«
»Ja.«
»Und glauben Sie, daß es eingestellt werden wird?«
»Ich glaube schon«, sagte Haller und lächelte wieder. Josephine sprang auf, wobei es für alle Anwesenden deutlich wurde, wie einfach sie sich gegen das sommerliche Temperaturniveau zu schützen wußte, lief zu dem offenen Fenster und winkte in den sonnigen Hof hinunter.
»Freunde!« rief sie. »Wir müssen für Herrn Mamoulian eine Kaution erlegen. Nur dann wird er freigelassen. Wir

müssen fünfhundert Schilling deponieren, bis das Verfahren gegen ihn eingestellt wird. Es wird ganz bestimmt eingestellt, der Chef selber hat es gesagt. Aber wir haben keine fünfhundert Schilling. Wollt ihr alle zusammenlegen, um Herrn Mamoulian frei zu bekommen? Wir könnten eine Liste anlegen mit den Namen und den Beträgen, die jeder gibt, und nach dieser Liste könnten wir das Geld auch wieder zurückgeben. Ich selber spende fünfzig Schilling, mehr habe ich leider nicht.«

»Ich spende fünfzehn!« rief jemand.

»Ich zehn!« rief ein anderer.

Und dann riefen viele Stimmen durcheinander. Josephine hob eine Hand.

»Wartet!« rief sie. »Langsam! Der Jakob Steiner wird mit seinem Hut hinunterkommen, und jeder, der ihm etwas gibt, nennt seinen Namen, und ich schreibe ihn auf.« Sie kramte in ihrem Täschchen. »So«, sagte sie, »hier sind die fünfzig Schilling!« Sie hielt den Schein hoch, so daß alle ihn sehen konnten, und legte ihn dann in Steiners Hut. »Wer mehr als zwanzig Schilling spendet, bekommt einen Kuß von mir«, versprach sie noch.

Und dann begann die Kollekte. Josephine schrieb Namen um Namen auf ihre Liste, und in Steiners Hut häuften sich Hartgeld und Scheine. Zwei Männer wurden im Verlauf der Aktion von Josephine geküßt. Olbrich stand neben Haller. Ab und zu schnaubte er nervös durch die Nase. Die Zählung ergab einen fehlenden Betrag von fünfundsiebzig Schilling. Josephines Gesicht wurde lang.

»Fünfundsiebzig Schilling!« rief sie. »Hat niemand mehr Geld? Hat denn niemand mehr Geld? Denkt doch an den armen Herrn Mamoulian, der im Loch sitzen bleibt, wenn ihr ihm nicht helft! Denkt doch an ihn und seht nach, ob ihr kein Geld mehr habt!«

Viele sahen noch einmal nach. Aber es hatte keinen Sinn. Die Reserven waren erschöpft.

Und dann sagte der Kriminalrat Haller: »Ich beteilige mich an der Kollekte.« Und er legte ein paar Scheine auf das Fensterbrett.
Die Männer im Hof klatschten. Und Josephines Augen leuchteten. Und Haller sagte hastig: »Aber von einer Belohnung auf der Basis der Zwanzig-Schilling-Grenze sehen wir besser ab. Ich bin nämlich verheiratet.« Und dann schüttelte er allen die Hand und nahm das Geld in Empfang und ging fort, um die nötigen Formalitäten zur Enthaftung Herrn Mamoulians zu veranlassen. Olbrich blieb neben Jakob Steiner und Josephine an dem offenen Fenster stehen, und sie verfolgten den triumphalen Empfang, der dem ehemaligen Teppichhändler bei seinem Erscheinen in der geöffneten Gefängnistür bereitet wurde, aus dem ersten Stockwerk. Herr Mamoulian lachte und weinte ein wenig. Er winkte mit der Hand und sagte: »Danke, meine Freunde. Ich danke euch tausendmal, daß ihr gekommen seid.«
Er sagte eigentlich immer wieder dasselbe. Er bedankte sich. Und die Einbeinigen standen um ihn herum und nickten ihm zu und lachten und klopften ihm auf den Rücken, und Frau Magdalena streichelte seine Hand.
»Das sind unsere Menschen«, sagte Olbrich, während sie hinuntergingen, Olbrich mit dem nervösen Gesichtszucken und der ewigen Unruhe, »Haller gehört zu ihnen und der Polizeioffizier von vorhin, und die Blumenfrau in der Stadtbahnstation. Unsere Menschen haben ein gutes Herz und eine große Seele. Sie lachen und weinen und arbeiten. Sie singen Lieder und sind arm. Sie schweigen und sie beten manchmal, daß alles anders wird. Und die Mächtigen in allen Ländern der Erde wissen: eines Tages wird das Beten aufhören. Und dann haben sie ausgespielt.«
Als die Familie Mamoulian nach Hause kam, fand sie Tobias Lobgesang schlafend unter dem Rosenstrauch vor. Jakob Steiner kniete neben dem Bauunternehmer nieder, schüttelte ihn und rief seinen Namen.

»Ja«, sagte dieser und öffnete ein Auge, »zum Kuckuck, was gibt es denn schon wieder? Könnt ihr mich nicht schlafen lassen? Habe ich denn nirgends Ruhe?« Lobgesang erkannte Herrn Mamoulian und sein Gesicht verklärte sich. »Ach so, Sie sind es. Sie werden lachen: ich habe zehn Sack Zement für euch!«

»Großer Gott«, sagte Herr Mamoulian und setzte sich auf den Rasen, wo Lobgesang ihn mit einem verrückten Ausdruck in den Augen plötzlich an den Rockaufschlägen packte und zu sich zog.

»Unter einer Bedingung«, sagte er flüsternd und roch betäubend nach Schnaps, »ihr müßt mich bei euch leben lassen! Ich halte es zu Hause nicht mehr aus. Hört ihr? Ihr müßt! Bis der nächste Krieg ausbricht, will ich bei euch leben!«

»Ach«, sagte Jakob Steiner und zuckte die Achseln, »warum denn nicht? Die paar Monate ...«

DAS ZEHNTE KAPITEL

welches Herrn Mamoulian Gelegenheit gibt, einige Worte über den Frieden zu verlieren, und in welchem Frau Lobgesang, die geborene Kugler, erscheint, um ihren verschollenen Gatten zu suchen; wie dieser, mit berechtigten Hoffnungen auf eine bessere Zukunft, zu ihr zurückkehrt; ferner, wie das Verfahren gegen Herrn Mamoulian eingestellt und die Kaution zurückgezahlt wird, und wie der Bau des Hauses weitere Fortschritte macht; worin von Liebe geredet und ein Traum Wahrheit wird, den Herr Mamoulian schon in die unterste Schublade seiner Träume gelegt hat.

»Es wird keinen Krieg geben«, sagte Herr Mamoulian ernsthaft.

»Sie überschütten uns mit frohen Neuigkeiten«, sagte Jakob Steiner. »Vor einiger Zeit waren Sie noch anderer Ansicht.«

»Ich habe es mir überlegt.«

»Und warum wird es keinen Krieg geben?«

»Weil es keinen Krieg mehr geben kann.« Herr Mamoulian betrachtete bedauernd seine leere Pfeife und steckte sie dann ein. »Und es kann keinen Krieg geben, weil der Krieg tot ist. Mit der Geburtsstunde des Friedens im Jahre 1945, mit jenem sechsten August, ging auch das unvermutete Ende des Krieges einher. Der Krieg im allgemeinen wurde an diesem Tag ins Herz getroffen. Das wirkliche Opfer der Atombombe, lieber Jakob, waren nicht die dreihunderttausend Japaner, das wirkliche Opfer der Atombombe war der Krieg.«

»Das verstehe ich nicht«, sagte Frau Magdalena.

»Ich verstehe es auch nicht«, sagte Lobgesang und schüttelte betrübt seinen schweren Schädel, »aber bei mir liegt das wahrscheinlich daran, daß ich betrunken bin.«

»Der Krieg in seiner militärischen Form«, sagte Herr Mamoulian, »ist an diesem Tage gestorben. Das soll nicht heißen, daß ich glaube, es würde von nun an keine Konflikte mehr geben, es würden die Starken nicht länger darauf aus sein, die Schwachen zu quälen, und die Schwachen nicht länger bestrebt, sich gegen die Starken zu verbünden; es soll nicht heißen, daß sich die Klassen nun mischen und die Mikroben mit den weißen Blutkörperchen Frieden schließen werden. Aber ich glaube, daß die Soldaten sich von nun an dem Sport widmen können und daß der Krieg in der jahrtausendalten Bedeutung des Wortes nicht mehr existiert.«

»Es wird immer Kriege geben«, sagte Lobgesang.

»Gewiß«, sagte Herr Mamoulian, »aber nicht mehr die ›wahren‹, die heroischen, die mit Umgehungsmanövern, großen Feldherren und gewaltigen Truppenverbänden. Das Zeitalter des Soldatentums hat bei Hiroschima sein Ende gefunden. Die Wissenschaftler haben die Generale besiegt. In Laboratorien ist kein Platz für Tapferkeit, gute Erscheinung, große Worte und glorreiche Tradition. Die bestausgerüsteten Truppen, die tapfersten Kapitäne, die gegen die Atombombe ausziehen wollten, würden binnen weniger Minuten in Form leichter Nebelschwaden zurückkehren.«

»Ah«, sagte Jakob Steiner, »und Sie glauben nicht, daß diese Entthronung des Krieges, wenn wir sie so nennen wollen, das Gefühl einer schweren und unbestimmten Enttäuschung hervorrufen wird? Sie glauben nicht, daß die Menschen darunter leiden werden, wenn man ihnen plötzlich die Freude an der Uniform, den Gebrauch großer Phrasen und das Spiel mit Soldaten versagt? Welche Festlichkeiten, welche Vergnügen werden an die Stelle der großen Paraden treten, welche moralischen Begriffe an die Stelle des Vaterlandes, der Ehre, des unbefleckten Schildes, der Nationaltugenden, der Staatshymnen und allen ähnlichen Unfugs?«

»Das«, sagte Herr Mamoulian, »ist eines der psychologischen Probleme unserer Zeit. Es ist indessen daneben eine unbestreitbare Tatsache, daß der Weltfriede durch nichts mehr gefährdet ist als durch das Bestehen eines funktionsbereiten militärischen Apparates in allen Ländern der Erde. Das ungute Gefühl, das Spezialisten auf diesem Gebiet, wie ich überzeugt bin, seit längerem gefangenhält, ist meine große Hoffnung: mit dem Ende der Feudalität der Nationen, mit dem teilweisen Verzicht auf ihre unumschränkte Souveränität wäre der erste Schritt zum wirklichen Frieden getan.«

»Und Sie glauben, daß die Männer, die heute an der Macht sind, sich zu diesem teilweisen Verzicht bereit erklären werden?« fragte Lobgesang undeutlich.

»Hören Sie«, sagte Herr Mamoulian und zog eine Zeitung aus der Tasche, »dies hier ist der ›Figaro‹ vom 20. April, wie Sie sehen, eine sehr alte Zeitung. Aber ich habe sie aufgehoben wegen eines Artikels, der sich in ihr findet und den man von Rechts wegen als Flugzettel verteilen müßte. Er wurde geschrieben von einem der besten Militärkritiker der Gegenwart, dem General J. F. C. Fuller. Ich werde Ihnen eine Passage daraus vorlesen.«

Herr Mamoulian griff nach seiner schwarzen Hornbrille, setzte sich und begann:

»Strategie, Kommandoführung, Tapferkeit, Disziplin, geordnete Versorgung der Truppe, gute Organisation und alle moralischen und physischen Eigenschaften zählen nichts mehr (las Herr Mamoulian) gegenüber einer ausgesprochenen Rüstungsüberlegenheit. Wollte man sie in Ziffern ausdrücken, so könnte man sagen, daß der Faktor ›Rüstung‹ mit etwa neunundneunzig Prozent für den Sieg ausschlaggebend ist, während alle anderen Faktoren nur mit ein Prozent in Rechnung kommen.

Die jetzige Auffassung der Rüstung wird absurd. In der ›atomischen‹ Schlacht ist die Zahl der Kämpfenden auf ein striktes Minimum reduziert. Und dieser Grundsatz wird zur absoluten Herrschaft gelangen, sobald die Atombombenrakete einwandfrei funktioniert. Dann wird der Soldat nur noch der entsetzte Zuschauer in

einem von modernen Robotern geführten Krieg sein. Anderseits wird der Sieg dem zufallen, der über die größere Anzahl von Bomben verfügt.
Welche Rolle werden in einem solchen Krieg der Laboratorien noch Tanks, Artillerie, Infanterie, Festungen, strategische Eisenbahnen, Militärakademien und Offiziersschulen, Generale des Landheeres und Admirale spielen? *Gar keine.* Halten Sie das ja nicht für eine Übertreibung.
Niemand wird wissen, was über seinem Kopf vorgeht. Niemand wird wissen, wer kämpft und gegen wen gekämpft wird (und warum). Der Krieg wird in einer Art von kriegerischer Überspanntheit ablaufen bis zu dem Augenblick, in dem das letzte Laboratorium in die Luft fliegt. Sollte es dann noch Überlebende geben, so wird ganz gewiß eine Konferenz einberufen werden müssen, um zu entscheiden, wer Sieger und wer Besiegter ist.«
»Das«, sagte Herr Mamoulian, »wurde vor vier Monaten geschrieben, und Sie können davon überzeugt sein, Jakob, daß nicht nur ich diesen Artikel gelesen habe. Viele Menschen, und viele, auf die es ankommt, haben ihn gelesen. Natürlich lassen sie es sich nicht anmerken, daß sie ihn gelesen haben, um sich vor den andern keine Blöße zu geben, und schreien noch ebenso großmäulig weiter wie bisher. Aber sie haben diese Zeilen doch gelesen, und sie haben sich ihren Teil dazu gedacht, ebenso wie ich es getan habe. Darüber und über ein Interview, das ein großer Wissenschaftler, er heißt Oppenheimer und ist Chef des Atomforschungsdienstes in Los Alamos, einer Kommission des amerikanischen Senates gab. Die Kommission fragte: Ist es wahrscheinlich, daß durch einen einzigen Atombombenangriff auf die volkreichen Gebiete der Vereinigten Staaten vierzig Millionen Menschen das Leben verlieren werden? – Und Oppenheimer erwiderte: ›Ich fürchte, ja!‹
Stellen Sie sich einen solchen Krieg doch einmal vor! Im Augenblick, da die ersten Truppen abgehen, um irgend-

welche feindliche Basen oder Positionen zu besetzen, ist bereits ein Drittel der Zivilbevölkerung tot. Während der Überfahrt erleidet ein weiteres Drittel das gleiche Schicksal. Stellen Sie sich die Moral dieser Truppen vor! Sie werden wissen, daß sie keine Aussicht haben, Verstärkungen zu erhalten aus einer Heimat, die schon völlig zerstört ist. Sie werden erkennen, daß nach menschlichem Ermessen dieser Krieg, der gar kein Krieg ist, keinen Sinn hat. Sie werden bestenfalls einem Gegner Ruinen streitig machen, deren Besitz allein schon wieder tödlich ist, weil diese noch lange Zeit radioaktiv bleiben werden... Glauben Sie mir, Steiner, es kann keinen Krieg geben, denn die Menschen, die bisher Kriege herbeiführten, hatten dabei stets persönliche Beweggründe. Einer der stärksten Beweggründe aber war die Frage des *Weiterlebens.* Dieser Beweggrund hebt sich auf. Jene, die einen neuen Krieg überleben, haben den Toten nur den rein medizinischen und möglicherweise gar nicht so beneidenswerten Vorteil voraus, daß bei ihnen der Tod sich über eine Reihe von Monaten des Siechtums und des Verfalls hinziehen wird. Ich muß mich, um deutlicher zu werden, eines Paradoxons bedienen: der kommende Krieg, an den ich nicht mehr glaube, wird so furchtbar sein, daß er nicht kommen wird. Er wird nicht kommen, *weil* er so furchtbar sein wird. Er wird nicht kommen, weil er der absolute Schlußpunkt in der Geschichte unserer Welt wäre. Und weil ein absoluter Schlußpunkt ganz und gar nicht in die Pläne jener Herrschaften paßt, denen wir unser bisheriges Elend, bisherige Kriege und bisherige Katastrophen verdanken. Es wird keinen neuen Krieg geben, nicht, weil die Mächtigen dieser Erde nicht infam genug, nicht, weil die Generale nicht borniert genug, nicht, weil die Rüstungsfabrikanten nicht gerissen genug, sondern weil sie alle einfach nicht dumm genug sind, um es zu ihm kommen zu lassen.«

»Sie sind dumm genug«, sagte Jakob Steiner, »das haben

sie oft genug bewiesen. Militärs haben von vornherein keinen Verstand, und Politiker, sobald sie an die Macht kommen, verlieren das letzte bißchen. Ihre Theorien klingen hübsch, Herr Mamoulian, aber sie haben eine Existenzberechtigung nur im Rahmen einer rationalen, normalen Welt und unter normalen Menschen. Die Leute, die heute über unsere Zukunft entscheiden, sind aber keine normalen Menschen. Sie sind überhaupt keine Menschen. Sie sind völlig entmenschte Ungeheuer, die es verlernt haben, in menschlichen Begriffen zu denken, und die deshalb auch nicht in der Lage sind, Reichweite und Folgenschwere ihrer Handlungen abzuschätzen.«

»Aber«, sagte Lobgesang, der noch immer neben dem verdorrten Rosenstrauch saß, gedankenvoll in der Nase bohrte und an seinem befleckten Smoking hinuntersah, »anderseits wieder sind es doch wir, die vielen normalen Menschen, die den Krieg machen, die für ein paar, die wir nicht kennen, ins Feld ziehen und uns totschießen lassen. Und wir wollen doch nicht totgeschossen werden! Wir haben doch genug vom Krieg! Ich weiß doch, daß wir genug haben! Ich kenne keinen, der Krieg will ... wie wollen die Generale und Politiker denn einen Krieg anzetteln, wenn wir nicht mehr darauf hereinfallen?«

»Sie haben ja gehört«, sagte Steiner, »daß die Generale in einem neuen Krieg keine Rolle spielen werden und daß auch Soldaten ganz unwichtig sein werden und daß alles so schnell gehen wird, daß Sie gar nicht dazu kommen können, Ihren Mund aufzumachen und dagegen zu protestieren, daß man Sie umbringt. Nicht die Generale, sondern die Wissenschaftler werden den nächsten Krieg führen.«

»Und das«, sagte Herr Mamoulian, »bringt uns wieder weiter. Die Wissenschaftler werden nämlich *keinen* Krieg führen. Denn sie haben die Atombombe entwickelt. Niemand weiß besser als sie, daß es keinen Schutz gegen sie gibt. Niemand weiß besser, daß die Zerstörung der Welt eine Frage von wenigen Stunden ist, wenn die Bombe Anwendung findet. Und daran müssen Sie denken: die *Wissenschaftler sind Menschen mit gesundem Menschenverstand, ihnen kann man vertrauen.*«

»Man kann niemandem vertrauen«, sagte Jakob Steiner.

»Die Wissenschaftler wird man bestechen, und sie werden zu dem halten, der sie besser bezahlt.«

»Das werden sie nicht tun«, sagte Herr Mamoulian, »weil sie genau wissen, daß sie nicht mehr dazu kommen werden, ihren Verdienst zu genießen.«

»Dann *werden* sie einen Schutz gegen die Bombe finden! Für sich selbst und für noch einige Privilegierte.«

»Es gibt keinen Schutz«, sagte Herr Mamoulian. »Aber selbst, wenn es ihn gäbe: wenn die Zahl der Erdenbewohner heute schlagartig um neunundneunzig Hundertstel dezimiert würde, dann könnte auch das letzte Hundertstel der Überlebenden nicht weiterexistieren, weil wir einander nämlich alle brauchen, im kleinen wie im großen, in unserem persönlichen Leben wie im Leben der Nationen. Niemand stirbt freiwillig ohne einen guten Grund. Können Sie mir einen guten Grund nennen, aus dem die Rüstungsfabrikanten sich plötzlich zum Selbstmord entschließen sollten?«

»Die Rüstungsfabrikanten sterben nicht«, sagte Steiner. »Die leben ewig.«

»Nicht in einem neuen Krieg«, sagte Herr Mamoulian. »In einem neuen Krieg wäre auch das Ende der Rüstungsindustrien gekommen, denn dann wären sie überflüssig. Niemand brauchte mehr Kanonen, Tanks, Flugzeuge und Gewehre. Glauben Sie, daß diese Herren sich das eigene gute Geschäft ruinieren wollen?«

»Was sollen sie denn tun? Sie können doch nicht ewig weiterrüsten, ohne ihre Produkte an den Mann zu bringen!«

»Die Rüstungsfabrikanten«, sagte Herr Mamoulian mit

Feuer, »werden in sich gehen und nachdenken. Und dann werden sie ihre Produktion auf Friedensware umstellen.«
»Sie werden nicht in sich gehen, sondern durchsetzen, daß die Atombomben abgeschafft und Kriege auf die gute alte Weise geführt werden!«
»Das aber«, sagte Herr Mamoulian, »ist die Mausefalle, in der sie sich gefangen haben: wie wollen sie die Bombe abschaffen? Und wenn sie schon wissen wie, dann: wo zuerst? Wie wird sich dieser Vorgang der Abschaffung durchführen lassen! Gar nicht! Die Bombe wird weiterbestehen, ohne angewendet zu werden.«
»Dann wird sie eine ständige Bedrohung des Friedens bilden!«
»Nicht die Bombe!« rief Herr Mamoulian und sprang auf. »Die Bombe selbst ist völlig ungefährlich, sie ist ein Gegenstand! Was schrecklich ist, das war bisher der Mensch! Wenn er die Bombe in Ruhe läßt, wird sie nichts tun. Sie wird sich hübsch ruhig verhalten und mit der Zeit sogar friedliche Missionen übernehmen. Wir brauchen keine Überwachung der Bombe! Wir brauchen eine Überwachung des Menschen!«
»Also«, sagte Jakob Steiner, »wenn es letzten Endes auf die Menschen hinausläuft, werden wir doch Krieg haben. Denn die Menschen sind schlecht.«
»Die Menschen sind gut«, sagte Herr Mamoulian.
»Glauben Sie das wirklich?« fragte Lobgesang.
»Das glaube ich wirklich! Die Menschen sind gut. Ich habe in letzter Zeit viel darüber nachgedacht und Untersuchungen angestellt, und ich habe gefunden, daß die Menschen im Begriff sind, anständig zu werden. Frau Magdalena hat Ihnen, Jakob, Essen und Quartier für die Nacht gegeben, und mir hat jemand Geld geliehen, als ich in Not war, und heute habt ihr alle mich aus dem Gefängnis befreit, und ich finde, daß immer öfter und immer deutlicher das Gute über das Böse siegt, und ich bin fest entschlossen, daran zu glauben, daß es allein

von uns abhängt, ob wir in Frieden leben und glücklich sein werden.«
»Na ja«, sagte Jakob Steiner. »Sie sind ein Optimist, Herr Mamoulian.«
»Auch Sie«, sagte dieser, »sind einer! Sie standen vor ein paar Monaten noch vor dem Selbstmord, und mittlerweile haben Sie sich verliebt, verdienen Geld und schneiden heimlich die brüchigen Zweige von unserem verdorrten Rosenstrauch. Glauben Sie nicht«, sagte er, als Steiner plötzlich ein rotes Gesicht bekam, »daß ich es nicht gesehen habe!«
»Unsinn«, sagte Steiner verlegen, »warum sollte ich den alten Rosenstrauch beschneiden?«
»Weil Sie ein so riesengroßer Optimist sind«, sagte Herr Mamoulian, »daß Sie hoffen, er würde eines Tages wieder blühen. Sie sind ein viel größerer Optimist als ich. Ich bin eigentlich gar keiner. Ich weiß nur, daß es keinen Krieg geben und daß es mit unserer Welt langsam und mühevoll wieder aufwärtsgehen wird. Sie aber träumen so heftig und optimistisch von einem glücklichen Leben und einer verheißungsvollen Zukunft, daß die Angst vor einem Krieg Sie nicht schlafen läßt. Nein, nein«, sagte er, als Jakob Steiner protestierende Geräusche ausstieß, »mir können Sie nichts erzählen! Ich bin ein alter Mann und habe viele Menschen gesehen. Sie sind noch jung, Jakob, und Sie sehnen sich danach, glücklich zu sein. Sie werden es auch sein. Auch, wenn der alte Rosenstrauch nicht mehr blüht.« Er senkte den Kopf und fügte leise hinzu: »Obwohl es hübsch wäre, wenn er es täte ...«
In diesem Augenblick kam Frau Magdalena, die zu Beginn der Debatte fortgegangen war, aus dem Keller in den Garten und wischte die Hände an ihrer Schürze ab.
»Na?« fragte sie gutmütig. »Streitet ihr noch immer darüber, ob es Krieg geben wird?«
»Nein«, sagte Tobias Lobgesang und dehnte die steifen Glieder, »wir sind uns schon einig geworden. Es wird keinen Krieg geben.«

»Gut«, sagte Frau Magdalena. »Aber Kartoffelpuffer und Tomatensalat gibt es unten im Keller.«

Nach dem Gesetz der Serie fanden die aufregenden Ereignisse im Hause Mamoulian an diesem Tage kein Ende. Es war schon halb elf, da wurde Herr Mamoulian, der noch schreibend an seinem überladenen Arbeitstisch saß, durch die Hupe eines Automobils gestört, das vor den Kellerfenstern, draußen auf der Straße, stehengeblieben war. Die nunmehr drei Mitglieder seines ungewöhnlichen Haushalts schliefen bereits, als Herr Mamoulian, bekleidet mit einem alten und schmutzigen Schlafrock, vorsichtig durch das Zimmer balancierte, um nach oben zu klettern. Jakob Steiner schnarchte in seinem Liegestuhl. Frau Magdalena und Tobias Lobgesang lagen der Quere nach in Herrn Mamoulians Bett, wodurch Raum für eine dritte Person, nämlich ihn selbst, geschaffen war, und die magere Katze mit den grünen Augen, die sonst vor den Fenstern in der Dunkelheit zu sitzen pflegte, war an diesem Abend hereingekommen und lag, zu einer Kugel zusammengerollt, auf einem Kissen neben der Tür.
Herr Mamoulian drehte sich noch einmal um, in der Absicht, das idyllische Bild zu betrachten, dann stieg er vorsichtig nach oben, tastete sich durch den dunklen Garten, fluchte, weil er sich die Zehen an der Regentonne stieß, und öffnete die Gartentür, vor welcher er im Scheinwerferlicht eines unruhig pochenden Wagens eine weibliche Gestalt in großer Abendtoilette erblickte.
»Gnädige Frau«, sagte er höflich, »Sie müssen sich in der Adresse geirrt haben. Das hier ist das Haus Nummer hundertsechsunddreißig!«
Er sah in ihr simples, leidlich hübsches Gesicht, das über zu dicken Wangen unbekümmerte und helle Augen aufwies, die im Moment allerdings einen verwirrten Eindruck machten. Herr Mamoulian, der einen feinen Blick für derartige Dinge besaß, bemerkte, daß sie ihr Kleid,

das aus einem der ersten Salons der Stadt stammte, mit einer gewissen Unbeholfenheit und Uneleganz trug, die durch eine betont legere Haltung ausgeglichen werden sollte.

»Ja«, sagte Toni Lobgesang, die geborene Kugler, »Nummer hundertsechsunddreißig. Sie sind Herr Mamoulian?«

»Gewiß.«

»Das habe ich mir gedacht.«

»Verzeihen Sie, aber –«

»Der Name ist Lobgesang«, sagte sie, immer noch durch das Gitter der Gartentür. »Ich suche meinen Mann, der seit heute morgen verschwunden ist. Auf dem Lagerplatz seiner Firma wurde mir die Andeutung gemacht, daß er sich unter Umständen hier aufhalten könne, und ich bin deshalb gekommen, um mich zu vergewissern.«

Toni Lobgesangs eher geschraubtes Deutsch entbehrte in Momenten der Erregung nicht eines ursprünglichen lokalen Akzentes. Herr Mamoulian senkte den Kopf, öffnete umständlich den Flügel des Gartentores, räusperte sich lange und blies in sein Taschentuch. Er tat all dies, um Zeit zu gewinnen. Und er wollte Zeit gewinnen, um nachzudenken.

»Nun?« fragte Toni Lobgesang.

»Nun?« erwiderte Herr Mamoulian harmlos und blinzelte sie an.

»Antworten Sie mir!«

»Sie haben mich nicht gefragt, gnädige Frau.«

»Ist mein Mann bei Ihnen?«

Herr Mamoulian lächelte freundlich.

»Sie müssen verstehen, daß mich Ihr Erscheinen zu dieser ungewöhnlichen Stunde ein wenig verwirrt. Ich bin es nicht mehr gewöhnt, nach Einbruch der Dunkelheit Damenbesuche zu empfangen. Sie sehen –« und er wies auf die hinter ihm liegende Ruine, über der sich eine dünne Mondsichel erhob –, »daß mein Haus im

Augenblick die normalen Formen der Geselligkeit nicht gestattet, und ich pflege daher schon mit den Hühnern –«
»Herr Mamoulian«, sagte Toni Lobgesang, »ich frage Sie: ist mein Mann bei Ihnen?«
»Gnädige Frau«, sagte Herr Mamoulian, »Sie müssen verstehen, daß es sehr unangenehm für mich ist, hier in einem Schlafrock und mit bloßen Beinen vor Ihnen zu stehen.«
»Herr Mamoulian«, sagte Toni Lobgesang, »Sie müssen verstehen, daß es sehr unangenehm für mich ist, in einem Abendkleid und ohne meinen Mann vor Ihnen zu stehen. Unangenehmer als für Sie«, fügte sie hinzu. »Viel unangenehmer«, sagte sie und schluckte dezent, woraus Herr Mamoulian schloß, daß auch sie eine größere Alkoholmenge, wenn auch vor vielen Stunden, zu sich genommen und noch nicht ganz verwunden hatte.
»Wollen wir – eh, sollte man vielleicht ...« sagte er, »sollte man nicht vielleicht den Wagen auf den Gehsteig fahren und den Motor ausschalten?«
Sie drehte sich mechanisch um und trat auf die Straße. Herr Mamoulian stürzte vor.
»Nein«, sagte er, »erlauben Sie, daß ich ...« Er kletterte in den Wagen, warf den Schlag zu, schaltete in den ersten Gang, ließ die Kupplung herausgleiten, gab Gas und fuhr vorsichtig auf den Gehsteig, wo er den Wagen zwischen zwei Kastanienbäumen parkte, den Motor ausschaltete und die großen Lichter löschte. Dann öffnete er wieder die Tür, beugte sich hinaus und fragte: »Wollen wir uns ein bißchen setzen und miteinander reden?«
»Können wir nicht hineingehen?«
»Nein«, sagte Herr Mamoulian, nachdem er kurz nachgedacht hatte, »wir würden die Nachtruhe meiner Freunde stören. Sie haben einen anstrengenden Tag hinter sich, und ich möchte sie gerne schlafen lassen.«
»Wieso einen anstrengenden Tag?« fragte Toni, während sie neben ihm Platz nahm und den Schlag neuerlich zuwarf.

»Sie haben mich aus dem Gefängnis befreit«, sagte Herr Mamoulian stolz. »Ach so«, sagte er, als er ihr Gesicht sah, »das interessiert Sie nicht. Das hätte ich mir denken können.«
»Herr Mamoulian«, sagte Toni, die unter Umständen auch sehr energisch sein konnte, »zum letztenmal, ehe ich einen Polizisten hole: ist mein Mann in dieser Bruchbude oder nicht?«
»Einen Polizisten?« Herr Mamoulian war schockiert. »Sie können keinen Polizisten holen! Ich bin doch überhaupt nur gegen Kaution entlassen! Dann käme ich ja gleich wieder ins Gefängnis!«
»Eben«, sagte sie. »Also! Ist er bei Ihnen?«
»Ja«, sagte Herr Mamoulian und senkte den Kopf.
Toni Lobgesang wandte sich abrupt ab und traf Anstalten, den Wagen zu verlassen.
»Wo wollen Sie hin?«
»Zu ihm.«
»Er schläft!«
»Ich werde ihn wecken.«
»Und dann?«
»Dann werde ich ihn nach Hause bringen.«
»Er wird nicht mit Ihnen gehen.«
»Was heißt das?«
»Er will nicht mehr zu Hause leben«, sagte Herr Mamoulian behutsam, »er möchte bei mir bleiben.«
»Hören Sie«, sagte Toni und sah ihn aufmerksam an, »ich habe im Laufe des Tages eine beträchtliche Menge Kognak zu mir genommen, aber ich bin schon wieder ganz nüchtern. Wieviel haben Sie getrunken?«
»Ach«, sagte Herr Mamoulian wehmütig, »wieviel habe ich getrunken? Was für eine Frage! Ich weiß schon gar nicht mehr, wie Kognak schmeckt!«
»Geben Sie einen Hauch!«
Herr Mamoulian gab einen Hauch.
»Komisch«, sagte Toni, »riechen tun Sie nicht. Wie können Sie denn solchen Unsinn erzählen?«

»Ich erzähle keinen Unsinn«, sagte Herr Mamoulian ernst. »Gnädige Frau, Sie stehen in Gefahr, über einer kleinen Weile Ihren Mann zu verlieren.«
»Aber«, sagte sie erschrocken und ungläubig, »mein Mann liebt mich!«
Herr Mamoulian sah durch die glänzende Windschutzscheibe auf die verlassene Straße hinaus und drehte den Scheibenwischer ein paarmal hin und her. Er fühlte sich plötzlich sehr alt.
»Ja«, sagte er, »er liebt Sie gewiß noch. Aber die Liebe ist nicht die einzige Macht, die eine Ehe gut oder schlecht werden läßt. Es gibt viele andere.«
»Die Liebe ist die stärkste«, sagte Toni Lobgesang, die geborene Kugler, und genierte sich ein wenig für diese Worte.
»Es gibt andere, sehr starke Mächte«, sagte Herr Mamoulian. »Die Gewohnheit gehört zu ihnen, und die Dankbarkeit, und auch die Trägheit. Sie haben einen guten Mann, Frau Lobgesang. Er ist ein einfacher Mensch. Es ist nicht recht, daß Sie sich seiner manchmal schämen.«
»Wie kommen Sie darauf?«
»Doch, doch«, sagte Herr Mamoulian. »Sie schämen sich manchmal für ihn. Für seine schlechten Manieren bei Tisch. Und für seine laute Stimme. Und seine roten Hände. Und für seine Unbelesenheit. Das weiß er sehr gut. Und deshalb ist er unglücklich. Eine Ehe, Frau Lobgesang, ist ein zerbrechliches und empfindliches Gebilde, das man sehr leicht beschädigen kann. Sie besteht, wenn sie erfolgreich ist, zum größten Teil in dem ständigen Versuch, sich in die Person und die Mentalität des anderen hineinzudenken.«
»Ich bin dem Tobias immer eine gute Frau gewesen.«
»Ja«, sagte Herr Mamoulian, »das glauben Sie nun! Aber ist Ihnen schon einmal der Gedanke gekommen, daß er sich in seiner wunderschönen Wohnung nicht wohl fühlt, daß Ihre Freunde ihm zuwider sind, daß er viel lieber in Hemdsärmeln bei Tisch sitzen und am Sams-

tagabend mit *seinen* Freunden Bier trinken möchte, und daß er gelegentlich den Wunsch hat, auch mit *Ihnen* allein zu sein?«

»Wir sind doch oft genug allein, in der Nacht und am Morgen ...«

»Nein«, sagte Herr Mamoulian. »Nicht nur allein, um mit Ihnen zu schlafen oder zu essen, sondern auch, um mit Ihnen zu reden. Über Dinge, die *ihn* interessieren, die für ihn von Bedeutung sind. Haben Sie das getan?«

»Aber, was interessiert ihn denn? Er hat mir nie etwas gesagt.«

»Er hat es nicht gewagt. Tobias ist ein sehr schüchterner Mensch.«

»Lächerlich! Haben Sie gesehen, was er für Muskeln hat?«

»Trotzdem«, sagte Herr Mamoulian, »er ist schüchtern. Viele besonders kräftige Männer sind schüchtern, Frau Lobgesang, und viele von den kleinen, mageren sind besonders frech. Ihr Mann hat ein Recht auf ein eigenes Leben, genauso wie Sie und ich und wie jeder Mensch. Dieses Recht kann ihm niemand nehmen. Viele versuchen, uns unser eigenes Leben zu nehmen, und wir müssen es beständig verteidigen, denn es ist ständig in Gefahr. Vor den Menschen, die wir und die uns lieben, sollten wir es nicht verteidigen müssen, Frau Lobgesang. Diese Menschen sollten teilhaben an unserem Leben, sie sollten selbst Teil dieses Lebens werden, und wir Teil des ihren. Sind Sie ein Teil im Leben Ihres Mannes?«

»Ich hoffe es.«

»Sie sind es, Frau Lobgesang. Aber er ist kein Teil Ihres Lebens geworden, denn Sie haben sich mit vielen fremden Menschen umgeben, mit einer ganzen fremden Welt, und deshalb hat er damit begonnen, sich auch von Ihnen, die er doch liebt, abzuwenden, deshalb ist er zu mir gekommen und schläft da unten in meinem Keller. Deshalb, Frau Lobgesang, die Sie hier mit mir in der Nacht sitzen, sind Sie in Gefahr, ihn zu verlieren.«

Herr Mamoulian schwieg, und sie sahen beide auf die Straße hinaus, die sich durch die Bäume wand und in der Finsternis verschwand. Dann fragte Toni:

»Hat er Ihnen das alles erzählt?«

»Nein«, sagte Herr Mamoulian.

»Aber woher wissen Sie es denn?«

»Ich weiß vieles, was man mir nicht erzählt«, sagte Herr Mamoulian. »Manchmal kann ich es gar nicht erklären, aber ich weiß doch, daß es so ist. Glauben Sie meinen Worten, Frau Lobgesang?«

»Ja«, sagte diese, schaltete die Deckenbeleuchtung des Wagens ein und begann mit nervösen Bewegungen ihr hübsches Gesicht zu pudern. »Ich glaube Ihnen, obwohl ich wirklich nicht weiß, warum! Und denken Sie, daß Tobias bei mir bleiben würde, wenn ich mich ändere?«

»Das glaube ich!«

»Aber werde ich mich ändern können?«

»Frau Lobgesang«, sagte Herr Mamoulian, »Sie haben sich, wenn ich nicht irre, schon einmal verändert. Sie haben Ihre ursprüngliche Art verleugnet und sind in eine andere Welt eingetreten. Es sollte Ihnen nicht schwerfallen, aus Liebe zu Ihrem Mann wieder die zu werden, die Sie einmal waren: jene Frau, die er liebt – die Gefährtin seiner Jugend.«

»Sie sind ein komischer Mann«, sagte sie und betrachtete ihn nachdenklich. »Zuerst haben Sie mich furchtbar wütend gemacht, und jetzt gefallen Sie mir!«

»Frau Lobgesang«, sagte Herr Mamoulian, »als ich nur Ihren Mann und nicht Sie selber kannte, da haben auch Sie mich zuweilen schrecklich wütend gemacht. Und jetzt gefallen Sie mir!«

»Ich danke Ihnen sehr für alles, was Sie mir gesagt haben. Und ich danke Ihnen besonders dafür, daß Sie es mir *heute* gesagt haben.«

»Wieso?«

»Weil er heute Geburtstag hat!«

»Ach, du lieber Gott«, sagte Herr Mamoulian und klet-

terte aus dem Wagen, »dann ist es ja höchste Zeit, daß er mit Ihnen nach Hause fährt.«
Er führte Toni Lobgesang durch den Garten und über die Stiege in den Keller hinunter.
»Pst!« sagte er. »Seien Sie leise! Meine Freunde schlafen schon.«
Toni sah sich verwirrt in dem unordentlichen Raum um, dann entdeckte sie ihren Mann.
»Um Gottes willen«, flüsterte sie, »sehen Sie nur: er liegt mit einer anderen Frau im Bett!«
»Das ist eine sehr alte Frau. Außerdem geht er ja fort.«
»Aber bedenken Sie: wenn ich nicht gekommen wäre ...«
»Auch dann«, sagte Herr Mamoulian naiv, als verkünde er eine große Freude, »hätten Sie sich keine Sorgen machen müssen. Ich wäre zwischen ihnen gelegen. Wenn ich Platz gehabt hätte.«
Toni Lobgesang beugte sich über ihren Gatten und streichelte ihn.
»Tobias«, sagte sie an seinem Ohr, »komm nach Hause!«
Er seufzte schwer und drehte sich unwillig um.
»Tobias«, sagte sie noch einmal. Er wandte sich zu ihr und schlug die Augen auf.
»Du?« sagte er ungläubig.
»Ja«, sagte sie, »ich habe dich gesucht und hier gefunden. Ich habe mit Herrn Mamoulian gesprochen, ich weiß alles, Tobias. Du warst sehr unglücklich mit mir. Jetzt soll es anders werden.«
»Ja, aber«, sagte Lobgesang verwirrt und schüttelte seinen vierkantigen Schädel, »wie kann es anders werden, wenn du doch so an diesem komischen Leben hängst und ich dich nicht stören will?«
»Ich hänge gar nicht daran, Tobias«, flüsterte sie, weil Frau Magdalena unwillig knurrte. »Ich hänge an überhaupt nichts. Nur an dir. An dir hänge ich sehr. Und deshalb bin ich gekommen. Willst du es noch einmal versuchen?«

Tobias Lobgesang dachte eine Weile nach. Dann schlug er die Decke zurück und setzte sich an die Bettkante, um seine Schuhe anzuziehen.
»Den Zement muß ich euch morgen auch noch bringen«, sagte er zu Herrn Mamoulian.
»Ihre Frau hat Sie etwas gefragt«, sagte dieser höflich.
»Ich hab's gehört«, sagte Lobgesang. »Auf eine solche Frage kann ich doch unmöglich eine Antwort geben! Will ich es noch einmal versuchen? Herr, ich liebe diese Dame!«
»Schon gut«, sagte Herr Mamoulian, »seien Sie leise, sonst wacht Frau Magdalena auf.«
Er begleitete das Ehepaar zu seinem Wagen, wo er sich von beiden verabschiedete. Tobias Lobgesang sprach auf der langen Heimfahrt kein Wort. Seine Frau chauffierte und schwieg gleichfalls. Angekommen, entkleidete sich Lobgesang neuerdings und fiel schwer in sein Bett. Benommen löschte er das Licht. Nach einigen Minuten hörte er, wie seine Frau aus ihrem Schlafzimmer zu ihm kam. Sie bewegte sich vorsichtig und leise.
Tobias Lobgesang fühlte, wie sie neben ihn glitt und die Arme um ihn legte. Er spürte ihren warmen Atem an seiner Wange und ihren Körper an seinem.
»Alles Gute zum Geburtstag, Liebling«, sagte Frau Lobgesang, die geborene Kugler.

Fünf Tage später erschien ein Kriminalbeamter bei Herrn Mamoulian und teilte diesem, der eben an dem letzten Kapitel seiner Übersetzung arbeitete, mit, daß das Verfahren gegen ihn eingestellt worden und elf Säcke Zucker beschlagnahmt seien. Außerdem brachte er die fünfhundert Schilling zurück, die Herrn Mamoulians Freunde für ihn erlegt hatten. Herr Mamoulian gab den Betrag Jakob Steiner und dieser gab ihn Olbrich, der die Liste der Spender aufgehoben hatte und sie alle namentlich kannte. Die fünfzig Schilling, die Josephine gehörten, brachte Steiner selbst zurück.

»Es wäre hübsch, wenn wir vor Einbruch der kalten Jahreszeit noch zu Geld kämen«, sagte Herr Mamoulian gelegentlich eines Gesprächs über das neue Haus, dessen Mauern sich nach Lobgesangs Zementlieferung nun schon beachtlich hoben. »Es wäre sehr hübsch, denn es ist mir völlig klar, daß wir nicht in der Lage sein werden, gewisse wichtige Arbeiten selbst zu verrichten. Zum Beispiel können wir keine Wasser- und Gasleitungen und wahrscheinlich auch keine Fußböden legen, und auch mit dem elektrischen Licht ist es so eine Sache. Dann brauchen wir neues Glas. Und schönes, glattes Holz für das Stiegenhaus. Und so weiter«, sagte Herr Mamoulian, »wir werden vor Weihnachten noch einen ganzen Haufen Geld benötigen, wenn wir unser Ziel, ein bewohnbares Parterre, erreichen wollen.«

Man schrieb Ende August. In Jakob Steiners provisorischer Tischlerwerkstatt standen fertige Fensterrahmen, ausgebesserte Türen, Balken und Bretter für Fußböden, Sessel und Tische herum, so daß man sich kaum bewegen konnte. Steiner arbeitete, solange das warme Wetter anhielt, im Freien und benützte den Schuppen hauptsächlich als Magazin. Er kletterte in den Ruinen zwischen den neuen Mauern herum, vermaß und rechnete und hatte, wie er behauptete, den Plan des ganzen Hauses bereits im Kopf. Die alten Traversen und T-Träger des zweiten Stockwerks ergänzten die verwendbar gebliebenen des ersten, und in dreitägiger angestrengter Arbeit wurden sie mit Hilfe von Lobgesangs Winden und Flaschenzügen in die richtige Lage gebracht, montiert und betoniert. Die vier Außenmauern hatten ihre endgültige Höhe an drei Seiten erreicht, die Zwischenmauern sollten in den Monaten September bis Dezember erfolgen. Die ersten großen Schwierigkeiten ergaben sich bei der Konstruktion der Zimmerdecken zwischen dem Erdgeschoß und dem ersten Stock. Hier war es unbedingt notwendig, ein paar gewiegte Fachleute einer Zwischendeckengesellschaft zu Rate zu ziehen und

überdies verschiedene Materialien zu kaufen, die man, ihrer spezifischen Eigenschaften wegen, weder ersetzen noch stehlen konnte.
Herr Mamoulian war es, der hier die Verhandlungen mit einer Baufirma führte, die nahe Beziehungen zu jener Tobias Lobgesangs unterhielt und sich aus diesem Grunde bereit erklärte, die Bezahlung der auflaufenden Beträge bis zum Jahresende zu stunden, eine Erklärung, die Herr Mamoulian mit einem Gemisch von Triumph und Bedrücktheit zur Kenntnis nahm.
Um sich selbst zu beruhigen, erzählte er Frau Magdalena, die in diesen Tagen Übermenschliches leistete, die Geschichte von Heinrich VIII. und seinem Hofnarren, der, als der Monarch ihm auf Beziehungen zu seiner sechsten Frau kam, geköpft werden sollte.
»Gnade, Herr!« rief der Hofnarr. »Laßt mich noch ein Jahr leben, und ich will Eurem Lieblingspferd Rosinante das Sprechen beibringen!«
»Ha, ha, ha!« lachte der Fettwanst mit der Krone. »Einem Pferd das Sprechen? Wie unsagbar lächerlich! Gut, du sollst deinen Willen haben. Aber merke dir: ein Jahr! Wenn meine Rosinante dann noch nicht spricht, bist du verloren!«
»Welch grauenvolles Los«, sagte die Königin zu ihrem Geliebten, dem Hofnarren, als sie einander das nächste Mal heimlich trafen.
»Süßes Herz«, erwiderte er, »fasse dich, wir haben noch Zeit. Bedenke doch: was alles kann geschehen in diesem einen Jahr! Der König kann sterben, und ich kann sterben, und du kannst sterben, und Rosinante kann sterben. Und Rosinante kann sprechen lernen!«
»Und dies«, sagte Herr Mamoulian zu Frau Magdalena, die am Herd stand und in einer freien Viertelstunde ein Abendessen improvisierte, während über ihren Köpfen Jakob Steiner mit ein paar Arbeitern der Spezialgesellschaft für Deckenbau lärmte, »ist eine wahre Geschichte, Frau Magdalena, die sogar eine Moral hat!«

»Ja«, sagte sie und schabte hastig an einer gelben Rübe, »ich verstehe schon: Sie können sterben, und die Firma kann pleite gehen, und unser Haus kann einstürzen, und ein neuer Weltkrieg kann ausbrechen ...«
»Und ich kann zu Geld kommen«, sagte Herr Mamoulian.
»Ach«, sagte Frau Magdalena, »fangen Sie nicht schon wieder mit ihrem armenischen Freund an! Diese Geschichte mag ich gar nicht hören. Der Kerl hat Sie hereingelegt, und Ihre ganze Arbeit war umsonst. Es ist eine Schande, daß Sie das noch immer nicht eingesehen haben.«
»Eines Tages«, sagte Herr Mamoulian, vor ihr stehend und mit Augen, die ins Leere blickten, »wird er kommen und mich umarmen und sagen: Bruder, verzeih mir, daß ich dich warten ließ! Ja, Frau Magdalena«, erklärte Herr Mamoulian, »so wird es sein. Nun kann es nicht mehr lange dauern. In wenigen Tagen bin ich mit meiner Übersetzung fertig. Wissen Sie, daß ich einen ausgesprochenen Instinkt für das Glück besitze? Ja, das möchte man auch gar nicht glauben, wie? Aber es ist doch so. Und ich weiß heute: das Glück steht vor der Tür. Über einer kleinen Weile wird es kommen und uns zu frohen Menschen machen. Auch Sie, Frau Magdalena, sollen in diesem Jahr noch eine große Freude erleben.«
Während er sprach, kleidete sich Herr Mamoulian, der aus der Stadt kam, wo er Artikel an eine Reihe von Tageszeitungen abgeliefert hatte, um, weil er mit den anderen an der Zimmerdecke weiterarbeiten wollte.
»Ich bin eine alte Frau«, sagte der gelernte Maurer, »und ich brauche kein Geld. Ich brauche überhaupt nichts mehr. Ich habe einen einzigen Wunsch, ich möchte, daß mein Bub zu mir zurückkommt. Dann will ich gerne sterben.«
»Sie werden nicht sterben, wenn Ihr Bub zurückkommt«, sagte Herr Mamoulian. »Sie werden leben für ihn und mit ihm. Und Ihr Bub wird kommen, wenn Sie

nur daran glauben. Ebenso wie mein armenischer Freund kommen wird, weil ich es so sehr wünsche. Alle Dinge sind möglich dem, der glaubt. Als wir ganz klein waren, Frau Magdalena, *da* konnten wir glauben! Und da konnten wir noch fliegen! Ja ... Sie lachen über mich, aber es war doch so! Alle kleinen Kinder können fliegen, und sie tun es auch, des Nachts, wenn die Erwachsenen schlafen ... Dann fliegen sie aus den Fenstern und über die Häuser der großen Stadt hinweg in den Türkenschanzpark (wenn sie in Wien wohnen), um dort wie Peter Pan mit Elfen und Nixen und Kobolden zu spielen. Und am Morgen, vor Sonnenaufgang, kehren sie wieder heim. Sie können alle fliegen ... bis zu dem Tag, an dem sie an ihrer Fähigkeit einen winzigen, einen kleinwinzigen Zweifel nur hegen: dann ist es aus!«

»Herr Mamoulian«, sagte Frau Magdalena und stellte den Rübentopf aufs Feuer, »es ist ja allerhand, was Sie manchmal für Unsinn erzählen!«

»Es ist die Wahrheit«, sagte Herr Mamoulian schlicht und kletterte in einem alten und unsäglich schmutzigen Maureranzug nach oben, wo schon Jakob Steiner auf ihn wartete.

»Haben Sie mit ihr gesprochen?« fragte er, während Herr Mamoulian, geblendet von der Sonne des Spätsommers, in die Höhe blinzelte, um nach den drei Spezialarbeitern zu sehen, die in den Gerüsten um die noch freiliegenden Traversen herumkletterten und sie mit Drähten und langen Eisenstäben verbanden.

»Ich darf gar nicht daran denken, daß wir das alles werden bezahlen müssen«, murmelte Herr Mamoulian versunken, »sonst werde ich schwindlig, noch *ehe* ich hinaufsteige!«

»Mamoulian, ich habe Sie gefragt, ob Sie mit ihr gesprochen haben!«

»Mit wem?«

»Mit Josephine«, sagte Steiner ungeduldig. »Ich habe

Sie doch gebeten, Josephine zu besuchen und ihr einen Brief von mir zu übergeben.«

»Ja«, sagte Herr Mamoulian, ohne die Augen von den drei Arbeitern zu nehmen, die sich dunkel von dem tiefblauen Himmel abhoben, »das haben Sie getan, obwohl es mir nicht ganz verständlich war, warum Sie sie nicht selbst besuchten, so wie Sie es bisher immer getan haben.«

»Es handelt sich diesmal um eine sehr wichtige Angelegenheit, und ich wollte nicht unbedingt dabei sein.«

»Sie haben sie in Ihrem Brief gefragt, ob sie Sie heiraten will.«

»Ja«, sagte Steiner überrascht und verlegen. »Hat sie Ihnen das erzählt?«

Herr Mamoulian nickte.

»Das ist ja eigentlich ein wenig ungewöhnlich ...«

»Sie müssen bedenken, daß Josephine und ich sehr alte Freunde sind. Sie hat es mir erzählt, und sie hat mich um Rat gebeten.«

»Und welchen Rat haben Sie ihr gegeben?« Jakob Steiner zerbiß nervös seine Fingernägel.

»Ich habe ihr abgeraten«, sagte Herr Mamoulian freundlich.

»Sie!« Steiner ließ den Hammer fallen, den er unter den Arm geklemmt hatte, stützte sich auf Herrn Mamoulian und begann ihn an den Schultern zu rütteln. »Sind Sie wahnsinnig geworden? Woher nehmen Sie die Unverschämtheit, sich auf diese Weise in meine Privatangelegenheiten zu mischen?«

»*Ihre* Privatangelegenheiten!« sagte Herr Mamoulian vorwurfsvoll und versuchte sich freizumachen. »Es war ja schließlich auch Josephines Privatangelegenheit, wenn Sie gestatten, daß ich Sie daran erinnere, junger Freund! Lassen Sie mich schon endlich los, ich bekomme ja keine Luft!«

Jakob Steiner betrachtete den anderen, selber etwas atemlos.

»Warum haben Sie mir das angetan?«
»Weil ich Sie gern habe«, erwiderte Herr Mamoulian, »und weil ich Josephine gern habe und weil ich die kleine Ruth gern habe, die in wenigen Wochen zur Schule gehen wird. Josephine hat mich gefragt: Was rätst du mir, Mamoulian? Und ich habe erwidert: Ich glaube, daß es noch zu früh ist, Josephine. Und sie hat mir recht gegeben.«
»Es ist nicht zu früh«, sagte Jakob Steiner bitter. »Wir werden jeden Tag älter, und der Winter kommt, und es wird kalt sein, und Schnee wird fallen, und überhaupt halte ich das Alleinsein nicht mehr aus.«
»Aber Sie sind doch nicht allein? Sie können sie doch immer besuchen!«
»Besuche machen ist schrecklich«, sagte Steiner. »Hingehen und wissen, daß man wieder fortgehen muß, daß man nicht bleiben kann, daß man zuletzt nicht mehr weiß, wo man hingehört. Glauben Sie mir, Mamoulian, so eine Liebe per Distanz ist etwas Abscheuliches.«
»Aber«, sagte Herr Mamoulian und setzte sich auf einen Balken, »wie haben Sie sich denn das alles vorgestellt? Wir hatten doch einen Plan: wir wollten unser Haus wiederaufbauen, nicht wahr? Das war sogar Ihre Idee. Mir hat sie zuerst gar nicht gefallen, aber jetzt gefällt sie mir sehr, auch ich möchte das Haus zu Ende bauen. Wenn Sie jetzt heiraten, ist es mit dem Bau Essig. Dann haben Sie an so viel zu denken, daß Sie nicht mehr dazukommen, weiterzuarbeiten. Und Sie haben kein Geld. Und keine Wohnung – denn hier werdet ihr vor dem Frühjahr doch nicht richtig wohnen können. Und dann haben Sie keine Stellung –«
»Eine Stellung werde ich bekommen«, sagte Steiner halsstarrig, »ich habe mit Lobgesang gesprochen, und er hat mir fest versprochen, mich mit Beginn des nächsten Jahres als Tischler anzustellen, und dann werde ich genügend Geld verdienen, um Josephine und die kleine Ruth und mich selbst zu ernähren.«

»Nun also«, sagte Herr Mamoulian, »da sehen Sie es selbst: nächstes Jahr! Ich habe ja nicht gesagt, daß Josephine Sie überhaupt nicht heiraten soll, ich habe nur gesagt, daß es im Augenblick noch zu früh ist, verstehen Sie doch, Sie Idiot! Alles im Leben hat seine Zeit, das steht schon in der Bibel, Jakob, und alles Vornehmen unter dem Himmel hat seine Stunde. Geborenwerden, Sterben, Pflanzen, Heilen, Brechen und Bauen, Weinen und Lachen, Klagen und Tanzen, Steinezerstreuen und Steinesammeln, Suchen und Verlieren, Behalten, Wegwerfen, Schweigen, Reden, Streit und Friede, Lieben und Hassen, alles hat seine Zeit.«

»Ich habe keine Zeit.«

»Unsinn«, sagte Herr Mamoulian. »Sie müssen Zeit haben. Sie müssen lernen, geduldig zu sein. Geduldig zu sein und keine Sprünge in die Zukunft zu machen, verstehen Sie? Der Mensch, der in die Zukunft springt, geht vor die Hunde. Und Sie wollten springen, Sie wollten einen ganz großen Sprung tun, ohne vorher die Grundlagen für diesen Sprung geschaffen zu haben. Es hat keinen Sinn, den Menschen, den man liebt, in eine Lage zu bringen, die ihm vor lauter Sorgen nicht mehr gestattet, an seine Liebe zu denken. Und das hätten Sie fast getan: denn ihr hättet viel zuviel Sorgen gehabt, um auf die Dauer glücklich zu sein, und Josephine hätte Sie verlassen, weil sie eine Frau ist, die sich nach nichts mehr sehnt als nach Sicherheit. Ach, ich kenne Sie doch, Jakob, seien Sie nicht eigensinnig: sie läuft Ihnen ja nicht fort, die Frau. Warten Sie noch ein wenig, das rate ich Ihnen, wie ich es ihr geraten habe. Im nächsten Frühjahr, wenn unser Haus steht und wenn Sie als Tischler arbeiten und verdienen – dann, ja, dann sollt ihr heiraten, und ich will euer Trauzeuge sein. Man darf nicht allzuviel improvisieren«, sagte er, während er in das Gerüst emporzuklettern begann, »unsere Lage ist schon kompliziert genug, auch ohne eure Heirat ...«

Und er dachte, während er mit einem bärtigen Arbeiter

eine Traverse hochzuziehen begann, daß das neue Jahr, an das Jakob Steiner mit so großer Sehnsucht dachte, ihm einige bemerkenswerte Rechnungen präsentieren würde. Jakob Steiner sah ihm nach und fühlte, wie seine Erbitterung einer mäßigen Traurigkeit Platz machte. Und wie der Traurigkeit sich durch den Gedanken an den kommenden Frühling und etwas gesunden Menschenverstand beikommen ließ.
Dann sagte Jakob Steiner: »Na ja«, spuckte in die Hände und kletterte Herrn Mamoulian in den ersten Stock hinauf nach.

Der unglaubliche Brief kam am 29. August mit der Morgenpost. Er steckte in einem vornehmen länglichen Kuvert und war in Wien aufgegeben worden. Auf dem Umschlag standen mit Schreibmaschinenschrift Herrn Mamoulians Name und seine Adresse und in der linken oberen Ecke stand mit kleinen Buchstaben:

REUBEN TSCHIPOURIAN

Nur der Name, sonst nichts.
Als Jakob Steiner Herrn Mamoulian diesen Brief überreichte, wurde dieser plötzlich ganz bleich und begann zu schwanken, daß Steiner schon glaubte, er habe die Absicht, ohnmächtig zu werden. Dann wurde Herr Mamoulian plötzlich wieder blutrot im Gesicht, warf die Arme in die Luft, gab ein vollkommen sinnloses Geräusch von sich und setzte sich auf den Fußboden.
»Das Herz«, sagte er. »Ich bin nicht mehr der Jüngste.«
»Stehen Sie auf und nehmen Sie den Brief«, sagte Jakob Steiner, »er ist an Sie adressiert.«
»Ich kann nicht aufstehen, Jakob«, sagte Herr Mamoulian und bewegte verloren die Beine hin und her, »lesen Sie ihn mir vor.«
Jakob Steiner riß den Umschlag auf, entnahm ihm einen zusammengefalteten Bogen kostbaren Briefpapiers, öff-

nete ihn und las: »Lieber Aram« (las Jakob Steiner), »ich bin untröstlich darüber, daß ich Dich so lange warten ließ. Meine Geschäfte haben mich um die ganze Erde geführt, und es war mir unmöglich, früher zu kommen, wofür ich Dich tausendmal um Verzeihung bitte. Ich kann nicht annehmen, daß Du Dich entschlossen hast, trotzdem mein Buch zu übersetzen. Solltest Du es doch getan haben, so wüßte ich nicht, wie ich Dir danken soll. Ich erwarte Dich mit Ungeduld. Komme zu mir. Meine Adresse ist: Stubenring zehn, im ersten Stock, im ersten Bezirk, in dieser Stadt Wien, im Lande Österreich. Sei gegrüßt von Deinem Dich sehnsüchtig erwartenden Freund Reuben Tschipourian.«

»Jakob«, sagte Herr Mamoulian tonlos, »wissen Sie, was das bedeutet?«

»P.S.«, sagte dieser. »Bringe, bitte, mein Manuskript mit, wenn Du kommst, ganz gleich, ob es fertig ist oder nicht.«

»Wissen Sie, was das bedeutet, Jakob?« fragte Herr Mamoulian vom Fußboden aus noch einmal.

»Nein«, sagte Steiner.

»Das bedeutet, daß mein Auftraggeber zurückgekommen ist«, sagte Herr Mamoulian mit zitternder Stimme, »daß er nach drei Jahren zurückgekommen ist und daß wir jetzt Geld für meine Arbeit bekommen werden, und daß wir unsere Sorgen los sind, und daß wir für Sie und Frau Magdalena und für Josephine und für mich neue Kleider kaufen können, und daß wir unsere Schulden bezahlen und Glas für neue Fenster bestellen können und ... ich muß mich anziehen«, sagte Herr Mamoulian, »und rasieren und in die Stadt fahren. Wo ist meine dunkle Hose? Wo ist Frau Magdalena?«

»Auf dem Bau, wo sonst?« sagte Steiner, der nun auch ein wenig aufgeregt zu werden begann.

»Man muß sie sofort holen«, sagte Herr Mamoulian, der in verschiedenen Laden heftig nach einem sauberen Hemd und einer Krawatte zu wühlen begann. »Sie soll meine Hose bügeln. Mein Gott, nichts ist hier in Ord-

nung, nichts findet man, wenn man etwas sucht. Wissen Sie, auf welchem Bau?«
»Unten in der Billrothstraße, nicht weit von hier ...«
»Dann laufen Sie sofort hin! Sie soll augenblicklich kommen! Sagen Sie ihr, daß keine Zeit zu verlieren ist. Ich kann meinen Freund nicht warten lassen ... Steiner!« schrie er Jakob nach, der bereits die Treppe hinaufeilte. »Wieviel Geld haben wir noch?«
»Vierzig Schilling«, sagte dieser, »aber wir haben noch keine Lebensmittel für diese Woche eingekauft, und außerdem kommt der Gasmann.«
»Gasmann!« rief Herr Mamoulian. »Begreifen Sie nicht, daß das alles jetzt keine Probleme für uns sind? Wir haben Geld, wir haben viel Geld! Heute nachmittag sind wir reiche Leute! Nehmen Sie die vierzig Schilling!«
»Die hat Frau Magdalena, Sie wissen doch, daß sie das Geld verwahrt.«
»Dann nehmen Sie eine Flasche mit und bringen Sie einen Liter Wein mit.«
Jakob Steiner drehte sich um, rannte in die Küche und holte eine Flasche.
»Aber bringen Sie den alten, den zu sechs Schilling das Viertel«, rief Herr Mamoulian und lief ihm, schon in Unterhosen, bis zum Gartentor nach. »Unterstehen Sie sich, so einen verwässerten Mist zu bringen wie das letzte Mal!«
Doch Jakob Steiner hörte ihn nicht mehr. Er jagte bereits in großen Sprüngen den Berg hinunter, um Frau Magdalena zu holen, Herr Mamoulian lief in seiner Kellerwohnung auf und ab und sprach zu sich selbst, während er darauf wartete, daß sein Rasierwasser warm wurde.
»So ist das Leben, mein Lieber«, sagte er. »Ich habe ja gewußt, daß es richtig war, weiterzuübersetzen. Man darf niemals die Hoffnung verlieren. Wenn man die Hoffnung verliert, ist alles verloren. Aber solange man hofft, geschehen noch Wunder. Wenn man sich selbst nur nicht wundert. Wundere ich mich? Gar nicht wundere ich mich. Ich

weiß schon, wie es im Leben geht. Ich bin ja auch alt genug, um es zu wissen. Na ja ... ungefähr weiß ich es wenigstens. Man darf sich über nichts zu sehr kränken, man darf sich über nichts zu sehr freuen, dann wird es einem wohl ergehen auf Erden.«

Er steckte einen Finger in das Rasierwasser, verbrannte sich und sagte: »Mir scheint aber, ich freue mich schon wieder. Da muß ich sehr achtgeben, sonst geht gleich wieder etwas schief.« Und Herr Mamoulian setzte ein ernstes Gesicht auf, dachte an sein schwaches Herz, Jakob Steiners Heirat und sein überlastetes Bett, lauter komplizierte und unerfreuliche Dinge, in dem Bemühen, nicht zu ausgelassen zu werden. Trotzdem schnitt er sich beim Rasieren dreimal und wartete noch immer darauf, daß sein Kinn aufhören würde zu bluten, als Frau Magdalena die Treppe heruntergepoltert kam, die volle Flasche auf den Tisch setzte, daß es knallte, und Herrn Mamoulian einen Kuß gab.

»Passen Sie auf!« sagte dieser entsetzt. »Sie machen sich ja ganz blutig!«

»Ach was«, sagte Frau Magdalena, die sonderbarerweise penetrant nach Pferdestall roch, »als ob das nicht ganz gleichgültig wäre. Ich habe mir schon lange gewünscht, Ihnen einen Kuß zu geben, Herr Mamoulian, und jetzt ist es endlich soweit. Übrigens«, sagte sie und stürzte sich von neuem auf ihn, »könnte ich Ihnen gleich noch einen geben. Auf Vorrat. Wer weiß, wann wir wieder Geld bekommen?«

»Und nun«, sagte Herr Mamoulian, als er atmen konnte, »holen Sie schleunigst drei Gläser. Ich muß einen Schluck trinken.« Sie leerten die Flasche ohne Umschweife.

Frau Magdalena wischte sich den Mund ab, schlug Herrn Mamoulian auf den Rücken und sagte: »Jetzt sollen Sie einmal sehen, was für eine Hosenbüglerin ich bin. So eine Hose haben Sie in Ihrem ganzen Leben noch nicht getragen!« Und sie verschwand mit dem erwähnten Kleidungsstück in die Küche, wo sie zu pfeifen begann.

»Wieviel Geld werden Sie denn ungefähr bekommen?« fragte Jakob Steiner, der einen kühlen Kopf bewahrt hatte.
»Das weiß ich nicht. Aber jedenfalls mehr, als wir alle drei seit langer Zeit auf einem Haufen gesehen haben«, sagte Herr Mamoulian. »Wollen Sie Josephine ein Geschenk machen?«
»Ja, aber –«
»Das sollen Sie auch! Wollen Sie der kleinen Ruth ein Geschenk machen?«
»Ja, aber –«
»Das sollen Sie auch! Und wollen Sie Frau Magdalena vielleicht kein Geschenk machen? Das wäre ja noch schöner! Haben Sie sich schon einmal überlegt, wo wir ohne sie hingekommen wären?«
»Herr Mamoulian«, sagte Steiner, »wir haben auch eine ganze Menge Rechnungen zu bezahlen, wenn wir unser Haus weiterbauen wollen. Man sollte das Geld nicht gleich wieder zum Fenster hinauswerfen.«
»Haben Sie keine Angst!« Mamoulian winkte großartig ab. »Es wird genug Geld für Geschenke *und* Rechnungen da sein. Hoffentlich«, sagte er, etwas ernüchtert. »Machen Sie mich jetzt nur nicht wahnsinnig! Sagen Sie mir lieber, ob ich noch blute.«
»Nein, nicht mehr.«
»Dann ist es gut. Sind meine Haare zu lang?«
»Sie sind gerade richtig.«
»Mache ich einen seriösen Eindruck?«
»Soweit man in Unterhosen seriös sein kann, ja.«
»Gut«, sagte Herr Mamoulian und setzte sich steif in einen Lehnstuhl, »binden Sie mir einen hübschen Krawattenknoten, Jakob, aber machen Sie mein Hemd nicht schmutzig ...«
Sie brachten Herrn Mamoulian gemeinsam zur Straßenbahn. Er trug eine Blume im Knopfloch, einen Spazierstock in der Hand und hatte den Hut aus der Stirn geschoben. Frau Magdalena betrachtete ihn bewundernd.

»Ein feiner Herr«, sagte sie, »bei Gott: ein feiner Herr! Dem würde ich meine letzten zwei Schilling leihen.«
»Einem feinen Herrn leiht man nicht zwei Schilling, Frau Magdalena. Einem feinen Herrn leiht man niemals weniger als zweihundert!«
»Es ist die Hose«, sagte Jakob Steiner.
»Es ist die gute Haltung«, sagte Frau Magdalena.
»Es ist die Hose«, sagte Jakob Steiner.
»Es ist die gute Haltung und sein edles Gesicht«, beharrte Magdalena.
»Hört schon endlich auf«, sagte Herr Mamoulian. »Es ist der Wein und der Gedanke, daß ich endlich wieder Geld in der Tasche haben werde.«
Vor dem Einsteigen in die Straßenbahn offerierte Frau Magdalena einen dritten Kuß. Herr Mamoulian umarmte sie, als gälte es, auf Jahre Abschied zu nehmen, dann sprang er in den schon fahrenden Wagen. Bis zur nächsten Straßenbiegung sah er zurück. Die beiden winkten. Herr Mamoulian lachte dröhnend, setzte sich und konnte nicht erwarten, daß die Straßenbahn die Endstation erreichte. Während er über den Ring fuhr, sagte er ein armenisches Nationalpoem auf, um seine Ungeduld zu zügeln. Es war ein umfangreiches Nationalpoem und hatte fünfundzwanzig Strophen. Herr Mamoulian erinnerte sich nicht mehr an alle.
Beim Kursalon sprang er aus dem fahrenden Wagen, rannte über die Straße und erreichte den ersten Stock des Hauses Stubenring 10 ein wenig außer Atem. An dem Mädchen mit der weißen Haube, das ihm öffnete, vorbei eilte Herr Mamoulian in eine riesenhafte Wohnung mit alten Biedermeiermöbeln, weiß-goldenen Türen von erstaunlicher Höhe und blitzenden Kristallustern an den Decken. Im zweiten Zimmer, das Herr Mamoulian betrat, stand vor den großen Fenstern, die auf den Ring hinaus sahen, ein Schreibtisch. Hinter dem Schreibtisch saß ein großer, schlanker Mann mit schwarzen Augen und ebensolchem Haar. Dies war Herr Reuben Tschi-

pourian. Bei Herrn Mamoulians Anblick erhob er sich, ging auf ihn zu und umarmte ihn. Dann küßte er ihn auf beide Wangen. Und dann sagte er, genauso, wie Herr Mamoulian es Frau Magdalena prophezeit hatte: »Bruder, verzeih mir, daß ich dich so lange warten ließ.«
Nur sagte er es auf armenisch, und da klang es noch einmal so ergreifend. Danach sahen sich die beiden Herren längere Zeit gerührt in die Augen, und dann übergab Herr Mamoulian ein umfangreiches Paket, das er bei der Begrüßung fast fallengelassen hatte.
»Das Manuskript«, sagte er mit erstickter Stimme.
»Es ist übersetzt?«
Herr Mamoulian nickte nur und sah angestrengt auf einige helle Sonnenkringel, die auf dem Teppich tanzten.
»Aram«, sagte Herr Tschipourian, »du bist mein bester Freund. Du bist mein Bruder. Du bist ein guter Mensch.«
Und er geleitete ihn zurück zu seinem Schreibtisch, wo er ihm Platz anbot, eine Lade aufzog und eine Flasche mit einer bernsteinfarbenen Flüssigkeit sowie zwei Gläser auf den Tisch stellte. Auf dem Etikett der Flasche erblickte Herr Mamoulian drei kleine Sterne und seufzte zufrieden.
»Ich finde das Leben interessant«, sagte Herr Aram Mamoulian und senkte dankend den Kopf für eine dicke Zigarre in Cellophanpapier, die ihm sein Freund und Auftraggeber offerierte. »Wie ist es dir gegangen?«
»Mir ist es gut gegangen, Bruder«, sagte Herr Tschipourian, »wenn man es richtig bedenkt. Ich verbrachte in Aserbeidschan sieben Monate im Gefängnis, weil man mich für einen Agenten der Standard-Oil-Company hielt, der gekommen war, um die Ölfelder in Brand zu stecken und die Regierung zu stürzen, und ich war Vizepräsident einer Gesellschaft zur Entwicklung von Flugzeugen mit Überschallgeschwindigkeit in New York, und ich verkaufte Smyrnateppiche in Buenos Aires. Bruder, ich habe die ganze Welt gesehen, aber es

war mir unmöglich, früher nach Wien zu kommen und meine Schuld zu begleichen.«
»Es war gar nicht so eilig«, murmelte Herr Mamoulian und sog heldenhaft an seiner Zigarre.
»Jetzt aber bin ich hier«, sagte Herr Tschipourian, während er ein Formular aus der Schreibtischlade zog, es kurz betrachtete und über den Tisch reichte, »und bevor wir weiterreden, muß ich dir dieses Papier geben, denn ich habe ein unsagbar schlechtes Gewissen.«
Das Papier war ein Scheck auf ein Bankkonto der Österreichischen Länderbank und lautete auf den Namen Aram Mamoulian. Als auszuzahlende Summe waren fünfzigtausend Schilling eingetragen.
»Aber!« sagte Herr Mamoulian und dachte blitzschnell an sein schwaches Herz. »Ich –«
»Das war doch die vereinbarte Summe«, sagte der andere hastig, »darüber hinaus stehe ich dir mit jedem Betrag zur Verfügung, den du benötigst. Du siehst nicht gut aus. Ich weiß, du bist in Not geraten.«
»Aber, aber, aber«, sagte Herr Mamoulian und brach ab, als er sah, daß er nicht weiterkam. »Ich muß etwas trinken«, sagte er und trank. »Aber«, sagte er danach, »die Zeiten haben sich geändert, das Geld ist heute mehr wert als vor drei Jahren. Ich kann diese Summe nicht annehmen, es wäre unanständig gegen dich gehandelt ...«
»Bruder«, sagte Herr Tschipourian, »du wirst diesen Betrag annehmen oder ich will dir, so sehr ich dich liebe, einen vergifteten Dolch in den Rücken stoßen, denn es wäre eine tödliche Beleidigung, die Annahme zu verweigern.«
»Ich habe keine Verwendung für eine so große Summe«, sagte Herr Mamoulian. »Ich habe mich daran gewöhnt, ohne Geld zu leben, und ich fürchte, daß ich es nicht mehr fertigbringe, *mit* Geld zu leben.«
»Von fünfzigtausend Schilling wirst du nicht ewig leben. Wir beide müssen zusammenarbeiten, nächstes

Frühjahr schon. Ich habe vor, in Wien eine Filiale des Unternehmens meines Vaters zu eröffnen, und du sollst sie leiten.«

»Hör auf«, sagte Herr Mamoulian und griff wieder nach seinem Glas. »Ich bitte dich flehentlich, hör auf!«

»Bringe ich dir nicht gute Nachrichten?«

»Du bringst zu viele gute Nachrichten, Bruder«, sagte Herr Mamoulian. »Es ist bald wieder ein Unglück fällig, wie ich das Leben kenne.«

»Nur, wenn du den Scheck nicht nimmst«, sagte Herr Tschipourian. »Was machst du denn?«

»Ich baue ein Haus«, sagte Herr Mamoulian abwesend.

»Was?« Der andere neigte sich interessiert vor. »Ich dachte, dir ginge es schlecht?«

»Ich baue mein Haus selbst. Mit ein paar Freunden. Wir sind unsere eigenen Baumeister, verstehst du? Ich bin ein Arbeiter geworden.«

»Mein armer Freund«, sagte Herr Tschipourian, »das ist ja entsetzlich!«

»Im Gegenteil«, sagte Herr Mamoulian, »das ist wunderbar. Ich habe die Menschen und das Leben von einer ganz neuen und schönen Seite kennengelernt. Ich habe viele Dinge erlebt, die ich niemals erlebt hätte, wenn ich wohlhabend geblieben wäre, und ich bin glücklich.«

»Nun«, sagte Herr Tschipourian, »Gott sei Dank bin jetzt ich hier, und du hast es nicht mehr nötig, weiterzuarbeiten. Wir werden eine Gesellschaft damit beauftragen, dein Haus zu Ende zu bauen, und du erholst dich einmal ordentlich, damit du kommenden Frühling mit mir zu arbeiten beginnen kannst.«

In diesem Augenblick sah Herr Mamoulian ganz deutlich, wie alles werden sollte, und er wußte, daß er den richtigen Weg gewählt hatte.

»Nein, Bruder«, sagte er, »keine Baugesellschaft, ich selbst will mein Haus zu Ende bauen, mit meinen eigenen Händen und mit meinen beiden Freunden, die auch bei mir wohnen sollen, wenn es fertig ist. Dann, im

nächsten Jahr, will ich gerne mit dir arbeiten. Bis dahin werden die fünfzigtausend Schilling reichen. Aber dieses Haus muß ich noch selbst vollenden. Es hängen so viele Erlebnisse und Wünsche an ihm, die du nicht kennst, daß du mich vielleicht nicht verstehen wirst. Aber ich weiß: diese Ruine, aus der wir wieder ein richtiges Haus machen, ist etwas wie eine Bank der guten Hoffnung, der anständigen Instinkte, der Ehrlichkeit und des guten Willens, und deshalb hänge ich so an meinem Vorhaben. Das mußt du verstehen, Reuben nicht wahr?«
»Natürlich«, sagte dieser, »ich verstehe dich. Du warst schon immer ein wenig verrückt, Aram, dein Bruder sagte es bereits, als wir noch zur Schule gingen. Du bist ein Träumer. Es heißt, daß es die Träumer sind, die unsere Welt bewegen. Baue dein Haus, ich kann warten. Hast du selbst inzwischen etwas geschrieben?«
»Ein Buch«, sagte Herr Mamoulian. »Es heißt ›Die menschliche Komödie‹ und es bestehen schon fünf Kapitel. Auch mein Buch muß in diesem Winter noch fertig werden, dann erst kann ich zu dir kommen, Reuben. Du siehst, ich habe viel zu tun.«
»Wir alle haben viel zu tun«, sagte Herr Tschipourian. »Wirst du die Zeit aufbringen, mit mir zu Mittag zu essen, und darf ich einen neuen Anzug für dich aussuchen? Der, den du trägst, ist völlig entsetzlich.«
»Ja«, sagte Herr Mamoulian leise, »du darfst.« Und dann verschwamm der Raum vor seinen Augen, und dichte Nebel drangen von allen Seiten auf ihn ein, ein ungeheures Brausen erfüllte seine Ohren, und es schien ihm, als stürze er durch einen endlosen, sich weitenden Raum abwärts, abwärts, weiter und weiter, hinein in ein grenzenloses und milchiges Nichts.
Zum erstenmal in seinem Leben wurde Herr Aram Mamoulian an diesem Tage in den prunkvollen Räumen der Wohnung Stubenring 10, I. Stock, von einer tiefen Ohnmacht ereilt.

DAS ELFTE KAPITEL

worin Herr Mamoulian darangeht, seine Rechnungen zu bezahlen, neue Kleider für seine Freunde zu kaufen und Geschenke zu machen; worin die kleine Ruth zur Schule geführt wird und ein ungewöhnlicher Herr Lehrer eine noch ungewöhnlichere Ansprache hält; in welchem es Herbst wird und eine geheimnisvolle Krankheit Frau Magdalena befällt, so daß sie schon fürchtet, sterben zu müssen, und von einem aufregenden Traum, den sie im Fieber hat.

Wenn man die saloppe und wenig verantwortungsbewußte Art bedachte, in welcher Herr Mamoulian die letzten Jahre verbracht hatte, dann mußte man sich über die geradezu kindliche Freude wundern, mit welcher er nun daranging, seine Schulden zu bezahlen. Er überbrachte seinen einzelnen Gläubigern wie Fräulein Yvonne, der Spezialbaugesellschaft, Tobias Lobgesang und der Gesellschaft für Deckenbau persönlich die ausstehenden Beträge und ließ sie sich quittieren. Die beiden Tage, an denen er diese Angelegenheiten erledigte, waren persönliche Festtage für ihn und sahen ihn in allerbester Laune. Am Ende des zweiten Tages warf er alle Quittungen und Bestätigungen, die er in den Taschen seines neuen vornehmen Anzuges vorfand, weg, zählte sein Geld und entschied, daß er noch genug besaß, um ein Paket amerikanischen Pfeifentabak zu kaufen. Am Morgen des dritten Tages fuhr er mit Jakob und Frau Magdalena in die Stadt, wo sie Josephine und die kleine Ruth aufsuchten. Gemeinsam gingen sie sodann einkaufen. Sie besorgten Kleider, Schuhe, Strümpfe, Hemden, einen Wintermantel für Frau Magdalena und einen Schulranzen für die kleine Ruth. In Josephines Wohnung kleideten sich die Mitglieder von Herrn Mamoulians Familie sodann um und verwahrten

ihre alten Lumpen in einem großen Koffer.
Um nicht in Versuchung zu geraten, ging Herr Mamoulian noch am selben Nachmittag auf eine Bank, die ihm ein Konto eröffnete. Am Morgen des vierten Tages saß er mit Jakob Steiner bereits wieder im Gerüst seines Hauses und beschmierte Eisentraversen mit leuchtend roter Rostschutzfarbe. Am Nachmittag kam Herr Tschipourian zu Besuch, wurde mit Jakob Steiner und Frau Magdalena bekannt gemacht, lächelte höflich, betrachtete alles eingehend und wunderte sich sehr. Aber er sagte kein einziges abfälliges Wort, und als er fortging, dachte er lange über das sonderbare und geheimnisvolle Wesen nach, das man den Menschen nennt.
Im ersten Stock der Ruine setzte Jakob Steiner an diesem Tag die erste neue Tür in einen neuen Türstock, und Frau Magdalena betrachtete sie wie ein großes Wunder. Vorsichtig machte sie auf und zu, behauchte die Metallklinke und beanstandete schließlich, daß die Tür kein Schloß und keinen Schlüssel besaß.
»Unsere Fenster besitzen auch noch keine Rahmen«, sagte Jakob Steiner gekränkt, »und unsere Wände keine Farbe. Aber eine Tür, die man wirklich auf- und zu machen kann, ohne daß sie klemmt oder umfällt, die besitzen wir schon. Ich bin sehr stolz auf diese Tür, Frau Magdalena, und ich werde auch alle anderen Türen, mit Ausnahme der Eingangstür, *ohne* Schlösser bauen, denn in dem Haus, in dem wir wohnen, soll es keine Geheimnisse geben. Oder sind Sie anderer Meinung?«
»Die Speisekammer«, sagte Frau Magdalena nach längerem Nachdenken, »müßte schon ein Schloß haben. Wo ihr beide doch so verfressen seid!«
Handwerker kamen und leiteten Drähte für das elektrische Licht an den rohen Ziegelwänden der neuentstehenden Räume entlang, die bald danach mit Mörtel beworfen und provisorisch mit Kalk geweißt wurden.
Um frühen Regenfällen der kommenden Jahreszeit vorzubeugen und um das so mühevoll wiedererstandene

Erdgeschoß vor Witterungseinflüssen zu schützen, baute Jakob Steiner über das erste, offengebliebene Stockwerk des Hauses und seine rohen Mauern mit Hilfe einiger Balken ein primitives, nach zwei Seiten abfallendes Dach, das er mit geteerter Spezialpappe, Blechen und Brettern deckte, so daß Regen und Schnee dem aufgebauten Teil des Hauses nichts anhaben konnten. Nach dem gleichen Verfahren wurde die am übelsten mitgenommene vierte Außenmauer des Hauses geschlossen. Die Fenster der Halle und zweier Zimmer wurden verglast. Die große Veranda blieb vorläufig noch offen. Den Fußboden des wiedererstandenen Parterres bildeten glattgehobelte und gebeizte Bretter, die Jakob Steiner nebeneinander nagelte. Sie hatten, den Berechnungen Tobias Lobgesangs entsprechend, ihr Ziel erreicht: Mitte September waren die Räume des Parterres, wenn auch noch nicht besonders bequem, bewohnbar. Nun bereiteten sie sich für den Winter vor. Sie bauten einen provisorischen Kamin, um wenigstens eines der Zimmer heizen zu können, und stellten einen kleinen, aber kräftigen Ofen auf. Jakob Steiner zerschlug und zersägte in seinem Schuppen gewaltige Mengen von Bauholz. Mit Hilfe seiner primitiven Tische und Stühle sowie mit einigen Möbelstücken, die sie aus dem Keller nach oben trugen, richteten sie die beiden neuen Zimmer ein.
Josephine brachte ein wenig Bettzeug. Frau Lobgesang, die geborene Kugler, brachte ein Messingbett samt Einsatz, und Herr Haller von der Kriminalpolizei Döbling stellte ein zweites Bett zu Verfügung, allerdings nur eines aus Eisen, wie es die Polizisten verwendeten. Auf diese Weise hatte jedes Mitglied von Herrn Mamoulians Haushalt wieder seine eigene Schlafstelle und darüber hinaus sogar ein eigenes Zimmer. Herr Mamoulian selbst zog es vor, im Keller zu überwintern, und erklärte, erst im Frühjahr nach oben ziehen zu wollen. In allen Zimmern brannte elektrisches Licht, und Josephine brachte bunte Tischdecken, ein wenig Geschirr, Fenster-

vorhänge und einen kleinen Bettvorleger, Herr Mamoulian fuhr in die Stadt und besorgte Öldrucke von zwei berühmten Gemälden niederländischer Maler, die an den gekalkten Wänden großartig aussahen. Und am 15. September ging die kleine Ruth zum erstenmal zur Schule.

Jakob Steiner hatte um Erlaubnis gebeten, mitgehen zu dürfen, und er begleitete die unvollständige Familie Werner ganz so, als wäre sie gar nicht mehr unvollständig, sondern vielmehr er selbst ihr Oberhaupt. Die kleine Ruth trug ein neues Kleid, die Schuhe Herrn Mamoulians und die neue Schultasche, die in der Morgensonne funkelte. An der einen Hand wurde sie von Josephine, an der anderen von Jakob Steiner geführt, der die ganze Situation äußerst rührend fand und aus diesem Grund besonders viel dummes Zeug erzählte, über das sich die kleine Ruth vor Lachen ausschütten wollte. Als sie vor der Schule ankamen, standen dort schon viele andere Kinder mit ihren Eltern, die kleine Ruth machte sich sofort selbständig und war bald umringt von anderen kleinen Mädchen, die sich wie alte Bekannte betrugen. Es waren sehr verschiedene Kinder zusammengekommen, um die erste Klasse zu besuchen, Kinder armer und Kinder reicher Leute, das konnte man deutlich erkennen: Kinder von Milchfrauen und Eisendrehern, und Kinder von Generaldirektoren und Ärzten; Kinder von Schneidern und Kinder von Gaskassierern, Kinder von Rechtsanwälten und Kinder von Staatsbeamten. Während sich aber die Kinder selbst nicht eine Minute lang darum scherten, ob ihre neuen Bekannten ein Pelzmäntelchen oder geflickte Strümpfe trugen, sondern gleich miteinander Kontakt fanden, sich Murmeln, alte Straßenbahnfahrscheine oder bunte Steine zeigten, standen die Erwachsenen verlegen daneben und brachten es nicht zuwege, auch nur drei herzliche Worte zu sagen. Gelegentlich entdeckten sich zwei und kamen miteinander ins Gespräch, aber dann war es stets eine Frau

Ministerialrat mit einer Frau Doktor, oder eine Frau Gaskassier mit einer Frau Eisendreher. Sie unterhielten sich über den letzten Sommeraufenthalt in Bad Ischl oder über die schwedische Kinderausspeisung, über Klavierunterricht oder immer zerrissene Schuhe, deren Reparatur beständig teurer wurde.

Die Kinder bestimmten ihre zukünftigen Freunde danach, ob *sie* ihnen gefielen, und ihre Eltern bestimmten sie danach, ob ihre *Eltern* ihnen gefielen. Als es läutete, marschierten Kinder und Mütter in den ersten Stock des Schulhauses hinauf. Die Väter blieben zurück, liefen nervös auf und ab und rauchten. Ein junger Herr Lehrer mit einem freundlichen Gesicht und zwei lustigen Falten, die ihm von den Nasenflügeln zu den Mundwinkeln durch das Gesicht liefen, empfing die Ankömmlinge, führte sie in ein helles Klassenzimmer, wo jedem Kind sein Platz angewiesen wurde. Dann zog der Herr Lehrer eine lange Liste aus der Tasche und las der Reihe nach alle Namen vor, und jedes Kind, das gerufen wurde, sagte: »Hier!« Und die Mütter, die vor der geöffneten Tür auf dem Gang standen und in das Klassenzimmer schielten, sagten auch »Hier!«, wenn ihr Name gerufen wurde. Aber sie sagten es leise, und der Herr Lehrer hörte es nicht.

Und als der letzte Name verlesen war, übergab der Herr Lehrer die Liste einer jungen Dame, die mittlerweile eingetreten war, und sagte: »Das, meine Lieben, ist eure Frau Lehrerin. Seid brav und folgsam gegen sie, denn sie ist eure Freundin und wird euch viele schöne Dinge erzählen.« Und die junge Frau Lehrerin nickte dazu mit dem Kopf und sagte: »Heute ist der erste Schultag. Den wollen wir damit verbringen, einander ein wenig kennenzulernen.«

Damit setzte sie sich auf die erste Bank und rief ein Kind beim Namen, mit dem sie sich zu unterhalten begann, während alle anderen aufgeregt zuhörten.

Inzwischen war der Herr Lehrer auf den Gang hinausge-

treten und schloß die Klassentür leise hinter sich zu. Danach sagte er zu den versammelten Müttern: »Und nun, meine Damen, bitte ich Sie, mir zu folgen!« Damit führte er die Erstaunten über einen Gang in ein anderes, leeres Klassenzimmer, winkte auffordernd mit der Hand und sagte: »Bitte nehmen Sie Platz!« Das war nun für manche Mütter gar nicht so einfach, denn die Schulbänke waren sehr klein und schmal, und manche Mütter waren sehr groß und dick. Aber schließlich saßen doch alle, und zwar, weil sie sich in großer Verwirrung und Eile gesetzt hatten, einigermaßen durcheinander. Eine Frau Doktor saß neben einer Milchfrau. Und eine Frau Ministerialrat neben der Frau eines Schlossers. Aber das kam ihnen gar nicht mehr so zu Bewußtsein, denn sie waren, wie gesagt, sehr aufgeregt.
»Liebe Mütter«, sagte der junge Herr Lehrer mit dem lustigen Gesicht, »eure Kinder sind heute in unsere Schule gekommen, und wir haben die Aufgabe übernommen, ihnen das Rechnen, das Lesen, das Schreiben, das Zeichnen und das Singen beizubringen. Wir haben aber noch eine andere Aufgabe übernommen, nämlich die, sie zu ehrlichen, fröhlichen, mutigen und anständigen Menschen zu machen. Eure Kinder, das wissen wir gut, kommen aus ganz verschiedenen Familien. Manchen ist es in ihrem Leben sehr gut gegangen und anderen wieder sehr schlecht.«
Hier erlitt eine besonders dicke Mutter in der letzten Reihe einen leichten Anfall von Atemnot, der jedoch erst vorüberging, nachdem sie sich auf das Pult gesetzt und die Arme über den Kopf gehoben hatte.
»Eure Kinder, die ihr uns anvertraut«, sagte der junge Herr Lehrer, »sind heute schon voneinander charakterlich so verschieden, wie ihr es seid. Aber sie sind viel jünger, und deshalb fällt es ihnen viel leichter, zu lernen. Eure Kinder werden einander in kurzer Zeit gut kennen, und viele werden Freundschaft schließen. Wir werden zusammen Weihnachten und Ostern feiern, wir werden

die gleichen Lieder singen und die gleichen Bücher lesen, wir werden in den Wald hinausgehen und Beeren sammeln, den Purzelbaum nach hinten üben und Schneemänner bauen, wenn es schneit. Eure Kinder werden vier Jahre zusammenbleiben. Das ist eine lange Zeit, besonders im Leben eines jungen Menschen. Euren Kindern wird es sehr gleichgültig sein, ob ihre Väter reich oder arm, berühmt oder unbekannt, häßlich oder schön sind – wenn es euch, den Müttern, nicht allzu wichtig ist. Daran müßt ihr denken: es ist nämlich nicht immer ein besonderes persönliches Verdienst, viel Geld zu haben, und es ist auch noch keine Schande, arm zu sein. Wie es umgekehrt auch noch nicht das Zeichen eines schlechten Charakters ist, reich zu sein, und wie man auch noch nicht deshalb schon ein guter Mensch ist, bloß weil man kein Geld hat.
Ihr müßt daran denken, daß eure Kinder die Erwachsenen von morgen sein werden! Und wenn dann die Rechtsanwälte, die Bankdirektoren, die Staatsbeamten und die berühmten Ärzte sagen: Die Arbeiter, das waren doch die Spielgefährten unserer Kindheit – dann haben wir alle Berechtigung zu hoffen, daß wir einer besseren Welt entgegengehen! Das zu erreichen, halten wir für unsere Aufgabe. Sie ist nicht leicht. Sie ist sogar sehr schwer. Denn vor uns hat sie noch niemand gelöst. Aber es ist keine unlösbare Aufgabe, wenn ihr uns unterstützt. Wollt ihr helfen, daß es so wird?«
An dieser Stelle nickten die versammelten Mütter heftig mit den Köpfen, und einige begannen vor Freude mit den Schuhen zu scharren. Und Josephine, die sehr weit hinten saß, wischte sich vorsichtig, um der Schminke nicht zu schaden, eine Träne aus jedem Auge.
»Dann«, sagte der Lehrer und verneigte sich, »habe ich euch im Augenblick nichts mehr zu erzählen. Die Schule ist zu Ende. Ich danke euch schön, jetzt könnt ihr wieder nach Hause gehen!«
Aber die versammelten Mütter gingen noch lange nicht

nach Hause. Sie saßen in den kleinen grünen Bänken und unterhielten sich miteinander. Die Frau des Gaskassiers mit der Frau des Röntgenspezialisten. Und die Frau des Oberstaatsanwaltes mit der Gemüsefrau. Sie sprachen darüber, wie gerne sie noch einmal zur Schule gegangen wären.

Und nun kam der Herbst.
Zuerst bemerkte man ihn kaum, man sah nur, daß die Blätter sich bunt färbten, man fühlte, daß die Luft am Morgen schärfer wurde und die Sonne milder und schwächer, und an manchen Nachmittagen, besonders gegen Abend, machte sich zwischen den Häuserschluchten der Stadt ein seltsamer Geruch nach welkem Laub bemerkbar. In den Feldern brannten offene Feuer, und in den Weinbergen stiegen Männer mit Holzkörben auf dem Rücken umher und sammelten die reifen Trauben. Die Tage wurden kürzer und die Nächte länger, und über die Wiesen trieben lange silberne Fäden, die mit dem Wind verwehten und welche die Leute ›Altweibersommer‹ nannten.
Dieser Herbst war voll Krisen.
Große Unternehmen entließen ihre Angestellten, Politiker versuchten in unzähligen Konferenzen miteinander einig zu werden und brachten es doch nicht zuwege, und immer mehr Menschen sprachen von einem neuen Krieg. Selbst Herr Mamoulian, der so fest an den Frieden geglaubt hatte, wurde nachdenklich, wenn er die Zeitungen las, schüttelte häufig den Kopf und dachte nachts, wenn er nicht schlafen konnte, viele Stunden lang über einen Ausweg aus dem Chaos nach, in das die ganze Welt gefallen zu sein schien. Er las viele Bücher, wie den ›Cherubinischen Wandersmann‹, ›Das Leben und die Ansichten Tristram Shandys‹ und die ›Anatomie des Friedens‹. Wann immer er Zeit fand, schrieb er weiter an seiner ›Menschlichen Komödie‹. Aber die Arbeit fiel ihm sehr schwer, und er kam nur langsam

weiter. Es hatten ihn in letzter Zeit viele Zweifel befallen, obwohl die Umstände ihm eigentlich das Recht gegeben hätten, in Grenzen vergnügt zu sein. Herr Mamoulian bedachte häufig bei sich, wie sehr es zu bedauern gewesen wäre, wenn jene Welt des Friedens, in die er und, wie er überzeugt war, auch alle anderen Menschen langsam wieder hineinzuwachsen im Begriff standen, jählings und grauenhaft zerstört würde durch eine solche der Mordlust, der blinden Gewalttat und der bewaffneten Ungerechtigkeit.

Er besprach sich mit seinem Freund Tschipourian, der den Untergang der Welt für eine ausgemachte Sache und alle Bemühungen, sich ihm zu widersetzen, für Unfug hielt, aber sowenig es ihm gelang, seinen Freund davon zu überzeugen, daß es schade um diese Welt und ihre Menschen gewesen wäre, so wenig gelang es Herrn Tschipourian, Herrn Mamoulian dahin zu bringen, zu glauben, daß es in der Tat das vernünftigste wäre, *alle* Hoffnung fahren zu lassen.

»Es ist von größter Wichtigkeit, niemals die Hoffnung zu verlieren«, sagte er zu sich selbst. »Und die Ereignisse dieses Jahres sollten mir eigentlich gezeigt haben, daß es auch gar nicht am Platz ist, die Hoffnung zu verlieren. Jetzt heißt es ruhig sein und geduldig bleiben. Aber, lieber Gott, laß mich geduldig werden! Ich bin so schrecklich ungeduldig ...«

Herr Mamoulian ging in seinem halbfertigen Haus umher, in dem jeden Tag eine Kleinigkeit vollkommener wurde, ging durch den Garten, dessen verwüstete Rasenflächen sie umgegraben und für das nächste Frühjahr vorbereitet hatten, zu dem Lusthaus, in dem Jakob Steiner arbeitete, und zurück zu dem kahlen und verdorrten Rosenstrauch, der neben der alten Kastanie stand.

»Ja«, sagte er, »ich will versuchen, geduldig zu bleiben. Ich warte ja schließlich nur auf den Ewigen Frieden. Jakob wartet darauf, daß der alte Rosenstrauch wieder

blüht. So sehnen wir uns alle nach Dingen, die unmöglich sind. Aber sind sie wirklich unmöglich?« fragte Herr Mamoulian einen kleinen frierenden Spatzen, der im Rasen saß, und ging zurück in den Keller, um weiter an seinem Buch zu schreiben.
In diesem Herbst wurden viele Menschen krank.
Die Ärzte zuckten die Schultern, wenn sie an ihre Betten gerufen wurden, und schüttelten den Kopf. Sie verordneten Tabletten und Pulver, aber sie taten es ohne Optimismus, denn sie wußten, daß sie gegen diese allgemeine Anfälligkeit, dieses latente Siechtum, diesen Kräfteverfall eines ganzen Kontinents wenig ausrichten konnten, weil sie die natürliche und endliche Reaktion auf die Ereignisse und Zustände vieler vergangener Jahre waren. Zu denen, welche die Erschöpfung niederwarf, gehörte auch Frau Magdalena.
Sie war weiterhin Tag für Tag auf ihre Baustelle gegangen, hatte Mörtel gerührt, Ziegel geschleppt und Herrn Mamoulians Haushalt in Ordnung gehalten. Gegen Ende des Monats Oktober wurde sie das Opfer einer starken Erkältung, von der sie sich nicht richtig erholen konnte. Eine Woche lang lief sie mit tränenden Augen und geröteter Nase, Kopf- und Gliederschmerzen und einer entsetzlichen heiseren Brummstimme herum und weigerte sich, zu Bett zu gehen. Sie war ihr ganzes Leben nicht im Bett gelegen, sagte sie, und sie sah nicht ein, warum sie ausgerechnet jetzt, knapp vor ihrem Tode, noch damit anfangen sollte. Es war ja schließlich alles nur auf die verdammte Erkältung zurückzuführen und würde in den nächsten Tagen vorübergehen. Aber es ging nicht vorüber.
In den nächsten drei Tagen nicht und auch nicht in den nächsten sieben. Am achten Tag fiel Frau Magdalena, der gelernte Maurer, während sie am Herd stand und das Abendbrot bereitete, plötzlich, ohne einen Laut von sich zu geben, um und war ohnmächtig. Als sie zu sich kam, setzte sie sich verwundert auf, fuhr sich mit dem

Handrücken über den Mund, nur um zu bemerken, daß sie heftig aus der Nase blutete, und verlor bei dem Versuch, sich aufzurichten und zur Wasserleitung zu gehen, neuerlich die Besinnung, diesmal für lange Zeit. Sie lag noch immer reglos auf dem Küchenboden, als Jakob Steiner eine halbe Stunde später aus seinem Schuppen kam. Zusammen mit Herrn Mamoulian trug er die alte Frau in ihr Zimmer hinauf und brachte sie zu Bett. Herr Mamoulian lief fort, um einen Arzt zu holen. Als er zurückkam, war Frau Magdalena bereits wieder bei Besinnung.

Der Arzt tat, nachdem er sie untersucht hatte, was die meisten Ärzte in diesem Herbst taten: er zuckte die Schultern.

»Ist es ernst?«

»Ja«, sagte der Arzt, »es ist ernst. Die alte Frau ist total erschöpft, ihr Körper verbraucht ... sie ist dem Tod sehr nahe, auch wenn sie einen robusten Eindruck macht.«

»Aber sie darf nicht sterben!« rief Herr Mamoulian erschrocken. »Sie wartet auf ihren Sohn!«

»Wo ist er?«

»Wir hoffen, daß er noch in Rußland ist. Niemand weiß es.«

»Es ist eine traurige Welt, in der wir leben, mein Herr«, sagte der Arzt und zog seine Handschuhe an.

»Was können wir für sie tun?« Herr Mamoulian war aufgeregt. »Sollen wir sie in ein Spital bringen?«

»Die Spitäler sind überfüllt«, sagte der Arzt. »Es hätte auch gar keinen Sinn. Verstehen Sie: diese Frau ist krank, so wie wir alle krank sind. Aber sie ist älter als wir, und ihr Körper ist anfälliger, und deshalb äußern sich die Symptome stärker. Ich habe zwei Rezepte aufgeschrieben. Geben Sie ihr die Präparate, die ich auf ihnen anfordere.«

»Und Sie glauben, daß sie sterben wird!«

»Mein Herr«, sagte der Arzt, »das ist weniger eine Angelegenheit ihres physischen als ihres psychischen Zustan-

des. Es hängt von ihr selbst ab, ob sie am Leben bleiben wird oder nicht. Diese Form des Krankseins, der wir in diesem Herbst so oft begegnen, ist eine ganz besondere Form: ursprünglich harmlos und zufällig, ist sie in vielen Fällen weiter nichts als ein Vorwand, ein schweigendes Sich-Ergeben in die Gewalt des Todes, eine Auflösung, gegen die kein Arzt etwas vermag. Es hängt immer davon ab, ob der Kranke selbst, ob seine Seele noch den Wunsch hat, dieses Leben weiterzuführen, oder ob sie sich nach allen Schrecknissen, aller Bitterkeit dieser langen Jahresreihe voller Tod nicht vielmehr in Resignation entschlossen hat, dem traurigen Spiel ein Ende zu bereiten.«
»Aber Frau Magdalena war immer eine besonders vitale und frohe Natur!«
»Trotzdem wird auch sie ihren schweren Kummer gehabt haben. Denken Sie an ihren Sohn!«
»Sie hat sehr selten von ihm gesprochen.«
»Es gibt Menschen, die einen Kummer verschlucken, und in ihrem Inneren mit sich herumtragen. Vom medizinischen Standpunkt sind die anderen, die ihn laut herausschreien können, die glücklicheren Naturen.« Der Arzt griff nach seiner Tasche. »Ich muß gehen«, sagte er, »ich glaube nicht, daß ein augenblicklicher Grund zu Besorgnis besteht, und es ist durchaus möglich, daß die Patientin sich in kurzer Zeit erholt. Aber es ist ebensogut möglich, daß alles bald zu Ende geht. Nur die Zeit wird das zeigen.«
Herr Mamoulian tat in den folgenden Tagen für Frau Magdalena, was er nur tun konnte. Er kochte einfache und kräftige Speisen, er ging einkaufen, räumte auf, hielt ein Feuer in ihrem Zimmer in Gang und las ihr am Nachmittag die Zeitung vor. Sie war sehr dankbar, aber sie war auch sehr schwach. Die meiste Zeit schlief sie. Dann lag sie stundenlang, ohne sich zu bewegen, in ihrem prunkvollen Messingbett, die gelösten Flechten des eisengrauen Haares wild über das weiße Kissen gebreitet, und atmete unmerklich. Ihre riesigen roten

Hände mit den abgebrochenen und schaufelförmigen Nägeln lagen sauber geschrubbt und still auf der Bettdecke. Häufig sah Herr Mamoulian von der Zeitung, aus der er vorgelesen hatte, auf, um zu erkennen, daß sie wieder eingeschlafen war. Dann saß er lange Zeit an ihrer Seite und dachte an seine eigene Mutter, die schon lange tot war, und an Mütter im allgemeinen und daran, daß Frau Magdalena, wenn sie starb, vielleicht viel größere Chancen hatte, ihrem Sohn wieder zu begegnen, als wenn sie am Leben blieb.

So verging eine ganze Woche. Frau Magdalena hatte Fieber, dann Untertemperatur, dann wieder Fieber. Sie sprach leise und fühlte sich sehr schwach. Sie aß wenig, sprach wenig und verbrachte weiterhin den größten Teil der Zeit in leichten und sanften Träumen. Am Nachmittag des siebenten Tages – es begann schon dämmerig zu werden – schlug sie plötzlich die Augen auf und sagte mit klarer Stimme: »Herr Mamoulian?«

»Ja«, sagte dieser, der an ihrem Bett gesessen hatte.

»Herr Mamoulian«, sagte Frau Magdalena, »ich habe geträumt, daß mein Sohn zurückgekommen ist.«

»Ja, Frau Magdalena«, sagte Herr Mamoulian und fühlte, wie es ihn in der Kehle würgte.

»Ich habe denselben Traum dreimal gehabt«, sagte sie, ohne sich zu bewegen, »und ich weiß genau, wann er kommen wird, und wie und wo.«

»Wann wird er kommen?« fragte Herr Mamoulian und tastete mechanisch nach seiner Pfeife.

»Er kommt mit dem Heimkehrertransport aus Marmaros Szigeth am siebenundzwanzigsten Oktober am Südbahnhof an«, sagte Frau Magdalena. »Mit anderen Gefangenen natürlich. Es werden etwa fünfhundert Mann sein.«

Herr Mamoulian begann sich ein wenig unheimlich zu fühlen. Er dachte, daß Frau Magdalena vielleicht phantasiere, und legte ihr eine Hand auf die Stirn. Aber die Stirn war ganz kühl.

»Wann ist der siebenundzwanzigste?«

»Morgen«, sagte Herr Mamoulian. »Woher wissen Sie, daß am siebenundzwanzigsten ein Transport kommt?«

»Sie haben es mir doch selbst vorgelesen!«

»Das habe ich bestimmt nie getan«, sagte Herr Mamoulian mit Überzeugung.

»Sie haben es schon getan, gestern! Erinnern Sie sich nicht? Morgen nachmittag kommt der Transport. Ich werde zum Bahnhof gehen.«

»Um Gottes willen«, sagte Herr Mamoulian entsetzt, »das können Sie nicht! Sie sind doch krank!«

»Ich bin nicht krank, Herr Mamoulian! Ich war krank vor Sehnsucht nach meinem Buben, aber jetzt, wo ich weiß, daß er kommt, bin ich gesund!« Frau Magdalena richtete sich auf, und es kostete Herrn Mamoulian einige Mühe, sie wieder in ihre Kissen zurückzudrücken.

»Morgen fahre ich zum Südbahnhof!«

»Ja«, sagte Herr Mamoulian, um sie nicht aufzuregen, »morgen fahren Sie zum Südbahnhof.«

»Sie können mich begleiten, Herr Mamoulian! Wollen Sie nicht meinen Sohn kennenlernen?«

»O ja«, sagte dieser unglücklich, »natürlich will ich! Ach, Frau Magdalena, so beruhigen Sie sich doch!«

»Was heißt beruhigen?« fragte der gelernte Maurer gekränkt. »Wer ist denn aufgeregt? Ich vielleicht?«

»Nicht die Spur.«

»Nicht die Spur«, sagte Frau Magdalena. »Soll ich Ihnen meinen Traum erzählen?«

»Ja«, sagte Herr Mamoulian und sah durch das große Zimmer, das sich mit Schatten zu füllen begann.

»Es war genauso in meinem Traum, wie es jetzt in Wirklichkeit ist, Herr Mamoulian. Ich habe geträumt, daß ich Ihnen erzählt habe, daß ich geträumt habe, daß mein Bub zurückkommen wird. Verstehen Sie, ich habe geträumt –«

»Ja«, sagte Herr Mamoulian hastig. »Sie haben einen Traum im Traum gehabt, ich verstehe schon ...«

»Und ich habe Ihnen gesagt, daß ich zum Südbahnhof fahren muß, und zuerst haben Sie sich geweigert, mich fahren zu lassen, aber dann haben Sie schließlich gesagt, daß wir ein Taxi nehmen müßten, weil ich zu schwach bin, um mit der Straßenbahn zu fahren –«
»Ein Taxi wäre auch die einzige Möglichkeit«, sagte er.
»– und so sind wir zum Südbahnhof gefahren. Es waren viele Menschen dort, und der Zug hatte Verspätung, und wir blieben in unserem Taxi sitzen – neben der Tabak-Trafik beim Eingang, und –«
»Beim Eingang des Südbahnhofs gibt es keine Trafik!«
»Woher wissen Sie das?«
»Frau Magdalena, ich kenne den Südbahnhof wie meine Tasche!«
»Wann waren Sie zum letztenmal dort?«
»Vor drei Monaten vielleicht ... aber ich sage Ihnen: es gibt dort keine Trafik!«
»Ja, vor drei Monaten gab es keine!«
»Frau Magdalena, wollen Sie mit mir streiten?«
»Nein, das ist gar nicht nötig: wir werden ja sehen, ob es dort eine Trafik gibt, wenn wir morgen hinfahren!«
Herr Mamoulian wischte sich den Schweiß von der Stirn.
»Ja«, sagte er, »also weiter. Was geschah dann?«
»Gegen dreiviertel fünf«, sagte Frau Magdalena und sah starr zur Decke empor, »hörten wir, wie der Zug einlief, und eine Musikkapelle spielte ›An der schönen blauen Donau‹. Wir beide rannten in das Stationsgebäude hinein und auf den Perron hinaus, und Sie, Herr Mamoulian, wurden von einem Schaffner angehalten, aber ich kam durch, und als ich draußen war, sah ich einen langen Zug, und ich lief quer über die Geleise und immer weiter nach vorne, und als ich schon fast bei der Lokomotive angekommen war, da stieg aus einem Waggon ein einzelner Soldat, und ich wußte sofort, daß es mein Bub war. Ich schrie ›Pauli!‹, und er ließ seinen Rucksack fallen und begann auch zu laufen, und direkt

neben einem Signalmast begegneten wir uns, und es war mein Sohn. Das ist mein Traum, Herr Mamoulian«, sagte Frau Magdalena sachlich und ohne Erregung, »und so wird es sein, morgen nachmittag um dreiviertel fünf am Südbahnhof.«
»Frau Magdalena«, sagte er, »ich habe Sie doch so sehr gebeten, sich nicht aufzuregen.«
»Kruzifix noch einmal«, sagte sie, »wer regt sich denn jetzt schon wieder auf? Sie sind viel aufgeregter als ich!«
»Ich muß auch aufgeregter sein, wenn Sie solche Geschichten erzählen!«
»Was für Geschichten?«
»Ihren ... Ihren Traum«, sagte Herr Mamoulian unglücklich.
»Warten Sie bis morgen abend, dann werden Sie ja sehen!«
»Frau Magdalena, was ist nur in Sie gefahren! Hören Sie, ich selbst habe auch Träume gehabt ... ich habe geträumt, ich würde das große Los gewinnen.«
»Haben Sie es gewonnen?«
»Natürlich nicht.«
»Na ja«, sagte Frau Magdalena überlegen, »wie oft haben Sie denn diesen Traum gehabt?«
»Einmal.«
»Ja, dann!« sagte sie. »Aber denken Sie: *meinen* Traum habe ich dreimal gehabt! Dreimal an einem Tag! Und immer den gleichen. Das ist doch etwas anderes!«
»Sie werden derartige Träume in Verbindung mit Ihrem Sohn sicherlich schon öfter gehabt haben.«
»Solche noch nie! Und auch noch niemals dreimal denselben!«
Herr Mamoulian kratzte seinen Kopf.
»Ich bin nicht sehr glücklich über Ihre Träume, Frau Magdalena!«
»Aber warum denn nicht? Haben Sie selbst mir nicht gesagt, daß ich in diesem Jahr noch glücklich werden soll, wenn ich nur wirklich daran glaube?«

»Das war anders gemeint.«
»Ach was, anders gemeint! Sie haben Angst, Herr Mamoulian!«
»Ich habe Angst um Ihre Gesundheit!«
»Aber ich bin doch gesund!«
»Frau Magdalena«, sagte er, »wir wollen die Entscheidung dem Arzt überlassen.« Und damit erhob er sich, verließ das Zimmer und ging hinunter in seine Kellerwohnung, wo er sich vor seinen Schreibtisch setzte, den Kopf in die Hände stützte und das Manuskript seines Buches anstarrte.
Er sprach mit Jakob Steiner und erzählte ihm, was Frau Magdalena ihm mitgeteilt hatte.
»Verstehen Sie das?«
»Nein«, sagte Jakob Steiner.
»Mein Gott, wenn sie uns aber stirbt!«
»Herr Mamoulian«, sagte Steiner, »haben Sie eigentlich schon an ihr gerochen?«
»Jeden Tag«, sagte Herr Mamoulian bedrückt, »immer, wenn sie schlief, roch ich lange und gewissenhaft an ihr, das können Sie mir glauben, aber ich will verflucht sein, wenn sie auch nur die allergeringste Spur nach Tod riecht.«
»Überhaupt nicht?«
»Gott soll mich verdammen«, sagte Herr Mamoulian ratlos, »nicht so viel!« Und er schnellte ein imaginäres Staubkörnchen von der Tischplatte.
Der Arzt, der am Abend kam, zuckte die Schultern.
»Tja«, sagte er, »das ist so eine Geschichte. Manchmal werden Wunschvorstellungen bei Menschen so stark, daß sie Träume dieser Art hervorrufen. Sie rufen noch ganz andere Dinge hervor, Herr Mamoulian! Sie würden staunen ... hysterische Schwangerschaften sind nur ein kleines Beispiel dafür ...«
»Ich interessiere mich nicht für hysterische Schwangerschaften«, sagte Herr Mamoulian böse. »Was halten Sie, als Arzt, von der Idee, morgen in einem Taxi zum Süd-

bahnhof zu fahren und auf den Heimkehrertransport zu warten?«

»Tja«, meinte der Arzt, »das ist so eine Geschichte! Wenn Sie nicht fahren, dann wird sich die Patientin so sehr aufregen, daß eine Verschlechterung ihres Zustandes zu erwarten steht. Fahren Sie aber und wird die Patientin enttäuscht, dann ist diese Gefahr noch viele Male akuter. Anderseits natürlich gibt es mehr Dinge zwischen Himmel und Erde ...«

»Herr Doktor!« rief Herr Mamoulian wütend. »Was *raten* Sie mir?«

»Tja«, sagte der Arzt, »das ist so eine Geschichte ...«

Herr Mamoulian riß plötzlich die Tür auf und gab dem anderen seinen Hut. »Ihr Rat war für mich von unschätzbarem Wert, Herr Doktor, leben Sie wohl!«

Jakob Steiner war an diesem Abend bei Josephine. Herr Mamoulian verbrachte die Nacht allein und zerbrach sich den Kopf darüber, wie er sich Frau Magdalena gegenüber verhalten sollte. Am nächsten Vormittag ging er ihr absichtlich aus dem Weg und hoffte, sie würde die ominösen Stunden verschlafen. In dieser Hoffnung wurde er getäuscht. Um drei Uhr öffnete sich die Tür seines Zimmers, und Frau Magdalena Huber trat, völlig angekleidet, ein.

»Kommen Sie«, sagte sie freundlich, »ich habe bei dem Telefonautomaten an der Ecke bereits ein Taxi bestellt. Es wird gleich da sein.«

»Frau Magdalena«, sagte Herr Mamoulian mit erstickter Stimme, stand auf und drängte sie zur Tür.

»Gleich, gleich«, sagte sie und stieß ihn mit einer Hand zurück. »So eilig haben wir es wieder nicht! Binden Sie sich zuerst eine Krawatte um! Sie wollen doch nicht etwa ohne gehen?«

DAS ZWÖLFTE KAPITEL

in welchem sich Frau Magdalenas Traum bis auf eine Kleinigkeit erfüllt und ihr Sohn zu ihr zurückkehrt, was für Herrn Mamoulian ein Grund ist, von neuem Glauben zu fassen und mit Vergnügen an die Zukunft zu denken; worin ein bedeutungsvolles Gespräch erwähnt wird, das zwei ›Außenseiter‹ führen, und in welchem es sehr zu weihnachten beginnt.

Bleiben Sie neben der Tabak-Trafik stehen«, sagte Frau Magdalena zu dem Chauffeur, als der Wagen den Südtiroler Platz erreichte.

»Jawohl«, sagte dieser und nickte mit dem Kopf.

Herr Mamoulian rutschte in seinem Sitz nach vorn und sah angestrengt durch die Windschutzscheibe. Als er das kleine Holzhäuschen mit der eindeutigen Aufschrift erblickte, das aussah, als ob es erst seit zwei Tagen dastand, fuhr er sich über die Stirn und betrachtete Frau Magdalena scheu von der Seite. Dann kam ihm eine Idee. Er wollte versuchen, selbst auf die Weiterentwicklung dieses sonderbaren Traumes einzuwirken. Nach Frau Magdalenas Aussage würden sie in dem wartenden Taxi sitzenbleiben, bis der Zug einlief.

»Hören Sie«, sagte Herr Mamoulian, »wir können uns ebensogut auf eine Bank oder in das Café gegenüber setzen, anstatt noch eine zusätzliche Wartetaxe von einer Stunde zu bezahlen. Was meinen Sie, Frau Magdalena?«

»Ja«, sagte diese arglos und traf Anstalten, den Wagen zu verlassen.

»Bleiben Sie sitzen, gnädige Frau«, sagte der Chauffeur, der sich umgewendet hatte, »es kostet nicht mehr. Ich wäre auf alle Fälle hiergeblieben, um auf den Zug zu warten. Vielleicht fahren Sie mit mir in die Stadt zurück?«

»Sehen Sie!« Frau Magdalena lachte. »Wir bleiben neben

der Trafik in dem Taxi sitzen, genau wie in meinem Traum!«

»Ja«, sagte Herr Mamoulian, »genau wie in Ihrem Traum.«

Er stopfte resigniert seine Pfeife und dachte, daß es nicht leicht sein würde, Frau Magdalena zu trösten, für den Fall, daß ihr Sohn nun doch nicht heimkehrte.

Der gelernte Maurer wartete geduldig eine ganze Stunde lang. Er sprach wenig, und auch Herr Mamoulian war schweigsam. Der Chauffeur las Zeitung. Viele Menschen, hauptsächlich Frauen und kleine Kinder, versammelten sich vor dem Bahnhofsgebäude, und gegen halb fünf Uhr erschien ein Lastauto mit Polizisten, die den Eingang der Wartehalle absperrten und eine Art Gasse freihielten, die aus dem Bahnhof heraus auf die Straße führte.

»Und da wollen Sie auf den Perron hinauslaufen, Frau Magdalena?« sagte Herr Mamoulian und schüttelte zweifelnd den Kopf. »Stellen Sie sich doch nur vor, wieviel Polizisten Sie über den Haufen rennen müßten!«

Frau Magdalena öffnete den Mund, um ihrem Begleiter mit einem herben Scherzwort zu antworten, als durchdringend und wie der Schrei eines zu Tode getroffenen Tieres der Ruf einer Zugsirene über die Dächer der umstehenden Häuser flog. Das herbe Scherzwort blieb ungesagt. Ehe Herr Mamoulian es verhindern konnte, hatte Frau Magdalena den Schlag aufgerissen, die Straße erreicht und stürzte nun, den Kopf gesenkt, mit wehendem Mantel auf den Kordon ahnungsloser Polizisten zu, die ihr den Rücken wandten.

Der Schlag flog wieder zu. Herr Mamoulian rüttelte verzweifelt an der Klinke, die steckengeblieben war, fluchte laut, brach seinen Daumennagel ab und fiel fast zu Boden, als die Tür sich plötzlich öffnete. Er taumelte, kam auf die Beine und begann gleichfalls zu rennen.

»Frau Magdalena!« schrie Herr Mamoulian und winkte

mit seiner Pfeife. »Bleiben Sie stehen! Sie sind krank! Sie dürfen nicht laufen! Ihr Herz ...«
Herrn Mamoulians Fuß verfing sich in den Geleisen der Straßenbahn, er strauchelte und kam mühsam wieder auf die Beine.
»Oh, verflucht«, sagte Herr Mamoulian, während er weiterlief, »was für eine widerwärtige Situation! Frau *Magdalena*!«
Aber Frau Magdalena hörte ihn nicht mehr. In diesem Augenblick erreichte sie das Polizeispalier. Einige Umstehende stießen Warnungsrufe aus, doch es war zu spät. Immer noch den Kopf voran, durchbrach Frau Magdalena die Polizistenkette, schleuderte zwei Uniformierte zur Seite und raste bereits durch das offene Portal der Wartehalle, als die beiden zur Besinnung kamen und sich gleichfalls in Bewegung setzten. Wieder heulte die Zugsirene lange und klagend.
Frau Magdalena erreichte die Sperre, die den Wartesaal mit dem Bahnsteig verband, boxte einen Beamten, der ihr den Weg verstellte, wuchtig in den Magen und stürzte weiter. Ihr altmodischer schwarzer Kapotthut war ihr nach dem Anprall an die beiden Polizisten weit über den Kopf gerutscht und verdeckte fast ihre Augen. Auf dem Klinkerpflaster des Perrons geriet sie kurz ins Gleiten, schlitterte in verrücktem Zickzack an einem Wasserverkäufer, einem Zeitungsstand und mehreren Gepäckträgern vorüber, kam, etwas außer Atem, zum Stehen, lüftete ihr Visier und erkannte, daß sie in der falschen Richtung gelaufen war. Draußen, weit vor dem Eingang der gläsernen Halle, aus einem Gewirr von Weichen und Semaphoren, sah sie eine rauchende Lokomotive auftauchen, die einen langen Zug hinter sich herschleppte. Frau Magdalena machte kehrt, wich geschickt wie ein Hase den beiden Polizisten aus, die gleichfalls den Perron erreicht hatten und ihr den Weg abzuschneiden suchten, und raste auf dem schmalen asphaltierten Pfad entlang dem Bahnsteig zwei neuerlich

los, diesmal in südlicher Richtung, der dampfenden Lokomotive entgegen. Ein durchdringender Schrei stieg zu der gläsernen Kuppel auf. Aber diesmal rührte er nicht von der Zugsirene her. Diesmal hatte ihn Frau Magdalena Huber ausgestoßen. Blitzschnell wie eine große Kugel schoß sie die Schienen entlang davon.
Herrn Mamoulian war es gelungen, gerade noch durch die Lücke des Polizeikordons zu schlüpfen, ehe diese geschlossen wurde. Er trug Schuhe mit Eisenplättchen und glitt auf dem glatten Kachelpflaster der Halle hilflos hin und her. Der Beamte, den Frau Magdalena in den Magen geboxt und der sich mittlerweile erholt hatte, erwischte ihn am Kragen, als er eben die Sperre passieren wollte.
»Aufhalten!« schrie Herr Mamoulian gellend. »Die Frau aufhalten! Sie wird unter die Räder kommen ... Mein Gott ... *Aufhalten*!«
»Ahhh!« sagte der Beamte grimmig und schüttelte Herrn Mamoulian wie eine Ratte. »Da ist noch so eine Kreatur! Na, Sie können sich auf etwas gefaßt machen!«
»Lassen Sie mich los!« kreischte Herr Mamoulian. »Sehen Sie nicht, daß ich dieser Frau nachlaufen will?«
»Eben«, sagte der andere und hielt ihn vorsichtig von sich ab, »vielleicht boxen Sie mich auch noch in den Magen ...«
»Sie ist krank«, lärmte Herr Mamoulian. »Sie wird unter die Räder geraten ... lassen Sie mich *los*!«
»Nicht um die Burg«, sagte der andere und schrie nach den beiden Polizisten. Herr Mamoulian protestierte. Es half alles nichts. Schließlich wurde er, links und rechts eskortiert von zwei Organen der Sicherheitswache, zum Ausgang geführt.
»So«, sagte der eine der Männer böse, »und hier bleiben Sie stehen, oder ich breche Ihnen das Genick!«
Eine Musikkapelle intonierte die ›Schöne blaue Donau‹. Herr Mamoulian hustete und zuckte die Achseln.
Der Heimkehrerzug fuhr in die Station ein. Aus den

Fenstern seiner Waggons sahen viele Gesichter. Die versammelten Frauen drängten nach vorn.
Frau Magdalena war zu dieser Zeit schon weit draußen auf dem Bahndamm, der Wind blies ihr heftig ins Gesicht, und die Sonne, die hinter ein paar dunklen Wolken hervorgekommen war, blendete sie. Der Zug hielt an, Türen wurden geöffnet, Männerstimmen riefen durcheinander. Frau Magdalena blieb stehen. Ihr kleiner schwarzer Hut war nun nach hinten gerutscht, und sie sah ungemein lächerlich aus, wie sie so, zerrauft, erhitzt und mit unordentlichen Kleidern, neben dem bestaubten Zug stand. Sie blickte starr nach vorn.
Jetzt ... dachte sie, jetzt ... lieber Gott ...
Die Tür des vorletzten Waggons öffnete sich halb, klemmte und wurde dann energisch aufgestoßen. Ein großer, hagerer Mensch, mit einem Rucksack in der einen Hand, kletterte schwerfällig über die Holzstufen zu Boden.
»Pauli!« schrie Frau Magdalena.
Der Soldat ließ seinen Rucksack fallen und rief: »Mutter!«
Dann begannen sie aufeinander loszulaufen.
Frau Magdalenas Augen versagten ihren Dienst, sie wähnte sich erblindet. Das Gesicht ihres Sohnes, als sie aus einer endlosen Umarmung zu ihm aufsah, kam ihr lange Zeit vor wie eine große graue Fläche, in der sie keine Einzelheiten erkennen konnte.
»Mein Bub«, sagte sie, während seine Hände über ihren Rücken tasteten, »mein Bub ... daß du nur wieder da bist ... ich habe es gewußt, ach, du lieber Gott, ich habe es gewußt ...«
Und dann, als erwache sie aus einer tiefen Ohnmacht, wurde die Welt vor ihren Augen wieder klar, und der Lärm des Bahnhofs drang wieder an ihr Ohr, und sie sah das magere, junge und graue Gesicht ihres Sohnes und die kleinen Wolken rings um die Sonne, die Bäume, die Schienen, den Himmel und den langen, langen Zug, der

endlich angekommen war.
»Der Signalmast fehlt«, sagte sie tonlos.
»Was hast du?« Er sah sie fragend an.
»Der Signalmast ist nicht da«, sagte Frau Magdalena, als wäre sie soeben aus einem tiefen Schlaf erwacht. »Im Traum habe ich dich neben einem Signalmast umarmt, Pauli!«

»Und wenn ich alles richtig überlege«, sagte Herr Aram Mamoulian einige Tage später in einem Gespräch mit seinem Freund Reuben Tschipourian, »dann habe ich in diesem seltsamen Jahr, das nun zu Ende geht, mehr gelernt als in allen anderen Jahren meines Lebens zusammengenommen. Ich glaube, nur das, was ich in diesem einen Jahr lernte, ist wirklich wichtig und richtig und wertvoll! Darum bin ich nun wohl ein wirklich glücklicher Mensch geworden, Reuben, ich sehe voll Vertrauen in die Zukunft, und ich fürchte mich nicht vor dem, was das neue Jahr mir bringt. In meiner sonderbaren Familie sind alle Menschen glücklich geworden, jeder ist dort, wo er hingehört oder doch fast schon dort – wie in einem Märchen, findest du nicht? Tobias Lobgesang ist zu seiner Frau zurückgekehrt, und nach allem, was er mir erzählt, hat sie sich wirklich zu ihren und seinen Gunsten geändert. Frau Magdalena ist gesund geworden und hat ihren Sohn wieder, der für sie arbeiten und sorgen wird. Jakob Steiner hat neue Freude an seinem Leben gefunden, er wird im nächsten Frühjahr als Tischler zu arbeiten beginnen und genug verdienen für Josephine, die er liebt, für ihre kleine Tochter Ruth und für sich selbst. Josephine will zu ihm ziehen, und auch sie werden glücklich sein. Und ich – ich habe dich gefunden, und ich habe mein eigenes Buch beinahe vollendet. Ich war selbst schon fast am Ende, als ich vor vielen Monaten über ein paar Zäune kletterte, um Eier für ein kleines Mädchen zu stehlen, und einem Verrückten begegnete, der in einem Kastanienbaum saß und sich unbedingt aufhängen wollte. Ich habe zu arbeiten begonnen, und ich bin wieder ein Mensch geworden, der Achtung vor sich selbst empfinden kann. Dieses Jahr hat mich etwas sehr Wichtiges gelehrt, mein Lieber.«

»Was?« fragte Herr Tschipourian und trank vorsichtig sein Glas leer.

»Es kommt im Leben«, sagte Herr Mamoulian ernst, »in dieser erhabenen und lächerlichen, in dieser grauenvollen und lieblichen Affäre, die wir Menschen das Leben nennen, nicht auf das Leben selbst an, sondern auf den Mut, mit dem man es führt. Es kommt darauf an, einsehen zu können, daß wir die Menschen lieben müssen, wenn wir sie verstehen wollen. Nur die Liebe ist sinnvoll, jeder Haß ist sinnlos. Alle Wesen des Kosmos sind unsere Brüder, wir brauchen die Welt, so wie die Welt uns braucht, wir müssen uns mit ihr versöhnen wie mit dem Meer und dem Wind, dem Älterwerden, dem Glück und der Einsamkeit; mit allen Dingen, an die wir glauben und an denen wir gelegentlich verzweifeln, mit dem Guten und dem Bösen – mit Tauben und Haifischen. Wollten wir sie hassen, so haßten wir Gott, in dessen Schöpfung sie alle ihren Platz einnehmen. Wollten wir sie hassen, dann wäre ein bestimmter Haß auf ein bestimmtes Objekt gänzlich sinnlos, dann müßten wir die Welt als solche hassen, die Taube ebenso wie den Haifisch, denn beide wurden von derselben Hand geschaffen.«

»Das hat schon vor dir jemand gesagt.«

»Alle Dinge, die wir sagen, sind schon einmal gesagt worden«, erwiderte Herr Mamoulian, »aber wertvoll waren sie immer nur für jene Menschen, die ihre Wahrheit erkannt haben.«

»Darauf wollen wir noch ein Glas leeren«, sagte Herr Tschipourian und füllte die Gläser. »Worauf trinken wir?«

»Auf den Mut zum Leben«, sagte Herr Mamoulian und lächelte, als er die Augen schloß, um zu trinken.

Paul Huber war Elektromechaniker und nahm zwei Wochen nach seiner Heimkehr seinen alten Posten bei einer großen Gesellschaft wieder an. Er war ein schweigsamer, hagerer Mensch, der kaum über sein Leben in den letzten Jahren sprach und bei dem Herr Mamoulian sich nicht ganz auskannte. Obwohl er den Krieg und seine Schrecken nicht erwähnte, war es doch klar, daß er sie noch lange nicht überwunden hatte. Es sah so aus, als hätte er es eilig damit, wieder zu arbeiten, um in seiner Arbeit Ablenkung zu finden. Er wohnte im Zimmer seiner Mutter, Herr Mamoulian hatte ihm einen Anzug und einen Arbeitsoverall gekauft, er hatte Jakob Steiner, Josephine, Tobias Lobgesang und seine Frau kennengelernt und wurde von allen ganz selbstverständlich als neues Miglied des nun schon beträchtlich angewachsenen Haushaltes betrachtet.
Eines Tages, als Herr Tschipourian zu Besuch kam, zog er diesen beiseite und begann ein Gespräch. Sie wanderten gemeinsam durch den kahlen Garten, und Herr Tschipourian fror ein wenig.
»Was wollten Sie mich fragen, Herr Huber?«
»Ja«, sagte dieser, »sehen Sie, wir beide – Sie und ich – sind doch eigentlich etwas wie Außenseiter beim Bau dieses Hauses und überhaupt bei allem, was mit Herrn Mamoulian und seiner Familie zusammenhängt.«
»Wir sind zu spät gekommen, um den Anfang mitzuerleben«, sagte Herr Tschipourian, »aber ich fühle mich eigentlich nicht als Außenseiter.«
»Ich mich schon«, sagte Paul Huber, »ein wenig. Und vor allem eigentlich, weil ich mich nicht genau auskenne. Verstehen Sie mich? Ich finde mich nicht zurecht!«
»Das geht uns allen so. Wenn ich nach Armenien zurückkehre –«
»Nein, das ist es nicht!« Paul schüttelte den Kopf. »Ich finde mich bei den Menschen nicht zurecht. Und vor allem nicht bei Herrn Mamoulian. Ich habe ihn sehr

gerne, das glauben Sie mir, bitte! Aber ich habe ihn beobachtet, und ich habe mit Jakob Steiner über ihn gesprochen, und nun frage ich mich: Was ist dieser Mamoulian eigentlich für ein Mensch?«

»Er ist –« begann Herr Tschipourian, aber Paul Huber unterbrach ihn.

»Zum Beispiel«, sagte er, »hat mir der Jakob erzählt, daß er zu Ostern noch davon überzeugt war, daß es wieder zum Krieg kommen würde, während er im Sommer ausführliche und überzeugende Gründe dafür anführte, warum es nicht zum Krieg kommen kann. Einmal, sagte der Jakob, behauptete er, daß er sich nach einer großen Revolution sehne, daß er Fahnen tragen und auf die Barrikaden klettern wolle, und gestern erzählte er mir, daß uns nur mit Weisheit, Ruhe und großer Geduld zu helfen ist. Manchmal sehe ich ihn lustig und guter Dinge, und gleich darauf begegnet er mir niedergeschlagen und bedrückt. Immer, wenn ich glaube, ihn endlich erkannt zu haben, immer, wenn ich schon meine, zu wissen, wer er ist, verwandelt er sich in sein Gegenteil und tut oder sagt etwas, was alle meine Theorien über den Haufen wirft.«

»Herr Huber«, sagte Herr Tschipourian, »Sie und ich, wir sind in den letzten Jahren weit herumgekommen, waren in vielen Ländern und haben viele Menschen gesehen. Sie und ich, wir haben uns Gedanken darüber gemacht, was wohl geschehen müßte, damit alle diese Menschen in Frieden miteinander leben könnten.«

»Ja«, sagte Paul Huber, »das stimmt.«

»Wir haben auch viele Theorien darüber entwickelt, allein und mit anderen, und wir sind mit vielen Überzeugungen beladen heimgekehrt, nur um zu finden, daß wir nun mit unseren komplizierten Theorien nichts anfangen können. Und wissen Sie auch, weshalb nicht?«

»Sie werden es mir sagen.«

»Weil wir in unseren Plänen vergessen haben, was der unberechenbarste, aber wichtigste Bestandteil derartiger

Pläne ist: das menschliche Herz, das sich verändert hat, seit wir dieses Land verließen. Auch ich habe über Herrn Mamoulian nachgedacht, über seine sogenannte Wankelmütigkeit, seine wechselnden Ansichten und Stimmungen und sein komisches Lächeln. Ich weiß heute, daß wir, wenn wir in Frieden leben wollen, seine Toleranz, seinen Humor, seine Güte und seine Vernunft benötigen – daß diese Eigenschaften die Eigenschaften von uns allen werden müssen, wenn es besser werden soll. Und ich weiß heute auch, wer Herr Mamoulian, als Träger aller dieser Eigenschaften, ist.«
»Dann sagen Sie es mir doch«, bat Paul Huber.
»Sie werden mich vielleicht nicht verstehen.«
»Ich werde mir Mühe geben.«
»Oder Sie werden mich für verrückt halten.«
»Bestimmt nicht! Aber sagen Sie mir, bitte: wer ist Herr Mamoulian?«
Herr Tschipourian sah zu dem dunklen Himmel auf.
Dann sah er zu der dunklen Erde nieder.
Dann sagte er leise:
»Er ist der Friede Gottes.«

Draußen schneite es, als Paul Huber eines Abends sagte:
»Ich möchte heuer wieder einmal Weihnachten feiern, wißt ihr, richtig feiern, mit einem Baum und heißen Äpfeln, mit Kerzen und Nüssen und mit Geschenken.«
»Das möchte ich auch«, sagte Frau Magdalena.
»Ich auch«, sagte Jakob Steiner, »wir könnten Josephine und die kleine Ruth einladen.«
»Und die Familie Lobgesang.«
»Ja, die auch«, sagte Steiner. »Was halten Sie davon, Herr Mamoulian?«
Dieser, der an seinem Tisch geschrieben hatte, lehnte sich zurück, faltete die Hände über dem dicken Bauch und sagte: »Ich halte das für eine großartige Idee. Aber ich möchte euch noch eine viel großartigere machen.«
»Und die wäre?« fragte Jakob Steiner.

»Meine Idee«, sagte Herr Mamoulian, »ist es, *alle* Menschen einzuladen, die uns bei dem schwierigen Bau unseres Hauses geholfen haben, und mit ihnen *allen* Weihnachten zu feiern. Wie gefällt euch diese Idee?«
»Mir gefällt sie sehr«, sagte Frau Magdalena gerührt, und weil sie eben dabei war, das Abendbrot zu verteilen, legte sie Herrn Mamoulian ein paar besonders große Kartoffeln auf den Teller.
»Aber«, sagte Paul Huber, »glaubt ihr, daß diejenigen, die eine eigene Familie haben, am Heiligen Abend zu uns kommen werden?«
»Das ist wahr«, sagte Herr Mamoulian. »Dann müssen wir zwei Feste feiern: eines am Heiligen Abend für alle jene, die allein sind, wie wir es waren, bevor wir uns fanden. Und dann ein zweites, allgemeines Fest, am nächsten Tag.«
»Warten Sie«, sagte Steiner, »Sie haben ja Papier und Bleistift bei der Hand. Schreiben Sie doch einmal die Namen unserer Gäste auf.«
»Gut«, sagte Herr Mamoulian und beleckte seinen Bleistift. »Da wären also zunächst einmal die beiden Lobgesänge. Die kommen am Heiligen Abend, denke ich, wie? Ich werde sie auf alle Fälle einmal zu den Einsamen schreiben. Dann kommen Josephine und die kleine Ruth –«
»Olbrich und seine Frau«, sagte Steiner.
»Der hat aber eine Familie, der wird erst am nächsten Tag kommen können.«
»Und Pepi und Emil mit der flachen Mütze.«
»Sind die verheiratet?«
»Der Emil nicht.«
»Gut«, sagte Herr Mamoulian und schrieb den Emil unter die Einsamen, während er den Pepi für den nächsten Tag notierte.
»Der Kriminalrat Haller!«
»Hat eine Frau«, murmelte Herr Mamoulian. »Kommt am nächsten Tag.«

»Woher kennt ihr denn einen Kriminalrat?« fragte Paul Huber erstaunt.
»Ich war kurze Zeit im Gefängnis«, sagte Herr Mamoulian leichthin. »Wer noch?«
»Die Blumenfrau, die mir einmal eine Rose verkauft hat«, sagte Jakob Steiner. »Die ist *ganz* allein.«
»Die Blumenfrau«, sagte Herr Mamoulian schreibend. »Wie heißt sie denn?«
»Das weiß ich nicht. Ich werde sie fragen.«
»Tun Sie das, Jakob«, sagte Herr Mamoulian. »Haben wir jemanden vergessen?«
»Den Herrn Anton!«
»Wer ist denn das?«
»Der Oberkellner vom Café Elite«, sagte Jakob Steiner. »Der hat mir einmal eine Tafel Schokolade geschenkt und ist auch ganz allein.«
»Ja«, sagte Herr Mamoulian, »wenn er Ihnen Schokolade geschenkt hat und allein ist, dann müssen wir ihn selbstverständlich auch einladen.« Und er schrieb Herrn Anton in die Kolonne der Einsamen. »Noch jemand?«
»Ihren Freund Tschipourian.«
»Sehr richtig. Der wird uns Kognak bringen.«
»Ich glaube, jetzt haben wir alle«, sagte Jakob Steiner, und dann folgte eine kleine Pause, in der alle angestrengt nachdachten.
»*Einen* Menschen haben wir noch vergessen«, sagte Herr Mamoulian schließlich leise. »Ihr kennt ihn nicht, aber er hat mir einmal sehr geholfen, und obwohl er sich dauernd mit vielen Menschen umgibt und tanzt und trinkt, ist er doch immer ganz schrecklich einsam geblieben.« Und er senkte den Kopf und schrieb als letzten in die Reihe der Einsamen den Namen Yvonne.
»Was werden wir essen?« fragte Frau Magdalena.
»Fisch«, sagte Steiner.
»Eine gebratene Gans«, sagte Paul Huber.
»Also was?«
»Wir werden Fisch *und* eine gebratene Gans essen«,

sagte Herr Mamoulian, »und wir werden Salate und gebratene Kartoffeln und feine Suppen und Vorspeisen und Kuchen und Schokolade haben ...«
»Und Äpfel«, sagte Frau Magdalena.
»Und Orangen«, sagte Jakob Steiner.
»Und Bonbons für die kleine Ruth«, sagte Herr Mamoulian.
»Und einen richtigen Christbaum mit Wunderkerzen und bunten Ringen.«
»Und eine Glocke, die läutet, ehe man in das Zimmer darf.«
»Ach, du lieber Gott«, sagte Frau Magdalena und schlug fassungslos die Hände zusammen, »wie schön das sein wird! Das wird so wunderschön sein wie ...«
»So schön wie im Märchen«, sagte Herr Mamoulian leise, stand auf, trat an seine Fensterluke und sah den Schneeflocken zu, die lautlos und stetig zur Erde sanken.

DAS LETZTE KAPITEL

ist sehr kurz, aber nichtsdestoweniger doch bedeutungsvoll.

Es schneite seit vielen Tagen.
Die Luft war warm und kein Windhauch regte sich. Der Schnee fiel in großen Flocken, Tag für Tag, Stunde für Stunde, mit derselben gleichmäßigen Unerschöpflichkeit und lag wie eine tiefe Beruhigung auf den Dächern der Stadt, die mehr und mehr in ihm versank. Am 24. Dezember wurde es schon gegen vier Uhr dämmerig. Viele Menschen, schwer bepackt mit geheimnisvollen Paketen, stapften durch die Straßen, und die Geschäfte schlossen früher als an gewöhnlichen Tagen. Ein ganz eigenartiger Geruch lag in der Luft: es weihnachtete nun schon mächtig, das mußte jeder bemerken. Die kleine Ruth schlief in Frau Magdalenas Bett, während die Erwachsenen auf Zehenspitzen durch das Haus schlichen, ihre Geschenke aufbauten und den kleinen Baum schmückten, den Jakob Steiner selbst aus dem Wald geholt hatte. Frau Magdalena kochte, briet und buk wie toll, der Schweiß stand ihr in hellen Tropfen auf der Stirn, so sehr strengte sie sich an.
Josephine trug ein blaues Kleid mit einem silbernen Gürtel darum, hatte neu eingedrehte Locken und rotbemalte Fingernägel zur Feier des Tages. Herr Mamoulian trug einen neuen Anzug. Und ihnen allen war sehr feierlich zumute. Die Gäste waren für sechs Uhr bestellt, und Herr Mamoulian benützte die letzte Gelegenheit, um noch ein paar gerührte Worte zu sprechen.
»In einer Stunde, meine Lieben«, sagte er, »werden unsere Freunde kommen, und dann wollen wir Weihnachten feiern. Vorher aber muß ich euch allen noch danken für dieses wunderbare Jahr, das wir zusammen

verlebt haben, und dafür, daß ihr mit mir dieses Haus aufzubauen begonnen habt. Und auch dafür, daß ihr mit mir die Monate der Not überdauert habt und bei mir geblieben seid und mich aus dem Gefängnis befreit habt, und vor allem dafür, daß ihr es fertiggebracht habt, mir neuen Mut und neue Hoffnung zu geben. Dafür danke ich euch, meine Freunde.«
Und Herr Mamoulian ging zu Frau Magdalena und sagte: »Danke!« Und gab ihr einen Kuß.
Und dann küßte er Jakob Steiner. Und danach Josephine. Und schließlich Paul Huber, der sich steif zu ihm hinabneigte und an die Worte Herrn Tschipourians dachte. Und dann verließ Herr Mamoulian schnell das Zimmer.
Josephine nahm Jakob Steiner an der Hand, und zusammen gingen sie in den tiefverschneiten Garten hinaus, wo sie stehenblieben und zu den dunklen Fenstern der beiden neuen Zimmer aufsahen.
»Da oben schläft mein Kind.«
»Unser Kind«, sagte Jakob Steiner und legte einen Arm um sie. »Josephine, Mamoulian meint, daß es keine größere Macht auf Erden gibt als die Hoffnung. Ich kenne eine größere.«
»Ich auch«, sagte sie und küßte ihn behutsam.
»Willst du nicht endlich zu mir kommen, Josephine?«
Sie legte ihren Kopf an seine Wange und schwieg.
»Josephine«, sagte Jakob Steiner eindringlich, »ich habe dich lieb, und ich wünsche mir so sehr, immer bei dir zu sein, und ich bitte dich: komm zu mir mit Ruth, und wir wollen glücklich sein.«
Und noch immer schwieg sie.
»Josephine«, sagte Jakob Steiner und preßte sie an sich. »Warum antwortest du nicht? Warum sagst du nicht, daß du kommen wirst? Warum ...«
Und plötzlich fühlte er, wie sich ihre kühlen Finger auf seine Lippen legten, und er hörte ihre Stimme, die etwas atemlos sagte: »Sei still, Geliebter!«
»Was hast du?« fragte er.

Aber sie schüttelte nur den Kopf, und er bemerkte plötzlich, daß sie weinte. Jakob Steiner wandte vorsichtig den Kopf und blickte in ihre Richtung. Dann hielt er den Atem an und fühlte, wie eine große Glückseligkeit ihn überkam.
Er sah den alten verdorrten Rosenstrauch, der, halb vergraben im Schnee, neben der kahlen Kastanie stand und über und über bedeckt war mit leuchtenden roten Blüten.